MIRA®

Der Preis dieses Bandes versteht sich einschließlich der gesetzlichen Mehrwertsteuer.

Umwelthinweis:
Dieses Buch wurde auf chlor- und säurefreiem Papier gedruckt.

Kayla Perrin

Betrüg mich!

Roman

Aus dem Amerikanischen von
Juliane Korelski

MIRA®

MIRA® TASCHENBUCH
Band 35029
1. Auflage: März 2010

MIRA® TASCHENBÜCHER
erscheinen in der Cora Verlag GmbH & Co. KG,
Valentinskamp 24, 20350 Hamburg

Titel der nordamerikanischen Originalausgabe:
Obsession

Konzeption/Reihengestaltung: fredebold&partner gmbh, Köln
Umschlaggestaltung: pecher und soiron, Köln
Redaktion: Ivonne Senn
Titelabbildung: Getty Images, München
Satz: Buch-Werkstatt GmbH, Bad Aibling
Druck und Bindearbeiten: CPI – Ebner & Spiegel, Ulm
Printed in Germany
ISBN 978-3-89941-693-0

www.mira-taschenbuch.de

PROLOG

Die Federspitze bahnte sich langsam ihren Weg entlang meiner Unterlippe. Eine so leichte und zarte Berührung, dennoch ließ sie eine Hitzewelle durch meinen Körper rasen und brachte mich dazu, den Mund zu öffnen und ein zittriges Stöhnen hervorzubringen.

Ein weiteres Streicheln. Diesmal über meine Oberlippe. Mein nackter Körper bebte.

Bebte voller Vorfreude auf die Lust, die mir bevorstand.

Die Feder fuhr weiter nach unten, über mein Kinn. Dann strich sie über meinen Hals, hin und her. Von recht nach links. Die ganze Zeit so qualvoll langsam.

Dann verharrte die Feder. Plötzlich. Fünf Sekunden vergingen. Ich hielt den Atem an und wartete, was als Nächstes kam. Die Augenbinde über meinen Augen verhinderte, dass ich irgendetwas sehen konnte. Zugleich erhöhte dieses Blindsein meine Erregung. Ich konnte jedes Geräusch im Raum hören und alles riechen. Zumeist hörte ich nur meinen eigenen heiseren Atem und das Wirbeln des Deckenventilators über dem Bett. Aber ich konnte den Duft der Leidenschaft wahrnehmen, der in diesem Raum wie schwere, feuchte Tropfen hing. Ich konnte den Schweiß riechen, der seine Haut bedeckte. Der Geruch war moschusartig und schwer.

Und erregend.

Als die Feder meinen linken Nippel liebkoste, wand sich mein Körper. Meine Handgelenke und Knöchel wehrten sich gegen die Fesseln, die mich ans Bett banden.

„Gefällt dir das?", fragte er.

„Ja", antwortete ich. Überrascht stellte ich fest, wie matt meine Stimme klang. „Ja", wiederholte ich lauter.

Erneut geschah nichts. Meine Hüften wanden sich. Ich stöhnte leise. Ich war für seine Berührungen bereit. Ich sehnte mich verzweifelt danach.

„Geduld, *bella*", flüsterte er.

„Du hast leicht reden", erklärte ich. „Du hast im Moment die absolute Kontrolle über meinen Körper." *Absolute Kontrolle über meine Lust.*

„Habe ich dich je enttäuscht?", fragte er.

„Nein", gab ich ehrlich zu. „Nie."

„Und ich werde dich auch jetzt nicht enttäuschen."

Die Feder fuhr an meinem Brustbein hinab, dann bewegte sie sich nach Süden und tauchte in meinem Bauchnabel ein. Sie führte ihre langsame Reise fort und berührte den schmalen Streifen meines Schamhaars. Da verharrte sie plötzlich. Ausgerechnet in dem Augenblick, als ich sie am meisten spüren wollte.

Ich wimmerte: „Bitte, lass mich dich nicht anbetteln."

Doch er sagte kein Wort. Einige Sekunden vergingen, und nichts passierte. Ich konzentrierte mich und versuchte, Geräusche jenseits des wischenden Deckenventilators zu erkennen.

Sanfte Schritte auf dem Teppich, dann das Quietschen der Schlafzimmertür.

Bitte was? Ließ er mich hier allein?

Ich zählte weitere zehn Sekunden. Als er nicht zurückkam, begann ich gegen meine Fesseln anzukämpfen. Das Kopfteil des Bettes klapperte, als ich an ihnen riss und zog. Vergebens. Die Knoten waren zu fest. Ein Entkommen war unmöglich.

Und dann hörte ich erneut Schritte. Er kam zurück in den Raum. Ich atmete hörbar aus.

„Sieh dich nur an", raunte er. „Dein Körper windet sich. Hast du wirklich gedacht, ich würde dich hier liegen lassen? Nach nebenan gehen und mir ein Baseballspiel ansehen?"

Ich antwortete nicht. Plötzlich fühlte ich mich so dumm! Ich hatte Angst gehabt, dass er mich so zurückließ, völlig entblößt und hilflos. Ohne die Möglichkeit zu entkommen, bis er mich befreite. Ich habe mich auch zuvor schon völlig unter seiner Kontrolle befunden, doch heute verspürte ich zum ersten Mal einen Anflug von Panik.

Warum?

Weil er heute so anders wirkte. Von dem Moment an, als ich bei ihm ankam, konnte ich eine sonderbare Eindringlichkeit seiner Blicke und Berührungen spüren.

Irgendwie dunkler. Finsterer.

„Ich würde dich nicht verlassen", versprach er. „Ich würde dich nie verlassen. Du und ich sind auf eine Weise verbunden, die wir nicht kontrollieren können."

Ich schluckte. Spürte ich da etwas Unheilvolles in seinem Tonfall? Oder verlor ich ein wenig die Nerven, weil ich gefesselt war und er mir die Augen verbunden hatte?

Wie konnte eine Person gleichzeitig die Nerven verlieren und extrem erregt sein?

„Vertraust du mir?", fragte er. Er war mir jetzt sehr nah. Vielleicht dreißig Zentimeter entfernt, weiter nicht. Ich erkannte es an seiner Stimme.

Ich ließ meine Hüften kreisen. Eine Bewegung, die ihm gefiel, gab sie ihm doch den Blick auf meine gespreizten Beine frei. „Berühre mich", bat ich. Meine Brust hob und senkte sich mit jedem Atemzug. „Berühre mich, bevor ich sterbe."

„Vertraust du mir?", wiederholte er. Ich nahm das Gewicht seines Körpers auf dem Bett wahr, doch konnte ich nicht sagen, wo genau er sich jetzt befand.

„Ja. Ja, ich vertraue dir."

„Absolut?", fragte er. Plötzlich kitzelte sein warmer Atem meine Klitoris. Mein Gott, in diesem Moment wäre ich fast gekommen.

„Ja, ja! Ich vertraue dir absolut. Bitte berühr mich, Baby ..."

Ich schrie auf, als etwas Kaltes und Nasses meine Perle streichelte. Was war das? Diese Empfindung verwirrte mich, denn ich hatte die Wärme seiner Zunge erwartet.

Dieses kalte und nasse Ding strich die Innenseite meines Schenkels entlang, und endlich wurde mir bewusst, worum es sich handeln musste. Ein Eiswürfel.

Wieder streichelte er mich mit dem Eiswürfel. Ich zog mich zusammen, meine Hüften warfen sich hin und her.

„Ich frage mich, ob ich dich so zum Höhepunkt bringen kann“, sagte er leise und streichelte mich weiter mit dem Eis.

„Ich weiß es nicht. Es fühlt sich gut an, aber es ist so kalt.“

Das Bett quietschte, als er aufstand. Wohin ging er jetzt schon wieder? „Bitte, Baby“, protestierte ich.

Seine Lippen strichen über meine. Sie waren kalt und feucht. Vom Eiswürfel. Mein Körper wand sich, um ihm auf nicht gerade subtile Art klarzumachen, dass ich ihn wollte. Auf mir. In mir. Er sollte mich ficken, bis ich vor Erschöpfung einfach zusammenbrach.

Er küsste mein Kinn, dann ließ er seine Zunge zu meinem Ohrläppchen gleiten und saugte daran. Er wisperte: „Liebst du mich?“

„Du weißt, dass ich alles liebe, was du mit mir machst“, erwiderte ich rasch. Und das war die reine Wahrheit. Ich ersehnte die Berührungen dieses Mannes auf eine Art und Weise, von der ich nicht sicher war, ob sie gesund war. „Selbst wenn du mich darauf warten lässt.“

Der Eiswürfel umkreiste meinen Nippel. Sofort zog sich die Haut beinahe schmerzhaft zusammen. Im nächsten Moment spürte ich das Vorschnellen seiner heißen Zunge. Obwohl es nur ein kurzes Lecken war und längst nicht genug, um mich zufriedenzustellen, drückte ich den Rücken durch und kam ihm mit meinen Brüsten entgegen.

„Liebst du mich?“, wiederholte er.

Langsam sank ich zurück auf die Matratze. Heute war er definitiv anders. Warum fragte er mich plötzlich, ob ich ihn liebte? Er kannte doch meine Situation, kannte die Umstände, unter denen wir zusammengekommen waren.

„Ich weiß, du liebst das hier." Mit dem Daumen begann er meine Klit zu streicheln. Vor und zurück. Vor und zurück.

„Mmmh, ja. Ich liebe es." Ich begann zu keuchen, dem Höhepunkt immer näher. „Ich kann nie genug davon bekommen, deine Hände auf meinem Körper zu spüren."

„Wie ist es mit meiner Zunge?" Er glitt zwischen meine Beine, machte es sich dort bequem. Ich biss erwartungsvoll auf meine Unterlippe. In dem Augenblick, als seine Zunge sich auf mich legte, kamen meine Hüften ihm entgegen, und ich begann zu wimmern.

„Süßer, ich liebe deine Zunge. Von ihr kann ich gar nicht genug bekommen. Ohhh!"

Er saugte an mir, bis ich vor Lust schrie und kurz davor stand, zu explodieren. Dann zog er sich zurück und verwehrte mir meine Erlösung.

„Nein, nein! Bitte", flehte ich. „Ich brauche dich, Süßer. Ich brauche …"

„Liebst du mich?", fragte er erneut.

„Ja!", rief ich. „Ich liebe dich, ich liebe dich!"

„Oh Süße, ich liebe dich auch." Hastig band er meine Beine los und legte sie über seine Schultern. Dann begann er mich mit dem Mund zu verwöhnen. Er saugte, er biss, er vergrub seine Zunge in mir und genoss mich auf so gierige Art, als wäre meine Muschi die letzte Mahlzeit, die er je haben würde.

Mein ganzer Körper bebte, als der Orgasmus mich erfasste. Er erfasste mich heftiger als alles, was ich je zuvor erlebt hatte. Er raubte mir all meine Energie. Raubte mir den Atem. Ließ mich zitternd zurück. Als würde gerade ein Schnellzug durch meinen Körper rasen.

Selbst in diesem Augenblick größter Lust war ich mir bewusst, dass sich irgendetwas zwischen uns verändert hatte. Ich war nur nicht sicher, was es war.

1. KAPITEL

Sechs Wochen früher

Ich wachte von den eindeutigen Geräuschen eines Liebesspiels im Nebenzimmer auf.

Einige Momente lag ich still auf meinem Bett. Langsam gewöhnten sich meine Augen an die Dunkelheit. Meine rechte Schläfe schmerzte und erinnerte mich daran, dass ich am Abend zu viele Margaritas getrunken und in den letzten Tagen zu wenig Schlaf bekommen hatte.

Gähnend drehte ich mich um und schaute auf die Nachttischuhr.

Halb vier Uhr morgens.

„Genau da … ja, genau da! Ohhh …“

Trotz meiner Kopfschmerzen konnte ich ein Kichern nicht unterdrücken. Vielleicht glaubte Marnie, dass ich tief und fest schlief und sie müsste deshalb nicht leise sein. Oder aber es war ihr egal. Während ich still dalag, wusste ich nur, dass sie und dieser Typ, den sie aufgegabelt hatte, so heftig vögelten, als wäre es ihre letzte Nacht auf Erden. Jedenfalls wenn das laute Stöhnen und Schreien, das aus dem anderen Zimmer kamen, Anzeichen für wilden Sex waren.

„Ja, ja! Fick mich, Baby, ja!“, schrie Marnie.

Ich umarmte mein Kissen und schloss die Augen. Aber ich wusste, dass ich so bald nicht wieder in den Schlaf finden würde. Nicht mit diesem geradezu olympischen Liebesspiel, das nebenan gerade abging.

Ich hörte ein regelmäßiges Krachen an der Wand … vermutlich das Kopfteil ihres Betts. Zumindest hoffte ich, es war nicht ein Körperteil von einem der beiden, das gegen die Wand knallte. Und wie dünn waren denn bitte schön diese Wände, dass ich jedes Stöhnen und jedes Ächzen hörte?

Ich überlegte, ob ich aufstehen und an Marnies Zimmertür klopfen sollte. Aber das Letzte, was ich wollte, war sie und ihren Hengst in Verlegenheit zu bringen.

Darum blieb ich, wo ich war, hielt meine Augen geschlossen und hoffte, irgendwie wieder einzuschlafen.

Ein lautes Krachen ließ mich hochfahren. Besorgt lauschte ich. Was um alles in der Welt …

Gelächter.

Ich legte mich wieder hin. Was auch immer passiert war, es hatte Marnie und ihren Liebhaber nicht ernstlich getroffen. Die Geräusche ihres Liebesspiels begannen sogleich wieder dort, wo sie aufgehört hatten.

Das Stöhnen und Keuchen und das gelegentliche Kichern ließ mich plötzlich meinen Mann vermissen. Ich vermisste es, wie wir zu Beginn unserer Beziehung gewesen waren. Spontan und ausgelassen und auch so, wie Marnie gerade war – unbekümmert darüber, ob uns jemand hörte, wie wir es im Hotelzimmer trieben.

Es war vier ganze Tage her, dass ich ihn gesehen habe, seit ich mit Marnie, meiner langjährigen und besten Freundin, zu dieser Reise nach Grand Bahama aufgebrochen war. Nach der Trennung von ihrem Verlobten war sie so niedergeschlagen gewesen – sie hatte dringend eine Luftveränderung gebraucht.

Ich hatte diesen Kurztrip vorgeschlagen, um sie von ihrem gebrochenen Herzen abzulenken. Und es war der absolute Wahnsinn! Marnie und ich hatten in den letzten vier Tagen viel Spaß, machten Party, als wären wir wieder auf dem College und verfügten über endlose Energie. Und Marnie erwähnte nicht ein einziges Mal Brian. Ich bezweifelte, dass sie zwischen den Flirts mit heißen jungen Männern und dem Runterstürzen brennender Sambucas überhaupt Zeit hatte, an ihn zu denken. Auf jeden Fall trug diese Reise eine Menge dazu bei, ihr gebrochenes Herz zu flicken.

Ich vermutete, dass sie einfach nach einigen Jahren Verlobungszeit das Recht hatte, ein bisschen durchzudrehen.

Selbst wenn ich im Nebenzimmer schlief.

Ich konnte nicht anders und musste ihnen einfach zuhören. Aber ich fühlte leisen Neid in mir aufsteigen. Was ich aus Marnies Schlafzimmer hörte, war genau die Art Sex, die ich mit meinem Mann haben wollte. Nach acht Ehejahren waren Andrew und ich ein bisschen in Routine erstarrt. Sex am Samstagabend. Manchmal auch Sonntagmorgen. Es war eine gute Woche, wenn wir es auch irgendwann an anderen Tagen schafften.

Zu Beginn unserer Beziehung waren romantische Wochenendtrips die Regel, und wir trieben es wie die Karnickel. Da wir inzwischen beide einen Vollzeitjob hatten, war diese Art der Spontaneität nicht länger möglich. Aber ich begehrte meinen Mann noch immer, und er begehrte mich. Er konnte mich noch immer von der anderen Seite eines Raums anblicken und meinen Körper allein mit diesem Blick zum Prickeln bringen, wie er es vor zehn Jahren im College vermocht hatte.

Plötzlich wollte ich mit ihm reden. Ihn anrufen und spontan mit ihm Telefonsex haben. Ihn in Stimmung bringen, damit er mir genau den Empfang bei meiner Heimkehr bereitete, den ich mir wünschte.

Ja, es war nach drei Uhr morgens, aber das macht Spontaneität schließlich aus, wenn man sich nicht darum kümmert, wie spät es ist oder wo man sich gerade befindet.

Ich nahm mein Handy, denn es war um ein Vielfaches teurer, wenn ich die Kreditkarte benutzte, um ihn vom Hoteltelefon aus anzurufen. Ich tippte die Ziffern unserer Telefonnummer daheim in Orlando ein, dann lehnte ich mich zurück und wartete, dass Andrew abnahm.

Meine Lippen leicht geöffnet, war ich bereit, im nächsten

Moment etwas Schmutziges zu sagen, sobald Andrew abhob. Aber nach dem vierten Klingeln sprang die Mailbox an.

Enttäuscht seufzte ich. Ich überlegte, ob ich auflegen und erneut anrufen sollte. Ich wollte ihm erzählen, wie sehr ich mich danach sehnte, ihn zu berühren und zu streicheln. Wie sehr ich mir wünschte, ihn in mir zu spüren. Und wenn ich schon mal dabei war, konnte ich ihn auch fragen, ob er nicht den nächsten Flug nehmen und mich hier treffen wollte. Oder in Fort Lauderdale, wo Marnie und ich an Bord der Discovery Cruise Line gegangen waren.

Eben ganz spontan.

Aber die Vernunft siegte, als das Piepen erklang und ich meine eigene Stimme hörte, die mich aufforderte, eine Nachricht zu hinterlassen. Es war mitten in der Nacht, und auch wenn ich mich verzweifelt danach sehnte, mit ihm zu reden, konnte ich Andrew nicht wecken. Es wäre ihm gegenüber nicht fair. Morgen musste er aufstehen und arbeiten gehen. Im Übrigen sah ich ihn ja schon in weniger als vierundzwanzig Stunden wieder.

Echter Sex wäre sowieso viel besser als Telefonsex.

Obwohl ich schon nicht mehr daran geglaubt hatte, dämmerte ich im Laufe der Nacht immer wieder ein. Mit einem Ruck wachte ich am nächsten Morgen auf. Marnie saß auf meiner Bettkante.

„Guten Morgen, Schlafmütze“, trällerte sie, als sich unsere Blicke trafen.

Ich brauchte einen Augenblick, ehe mir bewusst wurde, dass sie wirklich da war und ich nicht träumte. Ich konnte den Geruch einer blumigen Seife riechen, konnte sehen, dass ihr schwarzes kurzes Haar feucht war. Sie hatte es glatt zurückgekämmt. Ja, sie war es wirklich. Und sie wirkte überraschend ausgeruht für eine Frau, die den Großteil der Nacht damit verbracht hatte, sich den Verstand wegzuvögeln. Ihre dunkle Haut gab nie etwas preis.

„Du würdest auch noch schlafen, wenn du nachts von Geräuschen wilder Vögelei geweckt worden wärst."

„Du hast uns gehört?", fragte Marnie. Sie klang überrascht.

„Du beliebst zu scherzen. Wie hätte ich euch *nicht* hören können?"

„Ups!", machte Marnie kleinlaut.

„Ist dein Schlafzimmer jetzt zum Katastrophengebiet erklärt worden oder so? Es hörte sich wirklich so an, als würdet ihr das Zimmer auseinandernehmen."

„Wir haben eine der Nachttischlampen zerbrochen." Marnie klang beinahe stolz.

„Wie bitte?" Aber ich fragte mich eher, wie sie das geschafft hatten. „Und da kannst du auch noch drüber grinsen?"

„Mach dir keine Sorgen. Ich bin schon zur Rezeption gegangen, habe Bescheid gegeben und den Schaden bezahlt."

„Ah, okay." Obwohl ich todmüde war, richtete ich mich auf einen Ellbogen auf. Ich rekelte mich, und ein Gähnen entschlüpfte mir.

Marnie grinste von einem Ohr zum anderen. „Und vertrau mir, ich grinse nicht, weil wir die Lampe ruiniert haben."

Gespielt tadelnd schüttelte ich den Kopf. „Ich kann nicht glauben, dass du bereits auf bist. Nach der sportlichen Betätigung von letzter Nacht …"

„Ich weiß." Marnie seufzte zufrieden. „Er ist leider vor einer Stunde abgereist, daher wusste ich, dass ich keinen Schlaf bekommen würde, wenn ich es später zum Schiff schaffen will. Ich habe geduscht, ein paar Tassen Kaffee getrunken und fühle mich erstaunlich gut."

„Man weiß ja nie. Jedenfalls nicht mit diesem ‚Ich wurde so heftig gefickt, ich könnte heute als glückliche Frau sterben'-Lächeln auf deinem Gesicht."

„Ich weiß." Marnie kicherte. „Es war unbeschreiblich, Sophie. Nicht von dieser Welt."

„Das musst du mir nicht sagen. Ich fühle mich, als wäre ich Zuschauerin gewesen. Alles was mir fehlte, waren das Popcorn und ein Dildo."

Marnie brüllte vor Lachen. „Ich sollte jetzt eigentlich verlegen sein, stimmt's? Aber was soll ich sagen, ich bin so schamlos!"

Erneut gähnte ich, ehe ich fragte: „Du magst den Typen also?"

„Ich mag seinen Schwanz. Nein, ich *liebe* seinen Schwanz."

Seit der achten Klasse war Marnie meine beste Freundin, und nie hatten wir ein Problem damit gehabt, untereinander offen zu sprechen. Aber schließlich waren wir Lehrerinnen, und wenn die Eltern unserer Schüler uns so reden hören könnten, wenn wir zu zweit unterwegs waren, hätten sie ihre Kinder vermutlich aus unseren Klassen genommen.

Natürlich mussten wir uns hier keine Sorgen darum machen. Und wir redeten natürlich auf keinen Fall so, wenn wir vor unserer Grundschulklasse standen.

„Ich mag ihn wirklich", fuhr Marnie fort, „aber wir reisen heute ab. Vielleicht wäre er jemand für mich, wenn er in Orlando lebte. Nein, auch wenn er auf den Bahamas leben würde. Aber er reist übermorgen zurück in die Dominikanische Republik."

„Es war süß zu beobachten, wie ihr zwei versucht habt, euch an der Bar zu unterhalten." Was Soriano an Vokabeln fehlte, hatte er mit seinem Charme wieder wettgemacht. Und sein strahlendes Lächeln hatte auch nicht geschadet.

„Wenigstens hat er seinen Zweck erfüllt", sagte Marnie. „Und das heißt, er hat mich *absolut* vergessen lassen, dass es Brian gibt. Ich weiß nicht, ob es daran liegt, dass es nur ein One-Night-Stand war, aber nichts, was Brian je mit mir im

Bett angestellt hat, war auch nur annähernd so aufregend wie das, was Soriano und ich getan haben."

„Vermutlich war es mit Brian am Anfang auch so aufregend", betonte ich. „Neues Spiel, neues Glück."

Marnie zuckte die Schultern. „Vielleicht. Aber jetzt weiß mein Körper, dass es ein Leben nach Brian gibt. Und dass dieses Leben sehr aufregend sein kann."

Ich lächelte meine Freundin an und freute mich für sie. Nach dem Ende ihrer Beziehung mit Brian hatte sie jetzt über drei Monate Trübsal geblasen. Sie brauchte einfach jemanden, der sie aus ihrer Lethargie riss.

Ihre erste Ehe war bereits zerbrochen, nachdem ihr Mann sie immer und immer wieder betrogen hatte. Jetzt da Brian und sie ihre Beziehung für beendet erklärten, wusste ich, dass sie der Gedanke, ihrem Mr. Right nie zu begegnen, deprimierte.

Ich setzte mich auf und schwang meine Beine aus dem Bett. „Ich nehme erst mal eine Dusche. Gibt's noch Kaffee?"

„Ich mach dir einen."

„Danke, Süße. Ich werde ihn brauchen."

2. *KAPITEL*

Es war kurz nach neun Uhr abends, als ich meinen Wagen in die Einfahrt unseres Hauses in Orlando lenkte. Der Cadillac Escalade meines Mannes stand dort – etwas anderes hätte ich sonntagabends auch nicht erwartet – und aufgeregt lief ich ins Haus. Ich wollte ihn in die Arme schließen und ihn küssen, bis wir nackt auf dem Wohnzimmerfußboden landen würden.

Ich hoffte, er hätte mein Kommen gehört und würde mich an der Eingangstür erwarten. Doch das tat er nicht. Dafür begrüßte mich Peaches, unsere rotweiße Tigerkatze. Sie schnurrte zur Begrüßung, und ich beugte mich hinunter und kraulte kurz ihren Kopf, ehe ich ins Wohnzimmer ging.

Peaches folgte mir. Sie forderte eindeutig mehr Aufmerksamkeit von mir. Ich aber brauchte Andrew. Und seine Aufmerksamkeit.

Aber er war auch nicht im Wohnzimmer. Hatte er mich nicht gehört? Irgendwo im Haus musste er sein. Warum war er mir also nicht entgegengekommen, um mich zu begrüßen? Wir hatten uns seit fünf Tagen nicht gesehen. Vielleicht war ich da ein bisschen altmodisch, aber ich erwartete schon, dass er alles stehen und liegen ließ, um mir entgegenzueilen. Mich in die Arme zu schließen und nicht mehr loszulassen, bis wir beide vor Lust aufschrien, wenn wir den Höhepunkt erreichten.

„Andrew?", rief ich. Als er nicht antwortete, runzelte ich die Stirn. Heute Abend war mir nach Spontaneität. Und Kreativität.

Und Sex, der die ganze Nacht lang dauerte.

Ich spazierte in unser Schlafzimmer. Dort fand ich Andrew auf dem Bett liegend. Mein Stirnrunzeln verschwand und machte einem glücklichen Lächeln Platz. Er lag auf dem Rücken, die Lippen leicht geöffnet, und schnarchte leise.

„Oh Baby", sagte ich leise. „Wenigstens bekommst du

Ruhe, damit du in Bestform bist, wenn ich dich aufwecke."

Die Katze rieb ihren Leib an meinen Beinen und schnurrte. Ich beugte mich hinrunter, hob sie hoch und setzte sie vor die Tür, die ich vor ihrer Nase schloss.

„Tut mir leid, Peaches, aber hierfür benötige ich keine Zuschauer."

Ich schlich durch den Raum zum Bett und ließ mich neben meinem Mann nieder. Er regte sich nicht. Ich streckte mich neben ihm aus und legte meine Lippen auf seine.

Andrew wachte ruckartig auf. Seine Augen weiteten sich, als er mich erkannte.

Ich kicherte. „Hey, Baby."

„Hi", erwiderte er mit heiserer Stimme. Er räusperte sich.

„Sieht so aus, als hätte hier jemand einen harten Tag hinter sich", bemerkte ich und legte meine Hand auf seinen Bauch, ehe ich sein Kinn küsste. „Aber ich hoffe, dein kleines Nickerchen hat dir geholfen, Kräfte zu sammeln."

„Wie spät ist es?"

„Kurz nach neun", antwortete ich. Jetzt küsste ich ihn auf den Mund.

„Wie war eure Reise?"

„Lustig. Marnie hatte auf jeden Fall eine gute Zeit." Ich lächelte, als ich mich daran erinnerte, *wie* gut ihre Zeit gewesen war. Doch das würde ich nie mit Andrew teilen. „Der Kurzurlaub war großartig für sie."

„Das ist gut, Liebling."

Gut? Warum nahm Andrew mich nicht in die Arme und küsste mich endlich *richtig*?

Ich dachte, er wäre immer noch erschöpft, aber ich war fest entschlossen, ihn zu wecken. Ich ließ meine Hand an seinem Unterleib hinabgleiten und streichelte ihn durch die Hose. Dann drückte ich meinen Mund auf seinen und küsste ihn innig.

Sein Schwanz wurde hart, und ich schnurrte zufrieden. Es gab mir das Gefühl weiblicher Macht. Ich ließ mich auf ihn gleiten und setzte mich rittlings auf ihn. Seine Hände fuhren zu meinen Brüsten hinauf und massierten sie sanft.

Ich rieb mich an ihm und spürte durch den Stoff meiner Shorts seinen Penis. Mein Mund löste sich von seinem, küsste seinen Kiefer, biss sanft in sein Ohrläppchen.

„Ich habe letzte Nacht ein paar überaus unartige Gedanken gehabt", flüsterte ich.

Er schob seine Hände um meine Taille. „Hast du das?"

„Mhm." Ich hob meinen Kopf und blickte in sein Gesicht. „Ich habe dich sogar angerufen. Aber du bist nicht drangegangen."

Andrews Hände verharrten. Er blickte mich an, als wäre er nicht sicher, ob er mich richtig verstanden hatte. „Du hast letzte Nacht angerufen?"

„Ja", antwortete ich.

„Um wie viel Uhr?"

„Es war schon spät", erwiderte ich. „Aber entweder hast du schon geschlafen, oder du warst noch unterwegs und hast dich amüsiert."

Es war nur ein Scherz, aber der fragende Blick, den er mir zuwarf, zeigte mir, dass er meine Worte nicht für einen Scherz hielt. „Ich vermute, ich war einfach ziemlich müde. Bei der Arbeit war es sehr stressig. Im Moment findet bei uns eine Tagung statt, an der ich gestern noch teilgenommen habe, weil du ja nicht da warst. Du hättest sehen sollen, wie diese Schadenssachverständigen an der Bar einen Drink nach dem nächsten gekippt haben. Und ich hatte gedacht, sie wären langweilig."

Ich schob meine Hand zwischen unsere Körper. Sein Schwanz war nicht mehr hart. „Hey, großer Junge. Was ist los?" Ich schmollte. „Bist du nicht froh, mich wiederzusehen?"

„Natürlich bin ich froh." Bildete ich mir das nur ein, oder

klang er einen bisschen zurückhaltender als sonst?

„Und warum brauchst du dann so lange, um mich auszuziehen?“ Meine Beine schlossen sich weiterhin um seinen Unterleib, als ich mich aufrichtete und meine Bluse über den Kopf zog. Rasch löste ich die Häkchen meines BHs. „Berühr mich, Baby. Leck meine Nippel. Ich will von dir so heftig gefickt werden, dass es mich von den Füßen haut.“

„Sophie“, sagte Andrew. Seine Stimme klang so abweisend …

„Tut mir leid, Baby“, entschuldigte ich mich. Andrew mochte es nicht, wenn ich so sprach. „Ich habe dich einfach vermisst, und du zierst dich heute wirklich sehr.“

Andrew musterte mich aufmerksam.

„Baby, jetzt sag mir nicht, du bist dafür im Moment zu müde.“ Erneut begann ich ihn zu streicheln. „Ich kann auch alles machen. Ich brauche nur deinen steifen Schwanz.“

„Was genau ist auf dieser Reise passiert?“, fragte er.

„Wie meinst du das?“

„Ich weiß nicht. Du bist irgendwie so ungewöhnlich geil auf mich.“

Jetzt setzte ich mich auf und blickte Andrew perplex an. „Bedeutet das, ich benötige irgendeinen verrückten Grund, warum ich mit meinem Ehemann Sex haben will?“

Andrews Schultern zuckten leicht.

Was ging hier eigentlich vor? „Denkst du etwa, ich habe irgendetwas Verbotenes getan, während ich fort war?“

„Das habe ich nicht gesagt.“

Er hätte kaum weniger überzeugend klingen können. Er war nie der eifersüchtige oder besitzergreifende Typ gewesen, und ich gab ihm nie einen Grund, mir nicht zu vertrauen. Daher hatte ich keine Ahnung, was hier tatsächlich vor sich ging.

„Um jegliche Missverständnisse auszuräumen“ begann ich langsam und rutschte von ihm herunter, „ich habe nicht das

Geringste getan, das es rechtfertigt, auf mich böse zu sein. Ja, ich habe eine Menge getrunken, bin lange aufgeblieben und habe so viel getanzt wie seit dem College nicht mehr, aber jeder Typ, mit dem ich geredet habe, wusste, dass ich verheiratet bin."

Andrew zeigte mit keiner Regung, dass er mir zuhörte. Stattdessen stand er auf und verließ das Schlafzimmer. Er ließ mich verwirrt zurück. Glaubte er mir nicht? Oder war er einfach auf Streit aus? Wenn das der Grund war, so fragte ich mich, warum. Weil ich mit Marnie weggefahren war? Er hatte mit keiner Silbe erwähnt, dass er gegen meinen fünftägigen Kurztrip mit meiner besten Freundin war.

Ich ging ihm nicht nach. Wenn er unbedingt streiten wollte, dann gefälligst nicht mit mir. Ich zog meine Bluse wieder an und wusste, dass ich aus irgendeinem dämlichen Grund heute Abend keinen Sex bekommen würde.

Jetzt öffnete sich die Schlafzimmertür, und Peaches spazierte herein. Sie sprang auf meinen Schoß und verlangte zielstrebig nach meiner Aufmerksamkeit. Ich begann ihren Hals zu kraulen und zog seltsamerweise Trost aus der Tatsache, dass wenigstens mein Haustier froh war, mich zu sehen.

Wenige Minuten später kehrte Andrew zurück und verharrte in der Tür zum Schlafzimmer. Er stand da, lehnte sich gegen den Türrahmen und wirkte hin und her gerissen.

„Bist du böse, weil ich mit Marnie verreist bin?", fragte ich, um gleich zur Sache zu kommen.

Andrew atmete tief ein und ließ den Atem langsam entweichen. „Es ist etwas passiert", antwortete er einfach.

Also hatte er Ärger bei der Arbeit. Es wäre nicht das erste Mal, dass der Stress seiner Arbeit ihn auch zu Hause belastete. Ich war enttäuscht. Mich wiederzusehen hatte ihn anscheinend nicht von seinen Problemen abgelenkt. Aber zugleich war es auch eine Erleichterung zu wissen, dass er nicht glaubte, ich wolle ihn irgendwie verletzen.

„Ist es etwas Ernstes?"

Er nickte.

Ich weiß nicht, warum, aber ich hatte das Gefühl, es wäre nicht nur ein alltägliches Problem bei der Arbeit. Vielleicht hatte Andrew irgendwas ziemlich Großes im Hotel verbockt und die Zentrale war jetzt sauer auf ihn. Vielleicht war er auch in einen Konflikt mit einem seiner Mitarbeiter verwickelt. Es wäre nicht das erste Mal.

„Ist schon okay", erklärte ich ihm. „Was es auch ist, du kannst es mir ruhig erzählen."

Er starrte in meine Augen, dann blickte er zur Seite. Seinem Gesicht war Angst abzulesen.

„Andrew." Himmel, wie schlimm konnte es schon sein? „Du weißt, ich werde dich unterstützen, was auch immer es ist."

„Da bin ich mir nicht so sicher."

Finster blickte ich ihn an. Peaches rollte sich auf den Rücken und bot mir ihren Bauch dar. Sie aalte sich voller Erwartungsfreude auf das, was jetzt kam. „Warum sagst du das? Bin ich nicht immer für dich da gewesen?"

Als Andrew nicht antwortete, spürte ich die Kälte, die mein Rückgrat hinaufkroch und ein Gefühl von Furcht erzeugte. Es sah Andrew nicht ähnlich, nicht direkt zum Punkt zu kommen. Mein Gott, etwas wirklich Schreckliches musste passiert sein.

Mein Herz begann schneller zu schlagen, und diverse verheerende Szenarien kamen mir in den Sinn. War mit seinen Eltern etwas passiert? Hatte er vom Arzt eine schlechte Nachricht über seinen Gesundheitszustand erhalten, während ich nicht da war? Hatte er ein Kind angefahren?

Andrew seufzte schwer. Er nahm sich Zeit und machte sich bereit, mir die schreckliche Nachricht zu verkünden, doch ich war nicht sicher, ob mein Herz diese Anspannung noch länger aushielt.

„Bitte, Andrew. Sag mir einfach was los ist!"

„Du weißt, dass ich dich liebe, ja?"

„Ja, das weiß ich", erwiderte ich ein bisschen ängstlich. „Aber ich will jetzt wissen, was passiert ist."

Er konnte mich nicht ansehen, und das vergrößerte nur noch meine Angst. Mein Blick trübte sich. Offensichtlich war das, was passiert war, ernst genug, dass Andrew mich nicht in meinem Urlaub hatte stören wollen.

Ich krächzte: „Jemand ist gestorben?"

„Nein."

„Nein?" Ein erleichtertes Kichern entrang sich meiner Kehle. „Gott sei Dank, Andrew." Ich verstummte. Atmete tief durch. „Aber etwas wirklich Ernstes ist doch passiert, oder?" Vielleicht hatte er tatsächlich eine schlechte Nachricht von seinem Arzt bekommen.

„Ich ..."

Ich wartete. Hörte zu. „Was denn, Baby?"

„Ich wollte dir nie wehtun."

Das waren nicht die Worte, die ich zu hören erwartete, und sie erwischten mich auf dem falschen Fuß. Als würde ich in einen Apfel beißen und feststellen, dass er von innen verfault war.

Verwirrt blickte ich ihn an. „Ich verstehe nicht, was du meinst."

„Ich ... ich habe etwas getan. Etwas, auf das ich nicht stolz bin."

Es musste sich um etwas Berufliches handeln, irgendein riesiger Schlamassel, den die Bosse auf ihn abgewälzt hatten. Gott, vielleicht hatten sie ihn sogar gefeuert! Andrew arbeitete als Manager im *Pelican Hotel & Resort* in Kissimmee, das in der Nähe von Disney World lag. Der Job brachte eine Menge

Stress mit sich. Die Leute in der Zentrale waren nicht immer damit einverstanden, wie Andrew und sein Team das Hotel führten.

Aber bestimmt war das, was auch immer er getan hatte, nicht schlimm genug, um ihn zu feuern.

„Jesus, das hier ist so …" Andrew vervollständigte den Satz nicht.

„So was?", hakte ich nach.

„Ich hatte eine Affäre", brachte er so schnell hervor, dass ich im ersten Moment nicht sicher war, ob ich ihn richtig verstanden hatte. Immerhin schnurrte die Katze so laut, dass ich mich verhört haben könnte.

„Was hast du gesagt?", fragte ich, um mich seiner Worte zu vergewissern; ich erwartete, dass er etwas anderes sagte. Ich wollte sichergehen, dass ich mich verhört hatte.

Jetzt blickte er mich an. „Ich hatte eine Affäre."

Wie in Trance setzte ich die Katze auf den Boden. Sie lief durch die Schlafzimmertür hinaus, als spürte sie die Spannung, die den Raum plötzlich erfüllte.

„Du …" Ich konnte nicht wiederholen, was er gesagt hatte.

„Es tut mir so leid", erklärte er. Er betrat das Schlafzimmer und schloss die Tür hinter sich. „Ich wollte dir nie wehtun."

Alles was ich tun konnte, war, Andrew anzustarren. Es war, als hätte er sich vor meinen Augen in einen Fremden verwandelt.

„Bitte, Sophie. Sag doch etwas."

Das hier passierte nicht. Es war nicht real.

Andrew kam auf mich zu. Langsam, als versuchte er, einen ängstlichen Hund in die Ecke zu drängen. Ich sagte kein Wort. Ich konnte nicht. Ich war zu betäubt.

Aber als er die Hand nach mir ausstreckte, reagierte ich instinktiv und schlug sie beiseite. „Rühr mich nicht an!" Plötzlich hörte ich die abgehackten Atemzüge, die sich meiner

Brust entrangen. Ich klang schrecklich. „Wage es nie wieder, mich anzufassen."

„Das ist das Schwerste, das ich dir je sagen musste …"

„Halt die Klappe. Halt einfach die Klappe!" Ich legte die Hände auf meine Ohren. Ich wollte seine Worte ausblenden, als würde das, was er getan hatte, verschwinden, wenn ich es ihn nicht aussprechen hörte.

Die Hände noch immer auf die Ohren gepresst, starrte ich Andrew an. Meine Augen beschworen ihn, seine Worte zurückzunehmen. Er hielt meinem Blick stand, aber nur für wenige Sekunden. Dann blickte er zu Boden.

„Oh mein Gott." Ich sprang auf. „Oh mein Gott!"

„Sophie …"

Keuchend stolperte ich an Andrew vorbei. Ich wollte aus dem Haus rennen, an einen Ort flüchten, an dem Andrews Worte mir nicht länger wehtaten. Aber als ich das Wohnzimmer betrat, gaben meine Knie unter mir nach, und ich hatte Glück, das Sofa zu erreichen und nicht auf dem Fußboden zusammenzubrechen.

Eine Affäre? Mein Mann hatte eine Affäre gehabt?

Andrew, der Mann, den ich kannte, seit ich neunzehn war, der mir am College so lange nachgelaufen war, bis ich nicht mehr Nein sagen konnte. Der Typ, der mir einen Plastikring in einem Strauß Löwenzahn schenkte und mir erzählte, auch wenn er damit nicht um meine Hand anhielte, wolle er mich wissen lassen, dass er es eines Tages tun würde.

Wenn es irgendjemanden gab, auf den ich zählen konnte, jemanden, von dem ich dachte, ich könne ihm absolut vertrauen und er würde mich nie auf diese Weise betrügen, dann war es Andrew.

Meine Augen füllten sich plötzlich mit Tränen. Warum, warum, warum? Warum sollte er mir das antun? Wie *konnte* er mir das antun?

Es war ja nicht so, dass ich mich abends auf die Seite drehte und erklärte, ich sei zu müde, um Sex mit ihm zu haben. Eher war ich es, die häufiger wollte als er. Er war nicht mehr so energisch wie zu Beginn unserer Beziehung, wenn es zwischen uns beiden zum Sex kam. Aber er war auch noch nie der Typ gewesen, der mir die Klamotten vom Leib riss. Er war nicht der Typ Mann, der sich nach Gelegenheiten umschaute, während er eine Frau an seiner Seite hatte, die bereit und glücklich war, ihm zu gefallen.

Nein, was für Andrew wichtig war – oder was er zumindest stets behauptet hatte –, war unsere enge Bindung. Leidenschaft konnte abflauen, aber er versicherte mir, dass unsere Liebe immer stark sein würde.

„Sophie." Er sprach leise. Mein Kopf schnellte nach oben. Er stand am Fußende des Sofas.

Ihn dort mit diesem schmerzlichen Ausdruck auf dem Gesicht stehen zu sehen war alles, was ich im Moment brauchte, damit meine Verwirrung sich in Wut verwandelte. Er wagte es, mich verletzt anzusehen? Nachdem *er* mich betrogen hatte?

„Was willst du, eine Medaille? Du denkst, nur weil du den Mut aufbringst, es zu gestehen, soll ich dir gefälligst verzeihen, dass du durch die Gegend vögelst?"

„Nein", sagte er leise. „Das ist es nicht, was ich erwarte."

„Was zum Teufel willst du dann?" Ich war stinksauer und kümmerte mich nicht um meine Umgangssprache, die ihm oft nicht passte.

Er zuckte die Schultern. „Ich wollte, dass du es weißt."

„Ach, was bist du doch für ein Ausbund an Ehrgefühl. Geh zum Teufel."

Ich stand auf und marschierte ins Schlafzimmer. Aber sobald ich dort war, wirbelte ich herum. Ich wollte Antworten von diesem Mann, dem ich mein Herz geschenkt hatte. Antworten von dem Mann, den ich geheiratet und dem ich Treue geschworen hatte.

Nein, ich *verdiente* Antworten.

Ich schäumte vor Wut, und meine Nasenflügel bebten mit jedem wütenden Atemzug. „Du hast eine andere gevögelt. Sag mir, warum."

Er sagte nichts.

„Sag mir, warum! War ich dir nicht gut genug? Gott weiß, du hast dich nie so verhalten, als wäre Sex für dich das höchste Ziel, also warum zum Teufel musstest du im Bett einer anderen Frau landen?"

„Ich weiß es nicht."

„Du weißt es nicht?" Ich starrte ihn an. „Was denn, wurdest du von Außerirdischen entführt, die dein Gehirn entfernt haben?"

Andrew sagte nichts.

„War es ein One-Night-Stand?", verlangte ich zu wissen. „Irgend so eine Schlampe, die du in einem Club kennengelernt hast?"

Keine Antwort.

Mir drehte sich der Magen um. „Jemand, den du im Hotel kennengelernt hast?"

Andrew antwortete nicht.

Ein schrecklicher Gedanke kam mir. Er war so schmerzhaft, als hätte Andrew mich mitten ins Gesicht geschlagen. „Sie war nicht bloß ein One-Night-Stand ... Oh Gott."

Andrew fuhr sich aufstöhnend mit einer Hand durchs Gesicht. „Es ist nicht ... es ist ja nicht so, als hätte sie mir etwas bedeutet."

„Mein Gott, du bist ein verdammtes Klischee auf zwei Beinen."

„Um Himmels willen, Sophie. Können wir nicht einfach ... können wir darüber reden? Ich weiß, ich habe etwas falsch gemacht. Ich habe einen riesigen Fehler begangen."

„Ich habe mir genug Scheiße von dir angehört." Ich fluchte wie ein Trucker, aber ich war auch wirklich wütend.

„Ich versuche nur, hier und jetzt das Richtige zu tun." Andrew klang verzweifelt. „Darum habe ich dir davon erzählt. Ich wollte, dass du es von mir erfährst."

Einige Herzschläge geschah gar nichts. Ich war so wütend und zitterte am ganzen Körper. Ich musste mich beruhigen. Nicht um Andrews willen, sondern um meinetwillen.

Ich atmete tief durch und versuchte mich zu beruhigen. Ich fragte mich zugleich, ob ich mich je wieder beruhigen würde.

„Ich habe gedacht, ich würde dich kennen", sagte ich. „Ich habe gedacht, du liebst mich."

„Denkst du, ich liebe dich nicht?", fragte Andrew. „Darum erzähle ich es dir doch – weil ich dich liebe. Und ich will es wiedergutmachen."

Es wiedergutmachen ... Als ob das so einfach wäre. Als ob das, was er getan hatte, rückgängig gemacht werden könnte.

„Verschwinde", sagte ich.

Er wirkte wie betäubt. „Wie bitte?"

„Ich will, dass du verschwindest. Verschwinde aus meinem Leben, du Hurensohn."

Noch während ich die Worte aussprach, konnte ich mir ein Leben ohne Andrew nicht einmal vorstellen. Erst vor ein paar Monaten hatten Andrew und ich überlegt, endlich Kinder zu bekommen. Nachdem wir die ersten acht Jahre unserer Ehe dem Nestbau gewidmet hatten, waren wir für diesen Schritt bereit.

Ich holte erneut Luft und hielt sie an, bis meine Lungen brannten. Ich wollte nicht weinen, aber verdammt ... Andrew hatte alles zerstört.

Der Damm, der von meinem letzten Rest Selbstbeherrschung gehalten wurde, brach, und ich begann zu weinen. Große, schwere Schluchzer.

Andrew schloss mich in die Arme, und obwohl ich das nicht wollte, hatte ich keine Kraft, ihn wegzustoßen. Er hielt meinen Kopf an seine Brust gedrückt, und ich heulte, bis keine Tränen mehr kamen.

„Gott", seufzte Andrew. Zärtlich streichelte er mein Haar, als tröstete er mich wegen einer völlig anderen Sache. „Das ist das Letzte, was ich wollte. Dir so wehzutun."

Seine Worte durchbohrten mein Herz. Ich trat einen Schritt zurück und wischte die Tränen von meinen Wangen. Irgendwie war ich erstaunlich ruhig, als ich fragte: „Was hast du geglaubt? Dass es mir nicht wehtut, wenn du mich betrügst?"

„Ich weiß, ich weiß. Ich klinge wie ein Idiot. Ich wollte damit nur sagen … Nein. Alles was ich sagen kann, ist, dass es mir leidtut."

Mir war plötzlich kalt, und ich schlang die Arme um meinen Körper. Obwohl ich wusste, dass meine Arme mich nicht wärmen konnten, denn die Kälte strömte aus meinem Innern. „Eine Entschuldigung kann das hier nicht aus der Welt schaffen."

Andrew nickte. „Ich verstehe."

„Hör auf, mich so anzusehen."

„Wie sehe ich dich denn an?"

„Dieser verletzte Blick. Als ob dir das hier mehr wehtut als mir."

„Ich bin auch verletzt", sagte Andrew leise.

„Oh, ich bin sicher, es ist schrecklich hart für dich", erwiderte ich grob und wandte mich von ihm ab. Ich konnte es nicht ertragen, ihn anzusehen. Ihn anzusehen und zu wissen, dass der Mann, den ich liebte, mich betrogen hatte.

Langsam ging ich auf die Wand neben der Schlafzimmertür zu. Erschöpft lehnte ich mich an sie.

Andrew folgte mir, aber er blieb ein paar Schritte entfernt

von mir stehen. „Ich habe dir davon erzählt, weil ich es wollte. Weil du verdienst, es zu wissen. Und weil ich hoffte, dass du tief in deinem Herzen einen Weg findest, mir zu verzeihen, dass ich so schwach war. Und so dumm. Ich hab's vermasselt, aber das muss nicht das Ende unserer Ehe sein."

„Wow. Danke für diesen zu Herzen gehenden, überaus parteiischen Ratschlag, du Arschloch. Wage es nicht, mir zu sagen, wie ich mich fühlen soll und was ich tun soll, denn *ich* werde entscheiden, was als Nächstes passiert. Du hast jedenfalls keine Affäre und entscheidest danach noch immer über unsere Zukunft. Wenn dir unsere Zukunft wichtig wäre, hättest du nie etwas so …" Meine Stimme verlor sich in erstickten Schluchzern.

Andrew streckte die Hand nach mir aus. „Baby."

„Fick dich!", fauchte ich. Die Wut war zurück und genoss ihren großen Auftritt. „Und jetzt verschwinde. Ich ertrage deinen Anblick nicht länger."

3. KAPITEL

Ich fragte Andrew nicht, wohin er ging. Es interessierte mich nicht. Er konnte meinetwegen direkt zu seiner Freundin laufen und anfangen zu planen, wie er mich mit den Scheidungspapieren abservieren wollte. Es war mir egal. Wenn er die Schlampe wollte, die er gevögelt hatte, konnte er sie haben.

Das sagte ich mir, doch tief in meinem Herzen glaubte ich mir meine mutigen Worte nicht. Vielleicht wollte ich Andrew hassen, weil er meine Welt auf den Kopf stellte, aber kein Mensch kann seine Gefühle von einem Moment auf den nächsten abstellen. Die Wahrheit war, dass ich ihn liebte, und das verstärkte den Schmerz nur. Das und die Tatsache, dass das, was er getan hatte, für mich ein absoluter Schock war. Ich hatte geglaubt, Andrew und ich führten eine gute, glückliche Ehe. Und Leute in glücklichen Ehen betrügen einander nicht.

Ich verbrachte die Nacht abwechselnd damit, zu weinen, zu fluchen und mir zu wünschen, ich könnte diesen Tag noch mal von vorn anfangen. Ich würde alles dafür geben, noch mal auf den Bahamas zu sein, mit einem mächtigen Kater und Schlafentzug. Zumindest wäre ich dann unausgeschlafen, weil ich zu viel Spaß gehabt hätte.

Jetzt aber, als das Sonnenlicht durch die Fensterläden blinzelte und den neuen Morgen ankündigte, war mir übel, und ich fühlte mich wie betäubt. Mein Hals war ausgedörrt und mein Bauch krampfte. Ich brauchte Wasser. Etwas in meinen Magen. Aber ich hatte nicht mal genug Energie, um aus dem Bett zu steigen.

Warum? Das war die Frage, die ich mir in den Momenten stellte, wenn ich nicht weinte oder vor mich hin döste. Warum hatte Andrew mir das angetan? Uns angetan. Und er besaß die Unverfrorenheit, mir zu erklären, dass er noch immer mit mir zusammen sein wollte. Dass er an unserer Ehe festhielt.

Ich verstand es einfach nicht.

Mein Kopf schmerzte, weil ich ihn mir über Andrews geplatzte Bombe zerbrach. Darum schloss ich meine Augen. Schloss meine Augen und zwang den Schmerz zu verschwinden.

Ich muss wieder weggedämmert sein, denn ich schreckte auf, weil ich glaubte, ein Geräusch im Haus zu hören. Langsam hob ich meinen Kopf. War das Peaches?

Es musste die Katze sein. Sie war nicht bei mir im Schlafzimmer, und das bedeutete, sie musste irgendwo im Haus herumstreunen. Vermutlich hatte sie etwas umgeschmissen, aber ich konnte mich nicht aufraffen, aufzustehen und nachzusehen.

Ich schloss die Augen und riss sie wieder auf, als ich hörte, wie die Schlafzimmertür geöffnet wurde. Jetzt wusste ich, dass es nicht Peaches war.

War Andrew zurückgekommen?

Marnie steckte ihren Kopf durch den Türspalt.

„Marnie?“ Kurz fragte ich mich, ob ich halluzinierte.

Sie stürzte ins Zimmer. „Oh Liebes. Was ist denn los?“

„Was machst du denn hier?“, fragte ich mit heiserer Stimme.

Sie plumpste neben mir aufs Bett. Ihr Gesicht spiegelte ihre Sorge wider, während sie mich musterte. „Andrew rief mich an. Und ich bin froh, dass er das getan hat. Mein Gott – deine Augen sind fast zugeschwollen.“

„Andrew hat dich angerufen?“

„Ja.“ Marnie legte ihre Hand auf meine Stirn, als wollte sie fühlen, ob ich erhöhte Temperatur hatte. „Du bist nicht zu heiß, aber ich habe noch nie erlebt, dass du so schrecklich aussiehst. Ich sollte dich zum Arzt bringen.“

„Andrew hat gesagt, ich sei krank?“

„Er sagte mir nur, du könntest mich vielleicht brauchen.“

„Hmmm.“ Auf Marnies Arm gestützt richtete ich mich auf. „Ich habe Durst.“

„Natürlich." Im nächsten Augenblick stand Marnie auf, verließ das Schlafzimmer und kam nach einer Minute zurück. In der Hand hielt sie ein großes Glas, das mit Eis und Wasser gefüllt war.

Ich nippte daran, dann stürzte ich das komplette Glas herunter. Ich hatte mehr Durst, als ich gedacht hätte.

„Ich bin nicht krank", erklärte ich, noch immer mit zittriger Stimme.

„Dann erzähl mir, was hier los ist."

„Entschuldige." Ich stieg aus dem Bett. „Erst muss ich ins Badezimmer."

Langsam bewegte ich mich in Richtung des anliegenden Badezimmers. Ich wusste, dass Marnie besorgt und verwirrt war, aber sie würde die Wahrheit früh genug erfahren.

Als ich mein Spiegelbild sah, schnappte ich nach Luft. *Schrecklich* war eine Untertreibung. Mein Haar war ein einziges Durcheinander, meine Augen rot und geschwollen. Meine Miene war schon mehr als niedergeschlagen. Ich sah aus wie ein Gespenst.

Wenn man mein Aussehen und meine Kleidung betrachtete, die ich noch vom Vortag trug und die inzwischen zerknittert war, hätte ein Fremder mich ansehen und denken können, ich hätte mit knapper Not einen Raubüberfall überlebt.

Ich erleichterte mich, wusch mein Gesicht und trank noch mehr Wasser. Mein Magen knurrte, und zum ersten Mal seit letzter Nacht verspürte ich bohrenden Hunger statt der Übelkeit.

Marnie wirkte nicht bloß besorgt, sondern regelrecht verängstigt, als ich das Schlafzimmer wieder betrat. „Eins muss ich dir sagen, langsam beginne ich auszuflippen, Sophie."

„Andrew ..." Ich verstummte. Schluckte. „Andrew hatte eine Affäre."

„Was?", fragte Marnie bestürzt.

Ich konnte die Worte nicht wiederholen und nickte nur.

„Er verlässt dich?"

Ich sank neben Marnie auf die Matratze. „Er behauptet, er liebt mich noch. Und er will mit mir zusammenbleiben."

„Wie bitte?" Marnie war außer sich vor Empörung.

Ihr Zorn half mir, meine eigene Wut anzufeuern. Am Boden zerstört, hatte ich eine komplette Nacht mit dem Gedanken an Andrews Betrug verbracht, aber ich musste mich zusammenreißen. Andrew hatte mich zwar furchtbar verletzt, aber wenn ich mich jetzt im Selbstmitleid suhlte, würde das meinen Schmerz nur verschlimmern.

„Ja." Ich nickte. „Schockierend, nicht wahr?"

„Ach Süße. Mein Gott. Es tut mir so leid." Marnie zögerte. „Hast du irgendetwas gegessen?" Als wäre Essen die Antwort auf meine Krise.

„Nichts."

„Lass mich dir etwas zu essen machen."

„Wo ist Peaches?"

„Sie ist rausgelaufen, als ich die Tür öffnete. Schau, deiner Katze geht es gut. Du bist es, um die ich mich sorge."

Ich nickte.

Marnie nahm mich an die Hand und zog mich vom Bett. „Ich weiß, was du jetzt durchmachst, glaub mir. Und ich werde dir helfen, damit zurechtzukommen."

„Danke."

Ich folgte ihr in die Küche, aber sie bestand darauf, dass ich mich im Wohnzimmer hinsetzte und die Füße hochlegte. Da ich nichts Besseres zu tun hatte, schaltete ich den Fernseher ein.

Die *Maury Pauvich Show* lief. Es ging um widerspenstige Kinder, die in ein Bootcamp geschickt werden sollten. Ich hatte schon einige Shows dieser Art gesehen, in denen freche und fluchende Kids sich gegen jede Form von Autorität auflehnten, bis sie schließlich nach wenigen Tagen der militärisch geprägten Unterwerfung weinten und nach ihren Müttern riefen.

„Sie sollten Bootcamps wie das hier für Männer einrichten, die ihre Ehefrauen betrügen", kommentierte ich.

„Was sagst du?", fragte Marnie.

Ich konnte sehen, wie sie in der Küche werkelte und die Pfanne erhitzte, um Eier zu braten. Sie hatte bereits Kaffee aufgesetzt.

„Ich sehe gerade Maury Pauvich, und sie zeigen diese Kinder, die außer Kontrolle geraten sind und in ein Bootcamp geschickt werden. Ich finde, er sollte eine Sendung machen, in der sie treulose Ehemänner in Bootcamps dieser Art schicken. Das würde ich mir ansehen."

„Ist Pauvich nicht auch fremdgegangen?", fragte Marnie.

„Ich weiß es nicht. Vielleicht sind sie das allesamt", fügte ich leise hinzu. Marnie und Brian hatten sich getrennt, weil sie letztlich verschiedene Dinge wollten. Aber ihr erster Mann Keith hatte sie betrogen, als müsste er irgendeinen Weltrekord knacken.

Marnie kam ins Wohnzimmer und brachte mir einen Becher heißen Kaffee. „Zwei Stücke Zucker, zwei Päckchen Kaffeesahne – genau so wie du ihn magst."

„Danke." Mit einem Lächeln nahm ich den Becher entgegen und beobachtete, wie Marnie zurück in die Küche schlenderte. Ich war froh, dass sie hier war. Durch ihre Anwesenheit befand ich mich nicht länger an einem kalten, dunklen und deprimierenden Ort. Freunde bewahrten einen vor dem Wahnsinn, wenn man so einen Liebeskummer durchlebte wie ich. Ohne jemanden, an den man sich in dieser Situation wenden könnte, würde man sich im Kummer verlieren und wäre nicht in der Lage, wieder zur Vernunft zu kommen.

Während Marnie Rühreier zubereitete, widmete ich mich

wieder dem Fernseher. Eine junge Frau verhöhnte das Publikum mit ihrem „Ja, dann habe ich eben mit fünfzehn Kerlen geschlafen – wo ist das Problem?“, sie wurde ausgebuht und ihre Mutter schluchzte. Eine Bildunterschrift bezeichnete das Mädchen als die dreizehnjährige Cathy.

Ich kicherte sogar, als Maury seine Hand auf die Schulter der Mutter legte und sie fragte, wie sie sich angesichts dieses schockierenden Geständnisses ihrer Tochter fühle. Die Mutter plärrte, aber sie brachte hervor: „Ich kann nicht glauben, dass sie mir das angetan hat.“

Ich verdrehte die Augen. Ich war keine Mutter, aber ich war Lehrerin, und ich bekam aus erster Hand die Probleme mit, die aufkamen, wenn Eltern eine unterwürfige Rolle einnahmen und ihren Kindern alles durchgehen ließen. Wenn sie keine Grenzen setzten. Oder wenn sie ihre Kinder nicht bestraften, sobald diese die Regeln brachen.

„Willst du vorm Fernseher essen?“, fragte Marnie. „Ich kann das Essen auf zwei Tabletts packen.“

„Nein, nein.“ Ich stand auf und ging quer durchs Wohnzimmer zum Essbereich der Küche. „Obwohl es bestimmt hilft, die eigenen Probleme zu vergessen, wenn man Shows wie die von Maury sieht.“

Marnie servierte mir einen Teller mit Eiern und Toast und setzte sich rechts neben mich. Für sie gab es nur Kaffee.

„Ich danke dir“, erklärte ich. „Wenn du nicht aufgetaucht wärst, würde ich immer noch halb im Koma unter meiner Decke liegen.“

Marnie nippte an ihrem Kaffee. „Okay, und jetzt erzähl mir, was passiert ist. Du bist gestern Abend nach Hause gekommen und hast irgendwelche Spuren von einer anderen Frau gefunden?“

„Nein.“ Mit der Gabel zerteilte ich das Ei. „Er rückte einfach so damit heraus.“

„Was für ein hübscher Willkommensgruß. Scheibenkleister!“

„Ich wusste, irgendwas stimmte nicht, aber ich hätte nie vermutet …“ Meine Stimme verlor sich, und ich seufzte. Dann fuhr ich fort und versuchte, emotionslos die Fakten aufzuzählen. „Er verhielt sich eigenartig. Ich wollte mit ihm schlafen, aber er hatte keine Lust. Das Nächste war, dass er mir todernst sagte, er müsse mir etwas mitteilen. Ich habe wirklich geglaubt, jemand wäre gestorben.“ Bei der Erinnerung daran schüttelte ich den Kopf und stopfte das Ei in meinen Mund.

„Ich wünschte, ich könnte sagen, dass ich überrascht bin“, begann Marnie. „Aber ich muss gestehen, was Männer betrifft, überrascht mich nichts mehr.“

„Letzte Nacht war ich am Boden zerstört“, fuhr ich fort. Und ich war es noch immer, aber jetzt war ich bemüht, meine Gefühle wieder unter Kontrolle zu bringen. „Erst war ich zornig, dann entsetzlich traurig. Aber weißt du was? Nicht ich habe uns das hier angetan, sondern Andrew. Ich will damit nicht sagen, es würde nicht wehtun, aber verdammt, wenn das die Hand ist, die mir das Leben reicht, werde ich damit klarkommen und weitergehen.“

Marnie warf mir einen leicht skeptischen Blick zu. Aber zum Glück besaß sie so viel Taktgefühl, keine Zweifel zu äußern. Ich hatte sie erlebt, nachdem ihre Ehe in die Brüche gegangen war, und obwohl sie es hatte kommen sehen, brauchte sie lange, um sich davon zu erholen.

„Es wird nicht einfach“, gab ich zu. „Das weiß ich. Aber weißt du was, es gibt noch andere Fische im Meer.“

Ich spürte, wie bei dem Gedanken an ein Leben ohne Andrew meine Gefühle wieder in mir aufwallten. Rasch aß ich mehr, ehe ich anfing zu weinen. Offensichtlich belog ich mich selbst.

„Ich bin für dich da“, bekräftigte Marnie. „Wir können

shoppen gehen, durch die Clubs ziehen, was auch immer du brauchst, um dich abzulenken."

Ich nickte. „Ich weiß." Dasselbe hatte ich für sie getan. „Ich meine, ich weiß, wie schwer es wird. Ich habe Andrew geliebt. Ich liebe ihn noch immer. Aber ich kann nicht zulassen, dass er mein Leben ruiniert."

Marnie nickte und trank ihren Kaffee. „Hat er dir irgendwas über sie erzählt?"

„Nicht viel. Aber es klingt, als wäre es nicht bloß ein One-Night-Stand gewesen." Ich biss vom Vollkorntoast ab.

„Was für ein Arschloch", murmelte Marnie. „Sorry, aber ..."

„Du brauchst dich nicht entschuldigen. Du hast absolut recht. Und ich kann nicht glauben, dass er mir davon erzählt hat und erwartet, ich würde ihm einfach vergeben."

„Wenn ich dir einen Rat geben darf – ich weiß zwar, dafür ist es zu früh, und ich versuche auch nicht, dich zu beeinflussen –, aber vergibst du einem Kerl, nachdem er dich betrogen hat, dann gibt es nichts, das dir garantiert, dass er es nicht wieder tun wird. Tatsächlich begreifen sie dein Vergeben beinahe als Erlaubnis, es wieder zu tun. Vertrau mir, diese schmerzliche Erfahrung hat mir Keith nicht erspart."

Würde Andrew auch so sein? Das konnte ich mir nicht vorstellen. Andererseits hätte ich mir auch nie vorstellen können, dass er mich überhaupt je betrügen würde. Er wirkte zu bodenständig, zu kontrolliert, zu seriös, um etwas Derartiges zu tun – er war einfach immer das Gegenteil von spontan.

„Ich weiß nicht, was ich tun werde", gestand ich. „Ein Teil von mir hasst ihn, ein Teil von mir liebt ihn."

„Du wirst es herausfinden", beschloss Marnie. „Aber das musst du nicht heute tun. Wie wäre es, wenn wir ins Einkaufszentrum fahren und ein bisschen Frustshopping betreiben? Und wir können in die Frühvorstellung gehen und diesen neuen Film mit Will Smith ansehen. Zwei Stunden lang schamloses Schmachten." Ihr Gesicht erhellte sich. „Was hältst du davon?"

„Will Smith? Was kann ich dem schon entgegensetzen?"

Das Frustshoppen war lustig und brachte mir ein neues Paar Schuhe und ein hautenges schwarzes Kleid ein, das zu tragen ich Marnie versprach, wenn wir am Wochenende in einen Club gingen. Auch Will Smith wirkte wie eine doppelte Schmerztablette und linderte in den zwei Stunden, in denen er auf der Leinwand erschien, meinen Herzschmerz. Marnie hatte laut gejubelt, als er in einer Duschszene nackt war, und auch wenn ich meiner Begeisterung nicht so laut Ausdruck verlieh, hatte ich den Anblick seines herrlichen Körpers aufrichtig genossen.

Kurz nach fünf fuhren wir in meine Einfahrt. Ich nahm die Tüten mit meinen Einkäufen und stieg aus Marnies schwarzem Nissan Sentra.

„Ich meine es ernst", bekräftigte Marnie. „Ruf mich an, wenn du mich brauchst. Egal wie spät es ist."

„Du hast doch schon den ganzen Tag damit zugebracht, auf mich aufzupassen", protestierte ich.

„Und ich werde sofort wiederkommen, wenn dir klar wird, dass es dir zu viel wird, allein zu Hause zu sein."

„In dem Moment, in dem ich versucht bin, mich auf dem Bett zu einem Knäuel zusammenzurollen, werde ich dich anrufen", versprach ich ihr.

„Und wenn du mich zu Hause nicht erreichst, versuch es auf meinem Handy." Marnie wackelte mit den Brauen, und ich wusste sofort, dass irgendetwas vor sich ging.

Ich steckte meinen Kopf durch das Fenster auf der Fahrerseite, ehe sie zurücksetzen konnte. „Ich kenne diesen Tonfall, Marnie Kincaid. Was ist heute Abend los, dass du nicht zu Hause sein wirst?"

„Nun …“ Marnies Augen leuchteten auf, doch sie biss sich zugleich auf die Unterlippe. „Ich wollte es nicht erwähnen, zumindest solange ich nicht weiß, was dabei herauskommt, aber … ich habe heute Abend ein Date.“

„Was?“, rief ich. „Und diese Neuigkeit hast du den ganzen Tag für dich behalten?“

„Ich dachte, es wäre besser so. Nach dem, was bei Andrew und dir los ist.“

„Du musst dich nicht wie auf Eierschalen bewegen, nur um mich zu schonen. Ich möchte doch hören, was es in deinem Leben für Neuigkeiten gibt.“

„Es ist kein richtiges Date“, erklärte Marnie. „Mehr so ein Lass-uns-schauen-ob-wir-uns-mögen-Treffen. Erinnerst du dich, dass ich dir von den Datingseiten erzählt habe, auf denen ich mich im Internet angemeldet habe?“

„Ja, aber ich habe geglaubt, das hättest du nicht ernst gemeint. Du bist diejenige, die immer betont, sie würde es bevorzugen, Leute auf die altmodische Art kennenzulernen.“

„Ich weiß, ich weiß. Deswegen habe ich die Anfragen von TRULYACUTIE vor unserem Trip verschoben.“

„TRULYACUTIE?“, fragte ich lachend.

„Ja, das ist der Name, den er sich online gegeben hat. Ich hoffe nur, er ist auch wirklich ein echt Süßer. Zumindest hat er mit dem Namen meine Neugier geweckt.“ Marnie zögerte einen Moment. „Also, wenn Soriano in Orlando leben würde, wäre ich sofort für ihn zu haben. Aber wenn ich aus der Affäre mit ihm eins gelernt habe, dann ist es, dass ich bereit bin, weiterzugehen. Und sehen wir der Sache ins Auge: Ich werde auch nicht jünger. Darum habe ich TRULYACUTIE eine E-Mail geschrieben und gesagt, ich würde ihn gerne treffen.“

„Wow.“

„Natürlich ist das nur ein erstes Date, damit ich weiß, dass der Typ kein Widerling ist. Und dann sehen wir weiter. Aber wenn das Foto echt ist, dann passt sein Name wirklich gut."

„Wo geht ihr zwei hin?", fragte ich. Es gab viele Leute, die ihre Liebe im Internet fanden, aber dennoch konnte ich eine gewisse Sorge um meine Freundin nicht verbergen.

„In die *Cheesecake Factory*. Sehr öffentlich, sehr belebt. Mach dir keine Sorgen, mir geht's gut."

„Und du fährst in deinem Auto dorthin, richtig? Er holt dich nicht ab, oder?"

Marnie warf mir einen Blick zu, der besagte, dass ich doch wissen müsste, dass sie nicht so naiv war. „Unbedingt. Ich fahre in meinem eigenen Auto dorthin. Du kennst mich doch. Und er kennt nur meinen Onlinenamen und umgekehrt. Wenn wir uns also nicht mögen, können wir einfach aus dem Leben des anderen verschwinden. Es ist perfekt."

„Also gut." Ich richtete mich auf. Es war besser, wenn ich mit diesem Gluckengetue aufhörte. Marnie war dreißig, ein paar Monate älter als ich und in der Lage, auf sich aufzupassen. „Du verschwendest Benzin. Ich lasse dich lieber fahren."

„Wünsch mir Glück."

„Viel Glück", sagte ich. „Und viel Spaß!"

Marnie setzte aus der Einfahrt zurück und fuhr davon. Ich winkte ihr nach und wartete, bis ihr Wagen links in eine Nebenstraße abbog.

Ob ich nun niedergeschlagen war oder nicht, ich würde sie später auf jeden Fall anrufen. Nur um sicherzugehen, dass TRULYACUTIE kein Spinner war, der vorgab, ein netter Typ zu sein.

Etwa eine Stunde nachdem Marnie fort war, ging es mir richtig gut. Ich konnte meinen Schmerz aufs Abstellgleis schieben und kochte mir ein einfaches Essen aus Grillhähnchen und Nudeln. Ich aß am Küchentisch und lauschte dazu Hip-Hop-Klängen aus meiner Stereoanlage. Ich wollte nichts

Sanftes oder Weiches hören, denn allein mit meinen Gedanken würde es mich an den Schmerz erinnern, den ich unter Kontrolle behalten wollte.

Peaches saß neben meinem Stuhl auf dem Fußboden und blickte mit dunklen, bettelnden Augen zu mir auf. Normalerweise fütterte ich sie nicht vom Tisch, um sie nicht zu verziehen, aber heute gab ich ihr dennoch ein Stück Hühnchen. Was soll's – ich war nicht in der Stimmung, Regeln einzuhalten, nachdem mein Mann die wichtigste Regel gebrochen hatte.

Während ich aß, schaute ich immer wieder auf das Telefon. Das rote Licht blinkte, was bedeutete, dass jemand mindestens eine Nachricht hinterlassen hatte.

Andrew?

Ich warte, bis ich aufgegessen und das Geschirr abgewaschen hatte, ehe ich schließlich das Telefon nahm und den Code eingab, um die Nachricht abzurufen. Und dann stockte mein Herz, als ich Andrews Stimme hörte.

„Sophie, ich bin's. Ich wollte hören, wie's dir geht, und hoffe, es geht dir gut. Ruf mich bitte an. Lass mich wissen, wie's dir geht."

Ich löschte die Nachricht und legte das Telefon auf. Mein Magen drehte sich um und mit ihm mein Abendessen. Dachte Andrew, ich verbrachte eine Nacht heulend, wachte erfrischt wieder auf und war bereit, ihm zu vergeben?

„Denk nicht an ihn", sagte ich mir. Und ich würde bestimmt nicht zurückrufen.

Ich ging in das zweite Schlafzimmer und holte meine Staffelei und die Malsachen aus dem Wandschrank. Es war ein Hobby, das mir Freude bereitete, aber ich ging ihm nicht mehr regelmäßig nach. Jedenfalls nicht in den letzten Monaten. Jedes Mal wenn ich beschloss, ein Bild zu malen, beschwerte Andrew sich, weil der Geruch der Farben ihn störte. Als ich die staubige Staffelei und die farbverschmierten Leinwände betrachtete, gestand ich mir ein, dass ich zuletzt selten gemalt hatte, weil es Andrew störte und nicht weil ich mir nichts mehr aus meinem lang gehegten Hobby machte.

Nun, Andrew war nicht mehr da.

Ich machte mich an die Arbeit. Zwei Stunden später hatte ich ein abstraktes Gemälde geschaffen, das aus wütenden Strichen roter und schwarzer Farbe bestand, die an den Rändern von blassen Gelb-, Braun- und Orangetönen umgeben waren. Ich hatte ein großes Stück Papier benutzt statt einer Leinwand, doch ich lächelte, als ich auf das Bild schaute, als hätte ich ein Meisterwerk geschaffen.

Obwohl das Papier noch feucht war, nahm ich es mit ins Wohnzimmer und klebte es über das große Hochzeitsfoto, das an der Wand hing. Dann sammelte ich die gerahmten Fotos von Andrew und mir von den Tischen ein, brachte sie in das Gästezimmer und räumte sie in eine große Schublade im Kleiderschrank.

Wenn es doch nur auch so einfach wäre, die Erinnerung an das auszulöschen, was er getan hatte.

4. KAPITEL

Jemand streichelte meine Wade.

Sanfte, verführerische, kreisende Bewegungen auf meiner Haut.

Aber wer …? Verwirrt öffnete ich meine Augen und drehte mich auf den Rücken. In dem verdunkelten Raum konnte ich seine Gestalt am Fußende des Bettes sehen, doch ich konnte sein Gesicht nicht erkennen. Aber seine Berührung war vertraut, und ich schob ihn nicht beiseite.

Die Matratze quietschte, als er sich setzte. Seine Hände bewegten sich langsam an meinen Beinen hinauf, und mit jeder Berührung seiner Fingerspitzen war es, als jagte ein elektrischer Stoß durch meinen Körper. Seine Lippen kamen hinzu, drückten sich an mein Knie. Dann, weiter oben, auf meinen Oberschenkel.

Ich wollte protestieren, aber die Worte drangen nicht über meine Lippen. Nicht solange die Empfindungen, die meinen Körper überfluteten, sich so gut anfühlten.

Sein Mund erreichte den Scheitelpunkt meiner Schenkel. Seine Finger liebkosten mich. Er krallte seine Finger in meine Hüften und vergrub sein Gesicht in meinem Schoß.

Meine Augenlider flatterten. Während er mich leckte und an meiner Perle saugte, vergruben sich meine Fäuste in der Bettdecke. Meine Hüften hoben sich ihm entgegen, und ich begann zu schreien.

Plötzlich waren seine Lippen nicht mehr da.

Ebenso seine Hände.

Er war fort.

Nein, er war noch immer da. Sanfte Sauggeräusche erfüllten das Schlafzimmer. Und Seufzen. Das Seufzen einer Frau.

Und dann sah ich sie. Andrew und eine Frau, die neben mir auf dem Bett lagen. Die Brüste der Frau hüpften, während sie sich wand. Ihr Mund formte ein großes O, sie war von heftiger Leidenschaft erfasst. Ihre Beine lagen auf seinen Schultern, er leckte sie hingebungsvoll und stöhnte dabei. Andrew schien ihren Geschmack zu lieben.

Meine Augen wanderten zu ihren Zehen. Obwohl es im Raum dunkel war, glitzerte der rote Nagellack. Mein Blick erfasste die ganze Länge ihres Körpers, von ihren gebogenen Füßen über ihre ruckenden Hüften bis zu ihren hüpfenden Brüsten.

Bis zum perfekten O, das ihre Lippen formten.

In dem Moment öffneten sich die Augen der Frau, und ihr Blick heftete sich auf mich. Sie lächelte.

Ich schoss in die Höhe. Ein Schrei entrang sich meiner Kehle. Aber sie war fort. Orientierungslos suchten meine Augen den Raum ab.

Ich war allein. Allein in meinem Bett. Mein Herz schlug rasend schnell. Mein abgehacktes Atmen war das einzige Geräusch in der Stille des dunklen Zimmers.

Meine Hand fuhr zum Hals. Mir war heiß und ich war erregt.

Ich hatte nur geträumt.

Langsam atmete ich aus und legte mich wieder hin. Ich versuchte mein Herz zur Ruhe zu bringen, aber der Traum war so real gewesen. Und entsetzlich.

In der nächsten Stunde fand ich nicht zurück in den Schlaf. Die Bilder meines Traumes verfolgten mich. Andrew, der eine andere Frau mit der Zunge verwöhnte. Der Ausdruck absoluter Wonne auf ihrem Gesicht. Ich wusste, es war nur ein Traum, aber die Details beunruhigten mich. Ließen mich fragen, was genau Andrew mit dieser anderen Frau getan hatte. Wie er sie berührt und ob er sie geleckt hatte. Die Laute, die sie machte, wenn sie kam. Die Geräusche, die er machte.

Ob ihre Verbindung elektrisierender war als unsere.

Ich musste es wissen.

Ich glaubte nicht, dass ich es wissen wollte, doch während ich in der Dunkelheit im Bett lag, wurde mir bewusst, dass viele Nächte wie diese folgen würden. Nächte, in denen Andrew und diese andere Frau in mein Bett kamen. Die Traumbilder dessen, was sie getan hatten, würden mich bestimmt so sehr quälen, als wäre ich Zeugin ihrer Affäre geworden.

Meine Vorstellungskraft wäre bestimmt schlimmer, als die Wahrheit zu kennen.

Dieser Gedanke trieb mich am nächsten Morgen an, ließ mich früh aufstehen. Ich duschte, zog mich an und fuhr zum *Pelican Resort*.

Nur um festzustellen, dass Andrew nicht dort war.

„Was meinen Sie damit, er ist nicht da?", fragte ich Seth, den Direktionsassistenten.

„Er ist bei den Anwälten", erwiderte Seth. Er wirkte verwirrt, und sein Tonfall klang, als dächte er, ich wüsste bereits Bescheid.

„Bei den Anwälten?"

„Also, ja." Er schien sich auf einmal sehr unbehaglich zu fühlen.

„Welche Anwälte?"

Seth antwortete nicht.

„Welche Anwälte?", wiederholte ich.

Ein Muskel in Seths Kiefer zuckte. „Ich dachte, Sie …" Er zögerte. „Sie müssen mit Andrew darüber reden."

„Worüber?", fragte ich besorgt. Mein Herz klopfte rasend schnell. Irgendwas Schlimmes ging bei der Arbeit vor sich. Etwas, das schlimmer war als die Affäre. Warum hatte Andrew mir nicht davon erzählt?

Seth hob beide Hände. Mehr konnte er mir nicht sagen. Dann trat er wieder hinter die Theke der Hotelrezeption und sprach mit einer jungen Angestellten.

Sie war blond, genau wie in meinem Traum.

Ich drehte mich um. Erkannte Kathryn, die hübsche Rezeptionistin, die eine exotische Mischung aus afroamerikanischen und chinesischen Genen war. Sie grinste in meine Richtung, doch ich konnte ihr Lächeln nicht erwidern.

Hatte Andrew sie gevögelt?

Ich drehte mich wieder um. Sah eine andere hübsche Frau, die in einer Zimmermädchenuniform steckte. Warum putzte sie mit ihrem guten Aussehen die Hotelzimmer?

Fickte Andrew sie nebenher?

All diese Gedanken schossen durch meinen Kopf und machten mich verrückt. Ich war außer mir und rannte direkt auf die Eingangstür zu. Als ich draußen stand, lehnte ich mich gegen eine Säule und schluckte die schwüle Luft.

Anwälte? Was ging da vor sich? Und warum hatte Andrew mir nichts davon erzählt?

Ich nahm mein Handy aus der Handtasche und wählte seine Nummer, doch die Mailbox sprang direkt an. Er hatte sein Handy ausgeschaltet.

„Andrew", sagte ich nach dem Piepton, „ich bin im Hotel. Ich bin vorbeigekommen, weil ich dich sehen wollte, aber du bist nicht da. Ich habe gehört, du triffst dich mit irgendwelchen Anwälten?" Meine Feststellung klang wie eine Frage. „Was ist da los?"

Nachdem ich aufgelegt hatte, stellte ich fest, dass ich mir Sorgen machte. Um Andrew und ob das, worum es gerade ging, ernst war. Es zählte nicht mehr, dass er mir wehgetan hatte; mein Beschützerinstinkt tauchte wieder auf. Ich hoffte, mit ihm war alles in Ordnung.

Zwei Stunden später klingelte mein Handy, und als ich Andrews Namen auf dem Display erkannte, nahm ich das Gespräch rasch an. „Hallo?"

„Sophie, hi."

Er klang ruhig, und das beruhigte mich. Ich frage: „Was ist los?"

„Wo bist du?"

„Ich bin zu Hause."

„Gut", sagte Andrew. „Kann ich vorbeikommen und dich sehen?"

„Was ist passiert?"

„Ich erzähle dir alles, wenn wir uns sehen. Wenn das für dich in Ordnung ist."

„Also gut." Meine Besorgnis keimte wieder auf. Andrew klang vielleicht ruhig, aber die Tatsache, dass er mir nicht am Telefon erzählen wollte, was passiert war, bedeutete, dass es wirklich ein Problem gab. „Kommst du sofort?"

„Ja."

Ich legte auf und verbrachte die nächsten zwanzig Minuten damit, mir Sorgen zu machen. Ich saß mit der Katze auf dem Schoß im Wohnzimmer und streichelte sie, mehr um mich zu trösten. In dem Augenblick, als die Tür sich öffnete, sprang Peaches auf den Boden. Ich stand auf und trat Andrew gegenüber.

Er sah mitgenommen aus. Dunkle Ringe lagen unter seinen Augen und sein Gesichtsausdruck war müde.

„Andrew?"

Er warf seine Schlüssel auf das Beistelltischchen neben dem Sofa, bevor er meinen Blick erwiderte. „Hallo."

„Warum hast du dich mit einem Anwalt getroffen?", fragte ich und kam damit sofort zur Sache. Ich wollte nicht länger im Ungewissen bleiben. „Verklagt jemand das Hotel?"

„Setz dich bitte." Andrew wies auf unser Sofa.

Ich machte keinen Einwand und setzte mich. Er setzte sich neben mich. Der leichte Duft seines Rasierwassers drang in meine Nase. Ein Teil von mir sehnte sich danach, ihn zu berühren. Ich sehnte mich nach dem vertrauten Gefühl seiner Lippen auf meinen.

Aber seine Berührung würde nicht länger vertraut sein, oder? Er hatte das, was wir miteinander teilten, besudelt, indem er eine andere Frau vögelte.

„Du sollst wissen, dass der einzige Grund, warum ich dir bisher noch nicht alles gesagt habe, der ist …“ Er zögerte und spielte nervös mit seinen Händen. „Es war schwer genug, dir von dieser Affäre zu erzählen. Ich habe gespürt, dass es das Beste wäre, erst zu warten. Dir die Chance zu geben, damit zurechtzukommen.“

Mein Magen verdrehte sich bei dem Wort *Affäre*. Aber ich versuchte das schreckliche Gefühl beiseitezuschieben und konzentrierte mich auf das Hier und Jetzt – die Rechtsfrage, mit der Andrew konfrontiert war. Ich war sicher, dass es manche Frauen, die vom Betrug ihrer Ehemänner erfuhren, nicht kümmern würde, wenn die Männer von einem Bus erfasst oder von Krebs im Endstadium betroffen wurden.

Ich war eindeutig keine von diesen Frauen.

„Ich kann es nicht anders sagen“, fuhr Andrew fort. „Jemand hat ein Gerichtsverfahren gegen mich angestrengt.“

„Ein Gerichtsverfahren! Oh mein Gott.“ Ich griff nach seinen Händen und nahm sie in meine. Es war eine reflexartige Handlung. „Warum?“

Andrew zögerte. Er senkte den Blick, ehe er die Augen auf mich richtete. „Sie behauptet, ich hätte sie sexuell belästigt.“

Mein Blick verengte sich und ich starrte ihn an. Ich verstand nicht, und es dauerte ganze fünf Sekunden, ehe ich seine Worte registrierte. Und als das geschah, riss ich meine Hände zurück, als hätte ich mich an ihm verbrüht.

Es war eine Sache, wenn Andrew eine Frau in der Bar kennenlernte und sie vögelte. Aber wenn er mit ihr zusammenarbeitete …

„Du Wichser." Es war das Einzige, was ich in diesem Moment sagen konnte.

„Sie lügt, Sophie. Sie ist diejenige, die mich angemacht hat."

Langsam stand ich auf. „Du verdammter Idiot. Worüber reden wir hier – um zig Millionen Dollar? Werden wir unser Haus verlieren, weil du die Hände nicht von dieser Frau lassen konntest?"

„So war es nicht", widersprach Andrew. „Wenn schon, dann sollte ich sie wegen sexueller Belästigung verklagen."

Ich schnaubte.

Andrew stand auf und trat zu mir. „Sie lügt."

„Du denkst, das zählt – dass sie lügt? Was zählt, ist, dass du dich in die Situation gebracht hast, in der du nicht nur unsere Ehe aufs Spiel setzt, sondern auch unser Vermögen. Und das nur, weil du mit dieser Frau ins Bett wolltest."

Einige Momente sprach keiner von uns. Das Einzige, was man hörte, war unser lautes, frustriertes Atmen und das besorgte Maunzen der Katze.

„Du arbeitest also mit dieser Frau zusammen", sagte ich.

Andrew nickte.

„Wie viel will sie?"

„Sie hat die absurde Forderung von fünf Millionen Dollar gestellt."

„Ist das dein Ernst?"

„Sie wollte, dass ich dich verlasse. Aber das wollte ich nicht, und ich sagte ihr, es wäre das Beste, wenn sie sich einen anderen Job sucht", erklärte Andrew hastig. „Daraufhin hat sie auf sexuelle Belästigung geklagt."

Ich schüttelte angewidert den Kopf. „Wir werden alles verlieren."

„Sie hat noch keine Anklage erhoben … noch nicht. Aber sie droht damit."

„Wenn du mich nicht verlässt“, sagte ich. Eine Feststellung, keine Frage.

„Ich … ich denke schon.“ Andrew warf seine Hände nach oben. „Ich weiß nicht, was in ihrem verwirrten Hirn vorgeht.“

Ich wandte mich von Andrew ab und überdachte noch mal meine frühere Vorstellung von einer möglichen Kollision zwischen Andrew und einem Bus. Eine Million Gedanken schossen mir durch den Kopf. Ich trat ans Fenster, das auf den Garten hinausging.

Ich blickte auf unsere Terrasse. Vor zwei Jahren hatten wir einen Pavillon und einen Whirlpool eingebaut, aber wir nutzten beides fast nie. Wir hatten alles, was wir für romantische Abende und Wochenenden brauchten, direkt vor der Tür. Dennoch war uns die Romantik abhandengekommen.

„Vielleicht solltest du es tun“, begann ich langsam und drehte mich um. „Vielleicht solltest du zu ihr gehen.“

„Nein!“, protestierte Andrew. „Ich will sie nicht!“

„Wenn es sie davon abhält, Anklage zu erheben …“ Obwohl ich die Worte aussprach, meinte ich sie nicht.

Andrew eilte zu mir. Ich bewegte mich nicht. Nicht einmal als er seine Hände auf meine Schultern legte.

„Ich will sie nicht“, wiederholte er. „Ja, ich habe sie gefickt. Ich habe meine Lektion gelernt, aber ich werde das wieder in Ordnung bringen.“

Ich sagte nichts. Ich fühlte mich nur taub.

„Ich denke, ich weiß, wie ich sie dazu bringe zu gehen. Wie ich das Problem aus der Welt schaffe. Meine Anwälte haben mir einen guten Rat gegeben.“

Ich sagte nichts.

„Sag doch etwas, Sophie. Bitte.“

„Was willst du von mir hören?“

„Ich will, dass du mir verzeihst. Ich weiß, das wird nicht heute passieren. Vielleicht auch nicht morgen. Aber ich will wissen, dass wir irgendwann in der Zukunft wieder zur Normalität zurückkehren können."

„Ich weiß nicht, ob das möglich ist."

Andrew nickte grimmig und nahm seine Hände von meinen Schultern.

„Ich hoffe, sie war es wert", sagte ich leise.

Mein Blick schwamm in Tränen. Ich schob mich an Andrew vorbei und ging in die Küche. Ich öffnete einen Schrank und nahm den ersten Becher heraus, den ich sah. Zufällig war es einer, der mit einem Foto von uns bedruckt war. Ehe ich den Becher auf die Anrichte stellen konnte, war Andrew da und nahm ihn mir aus den Händen.

„Nie habe ich etwas mehr gewollt als deine Vergebung", erklärte er. „Ich weiß, du bist wütend. Und du hast jedes Recht dazu. Aber diese letzten Tage ohne dich waren die schlimmsten Tage meines Lebens. Ich liebe dich noch immer. Und ich will dich nicht verlieren. Ich werde alles tun, um dich zurückzugewinnen. Wenn das bedeutet, dass wir für ein paar Monate nicht zusammen sind, soll es so sein. Aber ich muss wissen, ob es noch Hoffnung gibt. Verdammt, wenn du auch eine Affäre haben willst, werde ich dir nicht im Weg stehen. Dann sind wir quitt. Mach, was du tun musst. Und dann komm zurück zu mir und lass uns unser Leben weiterleben."

„Jetzt willst du mich schon mit jemandem verkuppeln?", fragte ich. Sein Vorschlag machte mich fassungslos.

„Nein! Natürlich nicht. Aber ich habe dich verletzt. Vielleicht musst du mir in so einer Situation einfach den Schmerz mit gleicher Münze heimzahlen."

„Du solltest jetzt besser gehen."

„Ich will nicht gehen. Nicht so."

„Sofort."

Andrew starrte mich an, doch mein undurchdringlicher Gesichtsausdruck machte ihm keine Hoffnung. Er seufzte und wandte sich ab. Dann ging er zu dem Beistelltischchen, auf dem seine Schlüssel lagen, nahm sie und verließ durch die vordere Tür das Haus.

In dem Augenblick, als die Tür ins Schloss fiel, schleuderte ich den Becher gegen den Kühlschrank, er zerbrach in tausend Stücke.

5. KAPITEL

Ich trank mein zweites Glas Wein, als ich Marnie anrief.

„Hallo?“, säuselte sie.

„Ich bin’s nur, Sophie. Nicht TRULYACUTIE.“

„Hey, Soph.“

„Was hast du heute Abend vor?“

„Nichts Besonderes.“

„Gut. Dann sollten wir ausgehen. Irgendwo, wo’s heiß hergeht. Vielleicht sogar zum *City Walk* bei den Universal Studios, wo die ganzen Touristen hingehen, wenn sie flachgelegt werden wollen.“

„Alles okay bei dir?“

„Aber du musst mich abholen, okay? Denn ich trinke schon und es geht mir ein bisschen beschissen.“

„Sophie ...“

„Wann immer du bereit bist.“ Ich legte auf.

Vierzig Minuten später stand Marnie vor meiner Tür. „Hey, Mädel“, trällerte ich und zog sie in meine Arme. „Bereit für die Party?“

Sie löste sich aus der Umarmung und trat einen Schritt zurück, um mich besorgt zu mustern. „Was zur Hölle ist mit dir los?“

„Du meinst, abgesehen von der Neuigkeit, dass Andrews Hure ihn auf fünf Millionen Dollar verklagt?“

Marnie betrat das Haus und schloss die Tür hinter sich. „Oh mein Gott.“

„Nein, ist schon okay.“ Ich wischte ihre Sorge beiseite. „Ich habe alles geklärt. Andrew kann zu ihr ziehen, damit sie ihn nicht verklagt, und ich kann irgendeinen anderen Kerl vögeln – sogar mit der Erlaubnis meines Mannes.“

„Okay, das ergibt gerade keinen Sinn.“

„Keine Zeit verschwenden!“ Ich wackelte mit den Hüften.

„Lass uns Party machen!“

Marnie nahm mich an die Hand und zog mich in die Küche, wo sie mich auf einen Stuhl schob.

„Was machst du denn?“, protestierte ich.

„Zunächst mal ist es erst halb sechs und somit viel zu früh, um auszugehen. Zweitens bist du betrunken. Und drittens musst du mir erst mal den Mist erklären, den du gerade gesagt hast. Andrew wird verklagt?“

Meine gespielte Tapferkeit fiel in sich zusammen und ich brach in Tränen aus. Natürlich half der Wein, dass meine Tränen etwas schneller flossen.

Ich erzählte Marnie alles, was ich von Andrew erfahren hatte. Sie holte die Box mit den Taschentüchern und stellte sie vor mir auf den Tisch. Ich riss einen Schwung Taschentücher heraus, wischte meine Augen ab und putzte mir die Nase.

„Es tut mir leid, dass du diesen Mist durchmachen musst“, sagte Marnie.

„Die gute Neuigkeit ist, dass er mich noch immer liebt und an unserer Ehe festhält.“ Ich schnaubte. „Ich Glückliche.“

Marnie verdrehte die Augen. „Was ist bloß mit den Männern los? Sie können Affären haben, und wir sollen dankbar sein, wenn sie beschließen, uns noch immer zu lieben?“

Wieder putzte ich meine Nase.

„Kann ich dir irgendetwas holen?“, fragte Marnie. „Und nein, mehr Wein gibt's nicht. Wie wär's mit Kaffee?“

„Okay.“ Ich nickte. „Dann bin ich wenigstens wieder nüchtern, wenn wir später ausgehen.“

„Du willst noch immer ausgehen?“

„Absolut. Ich möchte Musik hören und tanzen. Und noch mehr trinken.“ Als ich den Alkohol erwähnte, drehte sich mir der Magen um. „Und ich sollte etwas essen“ fügte ich rasch hinzu. „Irgendwas Stärkehaltiges. Brot oder Kekse. Popcorn! Würde es dir etwas ausmachen, welches zu machen?“

„Popcorn?“ Marnie klang überrascht.

„Es ist im zweiten Schrank von rechts.“

„Gebongt!“

Zunächst machte Marnie sich daran, eine Kanne Kaffee zu kochen. Dann legte sie eine Tüte Popcorn in die Mikrowelle und verteilte es nach drei Minuten in zwei Schüsseln. Sie reichte mir eine davon und stellte die zweite vor ihren Platz auf den Tisch. Nachdem sie sich um das Popcorn gekümmert hatte, goss sie uns zwei Tassen Kaffee ein.

„Möchtest du Milch und Zucker?“, fragte sie.

Ich schüttelte den Kopf. „Im Moment brauche ich ihn schwarz.“

Sie trug die Becher mit dem dampfend heißen Kaffee zum Tisch und setzte sich zu mir.

„Danke. Was würde ich nur ohne dich tun?“

„Ein Glück für dich, dass du das nicht herausfinden musst.“

Ich nippte am Kaffee. Er war stark. Perfekt. „Lenk mich von meinen Problemen ab und erzähl mir von deiner Verabredung.“

„Bist du sicher?“

„Klar bin ich mir sicher. Magst du TRULYACUTIE?“

„Ja. Ich habe ja nichts erwartet, aber ein kleiner Funken sprang über, denke ich. Zumindest auf meiner Seite.“

„Habt ihr heute schon miteinander geredet?“

„Nein. Aber er hat gesagt, er ruft an. Oder schreibt eine E-Mail. Wie auch immer ...“ Sie grinste und streckte die Hand über den Tisch nach meiner aus, um sie mitfühlend zu drücken. „Ich habe mein Telefon ausgeschaltet. Heute Abend werden wir beide uns amüsieren.“

Ich lächelte zaghaft, als ich ihren Händedruck erwiderte. Auf Marnie konnte ich immer zählen. Das hatte ich in der achten Klasse gelernt, als sie mir erlaubte, die Matheaufgaben abzuschreiben, nachdem ich vergessen hatte zu lernen. Der Lehrer erwischte sie dabei, wie sie ihr Blatt in meine Richtung hielt, und ließ uns beide durchrasseln. Statt darüber unglücklich zu sein, hatte Marnie den Vorfall gelassen hingenommen. Sie sagte damals: „Wenn man seinen Freunden nicht helfen kann, wofür ist man dann gut?"

Das hatte unsere Freundschaft besiegelt.

Marnies Miene wurde plötzlich wehmütig. „Ich weiß, du liebst Andrew noch. Wie könntest du auch nicht? Unglücklicherweise werden unsere Herzen nicht mit einem An- und Aus-Schalter geliefert. Aber du verdienst was Besseres, Süße. Und das, was du jetzt seinetwegen durchmachst ... Ich würde einen Scheidungsanwalt aufsuchen. Am besten gestern."

Ich nickte, doch stimmte ich ihr nur halb zu. Was Marnie darüber sagte, dass ich etwas Besseres verdiente, stimmte. Das wusste ich. Aber sie hatte auch recht, dass unsere Herzen keine Schalter hatten, um unsere Gefühle auszuschalten.

Das Leben bestand nicht aus Schwarz und Weiß. Die Liebe bestand nicht aus Schwarz und Weiß. Ich wusste nicht, ob ich je aufhören würde, Andrew zu lieben. Aber nur weil ich ihn vielleicht für immer liebte, bedeutete das nicht, dass wir zusammen sein mussten.

„Willst du wissen, was alldem die Krone aufsetzt?", fragte ich nach einem Moment. „Andrew hat mir erklärt, ich könnte eine Affäre haben, dann wären wir quitt. Wenn ich will."

Marnie hörte auf zu kauen. „Wie bitte?"

„Wie rücksichtsvoll von ihm, oder?"

„Genau", erwiderte Marnie sarkastisch.

„Ich weiß nicht, ob er es so meinte", fuhr ich fort. „Vermutlich hat er's nur so gesagt. Er schien eine Menge sagen zu wollen, das mich dazu bringen sollte, ihm zu vergeben."

Wir aßen eine Weile schweigend, und Marnies Blick schweifte umher. Nach einem Augenblick hob sie die Augenbrauen. „Wie ich sehe, hast du ein neues Hochzeitsbild."

Ich folgte ihrem Blick und sah das Bild, das ich über unser Hochzeitsfoto geklebt hatte. „Es ging schneller, als das Foto abzunehmen“, erklärte ich.

„Und hilfreich, wenn du mal einen Mann nach Hause mitbringst.“ Kurze Pause. „Würdest du das tun?“

„Du meinst, ob ich irgendeinen Kerl ficken würde, um es ihm heimzuzahlen?“, fragte ich. Der Klang meiner Stimme machte ihr klar, dass ich derlei definitiv nicht in Erwägung zog.

Marnie warf Popcorn in ihren Mund und kaute. „Vielleicht solltest du es tun.“

„Wie bitte?!“

„Lass mich ausreden. Und ich sage damit nicht, dass du irgendeinen Typen ficken sollst. Aber vielleicht ist es eine gute Idee zu sehen, was da draußen los ist“, sagte sie zögernd. „Du bist seit zehn Jahren mit Andrew zusammen. Ihr wart zwanzig, als ihr das erste Mal miteinander ausgegangen seid, und zweiundzwanzig, als ihr geheiratet habt. Vielleicht, also nur vielleicht, ist er nicht der Mann, mit dem du für den Rest deines Lebens zusammenbleiben sollst.“

Ich sagte nichts. Ich war nicht sicher, ob ich schon bereit war weiterzugehen. Noch nicht.

„Willst du, dass er wieder bei dir einzieht?“

„Nein.“

„Denkst du, eure Ehe wird dieselbe sein, selbst wenn es euch gelingt, die Sache wieder hinzubiegen?“

Ich schüttelte den Kopf. Ich konnte mir nicht vorstellen, dass unsere Ehe je wieder so sein würde wie früher. Nicht nach dieser Sache.

„Ich habe es in meiner Ehe länger ausgehalten, als ich sollte, weil ich hoffte, Keith würde aufhören, mich zu betrügen, und erkennen, dass er mich liebt. Damals glaubte ich nicht, dass ich ohne ihn glücklich sein könnte. Ich war so dumm. Die Wahrheit ist, dass es der beste Tag meines Lebens war, als ich ihn gehen ließ. Habe ich bis jetzt meinen Ritter in der strahlenden Rüstung gefunden? Vielleicht nicht, aber verdammt, es ist viel besser, allein zu sein, als mit jemandem zusammenzuleben, der dich nicht respektiert."

„Ich weiß nicht", begann ich langsam, „aber es ist schließlich das erste Mal, dass Andrew mich betrogen hat."

Marnie warf mir einen Blick zu. Ich war nicht sicher, ob es Mitleid oder etwas anderes war.

„Das hat er gesagt. Und ich ... ich glaube ihm."

Marnie zuckte die Schultern.

„Du wusstest, dass Keith dich betrog. Du hast mir immer erzählt, du hättest es gespürt. Du hast die Telefonnummern in seinen Hosentaschen gefunden, Lippenstift auf seinem Hemdkragen ..."

„Und einige Typen sind klüger, als Keith es je war."

„Marnie, das ist nicht gerade das, was ich im Moment hören möchte."

Sie hob beide Hände. „Also gut. Vergessen wir Andrew und ob es nun das erste Mal war oder nicht. Mein Standpunkt ist, dass du anfangen solltest, dich auf *dich* zu konzentrieren. Was *du* brauchst, was gut für *dich* ist. Was ist, wenn ein neuer Schwanz gut für dich ist?" Ihre Augenbrauen tanzten auf und ab.

„Marnie!" Ich gab ihrer Hand einen Klaps, und sie lachte. Ich lachte auch.

„Zunächst wird es deine Gedanken von Andrew ablenken, wenn du jemanden kennenlernst. Und wer weiß, vielleicht triffst du dabei ja den Mann deiner Träume."

„Marnie ..."

„Und wenn nicht ... Es waren zehn Jahre, in denen du Sex mit nur einem Mann hattest."

„Das passiert halt, wenn man verheiratet ist."

„Das erzähl mal den Kerlen", nuschelte Marnie.

Ich verzog das Gesicht.

„Wenn du im Endeffekt aus der Sache herauskommst und eine neue sexuelle Erfahrung gemacht hast ... ist das so schlimm? Das könnte sogar helfen."

Ich stand auf. „Okay. Genug über meine Ehe geredet."

„Was machst du?", fragte Marnie, als ich die Küche verließ.

„Ich nehme zwei Aspirin, bevor wir zum Abendessen gehen. Denn wenn ich weiterhin meine Sorgen im Alkohol ertränke, brauche ich mehr als bloß Popcorn im Magen."

Marnie lächelte.

„Und das Letzte, was ich will, ist eine Migräne, wenn ich heute Abend vielleicht den Mann meiner Träume treffe."

Jetzt lachte Marnie. „So ist's recht."

Ich ging ins Schlafzimmer. Ich hatte nicht wirklich vor, jemanden kennenzulernen, aber ich war bereit für einen Abend mit viel Spaß, Musik und Tanzen.

Es gab keinen Grund, die Nacht allein in einem leeren Haus zu verbringen, das mich nur an Andrew erinnern würde.

6. KAPITEL

Während Marnie uns zum *City Walk* fuhr, konnte ich nicht anders: Ich dachte über ihre Worte nach.

Und über Andrews ungewöhnlichen Vorschlag.

Vielleicht hatte meine Freundin recht. Vielleicht musste ich sehen, was es da draußen gab, und Erfahrungen mit einem neuen Mann sammeln, ehe ich entschied, was als Nächstes zu tun sei. Zumindest brauchte ich Abwechslung. Etwas, das mich von dem Gedanken an Andrew, seinen Betrug und den drohenden Prozess ablenkte, den seine verschmähte Geliebte gegen ihn anstrengte.

Je mehr ich über die Idee nachdachte, desto besser gefiel sie mir. Letztlich hatte ich Andrew keinen Anlass gegeben, mich zu betrügen. Ich liebte ihn. Ich tat so viel ich konnte, ihm die bestmögliche Frau zu sein. Und wir kamen gut zurecht, auch wenn die Leidenschaft unserer ersten Jahre verblasst war.

Wenn er diese Leidenschaft wiederbeleben wollte, hätte er eine Andeutung machen können. Wirklich, irgendwas. Es war nicht so, dass Andrew und ich nicht miteinander reden konnten.

Das war es, was es so schwer machte, seinen Betrug zu akzeptieren. Dass er nicht der Typ Mann war, von dem ich erwartete, dass er mich betrog, ehe er nicht über die Probleme gesprochen hatte.

„Denkst du, er fühlt sich noch zu mir hingezogen?“, fragte ich plötzlich.

Marnie schaute mich an, als wäre ich verrückt. „Wie bitte?“

„Du weißt schon. Vielleicht wollte er mich die ganze Zeit im Minirock und Trägerhemdchen sehen oder so.“

„Genau das ist es, was mich nervt. Frauen beschuldigen sich am Ende immer selbst, wenn ihr Mann sie betrügt. Vertrau mir, ich kenne das gut.“ Marnie hielt an einer Ampel, dann bog sie rechts ab. „Du bist schön und sexy. Wenn

Andrew dich betrügt, ist er derjenige mit einem Problem und nicht du. Darin besteht der Sinn, wenn wir schauen, wen es da draußen noch gibt. Ein anderer Mann, der dich nie betrügen würde, könnte dir direkt vor die Füße laufen.“

„Und ich dachte, du wärst eine Zynikerin“, neckte ich sie.

„Wie viele Menschen gibt es auf diesem Planeten? Fünf Milliarden? Wenigstens ein paar von diesen Typen müssen anständig und vertrauenswürdig sein. Oh – und heiß wie die Hölle.“ Marnie grinste teuflisch, gerade so als wäre die letztgenannte Qualifikation die wichtigste.

„Natürlich ist es absolut okay, wenn du beschließt, dich nur umzuschauen“, fuhr Marnie fort. „Ein bisschen Zucker für die Augen hat noch nie jemandem geschadet.“

„Wenn sonst nichts passiert, werde ich mich heute Abend zumindest gut amüsiert haben. Du bringst mich immer zum Lachen.“

Wir entschieden uns für *BB King's Blues Club*, da wir so zwei Fliegen mit einer Klappe schlagen konnten – es gab dort echte Südstaatenküche, und eine Liveband spielte.

Ich hatte mich mit einem kurzen schwarzen Rock und einem tief ausgeschnittenen roten Top in Schale geworfen. Köpfe drehten sich zu uns um, als ich den Club betrat. Marnie trug ein Kleid mit Leoparden-Print, das ihre üppigen Kurven betonte. Ich war entschlossen, loszuziehen und etwas zu erleben, aber plötzlich blieb ich verunsichert stehen.

„Hey“, sagte Marnie leise zu mir. „Es ist in Ordnung. Du musst nichts tun, was du nicht tun willst.“ Da sie mich so gut kannte, hatte sie mein Zögern gleich bemerkt. „Und du musst dich nicht schuldig fühlen, wenn du entscheidest, das zu tun, was du willst. Wenn du jemanden kennenlernst, den du magst, denk darüber, als wär's eine Freikarte.“

Eine Freikarte … das war eine merkwürdige Art, eine Affäre zu betrachten. Dennoch hatte Andrew mir nicht nur seinen Segen gegeben, sondern mich geradezu ermutigt, mir einen Liebhaber zu suchen.

„Richtig." Ich ließ meine Schultern kreisen, um die Verspannung im Nacken zu lösen, dann lächelte ich. Die Kellnerin tauchte auf und fragte, ob wir einen Tisch wollten oder lieber an der Bar sitzen.

„Einen Tisch", sagte Marnie. „Nah an der Bühne, wenn's möglich ist."

Um halb acht wurden wir an einen Tisch nahe der Bühne geführt. Um acht begann die Band zu spielen. Die Gruppe hieß *Flip Side*. Drei Männer in den Dreißigern und eine Frau mit langen Rastalocken, die ungefähr im gleichen Alter war, begannen mit *The Thrill is Gone* – B. B. Kings Duett mit Tracy Chapman, mit dem sie die Menge aufwärmten. Es folgten ein paar Klassiker von B. B. King, einige Nummern von Ray Charles, Ida Cox und anderen Blueskünstlern aus dem frühen 20. Jahrhundert. Als sie den Saal mit einem rockigen Blues von Jimi Hendrix erfüllten, tanzten fast alle oder klatschten und wippten mit dem Fuß.

Als die Sängerin eine Pause ankündigte, berührte Marnie meine Hand. Ich folgte ihrem Blick. „Hast du gesehen, wie ein bestimmter Jemand dich schmachtend ansieht?", fragte sie.

„Nein", erwiderte ich und schaute mich um. Ich begegnete dem Blick eines älteren Gentleman, der mir zuzwinkerte. Ich blickte Marnie an. „Über wen redest du?"

„Du bist wirklich zu lang aus dem Spiel gewesen", meinte sie. „Der Drummer", fuhr sie fort, und sie klang, als wäre ihre Antwort offensichtlich.

„Der Drummer?" Schnell blickte ich zur Bühne hinauf.

„Ist er nicht süß?"

Ich blickte ihn prüfend an. Er war dünn, groß und trug kurze Rastalocken. „Ja, er ist definitiv süß. Aber wirklich nicht mein Typ."

Marnie starrte mich an. „Was redest du denn da? Er ist heiß.“

„Ja … Aber einfach nicht mein Typ.“

„Ich glaube nicht, dass er dir darin zustimmen würde“, trällerte Marnie.

„Du bildest dir was ein“, erklärte ich Marnie. „Er hat nicht einmal in meine Richtung geschaut.“

„Und wie er geschaut hat“, widersprach Marnie. „Du solltest zu ihm gehen und mit ihm reden. Ich denke, für eine Nacht würde er durchaus taugen.“

Ich schaute wieder zur Bühne. Ein Schwarm Frauen belagerte die Band. Für dieses erbärmliche Schauspiel hatte ich nur ein Kopfschütteln übrig. All diese Frauen hofften, mit einem Musiker ins Bett zu gehen oder wenigstens einen alten Knacker abzugreifen, der sie aushielt.

Das war nichts für mich.

„Marnie, mach dir keine Sorgen um mein Sexualleben. Ich bin hier, um Spaß zu haben. Das allein zählt.“

„Oh nein, nein, nein!“ Sie drohte mir mit dem Finger. „Du wirst jemanden kennenlernen.“

Ich verdrehte die Augen und lachte. „Sicher, wenn du das sagst …“

Mein Blick streifte durch die Bar. Es gab einige attraktive Männer, aber die meisten waren in Begleitung hier. Ich hatte nichts dagegen, mich mit jemandem zu unterhalten, wenn er mein Interesse weckte.

Und vielleicht hatte Marnie recht. Andrew und ich waren sehr jung gewesen, als wir heirateten. Bis vor ein paar Tagen musste ich diese Entscheidung nie hinterfragen. Aber was war, wenn Andrews Affäre ein Zeichen war, dass wir uns in unterschiedliche Richtungen entwickelten und es uns nicht bestimmt war, länger miteinander glücklich zu sein?

Was war, wenn da draußen jemand auf mich wartete – ein

Mann, der mich zu schätzen wusste und nicht in der Gegend herumvögelte?

Schon früher hatte ich Freundinnen gehabt, die betrogen worden waren. Und immer ermunterte ich sie weiterzusuchen, bis sie jemanden finden würden, der sie zu schätzen wusste. Dennoch war es schwer, den Gedanken an ein Leben ohne Andrew in Betracht zu ziehen.

Es war aber genauso schwer, einfach zu akzeptieren, was er getan hatte. Ihm zu vergeben und unser Leben fortzusetzen, wie es bisher gewesen war. Besonders jetzt. Würde ich mich mit dem zukünftigen Kummer abfinden, wenn ich entschied, dass ich meine Ehe retten wollte? Würde er das Gefühl haben, dass ich ihm immer wieder verzeihen konnte, da ich es einmal getan hatte? Immer und immer wieder?

„Ich brauch noch einen Drink", erklärte Marnie. Ihre Worte rissen mich aus meinen Gedanken. „Willst du auch noch eine Margarita?"

„Auf jeden Fall", antwortete ich rasch. Ich hatte bestimmt schon genug, aber ich wollte nicht länger über Andrew nachdenken. Der Alkohol half mir, ihn zu vergessen.

Während Marnie sich nach unserer Kellnerin umschaute, bemerkte ich den älteren Herrn, der mich schon vorhin beobachtet hatte. Dieses Mal registrierte ich, dass er mit einem Freund da war.

Sein Freund und er lächelten mich an. Ein Blinzeln des kleineren Mannes, und sie kamen in unsere Richtung geschlendert.

„Achtung", warnte ich. „Fieslinge im Anmarsch."

„Wo?"

„Sieh nicht hin!", flüsterte ich Marnie hastig zu, als sie suchend den Kopf drehte. Sie verharrte abrupt. „Zwei Typen, die weit über sechzig sind. Sie kommen in unsere Richtung. So ein Mist."

„Genau das, was ich mag", murmelte Marnie. „Alte Männer mit 'nem Ständer."

„Sie sind eindeutig an uns interessiert." Ich konnte am Rand meines Blickfeldes sehen, wie sie näher kamen. Als sie unseren Tisch erreichten, flüsterte ich: „Jetzt geht's los."

„Hallo, Ladys", begann der Kleinere. Er war etwa eins fünfundsiebzig groß, hatte mittelbraune Haut und einen Bierbauch. Außerdem hatte er wohl ein Auge auf mich geworfen. „Wie wär's mit einem kleinen Tänzchen?"

„Sorry", zwitscherte Marnie. „Wir wollten gerade unser Dessert bestellen."

„Es macht uns nichts aus zu warten", erklärte der andere Mann. Seine Haut war dunkler, er war größer und durchaus gut aussehend – aber etwa dreißig Jahre zu alt für uns. „Wir können euch auf der Tanzfläche das eine oder andere beibringen."

„Ich bin verheiratet", betonte ich. „Sorry."

„Trotzdem danke fürs Angebot", fügte Marnie hinzu. Sie konnte sich ein Lächeln nicht verkneifen. „Wir fühlen uns geehrt."

„Also dann", gab der größere Mann nach. „Aber wenn ihr eure Meinung noch ändert …"

„Werden wir nicht", erklärte Marnie.

Die beiden Männer entfernten sich. Marnie verzog das Gesicht, ehe sie in Lachen ausbrach.

„Zu ihrer Verteidigung muss man sagen, dass sie wirklich nett wirken", sagte ich. Ich hatte vermutet, sie wären Fieslinge, weil ich so oft von solchen Typen angesprochen wurde."

„Ja, klar, aber dir ist bewusst, dass sie um neun zurück im Altersheim sein müssen."

„Marnie!"

„Ich habe nichts gegen alte Leute. Nur gegen alte Leute, die glauben, ich werde mit ihnen schlafen. Wenn ich jemanden ficke, soll er jung, heiß und in der Lage sein, eine Erektion aufrechtzuerhalten."

„Es reicht, Marnie." Ich schüttelte den Kopf. „Lass uns tanzen."

Marnie und ich kämpften uns zur Tanzfläche an der Bühne vor. Ich sah unsere beiden Verehrer, die mit zwei Frauen redeten, die noch jünger als Marnie und ich waren. Wenigstens schienen sie unsere Zurückweisung nicht persönlich zu nehmen.

Marnie wiegte ihre Hüften zum Rock-'n'-Roll-Rhythmus. „Oh, der ist wirklich süß!"

Ich machte mir nicht die Mühe, nach dem Mann zu schauen, auf den sie zeigte. Ihre Augen wanderten weiter über die Menschenmenge. Sie war eindeutig auf Beutezug, aber ich vermutete, es ging mehr um sie als um mich.

Kaum wiegten wir unsere Ärsche zu dem neuesten Hit von Beyoncé, als Marnie sich schon zu mir herüberlehnte und flüsterte: „Guck mal, da drüben. Der ist richtig heiß."

Sie zeigte, und ich folgte der Richtung ihres Fingers. Ich sah einen Typen, der höchstens zweiundzwanzig war, einen anständigen Körper und ein sehr attraktives Gesicht hatte.

Als er mich sah, lächelte er. Und offenbarte einen Mund voller Goldzähne.

„Ihhh", machten Marnie und ich gleichzeitig.

„Okay, der ist es nicht", stellte Marnie fest. „Aber es kommt bestimmt noch jemand."

Nach der Hälfte des Songs hob Marnie ihre Augenbrauen. Ich fragte mich, was sie mir damit sagen wollte, als ich schon eine Hand auf meinem Arm spürte.

Ich schaute über meine Schulter. Der Fremde war ein Teddybär von einem Mann mit dunkler Haut. Normalerweise hätte ich mich zurückgezogen, wie ich mich vor dem Mann zurückgezogen hatte, der auf den Bahamas mit mir tanzen wollte. Doch diesmal tat ich es nicht.

Ich rieb meinen Hintern an seinem Bauch und hatte meinen Spaß daran, ihn zu reizen. Er wurde sofort hart, und sein Schwanz drückte sich gegen meinen Po. Früher hätte ich davor Angst gehabt und mich zurückgezogen. Aber heute Nacht erregte mich seine Erektion und erinnerte mich daran, dass ich eine begehrenswerte Frau war.

Etwas, das Andrew vergessen hatte.

Ich wurde frecher, beugte mich leicht vor, während sich mein Hintern fester gegen ihn schob. Er legte seine Hände auf meine Hüften und zog mich gegen seine Erektion. So tanzten wir, und unsere Körper bewegten sich, als würden wir in den Klamotten ficken.

„Heiliger Mist", sagte der Mann.

Kichernd drehte ich mich zu ihm um. Er strahlte mich an, als wäre ich die erotischste Frau der Welt. Sein Blick hob meine Laune. Ja, ich war schön und sexy und hatte verdammt noch mal viel zu bieten.

Wir tanzten weiterhin dicht aneinandergedrückt, doch diesmal nicht so eng. Unsere Hüften wiegten sich zum schnellen Rhythmus. Am Ende des zweiten Songs lehnte ich mich vor und streichelte den Arm des Mannes mit einer freundschaftlichen Geste. „Danke für den Tanz", sagte ich.

„Du wirst mich doch nicht so hängen lassen?"

Ich zuckte entschuldigend mit den Schultern. „Ich bin verheiratet."

„Verheiratet?" Er klang überrascht. „Verdammt, Mädel."

„Ich weiß", gestand ich, einen Hauch Selbsttadel in der Stimme. „Ich vermute, du hast mich einfach mitgerissen. Aber ja, ich bin eine verheiratete Frau. Ich bin ausgegangen, um ein bisschen Spaß zu haben."

„War es das?" Seine Augenbrauen hoben sich hoffnungsvoll.

„Ja, das war es."

„In Ordnung." Der Mann nickte einverstanden. „Dein Mann kann sich glücklich schätzen."

Ich drehte mich um und sah Marnie, die mit zwei Margaritas am Rand der Tanzfläche stand. Sie hatte die Drinks wohl geholt, während ich tanzte.

„Amüsierst du dich?", fragte sie und reichte mir ein Glas.

„Ja", antwortete ich ehrlich und nippte an meiner neuen Margarita. „Und ich habe eine Entscheidung getroffen", hörte ich mich sagen.

„Oh?"

„Wenn ich jemanden treffe, werde ich es machen."

„Wuhuuu!" Marnie klatschte mich ab, und ich hatte Mühe, nichts von meinem Drink zu verschütten. „Heißt das, du magst den Typen?"

„Nein, ich meine nicht ihn. Er ist nett, aber ... da ging's eher um Spaß. Ich will jemanden, der mich auf den ersten Blick heißmacht."

Nur ein Tanz, und schon hatte ich Lust, flachgelegt zu werden. Ein Tanz hatte mich daran erinnert, dass ich eine attraktive Frau war. Eine Frau, die es nicht verdiente, dass ihr Mann sie betrog.

Andrew hatte mir grünes Licht gegeben. Marnie wollte, dass ich nach jemand Besserem für mich da draußen suchte.

Nun, zumindest wollte ich gleiche Voraussetzungen schaffen. Wenn ich Andrew je vergeben sollte, musste ich das hier tun.

Und bei der Gelegenheit konnte ich meine Neugier befriedigen.

Ich war nur mit einem einzigen Mann zusammen gewesen, bevor ich Andrew begegnete. Und die Erfahrung war fürchterlich gewesen. Chad, mein Freund in der Highschool. Ich mochte ihn, aber ich liebte ihn nicht. Als wir mal heftig herumfummelten, erklärte ich ihm, ich könnte mit ihm jetzt noch keinen Sex haben. Er ignorierte mich und entjungferte mich, obwohl ich ihn anschrie, er solle von mir heruntergehen.

Meine Erfahrung mit Andrew war eine völlig andere. Er hatte mich nicht wie Chad unter Druck gesetzt. Stattdessen nahm er sich Zeit und wartete, bis ich wirklich bereit war. Wenn er beim Küssen spürte, dass ich zögerte, machte er einen Rückzieher. Das liebte ich wirklich an ihm, und als ich Andrew nach acht Monaten mein Herz und meinen Körper schenkte, wusste ich, dass es für immer war.

Die Erinnerung schmerzte, und ich stürzte meinen Drink herunter. Dann beäugte ich die Männer.

Da ich mit Andrew bisher die einzige positive Erfahrung in meinen Leben gemacht hatte, war ich natürlich neugierig, wie es wäre, mit einem anderen Mann Sex zu haben. Neugierig, aber nie versucht, es auszuprobieren.

Bis heute.

Marnie hielt eine Kellnerin an, die mit einem Tablett pinkfarbener Schnäpse vorbeikam. Sie kaufte zwei.

„Ich weiß nicht, Marnie."

„Wenn wir zu betrunken sind, nehmen wir ein Taxi." Sie gab mir den Kurzen.

„Auf jeden Fall." Ich nahm das kleine Glas, und auf drei kippten wir das Getränk herunter.

Ich wusste nicht mal, was genau darin war, aber es schmeckte nach Zitrone. Es wärmte von innen, und meine Begeisterung kam mit vollem Schwung zurück.

Ein Song von Wyclef Jean erfüllte den Club, und ich ließ alle Hemmungen fallen, hob die Hände über den Kopf und bewegte mich verführerisch zu den Rhythmen.

„Sophie, mein Schatz, du bekommst eine Menge Aufmerksamkeit", informierte Marnie mich. „Du solltest die Typen sehen, wie sie dich anschauen!"

Ich blickte geziert um mich und bemerkte die unterschiedlichen Augenpaare, die in meine Richtung starrten. Aber niemand war dabei, der meine Libido erwachen ließ. Ich fragte mich, ob da heute noch wirklich jemand für mich aufkreuzen würde.

„Der Typ da vorne", rief Marnie und wies durch die Menschenmenge auf einen Mann, den ich kaum übersehen konnte. Er war groß und muskelbepackt, soweit ich sehen konnte. Er hatte dunkle Haut und war hübsch, aber ich fühlte mich nicht zu ihm hingezogen, als ich einen Blick riskierte.

Ich schüttelte den Kopf. „Nein."

„Du bist viel zu wählerisch."

„Es muss der richtige Mann sein", erwiderte ich. Es war für eine Frau nicht schwer, einen Mann zu finden, der sie fickte. Sie musste nur fragen. Aber ich wollte nicht mit irgendwem ins Bett. Es sollte ein Mann sein, der in meinem Bauch Schmetterlinge flattern ließ.

Ich tanzte weiter, ließ meine Hüften verführerisch kreisen. Ich wusste, die Männer beobachteten mich. Ihre offenkundigen Blicke erinnerten mich daran, dass ich tief in mir drin wirklich sexy war.

Meine Hüftschwünge wurden noch erotischer. Dank dem Alkohol fühlte ich mich gut. Sozusagen beschwerdefrei.

Als ein Lied von Usher gespielt wurde, griffen meine Hände nach meinem Rock und ließen ihn um meine Beine flattern. Ich zeigte verführerisch Haut. Meine Augen waren geschlossen, mein Kopf wiegte von einer Seite zur anderen.

„Hey, Süße", sagte eine männliche Stimme. Ich öffnete die Augen. „Du könntest einen Mann direkt zur Herzattacke führen."

Liebenswürdig lächelte ich dem Mann zu, mit dem ich vorher getanzt hatte. Er leckte sich frech über die Unterlippe, während ich weitertanzte.

Er beugte sich vor. „Weiß dein Mann, wie du tanzt, wenn er nicht dabei ist?"

Ich antwortete nicht, sondern bewegte nur meine Hüften.

„Du siehst aus, als wolltest du etwas Besonderes“, flüsterte der Teddybär. „Ich kann dir geben, was du willst.“

Ich fragte mich, ob mein Verlangen nach Sex mir auf die Stirn geschrieben stand.

„Ich bin nur hier, um Spaß zu haben“, erwiderte ich und wiederholte damit, was ich ihm bereits vorhin gesagt hatte. Hinter ihm konnte ich Marnie sehen, die beide Daumen nach oben reckte.

„Ich kann dir zeigen, wie man Spaß hat.“ Seine Hand legte sich auf meine Taille.

„So spricht man nicht mit einer verheirateten Frau“, neckte ich ihn.

„Wie heißt du?“, fragt er.

„Sophie. Und du?“

„Teddy.“

Nie im Leben! Ich fing an zu lachen.

„Was ist so lustig?“, wollte er wissen.

„Es ist nur ... Ich habe gedacht, du siehst irgendwie einem Teddybär ähnlich, und dann heißt du ausgerechnet Teddy.“ Als Teddy nicht lächelte, zuckte ich mit den Schultern. „Vielleicht ist das auch gar nicht so lustig.“

Schon bald erkannte ich, warum er nicht lächelte. Sein Blick glühte vor Leidenschaft, glitt über mein Gesicht, verharrte an meinen Lippen, streifte tiefer zu meinen Brüsten. Sein Blick schrie förmlich: „Ich will dich ficken.“

„Du vergisst deinen Mann nie?“, fragte Teddy.

Ich lächelte verführerisch und hoffte, er würde endlich einsehen, dass ich ihm einen Korb gegeben hatte. Er beunruhigte mich ein bisschen, und ich fragte mich, ob dieser Typ die Sorte Mann war, die ungern ein Nein hörte. „Wie ich bereits sagte, bin ich nur hier, um zu tanzen und ein bisschen Spaß zu haben.“

„In Ordnung." Teddy zuckte mit den Schultern. Ich war erleichtert. Er wusste, dass er verloren hatte und verschwand.

Als er in der Menge untertauchte, fragte ich mich, was so falsch an ihm gewesen war. Er war niedlich, hatte einen tollen Körper. Die meisten Frauen würden ihn am nächsten Morgen nicht aus dem Bett schubsen. Warum wies ich ihn ab?

Vielleicht täuschte ich mich. Vielleicht redete ich mir nur ein, ich könnte eine Affäre haben, während die Realität ganz anders aussah: Ich war nicht in der Lage, es durchzuziehen.

Marnie beugte sich zu mir herüber. „Wirklich, Soph, was war falsch an ihm? Er hätte mich die ganze Nacht in seiner bärigen Umarmung halten können, und ich hätte mich kein Stück beklagt."

„Vielleicht sollte ich gehen."

„Nicht so hastig. Die Nacht ist doch noch jung. Und vergiss nicht, du hältst nicht nach einem neuen Ehemann Ausschau. Nur nach jemandem, der dir eine Nacht lang endlose Orgasmen schenkt."

Als ich zu lachen begann, spürte ich einen fremden Blick auf mir ruhen. So sicher, als hätte jemand die Hand nach mir ausgestreckt und mich berührt.

Langsam drehte ich mich um. Ein Energiestoß durchfuhr mich, als mein Blick ihn traf.

Und in diesem Moment wusste ich es.

Er war der Richtige.

7. KAPITEL

Als meine Augen den Blick des sexy Fremden trafen, hoben sich seine Mundwinkel zu einem leisen Lächeln. Es war ein höfliches Lächeln, doch zugleich sagte es mir auch: *Ich will dich*.

Mein Herz machte einen Satz, als ich sein Lächeln erwiderte. Dann stieß ich Marnie mit dem Ellbogen an. „Ich glaube, ich bin im Geschäft. Da drüben. Der Typ mit dem dunklen Haar, das ihm über die Schultern reicht."

„Oh, du meinst den, der ein bisschen so aussieht wie Antonio Banderas? Ich wusste gar nicht, dass du auf spanische Männer stehst."

Jetzt da Marnie es erwähnte, wurde es mir auch bewusst. Eine Ähnlichkeit zu Antonio Banderas, doch seine Haut war etwas dunkler. Er sah wie ein Schwarzer aus, aber nicht nur. Vielleicht zur Hälfte weiß oder hispanisch. Für mich zählte nur, dass er fantastisch aussah. Und dass er der erste Typ war, zu dem ich heute Nacht eine Verbindung spürte.

„Ich habe nie einen anderen Mann neben meinem Ehemann gemocht", betonte ich.

„Was auch immer du tust, erwähne das Wort Ehemann nicht mehr, wenn dieser Kerl herüberkommt. Denn so wie er dich anschaut, Süße, wird er jeden Augenblick hier sein."

Erneut erwiderte ich seinen Blick. Obwohl er rund sechs Meter entfernt stand, konnte ich die Lust in seinen Augen glimmen sehen.

Lust auf mich.

Das erregte mich.

Ich schluckte, denn ich wusste, dass ich dasselbe Verlangen verspürte. Dies war die Verbundenheit, auf die ich gehofft, die ich gesucht hatte. Etwas Unmittelbares, Elektrisierendes.

Aber trotzdem: Die ganze Situation war für mich fremdes

Terrain. Ich hatte mir in den vergangenen zehn Jahren nicht erlaubt, sexuelle Anziehungskraft für einen anderen Mann zu empfinden.

Der Fremde kam zu mir herüber, und mein Herz hämmerte in meiner Brust. Allein die Tatsache, dass ich seit zehn Jahren nicht mit einem anderen Mann zusammen gewesen war, erfasste mich plötzlich und machte mich nervös. Würde mein Herz es mir wirklich erlauben? Obwohl mein Verstand mir sagte, ich solle es tun?

„Verdammt, Marnie. Er kommt zu uns rüber. Was soll ich sagen? Es ist wirklich eine verrückte Idee, eine Affäre einzugehen."

„Du sagst Hallo", erklärte Marnie und gab mir einen kleinen Schubs.

Ich stolperte in seinen Weg und fühlte mich dabei wie eine Idiotin. Über die Schulter hinweg warf ich Marnie einen verärgerten Blick zu, die mich gespielt unschuldig anschaute.

Dann atmete ich tief durch und wandte mich zu dem Banderas-Double um.

„Hallo", sagte er. Ich erkannte einen Akzent. Vielleicht lag Marnie richtig und er war Spanier.

„Hi", antwortete ich. „Wie geht's denn so?" Dummkopf! Hätte ich mir nicht etwas Faszinierenderes ausdenken können?

Er gluckste leise. „Mir geht's gut. Und dir?"

„Oh, mir geht's richtig gut." Okay, ich musste sofort aufhören zu trinken. Ich hörte mich wie eine Idiotin an.

Die Augen des Fremden glitten an mir herab und wieder hinauf, und mich überkam das Gefühl, egal wie dumm ich auch daherredete, er würde nicht einfach weggehen.

„Du bist sehr schön", bemerkte er einfach. Aber sein Blick sagte mir, dass er mich als Nachtisch verspeisen wollte.

„Danke."

„Darf ich dir etwas zu trinken spendieren?"

„Oh nein." Ich winkte ab. „Ich denke, ich hatte schon genug."

„Bist du sicher?"

„Na ja, vielleicht noch einen Drink", machte ich einen Rückzieher. Meine Nerven ließen mich haltlos plappern. Hinzu kam die Erkenntnis, dass ich tatsächlich kurz davor stand, eine Affäre zu haben. Ich konnte einen flüssigen Mutmacher brauchen.

„Erdbeermargarita?", fragte er.

„Woher wusstest du das?"

„Ich habe dich beobachtet", erwiderte er. Ich fragte mich, ob er mich schon länger beobachtete, ohne dass ich es bemerkt hatte. Oder ob es einfach ein Glückstreffer war.

„Ich bin gleich wieder zurück", versprach er und verschwand in Richtung Bar.

Ich sah ihm hinterher. Schmetterlinge tanzten in wildem Sturm in meinem Bauch. Er war sexy, daran bestand kein Zweifel. Es umgab ihn aber auch etwas Geheimnisvolles. Etwas Dunkles.

Und sehr Verführerisches.

„Süße, wenn du den nicht magst ..." Marnie flüsterte in mein Ohr.

„Doch, ich mag ihn", antwortete ich. „Er ist genau das, was ich brauche. Völlig anders als Andrew." Das war wichtig. Ich wollte nicht jemanden vögeln, der mich die ganze Zeit an meinen Mann erinnerte. Ich wollte einen völlig anderen Mann. Einen Typen, der nicht jeden Tag Anzug und Krawatte trug. Einen Mann, der aussah, als steckte ein bisschen von einem bösen Jungen in ihm.

Und genau das war er. Mit einem verschmitzten Lächeln tauchte er auf und hielt mir einen der eisgekühlten Drinks hin. Er trug schwarze Jeans und ein weißes Hemd, das bis zur Mitte seiner Brust offen stand. Soweit ich es sehen konnte, war seine Brust unbehaart, aber vielleicht tiefer, rund um seinen Nabel …

„Ein Drink für dich", sagte er und reichte mir das Glas. „Und einer für deine Freundin."

„Danke", sagte Marnie und nahm ihr Glas.

„Ja, danke", echote ich. Und es war doch wirklich nett, auch für Marnie einen Drink mitzubringen. Es war eine Kleinigkeit, aber als ich das letzte Mal mit Marnie und Andrew aus war, hatte er Marnie nach Geld gefragt, ehe er ihr an der Bar etwas zu trinken besorgte. Es war mir wirklich peinlich gewesen, dass er nicht mal Geld herausrückte, um meiner Freundin einen Drink zu spendieren.

Andrew konnte sehr geizig sein – und nicht nur, wenn es um Marnie ging. Er sagte, er gebe nicht viel aus, weil wir Geld für eine Familie sparten. Ich verstand sein Argument, aber zugleich vermisste ich die romantischen Gesten unserer Anfangszeit. Er machte nicht mehr spontan irgendetwas Romantisches, dass er mir zum Beispiel Blumen schickte oder mich mit meinem Lieblingsparfum überraschte.

„Wie heißt du?", fragte der dunkelhaarige Unbekannte.

„Sophie", antwortete ich. „Und du?"

„Pietro. Aber du kannst mich Peter nennen."

„Pietro? Woher kommt der Name?"

„Aus dem Italienischen", antwortete er.

„Ahh. Ich vermute, du bist Italiener." *Großartige Schlussfolgerung, Sophie.* Ich trank einen Schluck, obwohl ich keinen Durst hatte.

Er nickte. „Und du bist atemberaubend. Entschuldige, dass ich nicht aufhören kann, dich anzustarren. Ich habe wirklich noch nie eine so schöne Frau kennengelernt."

Ich war seit acht Jahren verheiratet und, wie Marnie es gesagt hatte, völlig aus der Übung. Aber immerhin erkannte ich noch einen Anmachspruch. Dennoch pochte meine Vagina, als ich das Kompliment hörte. Es war die Art, wie er mich anblickte, die mich alles glauben ließ, was er sagte. In seinen Augen lag eine Intensität, die gleichermaßen nervenaufreibend und erregend war. Es war ein Gefühl, als könnte er in mein Inneres sehen und jeden meiner Gedanken lesen.

Alles, was ich wollte.

„Um genau zu sein, bin ich zum Teil afroamerikanisch und zum Teil italienisch."

„Und ein Teil ist ziemlich scharf", brachte ich hervor und musste aufgrund meiner für mich untypischen Offenheit lachen.

Er griff nach meiner Hand. Ich ließ es zu. „Du bist nicht gerade schüchtern, oder?"

„Ich bin zumindest etwas betrunken." Ich schwankte leicht, als wollte ich meine Worte unterstreichen. „Sag etwas auf Italienisch. Irgendetwas."

„*Tu guardi Bella.*"

„Das klingt hübsch", sagte ich beeindruckt. „Was heißt das?"

„Es bedeutet, du siehst schön aus."

Peters Augen ruhten fest auf meinen. Die Hitze in seinem Blick wärmte geradezu meine Haut.

„Bist du verheiratet?", fragte er.

Meine Brauen zogen sich zusammen, als ich zu ihm aufblickte. „Warum fragst du das?"

Er ließ seinen Daumen über meinen nackten Ringfinger streichen. „Du trägst gewöhnlich einen Ring. Richtig?"

Ich lachte nervös. „Bist du Hellseher?"

„Nein, nur an dir interessiert."

Peter kam zur Sache, und seine Art gefiel mir – sehr. Ich trank einen Schluck. „Danke für den Drink."

„Das hast du bereits gesagt."

„Habe ich?"

Peter legte seine Lippen nah an mein Ohr, sodass er fast meine Haut berührte. „Hat er dir wehgetan? Dein Ehemann?"

War er wirklich so scharfsinnig, oder verhielt sich jede betrogene Frau, die abends in der Stadt unterwegs war, so wie ich? War ich ein wandelndes Klischee?

„Hat er?", wiederholte Peter.

Ich wusste nicht, was ich sagen sollte. Ich wollte mit diesem Mann keine Bindung eingehen. Nur eine Nacht verbringen und herrlichen Sex haben. „Ja, er hat mich verletzt", antwortete ich ehrlich. „Aber heute Nacht bin ich unterwegs, weil ich es vergessen will."

„Ich kann dir helfen, es zu vergessen."

Bei jedem anderen Mann hätte ich dieses Gespräch als extrem dreist empfunden. Aber vielleicht hatte Peter schon im ersten Augenblick gewusst, dass ich seinen Vorstoß begrüßen würde.

Dass ich ihn brauchte, um den ersten Schritt zu machen.

„Ja", stimmte ich zu. „Ich vermute, das könnte dir gelingen."

Während unseres Gesprächs hatten wir unsere Körper leicht zum Takt der Musik bewegt. Jetzt legte Peter seine Arme um mich und zog mich an sich. Obwohl ein Song mit schnellem Beat lief, kreisten seine Hüften langsam gegen meine. Seine Erektion überließ nichts der Vorstellungskraft.

Ich passte mich seinen Bewegungen an, langsam und verführerisch. Ich dachte nicht, sondern fühlte nur. Und es fühlte sich richtig an.

Den Drink in der Hand balancierend, drehte ich mich um, sodass mein Po sich an Peters Schwanz rieb. Ich grinste, als ein Stöhnen sich seiner Kehle entrang.

Mein Glas war im Weg. Mit wenigen Schritten war ich am nächsten Tisch und stellte es ab. Dann tanzte ich zurück zu Peter, meine Hände in der Luft, meine Hüften wiegten sich von links nach rechts.

Er kam mir entgegen, und so tanzten wir, diesmal passten wir uns dem schnellen Rhythmus an. Seine Finger strichen meine Arme rauf und runter und hinterließen köstliche Empfindungen. Er streichelte mein Gesicht, senkte seinen Mund näher an meinen. Wandte sein Gesicht ab, ohne mich zu küssen.

Er wollte mich also reizen.

Ich streichelte seine Brust durch das Hemd, dann schlüpfte mein Finger hinein und wagte es, seine nackte Haut zu berühren. Meine andere Hand ließ ich tiefer wandern, und Peters Augen weiteten sich gleichermaßen überrascht und erwartungsvoll. Ich zog meine Hand zurück, bevor ich seine Leistengegend erreichte.

Peter lachte und legte seine Hände auf meine Taille. „Ich möchte dich mit nach Hause nehmen."

„Ich möchte von dir mit nach Hause genommen werden", antwortete ich.

Zwischen uns war alles ganz einfach. Einfach und elektrisierend. Ich hatte sogar Marnie vergessen, während ich mit Peter auf der Tanzfläche flirtete. Ich blickte mich um, konnte sie aber nicht sehen.

Die Band war auf die Bühne zurückgekehrt und bereitete sich aufs Spielen vor. „Ein guter Zeitpunkt, um zu gehen", schlug Peter vor.

„Ich suche nur gerade meine Freundin", sagte ich. „Entschuldigst du mich einen Moment?"

Er nickte. „Natürlich."

Ich blickte mich im Club um, aber sah Marnie nirgendwo; darum machte ich mich auf den Weg zu den Toiletten.

In der Damentoilette war es überfüllt, doch ich entdeckte Marnie sofort. Sie stand am anderen Ende des Raumes vor dem Spiegel.

Ich kämpfte mich zu ihr vor, und ihr Gesicht leuchtete auf, als sie mich sah. „Hey, Süße!"

„Alles in Ordnung?“, fragte ich.

Sie legte eine Hand auf ihre Hüfte. „Du hast gerade wirklich ein Drama verpasst.“

Meine Augen weiteten sich alarmiert. „Was ist passiert?“

„Irgend so ein Arschloch hat sich an mich rangemacht. Erinnerst du dich an den Kerl mit den Goldzähnen?“

„Was hat er gemacht?“

Marnie puderte ihr Gesicht. „Hat seine Hand in mein Top gesteckt.“

„Wie bitte?“, rief ich außer mir vor Wut.

„Ist schon in Ordnung. Ich hab ihm erklärt, wenn er mich je wieder anrührt, werde ich ihm seine Finger einzeln brechen.“

Ich lächelte. Meine Freundin hatte mehr Mumm in den Knochen als die meisten Männer.

„Dann kamen Walt und Denny auf uns zu und haben dem Kerl eine Standpauke gehalten. Sie haben ihm erklärt, er müsse eine Frau respektieren.“

„Moment mal“, unterbrach ich sie. „Walt und Denny?“

Marnie lehnte ihre Hüfte gegen das Waschbecken, als sie sich zu mir umdrehte. „Die beiden älteren Männer, die uns angesprochen haben.“

„Warte mal – die beiden, über die du dich lustig gemacht hast? Und jetzt duzt du dich mit ihnen?“

Marnie zog ihren Lippenstift aus der Handtasche. „Sie sind wirklich sehr süß. Und Denny – der größere von den beiden – hat wirklich was, wenn er tanzt. Wir haben eine Menge Spaß.“

Ich schüttelte grinsend den Kopf.

„Also, platonischen Spaß“, betonte Marnie. „Walt und Denny sind nichts gegen den heißen Typen, der dich umschwärmt.“ Marnie presste ihre Lippen aufeinander, um den Lippenstift gleichmäßig zu verteilen. „Sieht aus, als laufe mit ihm alles prima, oder?“

„Er hat gesagt, er will mich mit nach Hause nehmen."

„Wann geht ihr?"

Ich zögerte. In der Hitze des Augenblicks war ich bereit gewesen, mit Peter den Club zu verlassen. Aber jetzt, im Gespräch mit Marnie, kamen mir plötzlich Zweifel.

„Vielleicht sollte ich es doch nicht tun", erwiderte ich. „Ich hab kein Auto, und das heißt, ich muss mit zu ihm gehen ... Ob das so klug ist?"

„Du überlegst, ihn zu vögeln, aber traust dich nicht, mit zu ihm zu gehen?"

„Nicht so laut, bitte!", flüsterte ich und schaute mich um. Die anderen Frauen frischten ihr Make-up auf oder plauderten. Damentoiletten waren mehr als nur Räume, in denen man aufs Klo ging.

„Du denkst doch nicht, dass er ein Perverser ist, oder?"

„Nein", antwortete ich sogleich. „Aber weißt du, ich habe so was noch nie getan. Ich will mich einigermaßen vernünftig verhalten."

Marnie nickte. „Gut, so wie ich es sehe, hast du mehrere Möglichkeiten. Erstens – das *Hard Rock Hotel.* Ihr könntet dort die Nacht verbringen. Oder ich fahre dich zu der Wohnung dieses Typen. Du könntest einfach ins Gespräch einfließen lassen, dass deine Freundin Polizistin ist. Das sollte seinen Zweck erfüllen."

„Mir gefällt die Hotel-Idee." Diese Begegnung sollte nur ein One-Night-Stand werden und nicht der Beginn von etwas, das ewig halten musste. Wir konnten ficken und am Morgen das Hotel verlassen. Und wir müssten uns nie wieder sehen.

„Du hast genug Geld fürs Taxi?", fragte Marnie.

„Ja, habe ich." Ich hatte immer eine gewisse Menge Bargeld in meinem Portemonnaie. Andrew hatte mir die Notwendigkeit, immer Geld für den Notfall bei sich zu haben, oft genug eingetrichtert.

Marnie packte ihr Make-up zurück in die Handtasche und verschloss sie. „Ich fahr dich hin."

„Bist du sicher?"

„Ich habe ein paar Gläser Wasser getrunken und mein kleiner Rausch ist weg. Ich bin startklar."

„Was ist mit Walt und Denny?", wollte ich wissen.

Marnie lachte. „Ich denke, es geht ihnen auch ohne mich gut."

Wir verließen die Damentoilette. Ich schaute mich um, aber ich konnte Peter nicht entdecken. Ich runzelte die Stirn. „Ich sehe ihn nicht."

„Er wird schon irgendwo sein", versicherte Marnie mir.

„Weißt du was? Lass uns gehen."

„Wie bitte?"

„Er ist nicht da ... Vielleicht ist das ein Zeichen."

„Aber er könnte auf dem ..."

„Ich habe meine Meinung geändert." Meine Finger legten sich um Marnies Unterarm und ich schob sie Richtung Ausgang. Da ich Peter nirgendwo sah, ergriff ich lieber die Flucht.

„Ach, na gut." Marnie klang enttäuscht.

„Ich habe gedacht, ich wäre so weit, aber ..." Ich verstummte. Aber was? Warum lief ich davon?

Die Antwort wurde mir im nächsten Moment bewusst. Ich lief davon, weil ich Angst vor der intensiven Reaktion hatte, die Peter bei mir auslöste. Wie leicht ein Mann mich erregte, der nicht mein Ehemann war. Er weckte in mir den Wunsch, mich für ihn auszuziehen.

Ein Mann, der ein Fremder war.

Als wir nach draußen gingen, war die Luft warm und feucht. Doch sie war erfrischender als der vom Schweißgeruch erfüllte Dunst im Club. Ich schwankte leicht, was mich daran erinnerte, dass ich zu viel getrunken hatte. Marnie bot mir ihren Arm, und wir marschierten los.

Wir kamen an einigen Clubs am *City Walk* vorbei, gingen an Gruppen junger, kichernder Frauen in knappen Klamotten vorbei. Ihre Nacht begann gerade erst, während ich mich auf den Heimweg machte.

Sexuell frustriert.

„Sophie!"

Marnie blieb plötzlich stehen. Ihr Gesicht strahlte. „Hast du das gehört?"

Ich hatte es gehört, und mein Herz machte einen Satz. Langsam drehte ich mich um. Im Stillen war ich erfreut, weil Peter mir nach draußen gefolgt war.

Aber als ich sah, wer wirklich nach mir rief, drehte sich mir der Magen um – diesmal vor Angst.

8. KAPITEL

„Oh mein Gott“, murmelte ich. Furcht erfasste meinen Körper. Plötzlich hatte ich das Gefühl, irgendetwas Schreckliches würde passieren. Wie in jener Nacht, in der mit Chad alles so unglaublich falsch gelaufen war.

Jene Nacht, in der er mir gegen meinen Willen meine Jungfräulichkeit raubte.

„Was ist los?“, wollte Marnie wissen.

„Das ist nicht Peter. Das ist der Typ von der Bar. Dieser durchtrainierte Kerl, der mich angemacht hat.“

„Das schaffen wir schon“, beruhigte Marnie mich.

„Ich habe ihm gesagt, ich hätte kein Interesse“, flüsterte ich und drehte mich um. „Ich habe ihm erzählt, ich sei verheiratet. Warum folgt er mir jetzt aus der Bar?“

Ich gab Marnie keine Gelegenheit zu antworten, sondern ging stattdessen mit schnellen Schritten davon und riss sie am Arm mit.

„Vielleicht ist er nur ein bisschen betrunken“, meinte Marnie. „Du weißt schon, diese Typen, die sich Mut antrinken. Ich bin sicher, er ist harmlos.“

„Er erinnert mich an Chad.“

„Chad?“ Marnie klang ehrlich schockiert.

„Ja, verdammt, Chad!“ Jede Faser meines Körpers warnte mich, dass dieser Typ Schwierigkeiten bedeutete. Dass ich bei meinem Flirt mit ihm zu weit gegangen war und jetzt dafür bezahlen würde.

„Sophie!“ Seine Stimme kam näher.

Ich ließ Marnies Arm los und fing an zu rennen. Es war mehr ein Joggen, da ich hochhackige Schuhe trug.

„Er ist nicht Chad“, bemerkte Marnie. „Mach dich nicht verrückt.“

Marnie verstand es nicht. Sie war nicht vergewaltigt worden. Mir war es passiert, und dieselben Instinkte, die ich damals ignoriert hatte, sagten mir jetzt, dass ich rennen sollte, als wäre der Teufel hinter mir her.

Plötzlich tauchte Teddy vor mir auf. Ich blieb abrupt stehen. Ehe ich mich umdrehen konnte, grapschte er nach meinen Oberarmen.

„Sophie", rief er. Er war leicht außer Atem. „Warum zur Hölle läufst du vor mir weg?"

„Ich habe dir bereits gesagt, dass ich *verheiratet* bin", erwiderte ich und betonte das Wort, während ich seine Hände abschüttelte. „Lässt du mich bitte in Ruhe?"

„Ich will nur mit dir reden."

„Welchen Teil von ‚Lass mich in Ruhe' hast du denn nicht verstanden?", fragte Marnie. Ich vermutete, ihr wurde endlich auch bewusst, dass der Typ eine Nervensäge war, die ich loswerden musste, selbst wenn er nicht plante, mich zu vergewaltigen.

„Mit dir rede ich gar nicht", fuhr Teddy meine Freundin an. Dann wandte er sich wieder an mich. „Ich möchte dich kennenlernen. Dich vielleicht zu einem Drink einladen. Ich werde die Dinge langsam angehen." Er biss sich auf die Unterlippe. Verlangen blitzte in seinen Augen auf. „Verdammt, du bist so schön."

Ich sagte nichts. Paralysiert stand ich da. Teddys Worte erinnerten mich wieder an die Nacht mit Chad. Wie es mit einer Verabredung mit jemandem, den ich mochte, begonnen hatte. Wie es mit einem emotionalen Trauma endete, von dem ich nicht wusste, ob ich es je überwinden würde.

„Geh nach Hause, Junge", erklärte Marnie. „Schlaf deinen Rausch aus."

„Du bist nicht richtig verheiratet, stimmt's?", fragte Teddy mich.

„Also, jetzt reicht's", mischte Marnie sich ein. „Wir gehen.“ Sie nahm meinen Arm und ging los.

Aber Teddy umklammerte meinen Ellbogen und riss mich mit so viel Kraft zu sich herum, dass ich aufschrie.

„Und was zur Hölle war das im Club?“, verlangte Teddy zu wissen. Er hatte wohl das Gefühl, ich schuldete ihm eine Erklärung. „War das bloß eine geile Anmache? Das war’s? Du machst die Kerle scharf und hart und lässt sie dann hängen?“

Marnie trat dazwischen. „Du hast jetzt wirklich eine Grenze überschritten. Scher dich verdammt noch mal zum Teufel, Arschloch.“

Teddy schubste Marnie. Sie fiel zu Boden.

„Marnie!“, schrie ich, doch im selben Moment packte Teddy mich und riss mich an seine harte Brust. Doch genauso schnell ließ er mich wieder los. Die Augen vor Überraschung weit aufgerissen wandte er den Kopf.

Sofort sah ich, warum.

Peter.

Er hatte Teddy am Kragen gepackt und riss ihn von mir fort. Wütend funkelte er Teddy an. „Warum belästigst du die Lady?“

Obwohl mein Herz laut hämmerte, konnte ich nicht anders: Ich lächelte. Und ich war unendlich dankbar, weil Peter hier war und sich um mich kümmerte.

„Wer zur Hölle bist du?“, fragte Teddy.

„Die Person, die dein Albtraum sein wird, wenn du Sophie noch einmal berührst.“ Peter rammte beide Hände in Teddys Brust. Teddy stolperte nach hinten und fiel beinahe hin.

Teddys hasserfüllter Blick ruhte auf mir. Dann wandte er sich an Peter: „Du willst sie? Bitte schön. Eine Frau wie die bedeutet nichts als Schwierigkeiten. Verdammte Schlampe!“

Marnie rauchte vor Wut und stand neben mir, die Hände zu Fäusten geballt. Ich vermutete, sie wollte Teddy einen Tritt in den Hintern verpassen, weil er sie angerührt hatte. „Fass mich noch einmal an – nein, sag noch ein Wort –, und du wirst es dein Leben lang bereuen."

Ich lächelte sie dankbar an und wünschte mir, ich wäre nur halb so tapfer wie sie.

Peter starrte Teddy an und unterstrich damit Marnies Drohung. Teddy versuchte standhaft zu bleiben, doch ich sah in seinen dunklen Augen einen Hauch von Niederlage. Peter war mindestens eins fünfundachtzig und damit wenigstens fünf Zentimeter größer als Teddy. Obwohl Teddy eindeutig mehr wog, ließ Peters ernster Gesichtsausdruck keinen Zweifel daran, dass man sich besser nicht mit ihm anlegte. Teddy verstand offensichtlich und wich langsam zurück.

Aber seine Augen lagen voller Wut auf mir. Eine unausgesprochene Bedrohung.

Dann drehte sich der Widerling um und marschierte zurück zum Club.

Nachdem Teddy fort war, legte Peter seine Arme um meine Taille. Ich war überrascht, wie tröstlich seine Berührung für mich war, wenn man bedachte, dass wir uns heute Abend zum ersten Mal begegnet waren.

„Wer war der Kerl?", fragte Peter.

„Jemand, den ich im Club kennengelernt habe. Ich vermute, er hat sich Hoffnungen gemacht, mich mit zu sich nach Hause zu nehmen."

„So ein Idiot", fügte Marnie hinzu. „Ein Kerl, der dich will, den aber du nicht willst, wird automatisch zu einem Scheißkerl."

Ich warf meiner Freundin einen dankbaren Blick zu. Marnie sprang mir in jeder Situation zur Verteidigung bei. In der Nacht, als das mit Chad passiert war, hätte sie ihm am liebsten die Augen ausgekratzt – und zwar wortwörtlich. Ich hatte niemandem davon erzählen wollen, aber sie war an meiner Stelle zum Dekan unserer Universität gegangen. Und obwohl Chad nicht verhaftet wurde, hatte man ihn befragt und ihm einen Verweis erteilt.

„Peter, das ist meine beste Freundin Marnie. Ich habe euch vorhin noch nicht vorgestellt."

„Hallo", sagten Marnie und Peter gleichzeitig.

Peter wandte seine Aufmerksamkeit wieder auf mich. Er wirkte ein bisschen verwirrt, als er sagte: „Du bist ohne mich gegangen."

Verlegen blickte ich zu Boden.

„Wolltest du zurückkommen?", fuhr Peter fort.

Ich wusste nicht, was ich sagen sollte. Also blieb ich stumm. Aber ich fühlte mich so dumm, weil ich ohne ihn gegangen war.

Marnie räusperte sich. „Sophie?"

Ich drehte mich zu ihr um.

„Ich werde jetzt gehen, okay? Kommst du mit, oder ..."

Peters Hände verstärkten den Druck um meine Taille. Eine stumme Bitte. Ich blickte in seine Augen und wusste, ich würde nirgendwohin gehen. Außer mit ihm.

„Oder", antwortete ich lächelnd.

Marnies Mundwinkel hoben sich zu einem Lächeln. „Ruf mich an, wenn du weißt, wo ihr hingeht. Und, Peter, nur damit du's weißt: Mein Freund ist ein Cop."

„Keine Sorge, ich werde deine Freundin sehr gut behandeln."

Marnie grinste. „Da geh ich jede Wette ein." Sie hielt ihre Hand wie ein Telefon an ihr Ohr und wiederholte: „Ruf mich an."

Sie drehte sich um und wollte gehen.

„Warte", sagte Peter, und Marnie wandte sich um. Peter zückte seine Geldbörse und zog dreißig Dollar heraus. „Hier – nimm dir ein Taxi."

Marnie hob verwirrt eine Augenbraue.

„Wenn du zu deinem Auto kommst und merkst, dass du nicht mehr fahrtüchtig bist, ruf dir ein Taxi."

„Keine Sorge, ich werde nicht fahren, wenn ich's nicht mehr kann. Ich würde den Rausch im Auto ausschlafen, falls nötig. Und ich hab genug Geld."

„Nimm es", erklärte Peter unnachgiebig und drückte ihr das Geld in die Hand. „So fühle ich mich nicht schuldig, weil ich dir heute Nacht deine Freundin wegnehme."

Marnie zuckte mit den Schultern. „Na gut. Aber du musst mich trotzdem anrufen, Sophie."

„Natürlich", sagten Peter und ich gleichzeitig.

Als Marnie davonging, dachte ich erneut darüber nach, wie verschieden Peter und Andrew doch waren. Nie, nie, nie hätte Andrew Marnie dreißig Mäuse für ein Taxi gegeben.

Mir gefiel, dass Peter nicht geizig war, wenn es um Geld ging.

„Sieht so aus, als blieben jetzt nur noch du und ich", sagte Peter.

Ich erwiderte seinen Blick. „Ja, so sieht's aus."

„Also gut. Was machen wir jetzt?"

Ich blickte über meine Schulter zum *Hard Rock Hotel*, aber traute mich nicht, meinen Vorschlag auszusprechen.

Peter folgte meinem Blick. „Bist du sicher, dass du das willst?"

Ich leckte über meine Unterlippe, spielte auf Zeit. Fragte mich, ob ich es schaffen würde, meine Fantasie Realität werden zu lassen.

Hitze strahlte von Peter aus, während er mich so anstarrte. Erregung wärmte jeden Zentimeter meines Körpers. Ich fragte mich, was an diesem Mann war, das mich mit einem einzigen Blick so scharf machte.

„Ich weiß, dass ich dich will", gestand ich schließlich.

Sein Daumen fuhr über meine Unterlippe. „Bist du sicher?"

„Ja", antwortete ich ohne Zögern.

Diesem Mann war ich hoffnungslos verfallen, und ich würde das tun, was ich wollte. Ohne mich schuldig zu fühlen.

Erneut fuhr er mit dem Daumen über meine Unterlippe. Ich wollte meinen Mund öffnen und meine Zunge über seinen Daumen streicheln lassen. Ihm eine Ahnung davon geben, was ich später mit seinem Penis tun würde.

„Ich lebe nicht weit von hier", erklärte er. „Meine Wohnung ist sehr gemütlich. Ich habe ein großes Bett ... Wir müssen nicht ins Hotel gehen."

Ich vertraute diesem Mann genug, um mich von ihm ausziehen zu lassen. Es war also egal, in welchem Bett wir landeten. Nach einer Nacht mit hoffentlich fantastischem Sex wäre ich beschwingt wieder unterwegs nach Hause. So einfach war das. Wenn er nicht wusste, wo ich wohnte, gab es in Zukunft keinen Kontakt mehr. Es sei denn, ich wollte ihn wiedersehen.

Ich legte meine Hand auf seine Brust und konnte seinen Herzschlag unter meiner Handfläche spüren. „Also, dann ... Bring mich in deine Wohnung", sagte ich.

Lächelnd nahm Peter meine Hand, die warm und etwas feucht war. Ich fragte mich, ob er nervös war. Oder ob er regelmäßig Frauen mit nach Hause nahm?

Auch das war egal. Es ging mir nicht darum, eine Verpflichtung einzugehen, sondern nur um Sex.

Und darum, den Spielstand auszugleichen. Andrew hatte mich tatsächlich dazu gebracht, es zu tun.

Peter wohnte in einem ausgedehnten Apartmentkomplex am Orange Blossom Trail am Ende der Florida Mall. Mit wenigen Ausnahmen waren Gebäude wie dieses keine Hochhäuser, es sei denn, sie standen in Strandnähe. Stattdessen waren die Apartmentkomplexe meist niedrige Gebäude, die zwei oder drei Stockwerke hoch waren und in diesem Fall wohl vier bis sechs Wohneinheiten pro Gebäude bargen.

Obwohl es dunkel war, konnte ich erkennen, dass Peters Apartmentanlage sehr ansprechend war. Es gab viele Büsche, blühende Blumen und akkurate Rasenflächen. Die Gebäude waren pfirsichfarben gestrichen und mit orangefarbenen oder roten Schindeln gedeckt. Das würde ich bei Tageslicht besser erkennen können.

Peter lenkte seinen Wagen vor einem Gebäude, auf dem eine große Neun über dem Treppenhaus angebracht war, in die Parklücke. Er schaltete den Motor aus und blickte mich an.

„Hast du Kondome?“, hörte ich mich fragen.

Ein leises Grinsen machte sich auf seinem Gesicht breit. „Ja.“

„Ich weiß, ich hätte das vorher fragen sollen …“ Ich vollendete den Satz nicht, da mir bewusst wurde, wie sinnlos das war. Noch immer war ich beschwipst, und ab jetzt konzentrierte ich mich besser auf Themen, die nicht auf dem Lehrplan standen.

Peter öffnete, ganz Gentleman, meine Autotür und reichte mir beim Aussteigen helfend die Hand. Das ließ mich wieder an Andrew denken und dass er derlei für mich nicht mehr machte.

Erneut hielt er meine Hand und ging an meiner Seite. Das gefiel mir. Dieses Gebäude hatte zwei Etagen, und Peter wohnte im ersten Stock. Nachdem wir die Treppe hinaufgestiegen waren, steuerte er die erste Tür auf der linken Seite an.

Dies war der Moment, als er meine Hand losließ, um die Tür aufzuschließen. Etwas brachte mich dazu, mich umzudrehen und über die Schulter zu blicken.

Da war niemand.

Worum machte ich mir Sorgen? Dass jemand, der Andrew

kannte, Zeuge wurde, wie ich die Wohnung eines fremden Mannes betrat? Es war ja nicht so, dass ich dazu nicht die Erlaubnis meines Mannes hatte.

Ich konnte keinen klaren Gedanken mehr fassen, als Peter mich in die Arme schloss und in seine Wohnung zog. Er gab der Tür einen Schubs, damit sie ins Schloss fiel. Dann legten sich seine Lippen auf meine.

Die Plötzlichkeit überraschte mich. Aber im nächsten Augenblick gab ich mich ganz seinem Kuss hin. Peter war nicht schüchtern oder zögerlich. Seine Zunge schlüpfte hungrig in meinen Mund und umschmeichelte meine Zunge. Er küsste mich mit genau dem Verlangen, das mir sagte, dass er es die ganze Nacht lang tun wollte.

Hitze breitete sich in meinem Körper aus, und ich spürte, wie meine Vagina zu pochen begann.

Peter unterbrach den Kuss und machte einen Schritt nach hinten. Die Luft traf auf meine feuchten Lippen und gab mir ein Gefühl der Kühle, nachdem sie zuvor noch so warm gewesen waren.

„Möchtest du was trinken?", fragte Peter mich.

„Nein, ich brauche nichts." Für heute Abend hatte ich definitiv genug.

„Du hast nichts dagegen, wenn ich mir einen Drink gönne?"

„Natürlich nicht."

Nachdem ich ihm meine Erlaubnis erteilt hatte, machte er sich auf den Weg in die Küche. Mein Blick glitt durch den Raum. Ich betrachtete die abstrakten Gemälde an der Wand. Die Wohnung war nicht so, wie ich sie mir vorgestellt hatte. Sie war sehr sauber, und anders als ich es bei einem Junggesellen erwartet hätte, bewies er einen Sinn für Stil und Farben. Die Wände waren weiß, aber das Ledersofa und der Sessel strahlten in einem warmen Beigeton. Der Teppich war cremefarben, und ich konnte nicht einen Fleck ausmachen.

„Du hast eine hübsche Wohnung", bemerkte ich, obwohl Peter außer Hörweite war.

Im nächsten Moment kam er um die Ecke und hielt ein Coors light in der Hand. Bei seinem Anblick flatterte mein Magen erneut. Er war wirklich attraktiv. Mehr als bloß attraktiv – er strotzte vor Sex-Appeal.

Er hob die Flasche an seine Lippen und trank. Und aus irgendeinem Grund fragte ich mich, wie sich wohl seine Zunge auf meiner Perle anfühlen mochte …

Der Gedanke irritierte mich. Ich setzte mich auf sein Sofa. Er ließ sich neben mir nieder. Erneut nahm er einen kurzen Schluck Bier, und ehe sich die Flasche von seinen Lippen löste, legten seine Finger sich um meinen Hals und zogen mich näher.

Der Augenblick, als seine Lippen auf meine trafen, fühlte sich an, als würde ich von einem lebenden Stromkabel berührt. Ein Stromschlag aus versengender Hitze schoss durch mich hindurch. Meine Lippen öffneten sich mit einem Stöhnen, und sanft umfasste Peter mit seinen Zähnen meine Zungenspitze. Er saugte an meiner Zunge, an meiner Unterlippe. Mein ganzer Körper erwachte zu Leben, und das sexuelle Verlangen, das mich nun erfüllte, hatte ich seit langer Zeit nicht mehr verspürt.

Ich ließ meine Finger durch sein Haar gleiten, vergrub die Hände darin und zog sanft daran. Peter unterbrach den Kuss, und ich stöhnte enttäuscht auf und fragte mich, ob er irrtümlich annahm, ich hätte ihn davon abhalten wollen, mich zu küssen.

Er zog sich von mir zurück und streckte den Arm aus, um die Bierflasche auf den kleinen Glastisch zu stellen. Dann wandte er sich wieder zu mir um und liebkoste mit beiden Händen meine Wangen und meinen Hals. Ich konnte seinen abgehackten Atem hören, als seine Fingerspitzen langsam über meine Haut strichen. Er berührte mich ehrfürchtig, als wäre ich ein unbezahlbares Kunstwerk.

Nie zuvor hatte ich mich so schön gefühlt.

„Wie würde es dir gefallen, wenn ich dich verwöhne?“, fragte Peter. Seine Stimme war heiser.

„Du verwöhnst mich doch.“

Peter ließ eine Hand an meinem Hals hinab bis zu meinen Brüsten gleiten. Ich hielt den Atem an und fragte mich, ob er mein Oberteil herunterziehen und meine Brüste freilegen würde.

Ich wollte, dass er es tat.

„Was gefällt dir am meisten?“, fragte er.

Seine Hand wanderte tiefer, zu meinem Bauch, wo er den Saum meiner Bluse beiseiteschob. Die blassbraune Haut seiner Hand war eine Spur dunkler als die blassbraune Haut meines Unterleibs. Mit einer rhythmischen Bewegung seiner Finger fuhr er über meinen Bauch. Ich hielt den Atem an.

„Ich will dich auf jede nur erdenkliche Weise verwöhnen.“

Ich war, wenn es um die Partnersuche ging, ziemlich lange aus dem Rennen gewesen, doch ich bezweifelte, dass Peter der typische Mann war, der eine Frau nur für Sex aufriss. Männer tendierten dazu, nur auf ihren Vorteil aus zu sein, und die Wünsche einer Frau kamen für sie erst an zweiter Stelle. Dennoch stand ich hier vor einem Mann, der sich vor allem und in erster Linie um meine Lust sorgte.

„Was hat dein Mann nicht getan, von dem du dir wünschst, dass ich es für dich tue?“

Mein Magen machte einen Satz. „Nein, bitte nicht. Erwähne ihn nicht. Ich will nicht an meinen Ex denken.“

Peter antwortete nicht, sondern schob stattdessen seine Hände tiefer und legte sie auf meinen Rock. „Du bist nervös“, stellte er fest.

„Ja“, gab ich zu.

„Du bist sehr lange nicht mit einem anderen Mann zusammen gewesen."

„Ich will mit dir zusammen sein."

Seine Hand schob sich auf meine Oberschenkel. „Ich erkenne daran, wie du deine Schenkel zusammendrückst, dass du es magst, wenn jemand mit deiner Muschi spielt. Du magst es sogar sehr."

Ich konnte nicht anders und stöhnte.

„Ich habe also recht." Peter schob Zentimeter für Zentimeter seine Hand unter meinen Rock und drängte mich zugleich liebevoll mit seinem Oberkörper auf das Sofa. „Aber warum denke ich wohl, dass deine Muschi danach hungert, dass man ihr Aufmerksamkeit schenkt?"

„Was lässt dich so etwas sagen?", fragte ich. Konnte dieser Mann irgendwie meine Gedanken lesen?

„Ich erkenne es daran, wie du deine Beine nicht für mich spreizt. Und dennoch sehe ich die Lust in deinen Augen." Er legte eine Hand auf meinen Bauch. „Ich fühle es mit jedem deiner Atemzüge."

Ich blickte auf seine Hand, die auf meiner roten Bluse ruhte, und merkte, wie rasch sie sich auf- und abbewegte. Peter hatte recht.

Und ich hatte recht mit dem, was ich über ihn dachte. Er war kein gewöhnlicher Mann.

„Entspann dich, *bella*."

Ich gehorchte, und er öffnete meine Schenkel. Er ließ die Hand an meiner Schenkelinnenseite langsam hinaufgleiten, als würde er jede winzige Berührung meiner Haut genießen. Als er meinen Venushügel erreichte, verlieh er stöhnend seiner Lust Ausdruck. Durch das Höschen streichelte sein Daumen meine Klit.

„Gefällt dir das?", wollte Peter wissen.

Ich stieß zittrig den Atem aus. „Ja …"

Vor und zurück streichelte er mich. Streichelte mich, bis ich keuchte. Dann schob er meinen Slip beiseite, und endlich spürte ich seine Hand auf meiner nackten Haut.

Meine Augen schlossen sich flackernd, während pures sexuelles Verlangen in mir aufwallte.

„Ja“, raunte er dunkel. „Das ist es.“

Mein Stöhnen wurde lauter, mein Körper spannte sich an. Obwohl er spüren musste, dass ich jeden Moment kam, hörte Peter auf, mich zu streicheln. Seine Finger ruhten auf meiner Muschi.

„Weißt du, was ich an der Klit einer Frau so liebe?“ Er streichelte mich erneut, und ich erschauerte. „Ich liebe es, wie sie immer größer wird, wie ein Penis. Ich liebe es, wie sie leicht bebt, wenn eine Frau richtig erregt ist. Jetzt gerade ist deine Klit hart und bebt.“ Peter drückte seine Nase an meinen Hals und atmete tief ein. „Sag mir, was ich für dich tun soll.“

Ich packte sein Hemd mit beiden Fäusten. „Fick mich.“

„Ich denke, du willst etwas anderes.“ Er schob einen Finger in meine Vagina, und ich stöhnte lustvoll auf. „Meine Finger?“, fragte er. „Meine Zunge? Sag es mir.“

„Fick mich einfach. Bitte …“

„Es gibt keinen Grund zur Eile. Wir haben die ganze Nacht.“ Sein Daumen und sein Finger bewegten sich jetzt rascher und raubten mir den Atem.

„Ich will, dass du mich vögelst“, flehte ich. „Ich brauche es. Jetzt. Sofort.“

„Du brauchst *es*? Oder mich?“

Mein Blick traf seinen. Ich verstand die Frage nicht. „Dich“, erklärte ich ihm und ließ mein Becken kreisen, rieb mich an seiner Hand, damit kein Zweifel an meinen Absichten bestand. Langsam begann er wieder, mich zu massieren. Ich schloss genüsslich die Augen. „Ja, ja. Ja, genau so. Lass mich vergessen …“

Peters Finger verharrten in der Bewegung. „Was hast du gesagt?"

Ich richtete mich auf und öffnete die Augen. „Hm?"

„Du hast gesagt: ‚Lass mich vergessen.' Meinst du damit deinen Ehemann?"

Hatte ich das tatsächlich gesagt?

„Ich will, dass du *mich* willst", betonte Peter.

„Das will ich doch." Ich küsste ihn auf die Wange. „Natürlich will ich dich."

Peter zog sich von mir zurück. Er schien nicht überzeugt. „Ich denke, du willst vor allem vergessen, wie sehr dein Mann dir wehgetan hat."

Bestürzt starrte ich Peter an.

„Ich denke, für dich genügt im Augenblick jeder Mann", fuhr er fort.

„Was? Nein. Nein, das stimmt nicht." Ich schlang meine Arme um seinen Hals. „In dem Moment, als ich dich sah, wusste ich, dass du derjenige bist. Ich bin hier, weil ich dich will."

Peter legte seine Hände auf meine Arme. Aber seine Berührung versprach mir nicht, dass er meinen Liebkosungen erliegen würde. „Ich mag dich, Sophie. Und ich will nicht, dass du morgen früh denkst, du hast einen Fehler begangen."

Ich legte meine Hände an sein Gesicht. „Warum sagst du das?", wollte ich wissen. „So werde ich nicht darüber denken."

Peter drehte den Kopf und küsste mich in die Handfläche. „Du weißt, wo ich wohne."

Mein Herzschlag beschleunigte sich. „Du schickst mich weg?"

„Wenn du morgen früh aufwachst und entscheidest, dass du mich immer noch willst, kannst du zurückkommen."

Ich seufzte enttäuscht. Jeder Teil meines Körpers pochte voller Verlangen. „Bitte tu mir das nicht an."

Peter küsste erneut meine Handfläche, dann die Innenseite meines Handgelenks. „Du.“ Noch ein Kuss. „Weißt.“ Ein Kuss. „Wo.“ Ein Kuss. „Ich wohne.“ Jetzt küsste er mich sanft auf den Mund. „Wenn du mich willst.“

„Bitte ...“

Peter brachte mich mit seinen Lippen zum Schweigen. Er küsste mich hungrig und gierig, gab mir damit zu verstehen, dass er es nicht hier enden lassen wollte. Trotzdem unterbrach er den Kuss, stand auf und ging zum Telefon, das neben dem Sessel stand.

„Was machst du da?“

„Ich rufe ein Taxi für dich. Ich zahle natürlich.“

„Nein, bitte tu das nicht. Du kannst mich nach Hause bringen, wenn du willst.“

„Wenn ich dich nach Hause bringe, werde ich dich berühren wollen. Und ich will dich erst wieder berühren, wenn du bereit bist.“ Er gab ein paar Ziffern ein. „Und so werde ich nicht wissen, wo du wohnst. Wenn du mich also wiedersehen willst, ist es allein deine Entscheidung.“

Ehe ich antworten konnte, begann Peter in den Hörer zu sprechen. Er bestellte ein Taxi zu seiner Adresse, dann stellte er das Telefon wieder auf die Station.

Er kam zurück zum Sofa und setzte sich neben mich. Langsam nahm er meine Hände in seine und drückte seine Lippen auf meine Wange. „Hat dein Ehemann dich betrogen?“, fragte er behutsam.

Ich nickte.

„Er ist ein Idiot“, stellte Peter fest.

Ich sagte nichts, sondern nickte erneut. Dann fragte ich ihn: „Darf ich kurz dein Bad benutzen?“

Mit einem knappen Nicken wies er auf eine Tür rechts hinter dem Sofa. „Es ist da vorne.“

Ich stand auf und ging ins Badezimmer. Ein kurzer Blick

in den Spiegel ließ mich die Stirn runzeln. Meine Augen waren rot und wirkten leicht geblendet. Ich sah aus wie eine Betrunkene.

Kein Wunder, dass Peter mich nicht vögeln wollte. Es war egal, ob er dachte, dass ich wegen meinem Mann einen Knacks weg hatte oder weil er glaubte, ich wäre nicht nüchtern genug, um mit ihm zu schlafen. Er war durch und durch ein Gentleman.

Wofür ich ihm im Grunde nur dankbar sein konnte.

Als ich das Badezimmer verließ, sah ich Peter an der Tür stehen. Der Taxifahrer war bereits da.

Ich wollte ihm sagen, er solle das Taxi wegschicken, wollte ihm versichern, dass ich die Nacht bei ihm verbringen wollte. Doch ich tat es nicht. Wenn Peter nicht wollte, dass ich blieb, würde ich ihn nicht anbetteln.

„Ich habe dem Fahrer genug Geld gegeben“, sagte Peter.

Mir wurde bewusst, dass er damit sicherstellen wollte, dass der Fahrer mich nicht übervorteilte. Mit einem Nicken verließ ich die Wohnung. Der Taxifahrer ging zur Treppe, doch ich verharrte an der Tür. „Du bist ein merkwürdiger Mann“, überfiel es mich zu sagen. „Du machst mich total heiß und dann …“

Er küsste mich erneut, und ich seufzte, als er zurücktrat. „Du weißt, wo ich wohne.“

Mit diesen Worten kehrte er in seine Wohnung zurück, warf mir noch ein Küsschen zu und schloss die Tür.

9. *KAPITEL*

„Was soll das heißen, es ist *nichts passiert*?“, rief Marnie so laut durchs Telefon, dass ich den Hörer kurz von meinem Ohr weghielt.

Ich legte die Hörmuschel wieder an mein Ohr. „Nicht genau nichts“, korrigierte ich sie. „Wir sind bis zum ersten Level gekommen, aber danach bin ich auf die Nase gefallen.“

„Ich versteh das nicht.“

„Glaub mir, niemand war verwirrter als ich“, versicherte ich ihr. Ich saß noch im Pyjama mit gekreuzten Beinen auf dem Sofa, einen Becher schwarzen Kaffee auf dem Beistelltisch neben mir. Peaches lag auf ihrem Kissen neben der Terrassentür und genoss die vormittägliche Sonne.

„Wie habt ihr beide das geschafft? Auf der Tanzfläche konntet ihr die Finger nicht voneinander lassen, und später habt ihr nicht gevögelt?“

Ich hob den Kaffeebecher und trank einen Schluck, ehe ich antwortete. Es war der dritte Kaffee, und noch immer pochte der Schmerz in meinem Kopf. Ich hatte bereits zwei Schmerztabletten genommen, aber so wie ich mich fühlte, würde ich noch ein paar mehr brauchen. Einen solchen Kater hatte ich seit Langem nicht gehabt.

„Ich vermute, ich hab etwas Falsches gesagt“, gestand ich.

„Was um alles in der Welt hast du gesagt? Himmel, was konntest du sagen, das einen Mann dermaßen abturnen würde?“

„Ich war betrunken, und offensichtlich hab ich etwas in der Art gesagt, er solle mich ‚meinen Ehemann vergessen‘ lassen. Peter nahm das zum Anlass, zu behaupten, es ginge mir in Wahrheit nicht um ihn ... Nur darum, ihn zu benutzen, um meinem Problem zu entkommen.“

„Welcher vernünftige Mann verzichtet auf Sex, aus welchem Grund auch immer?“ Marnie klang eindeutig fassungslos.

Ich zuckte mit den Schultern. „Darüber habe ich die ganze Nacht nachgedacht. Er ist nicht wie all die anderen Typen, die ich je kennengelernt habe. Das steht fest.“

„Erzähl mir mehr.“

„Auf der einen Seite kann ich's ihm nicht verdenken. Ich war so betrunken, dass es mich überrascht, dass er mich überhaupt mit zu sich nach Hause genommen hat. Übrigens, erinnere mich beim nächsten Mal daran, dass ich nie, nie wieder so viel trinke.“ Wie aufs Stichwort dröhnte mein Schädel.

„Also gut“, fasste Marnie zusammen. „Da draußen gibt es noch andere Männer. Du wirst schon jemanden finden.“

„Nein.“ Ich winkte ab, obwohl sie meine abwehrende Handbewegung nicht sehen konnte. „Ich werde meine Affärenpläne auf Eis legen.“

„Warum?“

„Vielleicht hat Peter recht. Vielleicht war ich wirklich noch nicht so weit und sollte mich nicht darauf stürzen, irgendeinen Typen zu vögeln, nur weil Andrew mich betrogen hat.“

„Doch, das ist genau das, was du brauchst!“, widersprach Marnie, als ob sie in dieser Sache eine Autorität wäre.

„Bei allem Respekt, Marnie, aber das hier ist mein Leben. Es geht nicht um dich und Keith.“

„Autsch.“

Ich bereute augenblicklich meine Worte, auch wenn ich tatsächlich glaubte, dass Marnies Meinung darüber, was ich tun sollte, von ihrer eigenen Vergangenheit geprägt war. Sie war bei diesem Betrüger geblieben, hatte ihm immer und immer wieder vergeben, bis er sie schließlich für immer verließ. Marnie hatte alles in ihrer Macht Stehende getan, um an ihm und ihrer Beziehung festzuhalten, doch ohne Erfolg.

„Ich habe das nicht so gemeint“, sagte ich leise. „Glaub

mir, ich weiß, dass du dich um mich sorgst. Und vielleicht hast du hundertprozentig recht. Es ist nur … Ich muss für mich selbst herausfinden, was ich tun soll."

Und wenn ich ehrlich war, war ich noch immer von Peter fasziniert. Ich war nicht annähernd so frustriert, wie ich Marnie gegenüber behauptete. Denn in Wahrheit respektierte ich Peter dafür, dass er mich heimgeschickt hatte. Neunundneunzig Prozent der Männer hätten mich zweifellos gevögelt, ob ich betrunken war oder nicht.

„Ich verstehe schon", lenkte Marnie ein. „Du weißt doch, ich werde dir nicht sagen, was du tun sollst."

„Ja, das weiß ich." Ich trank noch einen Schluck Kaffee. „Und weißt du was?", fragte ich nach kurzer Pause. „Ich finde mein Armband nicht. Ich erinnere mich, dass ich es in Peters Auto noch am Handgelenk hatte. Es muss also in seiner Wohnung aufgegangen sein, als wir auf seinem Sofa lagen. Meinst du, ich sollte zu ihm fahren und es holen?"

„Du meinst das Platinarmband mit dem Smaragd, das Andrew dir zum ersten Hochzeitstag geschenkt hat?"

„Ja, genau das."

„Süße, du hast vielleicht Probleme in deiner Ehe …"

„Ich weiß", sagte ich und fuhr mir mit dem Handrücken über die Stirn. „Ich muss es auf jeden Fall zurückbekommen. Selbst wenn das Armband von Andrew ist, liebe ich dieses Schmuckstück. Nicht zu vergessen, dass es unglaublich teuer war."

„Vielleicht gibt es für dich und Peter noch Hoffnung." Marnies Stimme klang jetzt durchaus munter. „Wirklich, kann doch sein, dass du das Armband – wenn auch unbewusst – absichtlich dort gelassen hast."

Ich konnte nicht antworten, denn mein Telefon piepte. Jemand versuchte mich auf der anderen Leitung anzurufen. „Marnie, ich ruf dich später wieder an. Da kommt gerade ein Anruf rein."

„In Ordnung, Soph. Bis später."

Ich drückte Marnie weg und schaltete die andere Leitung frei. „Hallo?"

Kurz war es still, dann: „Sophie."

Schmerz schoss in meinen Bauch, als ich Andrews Stimme erkannte. „Andrew." Ich schluckte schwer. Insgeheim fragte ich mich, ob es von nun an immer so sein würde – Schmerz statt Freude, wenn es um meinen Ehemann ging. „Was willst du?"

„Ich vermisse dich."

Bei dieser einfachen Aussage wurde mir die Brust eng. „Ich ... ich kann das hier nicht. Es ist zu schwer ..."

„Ich weiß, du brauchst mehr Zeit", erwiderte Andrew hastig. „Ich wollte nur deine Stimme hören, Sophie."

Zu hören, wie er meinen Namen aussprach, war bittersüß. Und so sollte es nicht sein.

„Ich will auch, dass du weißt, wie ich versuche, die Dinge für uns wieder in Ordnung zu bringen. Was mich betrifft."

„Was heißt das?", fragte ich. Im selben Moment wünschte ich, ich hätte nicht gefragt. Ich wollte dieses Gespräch jetzt nicht führen.

„Mit ... du weißt schon. Ich habe ein paar Optionen, die ich erwäge, um das Problem aus der Welt zu schaffen."

Erneut wurde mir die Brust eng. Ich fühlte mich krank. „Ich ... ich will das gerade nicht hören."

„Okay ..."

„Nein, es ist nicht okay, Andrew. Du hast unsere Ehe aufs Spiel gesetzt."

„Das weiß ich und ich werde ..."

Ich legte auf.

Meine Hände zitterten. Ich nahm meinen Kaffeebecher und stürzte das lauwarme Getränk herunter. Es erstarrte in meinem Bauch zu einem Klumpen, und ich dachte, ich müsste mich übergeben.

„Verdammt noch mal, Andrew“, flüsterte ich.

Während ich auf dem Sofa saß und über seine Worte nachdachte, wurde meine Wut schnell von einem Gefühl der Unruhe ersetzt. ‚Das Problem‘, hatte Andrew gesagt. ‚Du weißt schon.‘ Die Sache war so, dass ich es eben nicht wusste. Außer dass Andrew mir erzählt hatte, dass er eine Affäre hatte, war nicht mal der Name der anderen Frau gefallen.

Er behauptete, er wollte unsere Ehe retten, aber wenn das überhaupt gehen sollte, musste er absolut ehrlich zu mir sein.

Ich stand abrupt auf und ging ins Badezimmer. Ich drehte das Wasser in der Dusche auf, zog das überdimensionale T-Shirt und meinen String aus, trat unter die Dusche und ließ das warme Wasser über mein Gesicht spritzen. Meinen Kopf unter den Wasserstrahl gesenkt, hielt ich den Atem an, bis meine Lungen anfingen zu brennen. Erst dann riss ich den Kopf hoch und schnappte nach Luft.

Tränen rannen über mein Gesicht, obwohl ich nicht weinen wollte. Mit einer Sache befand sich Peter im Recht: Ich hatte letzte Nacht nach Ablenkung gesucht. Auch jetzt brauchte ich Ablenkung. Denn jedes Mal wenn ich an Andrew dachte, wusste ich nicht, wie es weitergehen sollte.

Denk an Peter …

Ich stellte mir Peters sexy Lächeln vor. Wie seine dunklen Augen sich auf mich fixierten, wie er mich ohne Zweifel wissen ließ, dass er mich begehrte.

Ich spritzte etwas Duschgel in meine Hand, verrieb es und ließ beide Hände über meine Brüste gleiten. Sie waren schwer und üppig, die Nippel groß. Meine Brüste waren schön, das wusste ich. Ich streichelte die Nippel, und sie wurden hart. Dann ließ ich meine Hände über meinen flachen Bauch gleiten, ließ sie dort ruhen. Ein trauriges Seufzen entrang sich mir, als ich an etwas dachte. Andrew und ich hatten seit ein paar Monaten versucht, schwanger zu werden.

Trotzdem hatte er mit einer anderen Frau geschlafen.

Hatte er mit ihr zusammen geduscht? Ihre Nippel gekniffen, bis sie zu harten Spitzen wurden? Hatte er seine vom Seifenschaum glitschigen Hände zwischen ihre Schamlippen geschoben und sie massiert, bis sie kam?

Ich hämmerte die geballte Faust gegen die Duschwand. Die Bilder dessen, was Andrew vielleicht mit dieser Frau getan hatte, machten mich verrückt. Ich träumte von ihm und dieser gesichtslosen Frau. Wie er sie womöglich berührt hatte. Und jetzt dachte ich schon unter der Dusche darüber nach.

Ich würde nie darüber hinwegkommen, solange ich keine Antworten bekam.

Gestern war ich im Hotel gewesen, um Andrew bei der Arbeit zu treffen. Er war nicht dort gewesen. Als er hergekommen war, um mit mir über alles zu reden, hatte die Nachricht von der drohenden Anklage mich vergessen lassen, warum ich ursprünglich mit ihm hatte reden wollen.

Ich wollte ihn fragen, was genau er mit der Frau getan hatte, die von ihm gefickt werden wollte. Wie er sie berührt, wie sie ihn berührt hatte. Ob er sie in unserem Bett gevögelt hatte.

Und noch viel wichtiger: wie viele Gefühle im Spiel waren. Für beide.

Obwohl ich eigentlich nicht noch einmal zu Andrews Arbeitsplatz fahren wollte, würde ich es tun. Weil ich Antworten brauchte. Die Art von Antworten, die man nur im persönlichen Gespräch bekam. Ich musste in Andrews Augen sehen, um zu wissen, ob er mich anlog.

Ich wollte bestimmt nicht, dass er in unser Haus kam, um darüber zu sprechen. Das wäre für mich viel zu anstrengend.

Ich brauchte Abstand.

Zumindest hoffte ich, eine gewisse Distanz könnte helfen, mit der Wahrheit, die ich mir anhören musste, fertig zu werden.

Als Andrew mich in der Hotellobby sah, strahlte er, wie er es bei so vielen Gelegenheiten in der Vergangenheit getan hatte. Es brach mir das Herz, sein Lächeln zu sehen. Denn eines war mir sofort klar: Die Zukunft würde nie mehr so sein wie die Vergangenheit. Selbst wenn wir an den Punkt gelangten, wieder ein glückliches Paar zu sein, würde unsere Zukunft immer von der Erinnerung an das, was er getan hatte, beschädigt sein.

Würde ich je in der Lage sein, ihm zu vergeben? Ich war mir nicht sicher, ob ich das konnte. Aber so wie Andrews Lächeln mich zu Tränen rührte, wurde mir auch bewusst, dass es nicht einfach wäre, alle Verbindungen zu ihm abzubrechen, wenn der Zeitpunkt kam, ab dem ich ohne ihn leben wollte.

Andrew kam um den Rezeptionstresen herum und eilte mir entgegen. Die Freude in seinen Augen sagte mir, dass er glaubte, ich wäre aus einem glücklicheren Grund hier. Und ich weiß nicht, warum, aber es brachte mich gegen ihn auf.

Doch, ich wusste, warum. Es machte mich wütend, dass er eine andere Frau ficken konnte und dass er bloß wenige Tage nach seinem Geständnis dachte, ich wäre hier, um ihm zu sagen, dass ich ihm vergab. Was sonst konnte die Ursache für diesen Gesichtsausdruck sein?

Als er mich erreichte, legte Andrew eine Hand auf meinen Arm. „Hallo, Sophie."

Meine Gefühle hatten eine große Bandbreite. Sie reichten von traurig bis wütend, von Liebe zu Hass. „Erzähl mir, was du mit ihr getan hast", verlangte ich.

„Wie bitte?"

„Du hast über ‚das Problem' geredet, als wäre sie irgend so eine zufällige Sache, die einfach in unser Leben getreten ist. Aber so war es nicht. Du hattest eine Affäre!"

Andrews Blick flog durch die Lobby. Er machte sich offenbar Sorgen, die Leute könnten uns hören.

Mir war es egal.

„Erzähl mir, was ihr getan habt." Ich verengte meine Augen zu Schlitzen, denn der Schmerz in meinem Kopf hämmerte unvermindert. Doch nach einem Moment fuhr ich fort: „Erzähl mir, was du mit dieser Frau angestellt hast."

Andrew führte mich behutsam in die hintere Ecke der Lobby. Weit weg vom Rezeptionstresen.

„Es ist wichtig", fügte ich hinzu. „Ich dachte erst, ich wollte die Details nicht hören, aber jetzt ... Ich muss es wissen. Du musst es mir erzählen."

„Was wir getan haben? Wir hatten nur Sex", flüsterte Andrew und blickte sich erneut um.

„Welche Art von Sex?"

„Ich verstehe nicht, wozu das gut sein soll."

„Hat sie deinen Schwanz gelutscht? Hast du ihre Muschi geleckt? Hast du sie im Bett gevögelt? Auf einer Wiese? Auf dem Autorücksitz?" Ich konnte die Wut in meiner Stimme nicht unterdrücken und wusste, dass jeder in der Nähe mich sehr deutlich hören konnte.

Andrew packte mich am Arm und zerrte mich durch die Lobby. Er hielt nicht an, bis er die erstbeste Tür erreichte, an der wir vorbeikamen – die Behindertentoilette. Er führte mich hinein.

„Was tust du da?", wollte Andrew wissen, sobald er die Tür hinter uns geschlossen hatte.

„Du sagst doch, du willst mich noch. Dann beantworte meine Fragen!"

Andrew fuhr entmutigt mit der Hand über seinen Kopf. „Du kannst nicht zu meiner Arbeitsstelle kommen und mir so eine Szene machen."

Ich gab Andrew einen heftigen Schubs, und er stolperte rückwärts. Sein Fall wurde durch eine gekachelte Wand gebremst. Seine Augen weiteten sich. Ich wusste nicht, ob er Angst hatte oder überrascht war.

„Fick dich!“, fauchte ich. „Ich hasse dich, hörst du? Ich hasse dich.“

Ich ging Richtung Tür, legte meine Hand um den Messingknauf.

„Sophie, bitte. Geh nicht.“

Verzweiflung lag in Andrews Stimme, und meinem eigenen Willen zum Trotz riss ich die Tür nicht auf und lief weg. Stattdessen seufzte ich und schloss die Augen. Mein Herz wurde mir schwer, während ich überlegte, was ich tun sollte.

„Also gut“, lenkte Andrew ein. „Du willst alles wissen? Ich werde es dir erzählen. Aber ich verstehe nicht, was das bringen soll.“

Ich drehte mich zu ihm um. „Vielleicht gar nichts. Vielleicht macht es mich noch wahnsinniger. Aber wenn ich irgendwann wieder nach vorn schauen will, muss ich genau wissen, was zwischen euch beiden vorgefallen ist.“

Ich wartete, ob Andrew etwas erwiderte. Er schwieg. Seine Brust hob sich mit jedem schweren Atemzug. Er sah aus, als bereitete das Ganze ihm Schmerzen. Als wäre es für ihn unerträglich. Doch für mich war es noch viel unerträglicher.

„Frag mich, was du wissen willst.“

„Gut. Wie heißt sie?“

Ein Herzschlag lang Schweigen. Dann: „Isabel.“

Isabel. Mein Bauch verkrampfte sich. „Ich wette, sie ist wunderschön.“

Andrew sagte nichts.

„Ist sie schön?“, fragte ich.

„Ja, sie ist schön. Aber das hat nichts zu bedeuten.“

„Wer hat wen angemacht?“ Andrew hatte mir bereits erzählt, dass der erste Schritt von ihr ausging, aber ich wollte hören, wie er mir dasselbe noch mal erzählte. Oder seine Version der Geschichte veränderte.

„Sie hat mich angebaggert.“

„Und du hast dich so geschmeichelt gefühlt, dass du nicht anders konntest, als deine Hose runterzulassen.“ Ich schnaubte.

„So war es nicht.“

„Was denn? Sie hat dir eine Waffe an den Kopf gesetzt und dich gezwungen, sie zu ficken?“

Andrew sagte nichts.

„Was habt ihr gemacht?“, fuhr ich fort. „Hat sie deinen Schwanz gelutscht?“

Andrew sagte nichts.

„Du Hurensohn, beantworte meine Frage.“ Aber ich konnte schon die vollen Lippen sehen, die sich um den harten Schaft meines Ehemanns schlossen. Die Vorstellung ließ meinen Magen rebellieren.

Die wunderschöne Isabel hatte bestimmt volle Lippen.

„Ja, das hat sie. Himmel, Sophie …“

„Und natürlich hast du es ihr auch mit dem Mund besorgt.“

Andrew stöhnte auf. Fuhr mit einer Hand übers Gesicht.

Augenblicklich füllten heiße Tränen meine Augen, und ein Schluchzen entrang sich mir. Ich wollte dieses Gespräch mit all meiner Wut führen, denn Wut war besser als Verzweiflung. Aber zu wissen, dass mein Mann mit einer Frau Dinge tat, die er mit mir noch nie getan hatte, war zu viel für mich.

„Sophie, bitte.“ Andrew nahm meine Hand. „Ich habe dir doch gesagt, das führt zu nichts.“

Ich schreckte vor seiner Berührung zurück. Ich wollte ihn mit allen Schimpfwörtern bedenken, die ich kannte. Stattdessen brachte ich nur ein kaum hörbares „Warum?“ hervor.

„Weil ich dumm war“, entgegnete Andrew. „Verdammt, ich weiß nicht, warum.“

„Doch, du weißt es.“ Meine Wut kehrte zurück und mit ihr der Wunsch nach Vergeltung. „Du weißt genau, warum du eine andere Frau geleckt hast und nicht mich." Andrew hatte immer behauptet, er mache sich nichts aus Oralsex – weder wenn ich es bei ihm machte noch umgekehrt. Ich hatte diese Frage nie mit ihm diskutiert, da unser Liebesspiel in allen anderen Belangen extrem befriedigend gewesen war. Ja, es war im Laufe der Jahre etwas routiniert geworden, aber wir schenkten einander doch immer noch Lust.

Zumindest hatte ich das geglaubt.

„Wie schmeckt sie?", fragte ich.

Andrews Augen weiteten sich. Diese Frage hatte er nicht erwartet. „Komm schon, Sophie. Du weißt doch längst, dass ich Mist gebaut habe."

Ich funkelte ihn an. „Das gibt es doch nicht!"

„Okay, falsche Wortwahl. Die Sache ist die: Ich wollte sie nicht. Du bist die Frau, die ich liebe."

„Hat dir ihre Möse gefallen?"

Andrew starrte mich entgeistert an.

„Ist sie schön?", führte ich meine Frage weiter aus. „Die Art Möse, bei der du es nicht erwarten kannst, deine Finger reinzustecken und sie mit den Fingern zu ficken? Die Art, die so unwiderstehlich ist, dass du sie lecken und lutschen willst?"

„Was ist denn nur in dich gefahren? Seit wann redest du so?"

„Was denn? Ich darf so nicht reden, weil ich deine Frau bin? Wolltest du deshalb, dass unser Sex nur im Schlafzimmer stattfindet? Bist du einer von den Männern, die sich bei ihrer Frau nicht völlig gehen lassen, aber wenn sie mit einer Hure zusammen sind, ist nur der Himmel ihre Grenze?"

Der Zorn flutete meine Adern wie elektrische Energie. Meine Hände zitterten. Ich wartete auf Andrews Antwort, doch er brachte keinen Ton hervor.

Ich fuhr fort: „Du sagst, sie hätte dich angemacht. Aber du konntest es nicht erwarten, sie zu berühren, stimmt's? Du konntest es nicht erwarten, sie auszuziehen. Du hast es geliebt, sie zu ficken.“ Meine Stimme wurde lauter. „Du hast es geliebt, wie sich dein Schwanz in ihr anfühlte, oder etwa nicht?“

„Ja!“ Es schien, als wäre Andrew das Wort gegen seinen Willen entschlüpft, denn seine Augen wurden groß. Dann blickte er verlegen zu Boden. „Es war bloß Sex, Sophie. Natürlich habe ich es genossen. Aber wie ich bereits sagte …“

„Gut. Dann kannst du sie ja auch weiterhin ficken. Zumindest wird sie dich dann nicht verklagen.“ Ich meinte meine Worte so, wie ich sie sagte. Ich hatte genug von Andrew und ertrug seinen Anblick nicht länger.

Ich wollte mich wegdrehen, doch er packte meine Schultern und drehte mich gewaltsam zu sich um. „Ich will sie nicht. Ich weiß, du wirst nicht verstehen, was ich damit sagen will. Aber mit ihr zu schlafen hat mich davon überzeugt, dass du die Einzige bist, die ich will. Man kriegt überall Sex. Aber wir lieben uns, Sophie. Das ist ein Unterschied. Sogar ein großer.“

„Ach, tatsächlich.“

„Ja, tatsächlich.“

Die Wut trieb mich. Ich riss Andrews Hand von meiner Schulter herunter und legte sie auf meine Brust. „Du willst mich noch immer?“

„Natürlich.“

Ich quetschte seine Hand auf meiner Brust, aber ich tat es nicht gerade liebevoll. Ich war mir wirklich nicht sicher, was ich gerade tat. Irgendwas in mir hatte die Kontrolle übernommen.

„Magst du es immer noch, mich zu berühren?“, fragte ich.

„Natürlich.“ Andrews Atem veränderte sich, wurde schneller.

Hastig schob ich mit der freien Hand meinen Rock hoch,

dann zerrte ich Andrews Hand zu meiner Vagina. Ich wusste ehrlich gesagt nicht, was ich gerade tat, aber ich konnte auch nicht damit aufhören.

Seine Hand gegen meine Vagina gedrückt, fragte ich: „Willst du mit mir schlafen, Andrew? Hier und jetzt?“

Er stöhnte leise auf. Es erregte ihn. Gut. Ich hatte den Mistkerl genau dort, wo ich ihn haben wollte.

„Ja, das will ich.“ Sein Atem kam in abgehackten Stößen, voller Lust. „Oh Sophie ...“

Ich ließ zu, dass er meinen Hals küsste, seine Finger glitten in mein Höschen und streichelten mich. Auf merkwürdige Art erregte es mich, aber ich fühlte keine Liebe. Ich war nur von meiner Wut getrieben. Ein Teil von mir hasste meinen Ehemann für das, was er mir angetan hatte. Und dennoch wollte ein anderer Teil von mir, dass er mich nackt auszog und mich vögelte. Er sollte mir beweisen, dass er mich nicht nur trotz allem liebte, sondern dass er mich auch immer noch sexuell begehrte.

Dass er mich ebenso begehrenswert fand wie Isabel.

Aber das Wissen, dass er eine andere Frau auf so intime Weise berührt hatte ... dass er ihre Muschi geleckt hatte ... Ich konnte es nicht durchziehen. Ihn vögeln. Noch nicht. Vielleicht nie wieder. Ich wollte ihn auf den Boden der Tatsachen zurückholen. Wollte ihn wissen lassen, dass mein Verlangen nach ihm nicht aufrichtig war.

Ich küsste ihn auf die Wange und flüsterte ihm ins Ohr: „Hast du so Isabel berührt?“

Andrews Finger verharrten mitten in der Bewegung.

„Was zählt das jetzt, Liebster?“, wisperte ich. Meine Stimme war zuckersüß.

Die Vene in seiner Wange zuckte, als er einen Schritt zurückmachte. Ich grinste, denn sein Unbehagen befriedigte mich. Doch tief im Innern meiner Seele war ich nicht zufrieden.

„Wie oft hast du sie flachgelegt?“, fragte ich. „Einmal? Zweimal?“ In seinen Augen suchte ich nach der Antwort. „Zwanzigmal? Fünfzigmal?“

Andrew blickte beiseite.

Während die Sekunden still dahinflossen, zog sich mein Magen zusammen.

„Oh mein Gott. Sie war nicht nur ein kurzes Liebesabenteuer. Eure Beziehung war etwas Ernstes.“ Ich griff nach meinem Bauch. Andrew hatte gesagt, Isabel verlangte von ihm, dass er mich für sie verließ. Aber er hatte mich in dem Glauben gelassen, dass diese Frau völlig illusorische Forderungen stellte und ihre Gefühle für Andrew nur einseitig waren. Vielleicht hatte auch er Gefühle für sie entwickelt und ich war diejenige, die sich selbst belog und glauben wollte, dass Andrew sich nur körperlich von der anderen Frau angezogen fühlte. Was war, wenn seine Verbindung mit Isabel mehr war?

„Kein Wunder, dass sie dich verklagen wollte. Wolltest du mich ihretwegen verlassen?“

„Nein! Natürlich nicht.“

Mein Kopf wurde ganz leicht. Ich wandte mich von meinem Mistkerl von Ehemann ab und fragte mich, ob ich mich wirklich hier übergeben würde. Ich atmete einige Male tief durch und versuchte die Kontrolle zu behalten.

„Ist sie im Moment hier? Deine Isabel? Ich bin ihr nie begegnet, daher vermute ich, sie ist neu. Wo arbeitet sie? Im Gästeservice?“ Als Andrew nicht antwortete, ging ich zur Tür. „Ich vermute, ich werde es einfach herausfinden.“

Andrew packte mich, diesmal mit voller Kraft. „Geh nicht da raus und frag nach Isabel.“

„Warum nicht? Weil du sie schützen möchtest? Sie vor deiner Ehefrau beschützen?“

„Nein, nicht darum.“

„Sag mir die Wahrheit, Andrew.“ Ich hatte mich bisher bemüht, die Kontrolle zu behalten oder wenigstens meine Wut zu bezähmen, aber ich spürte, wie mir meine Selbstbeherrschung aus den Händen glitt. „Wolltest du mich ihretwegen verlassen?"

Als Andrew nicht sofort antwortete, verlor ich letztlich doch die Kontrolle über meine Gefühle. Ich begann zu weinen. Laute, bebende Schluchzer. Diesmal hatte ich nicht die Kraft, ihn wegzustoßen, als Andrew mich in die Arme schloss.

„Ich wollte dich nie verlassen", widersprach er. „Nie. Aber sie hat es von mir verlangt."

„Da hat sie Glück gehabt, dass es letzten Endes wohl doch so kommt", brachte ich hervor.

Andrew küsste meine Schläfe. „Ich will sie nicht."

Einige Sekunden verstrichen, und meine Schluchzer wurden zu einem Wimmern. „Aber was ist, wenn ich dich nicht mehr will? Wenn ich dir nicht vergeben kann, was du getan hast?"

Andrew seufzte schwer und hob den Kopf, um auf mein Gesicht hinabzublicken. „Wir sind jetzt schon so lange zusammen, Sophie. Und ja, vielleicht wurde es mir langweilig. Na ja, nicht so richtig langweilig, vielleicht war ich vielmehr neugierig. Ich weiß, das ist keine Entschuldigung. Nichts, was ich sage, könnte das hier einfacher machen. Aber es tut mir leid, Sophie. Ich war schwach." Andrew zögerte. „Aber ich meinte es so, als ich sagte, dass meine ... meine Affäre ... mir bewusst machte, wie sehr ich dich und das Zusammenleben mit dir liebe."

„Du wagst es zu behaupten, du hättest uns einen Gefallen getan?", fauchte ich. Meine Wut loderte wieder auf. Ich fühlte mich wie in einer emotionalen Achterbahn und wollte den Ausgang finden. Wollte vor diesem Wahnsinn fliehen.

„Das tue ich nicht. Nein, das behaupte ich nicht. Schau mal, ich bin nicht dumm. Ich weiß, es wird dir nicht leichtfallen, mir zu vergeben. Darum habe ich vorgeschlagen, dass du vielleicht … vielleicht auch eine Affäre haben solltest. Verstehst du?“

Ich sagte nichts.

„Vielleicht werden andere Männer sagen, ich bin verrückt, wenn ich dir das vorschlage, aber ich habe viel darüber nachgedacht. Und ich glaube wirklich, wir können nur dann weitermachen, wenn nicht einer von uns dem anderen etwas unter die Nase reiben kann. Ich will nicht behaupten, dass mir der Gedanke gefällt, wie du mit einem anderen Mann zusammen bist. Aber wenn es dessen bedarf, damit wir zusammen sein können, dann verdiene ich es geradezu. Einer meiner Kumpel hat mir erzählt, seine Frau hat es so gemacht, nachdem er sie betrog, und danach war es ihnen möglich, weiterzumachen.“

„Das hat dir jemand erzählt?“

„Ja.“

„Wer?“, fragte ich skeptisch.

„Seth.“

„Seth“, wiederholte ich empört. War denn kein Mann heutzutage mehr vertrauenswürdig?

„Er hat beteuert, dass seine Ehe so gerettet worden ist“, sagte Andrew leise.

„Was wäre, wenn ich dir erzähle, dass ich schon jemanden kennengelernt habe?“ Angriffslustig hob ich mein Kinn.

Andrews Blick verfinsterte sich argwöhnisch. „Wann?“

„Es ist doch egal, wann.“

„Also gut.“ Ich beobachtete, wie Andrews Adamsapfel auf und ab tanzte, als er schluckte. „Ich habe es so gemeint, wie ich's gesagt habe. Tu, was du tun musst und dann … dann komm zu mir zurück.“

So einfach war das. Alles was ich tun musste, war, irgendwen zu ficken. Das würde all unsere Probleme lösen.

„Was ist, wenn ich dir erzähle, dass ich nicht nur jemanden

kennengelernt habe", fuhr ich langsam fort, „sondern dass ich bereits verrückt nach ihm bin?"

Etwas in Andrews Augen flackerte – ein rasches Aufblitzen von Eifersucht. „Ist das wahr?"

„Es ist nicht an dir, die Regeln aufzustellen, Andrew. Sei vorsichtig, was du dir wünschst – du könntest es unter Umständen bekommen."

Mit diesen Worten verließ ich die Behindertentoilette. Ich wusste, dass Andrew sich jetzt fragen musste, ob ich es ernst meinte oder ob ich ihn nur täuschen wollte. Ich schaute nicht zurück.

Es war an der Zeit, dass der Mistkerl von seiner bitteren Medizin selbst kostete.

10. KAPITEL

Ich war absolut startklar, um an diesem Abend zu Peter zu gehen, bereit, mir meine Revanche zu holen. Dennoch blieb ich zu Hause. Plötzlich hatte ich verstanden, was er an jenem Abend meinte. Wenn ich mit ihm ins Bett ging, wollte ich nicht, dass es um Andrew ging. Ja, Andrew wäre der Grund für meine Affäre, aber ich wollte Peter nicht allein aus purer Boshaftigkeit meinem Ehemann gegenüber vögeln. Wenn ich mich auf Peter einließ, würde ich es tun, weil ich mich entschlossen hatte, mit *ihm* zu schlafen.

Vielleicht spielte ich einfach auf Zeit, aber mein innerer Kampf ergab für mich Sinn. Ich wollte ein oder zwei Nächte drüber schlafen und abwarten, ob ich immer noch mit dem Verlangen aufwachte, mit einem neuen Mann das Bett zu teilen.

Ich erzählte Marnie nicht, was sich mit Andrew in der Hoteltoilette abgespielt hatte. Ich wusste, es würde mir nicht gelingen, mir die Affäre völlig aus dem Kopf zu schlagen, aber je mehr ich darüber redete, umso schlechter fühlte ich mich.

Damit ich klar bei Verstand blieb, musste ich über etwas anderes nachdenken.

Oder *jemanden*.

Jemanden wie Peter, der mich mit nur einem Blick daran erinnert hatte, dass ich eine begehrenswerte Frau war.

Am Samstagmorgen war ich noch immer wütend auf Andrew, traurig und durcheinander, aber ich hörte auch nicht auf, über die Stunden nachzudenken, die ich mit Peter verbracht hatte.

Ich war mir jetzt sicher: Ich wollte ihn wiedersehen. Wollte mich für ihn ausziehen und das beenden, was wir zu einem früheren Zeitpunkt in dieser Woche begonnen hatten.

Heute Nacht würde ich bekommen, was ich wollte.

Ich dachte nicht darüber nach, ob Peter zu Hause sein würde, als ich dorthin fuhr. Ebenso wenig berücksichtigte ich, dass er unter Umständen mit einer anderen Frau im Bett war. Ich fuhr trotz alledem durch die Stadt zu seinem Apartmentkomplex und hoffte das Beste.

Ich wollte unwiderstehlich aussehen und hatte ein eng anliegendes weißes Top mit tiefem V-Ausschnitt und den dazu passenden Rock angezogen, eine Kombination, die ich mir gekauft hatte, als ich mit Marnie auf den Bahamas war. Zusammen konnte beides als Kleid durchgehen. Ich hatte ursprünglich geplant, das Outfit für Andrew anzuziehen, ihn vielleicht auf der Arbeit zu überraschen und zu hoffen, dass es seine Lust auf mich entfachte. Nun fand das Ensemble bei Peter eine bessere Verwendung.

Ich hatte kein Problem, Peters Haus zu finden. Ich erinnerte mich genau daran, wo er wohnte. Am Eingang des Wohnkomplexes gab es kein Sicherheitstor, daher konnte ich ungestört auf das Gelände fahren und mich auf die Suche machen.

„Gebäude Nummer neun", murmelte ich leise und schaute mich um. Es gab mindestens zehn Gebäude, soweit ich sehen konnte, und sie sahen alle gleich aus. Ich hielt mich links, und als ich die Gebäude mit niedrigeren Zahlen sah, wurde mir bewusst, dass dies die falsche Richtung war. Ich drehte um und hielt wenige Minuten später auf einem Parkplatz vor Peters Apartmenthaus.

Ich sah Licht in seiner Wohnung.

Selbstbewusst stieg ich aus dem Wagen und steuerte die Treppe an. Meine hohen weißen Pumps klapperten auf dem Beton, als ich die Stufen hinaufging. Ich trug genau die Art Schuhe, die förmlich danach riefen: *Fick mich!*

Das und die Tatsache, dass es bereits nach zehn Uhr abends war und ich einen Rock trug, in den ich mich geradezu hatte hineinzwängen müssen.

Ich hob die Hand, aber klopfte noch nicht an die Tür. Stattdessen legte ich meine Fingerknöchel an das Holz und sammelte mich.

Ich wollte das hier. Dessen war ich mir sicher. Darum war ich hier. Genau zu dieser Stunde. Aber was war, wenn Peter nicht zu Hause war? Oder schlimmer – wenn er mit einer anderen Frau in seiner Wohnung war?

Wenn er nicht allein war, sollte es so sein. Ich atmete tief durch und hob meine Hand, bereit zu klopfen. Aber ehe ich anklopfen konnte, schwang die Tür auf und Peter stand vor mir.

Seine dunklen Augen weiteten sich leicht. Er war überrascht. Aber war er froh, mich zu sehen? Oder enttäuscht?

Er sagte kein Wort, sondern starrte mich einfach an. Ich konnte den verführerischen Duft seines moschusartigen Rasierwassers riechen. Er trug eine schwarze Jeans und ein enges schwarzes T-Shirt und sah aus, als wäre er gerade auf dem Sprung, um den Abend in der Stadt zu verbringen.

Ich räusperte mich. „Hi."

„Hallo." Seine Augen bewegten sich über mein Gesicht, glitten tiefer zu meinem Dekolleté, das ich so freizügig zeigte.

„Ich hätte nicht gedacht, dass ich dich wiedersehe", gestand er offen. Die Andeutung seines italienischen Akzents war unheimlich sexy.

„Ich ... oh ... Ich fürchte, mein Armband muss sich an dem Abend bei dir gelöst haben."

„Ja, ich habe es auf meinem Sofa gefunden." Er zögerte. „Bist du deswegen hier? Um dein Armband zu holen?"

Ich verlagerte mein Gewicht von einem Stiletto auf den anderen. „Ja."

„Dann hole ich es dir."

Peter machte einen schnellen Schritt nach hinten und wandte sich um.

„Warte." Ich griff nach seinem Handgelenk, bevor er außer Reichweite war. „Es ist nicht der einzige Grund, warum ich hier bin."

„Nein?" Eine Augenbraue hob sich, als er sich wieder zu mir umdrehte.

„Nein." Ich schüttelte den Kopf. „Ich bin hier, weil ... weil ich dich will. Ich konnte nicht aufhören, an dich zu denken, seit du mich in jener Nacht fortgeschickt hast."

Peters Mund verzog sich zu einem leisen Grinsen.

„Es sei denn, du willst gerade ausgehen."

„Das wollte ich. Aber jetzt da du hier bist ..." Seine Stimme war bedeutungsschwer. „Komm rein."

Er trat zurück, und da ich noch immer sein Handgelenk umklammert hielt, folgte ich ihm.

„Ich habe etwas genau für diesen Anlass gekauft", verkündete Peter, während er mich ins Wohnzimmer führte und mich auf dem Sofa Platz nehmen ließ.

„Aber du wusstest doch nicht, ob ich zurückkomme."

„Ich habe es gehofft."

Ich zog ein Bein an. „Was hast du gekauft?"

„Einen besonderen italienischen Wein", erklärte er. Ich saß, und er stand vor mir, doch er hielt noch immer meine Hand. Es war ein schönes Gefühl.

„Okay ..."

„Tatsächlich ist es ein italienischer Schaumwein und er ist sehr gut. Prosecco. Hast du den schon mal getrunken?"

„Nein."

„Er ist leicht und erfrischend. Ein bisschen süß. Perfekt für einen heißen Tag." Er ließ seine Finger über meine Handfläche gleiten. „Oder eine heiße Nacht."

Peter hob meine Hand an seinen Mund und küsste die Innenseite meines Handgelenks. Mir wurde bewusst, wie sehr es mir gefiel, dort geküsst zu werden. Dann ließ er meine Hand los und ging in Richtung Küche.

Ich fuhr mit meiner Zunge über die Lippen und beobachtete ihn. Die Art, wie seine Schulterblätter sich unter seinem T-Shirt bewegten, wirkte sehr kraftvoll. Wie eine gestählte Raubkatze.

„Würdest du ihn gerne probieren?“, fragte er und öffnete einen Schrank, in dem er die Weingläser aufbewahrte.

„Ja, sehr gerne.“ Mein Magen flatterte, und ich nahm mir einen Augenblick Zeit, tief ein- und auszuatmen. Ich war wirklich hier, ich würde es wirklich durchziehen.

Ich war gleichermaßen nervös und aufgeregt.

Etwa eine Minute später kehrte Peter ins Wohnzimmer zurück, hielt zwei Champagnerflöten in den Händen und reichte mir eine.

„Danke.“ Ich nahm das Glas und nippte an dem italienischen Sekt. Er hatte eine Obernote von Zitrone und Melone, schmeckte einfach köstlich und war sehr erfrischend. „Hmm, lecker.“

Peter nahm auch einen Schluck und ließ den Blick nicht von meinem Gesicht. Er hatte keine Angst vor Nähe, merkte ich. Das gefiel mir an ihm.

Er gefiel mir. Punkt.

„Vergib mir“, bat Peter und setzte sich neben mir. „Ich hätte einen Toast aussprechen sollen. Also: auf neue Erfahrungen.“

„Auf neue Erfahrungen“, echote ich, und darauf tranken wir beide. Ich hörte nicht auf zu trinken, bis ich das Glas leer hatte. Nicht weil ich mich betrinken wollte – die Lektion hatte ich erst vor ein paar Nächten gelernt –, sondern weil ich bereit war, zur Sache zu kommen.

Das Glas noch in der Hand, lehnte ich mich rasch vor und ließ meine Lippen leicht auf Peters Mund sinken.

Er versteifte sich ein wenig, doch verlieh er damit eher seiner Überraschung Ausdruck und nicht seiner Ablehnung. Ich ließ meinen Mund über seinen gleiten, streifte erst seine Haut, küsste ihn dann sanft und drängte seine Lippen, sich meinen zu ergeben.

Mit einem Stöhnen öffnete Peter seine Lippen und erwiderte meinen Kuss mit absoluter Hingabe. Seine Hand legte sich um meinen Kopf, und so hielt er mich, während seine Zunge in meinen Mund vordrang. Sie war heiß und schmeckte nach Prosecco. Der Schaumwein schmeckte von seiner Zunge besser als direkt aus meinem Glas, und so öffnete ich meinen Mund weiter, weil ich mehr von ihm brauchte.

„Langsam“, keuchte Peter, aber ich hörte nicht auf ihn. Stattdessen beugte ich mich vor, drückte seinen Körper in die Sofakissen. „Warte“, sagte er. „Mein Glas.“

Erst dann verharrte ich und ließ ihn seine Champagnerflöte auf den Beistelltisch stellen. Dasselbe machte er mit meinem Glas, und ehe er sich wieder ganz mir zuwenden konnte, küsste ich bereits sein Kinn und ließ meine Hände über seine Brust gleiten.

„Ich möchte dir zuerst Lust bereiten“, bot Peter an.

„Du bereitest mir schon jetzt Lust.“ Ich tastete nach dem Knopf seiner Jeans und versuchte ihn zu öffnen. „Ich will dich in mir spüren. Ich *muss* dich in mir spüren – und zwar sofort. Seit jener Nacht habe ich an nichts anderes gedacht als daran, dich nackt auf mir zu spüren.“

Meine Lippen fanden wieder Peters Lippen, und wir küssten uns. Ein inniger Kuss, der uns beide vor Lust aufstöhnen ließ. Da ich seine Jeans nicht öffnen konnte, legte ich meine Hand auf seinen Penis. Ich lächelte, als ich den Beweis seines Verlangens spürte, der gegen den Stoff drückte.

„So groß und so hart“, flüsterte ich in sein Ohr. „Das liebe ich.“

Kaum waren die Worte ausgesprochen, da lag ich plötzlich

auf dem Rücken. Peter hatte unsere Stellung mit Leichtigkeit und seiner ihm eigenen Stärke verändert. Er legte den Arm um meine Taille und hob mich an, während er seinen Oberkörper aufrichtete und mich schließlich sanft auf den Rücken legte. Jetzt befand er sich zwischen meinen Schenkeln. Sein mächtiger Schwanz drückte gegen mich.

„Du willst es hart und schnell?“, fragte er und schob mein Top hoch. Ich trug keinen BH und meine Brüste quollen hervor.

„Oh Gott, ja.“

Er legte seine Hände auf meine nackten Brüste und begann die vollen Hügel zu drücken. Nicht sanft, sondern hungrig. Auf eine Art, mit der er mir sagte, er verstünde, dass ich es grob wollte.

Lustvoll schob er die Brüste zusammen, biss zärtlich in einen Nippel. Mein Körper zitterte, als Verlangen mich durchströmte.

„Und wie ist es hiermit?“ Peter kümmerte sich um meine andere Brustspitze. „Willst du, dass ich mit ihnen spiele?“

Ehe ich antworten konnte, nahm er sie tief in seinen Mund und saugte daran. Hart. Hart genug, dass ich ein schmerzhaftes Prickeln spürte.

„Ja.“ Ich atmete scharf aus. „So. Genau so.“

Ich wollte wilden Sex. Ich wollte nichts von dem, was ich mit Andrew geteilt hatte. Sex mit meinem Ehemann war stets langsam und zärtlich gewesen.

Bedeutungsvoll.

Und er hatte dennoch eine andere gefickt.

Ich hörte auf, über Andrew nachzudenken. Peter saugte mit demselben Eifer an meinem anderen Nippel. Er drückte die ganze Zeit seinen Schwanz an mich und weckte damit herrlichste Empfindungen, die durch meine Muschi pulsierten und sich in meinem ganzen Körper ausbreiteten. Schon bald vergrub ich meine Finger in Peters Haar und stöhnte hemmungslos.

„Gefällt dir das?“

„Ja – verdammt, ja. Aber ich brauche das hier.“ Meine Hand glitt zwischen unsere Körper und legte sich auf seinen Schwanz. Ich massierte ihn. Auch ich war nicht besonders zärtlich und ließ ihn so wissen, dass ich für ihn bereit war. Er sollte gnadenlos mit mir sein.

Peter ließ von meinen Brustspitzen ab und schnappte nach der weichen Rundung meiner Brust. Er saugte, biss, zog, saugte noch heftiger. Als versuchte er, mich mit einem Knutschfleck zu brandmarken. Nie hätte ich gedacht, der Schmerz, der meine Haut malträtierte, könnte mir gefallen – er war so fremd –, aber er gefiel mir nicht nur, sondern erregte mich zusätzlich.

Peter stand abrupt auf und zog rasch seine Jeans aus. Ich schob meinen Rock bis zur Taille hoch, zog meinen Slip aus und legte meinen nackten Hintern wieder aufs Sofa.

„Nein.“ Peter schüttelte den Kopf. „Zieh alles aus. Ich will dich nackt.“

Meine Vagina pulsierte bei diesen dreisten Worten. Er wollte mich nackt.

Wollte mich ganz.

Jetzt verstand ich, was Marnie damit gemeint hatte, als sie davon sprach, wie aufregend es mit einem neuen Mann sei. Das Wohnzimmer war hell erleuchtet, und in einem hellen Raum nackt zu sein ließ eine Person viel verletzlicher sein als in einem dunklen Raum. Aber statt nervös zu werden, spürte ich eine herrliche Spannung.

Langsam stand ich auf. Meine Augen ließen nicht von Peters Anblick ab, während ich mir das Top über den Kopf zog und meinen Rock über die Hüften schob.

„Du bist dran“, sagte ich, als ich nackt vor ihm stand.

Peters Augen tranken den Anblick meines nackten Körpers. Ein schelmisches Grinsen umspielte seinen Mund, als er seine Jeans beiseitekickte. Er trug einen schwarzen Slip, und sogleich blickte ich fest auf seinen Schwanz, der sich gegen den Baumwollstoff drückte.

Endlich schob er seinen Slip herunter. Ich schnappte tatsächlich nach Luft, als sein Schwanz vorsprang. Er war auf jede nur erdenkliche Art großartig. Hübscher Umfang, schöne Länge. Größer als Andrews Schwanz. Die Art Schwanz, nach deren Vorbild unzählige Dildos geformt wurden, nur damit sie perfekt aussahen.

Langsam kam Peter auf mich zu, wie eine Katze, die kurz davor steht, auf ihre Beute zu springen. Anders als ein Beutetier lief ich nicht davon.

Peter umschloss mich mit seinen Armen und drückte seine Handflächen auf mein Kreuz. Meine Nippel streiften seine haarlose Brust und ich blickte zu ihm auf, während er auf mich herabschaute. Sein Schwanz drückte sich gegen meinen Venushügel, als suchte er instinktiv Zugang zu dem Ort, der am meisten nach ihm gierte.

Wissend breitete er seine Hände über meinen Hintern, zog mich mit einer heftigen Bewegung dicht an sich. Er grub seine Finger in mein Fleisch und drückte mich gegen seinen Schwanz.

Ich stellte mich auf die Zehenspitzen und legte eine Hand um seinen Penis. Langsam strich ich mit der Spitze über meine Klit.

„Es sollte eher meine Zunge sein, die dich dort liebkost“, bemerkte Peter. „Ungefähr so.“ Er senkte seinen Kopf und ließ seine Zunge zärtlich über meine Oberlippe streicheln. Rauf und runter. Links und rechts. Dann ein sanftes Saugen.

Meine Knie knickten weg, allein von dem Gedanken, wie herrlich es wäre, wenn er auf die beschriebene Weise meine Klit küssen würde.

„Ich liebe es, wie dein Körper auf mich reagiert", murmelte Peter. „Das macht mich scharf."

„Ich bin im Moment auch so scharf ..."

Er hob den Kopf und blickte mich an, während er seinen Finger in mir verschwinden ließ, um ihn im nächsten Moment an seinen Mund zu heben und genüsslich meine Essenz zu schmecken.

Dieser erotische Anblick ließ mich erschauern. Meine Vagina pochte wild. „Oh mein Gott, ich will dich in mir spüren", flüsterte ich mit rauer Stimme. „Habe ich dir gesagt, wie oft ich in den letzten Tagen daran gedacht habe?"

„Erst möchte ich dich verwöhnen", widersprach Peter. „*Bella* – du schmeckst so süß."

Wenn er weiter so redete, würde ich schon kommen, bevor er überhaupt in mich eindrang. Ich streichelte ihn erneut. „Ich bin mehr als bereit, zu kommen. Ich sehne mich nach deinem Schwanz."

„Du denkst, du wirst heute Nacht nur einmal kommen? Ich verspreche dir, du wirst häufiger kommen."

Sein warmer Atem kitzelte an meinem Ohr und ließ meinen Körper erneut erbeben. Ich verspürte keinerlei Zweifel, dass er mich zum Orgasmus bringen würde. Vielleicht sogar unzählige Male.

Begierig schloss ich meine Finger um seinen Schaft und bewegte sie auf und ab. „Erst will ich ihn spüren. Ich bin so ungeduldig."

Leidenschaftlich umschloss Peter eine meiner Brüste mit der Hand und ließ somit erneut flammende Hitze durch meine Adern schießen. „Also gut, meine Geliebte. Dein Wunsch sei mir Befehl."

11. KAPITEL

Ich wollte mich hinlegen und spüren, wie sein Schwanz in mich eindrang, doch meine Vernunft hielt mich davon ab. Ich wollte ihn ficken – sehnte mich verzweifelt danach –, aber nicht ohne Schutz.

Zögernd trat ich einen Schritt zurück und hoffte, Peter würde auf das, was ich als Nächstes sagte, richtig reagieren. Ich wusste, dass einige Männer jegliche Vernunft verdrängten, wenn sie von Leidenschaft erfasst wurden. Aber wenn er kein Kondom benutzen wollte, würden wir keinen Sex miteinander haben. „Ich nehme die Pille nicht", sagte ich leise. „Wir sollten also ein Kondom benutzen. Ich habe welche mitgebracht."

„Ich habe welche im Schlafzimmer." Er küsste mich sanft auf den Mund. „Bin sofort wieder da."

Ich beobachtete Peter, als er das Wohnzimmer verließ. Tatsächlich betrachtete ich seinen nackten Hintern. Er war muskulös und fest, wie sein ganzer Körper. Ich konnte mir nicht vorstellen, dass ich je müde würde, ihn zu betrachten.

Während ich auf ihn wartete, setzte ich mich aufs Sofa. Ich ließ meine Fingerspitzen über meine geschwollenen, harten Nippel gleiten. Sie kribbelten noch immer, so fest hatte Peter an ihnen gesaugt.

Als er zurückkam, fiel sein Blick auf meine Finger, die meine Brüste liebkosten, und er grinste breit. „Du bist ein wahrhaft schöner Anblick."

Das Kondom hatte er bereits übergestreift, und ich streckte schnurrend die Hand nach ihm aus: „Komm zu mir."

Er kam zu mir. Ließ sich auf dem Sofa nieder, stützte seine Arme links und rechts neben mir auf, um seinen Oberkörper über meinem zu halten. Ich drapierte ein Bein um seinen Hintern und ließ meine Zunge über die Unterseite seines Kinns gleiten. Ich schmeckte einen Hauch Salz auf meiner Zunge, spürte leicht die Stoppeln. Zusammen mit dem Geruch seines Rasierwassers nahm ich den schwachen Duft von Irish-Spring-Seife wahr.

Sein Schwanz fand zielstrebig seinen Weg. Mir blieb nur ein winziger Moment, darüber nachzugrübeln, dass das hier wirklich passierte, dass ein anderer Mann im Begriff war, mich zu vögeln. Und im nächsten Augenblick befand sich Peter mit einem harten, schnellen Stoß in mir. Ich schrie auf und vergrub meine Finger in seiner Schulter. Ich war nicht auf die Gefühle vorbereitet, die mich überkamen, als er mich erfüllte. Wie erfreulich sich der Schwanz eines anderen Mannes in mir anfühlte. Mein Gott, er war so beeindruckend, so groß. Mit jedem Stoß massierte sein Schwanz die Innenwände meiner Vagina und gab mir das Gefühl größter Seligkeit.

„*Bella* …“, murmelte er. „Oh mein Gott …“

Beinahe fremd waren mir die Laute des Entzückens, die aus meinem Mund drangen. Sie waren laut, machtvoll, ungehemmt. Während Peter seinen Schwanz in mich stieß, stöhnte ich, bis mir der Atem wegblieb.

Er war mehr, als ich erwartet hatte; und doch, ich konnte nicht genug von ihm bekommen. Ich schlang mein anderes Bein um seine Taille und verschränkte meine Fußknöchel.

Peter zog sich fast vollständig aus mir zurück, dann drang er mit einem erneuten, harten Stoß in mich ein. Meine Augen schlossen sich, meine Fingernägel gruben sich tief in seine Haut. Mit jedem Stoß erreichte er einen Punkt, der tiefer und tiefer in mir lag. Mit jedem Stoß bewegte er sich schneller und schneller, brachte mich dem Höhepunkt näher.

„Ist das hart genug für dich?“, fragte Peter und unterstrich seine Frage mit einem heftigen Stoß.

Ich schrie.

Ein Grollen dröhnte in Peters Brust, beinahe wie das Brüllen eines Löwen, und er schob sich ganz in mich und vergrub sich in mir. Er blieb in mir, bewegte seinen Schwanz mit Hüftkreisen in mir, ohne ihn zurückzuziehen.

Ich warf meinen Kopf hin und her, drückte meine Fingernägel tiefer in seine Haut.

Peter beschleunigte das Tempo.

Mein Atem beschleunigte sich und kam nun in raschen, rauen Stößen. Ich wollte mich nicht gehen lassen, noch nicht, doch die Lust war zu groß für mich. Mit Peters Schwanz in mir und der Reibung meiner Klit ...

„Sieh mich an“, befahl er und küsste meine Stirn. „Sieh mich an, *bella*.“

Ich zwang mich, die Augen zu öffnen und Peters rauchgrauem Blick zu begegnen.

„Ich kann spüren, wie dein Orgasmus kommt“, raunte er, zog sich zurück, dann stieß er wieder in mich, doch diesmal langsam. „Ich will in deine Augen sehen, wenn du kommst.“

Ich sagte nichts. Ich konnte kein Wort hervorbringen, nur leidenschaftliche Schreie. Aber ich richtete meinen Blick auf Peters Augen, ließ ihn so wissen, dass ich tun würde, worum er mich bat. Ich weiß nicht, warum ich bei ihm keine Schüchternheit zeigte, warum ich mich und meinen Körper so völlig einem Fremden hingab. Aber es fühlte sich richtig an. Es gab eine Ebene der Intimität und der Hingabe zwischen uns, die ich nicht verstand, aber als Zeichen nahm, dass ich mit dem, was ich tat, recht hatte.

„Kommst du?“, fragte Peter zwischen einzelnen Stößen. Er bewegte sich jetzt langsamer, doch mit jedem herrlichen Stoß berührte er meine Perle.

Ich wurde ganz wirr im Kopf, mein Körper spannte sich an. Ich atmete ein, versuchte die Kraft zu finden, um zu sprechen. „Beinahe“, brachte ich schwach hervor. „Beinahe da ...“

„Wie wäre es mit – jetzt?“

Sobald er es ausgesprochen hatte, beschleunigte er seine Stöße zu einem übermenschlichen Tempo. Ich konnte nichts mehr denken, nur noch blinde Ekstase spüren.

Peter senkte seinen Kopf und saugte an einer meiner Brüste – heftig –, und plötzlich kam ich. Ein machtvoller Orgasmus durchströmte mich. Es fühlte sich an, als würde mein Körper in eine riesige Schleuder gezwängt und nun in den orgasmischen Orbit abgeschossen. Ich zitterte von Kopf bis Fuß, mein Stöhnen war laut, lang gezogen und wild.

Zärtlich küsste er meine Lippen und suchte meinen Mund so gewaltsam heim, wie er bereits meine Muschi erobert hatte. Erst als mein Stöhnen abklang und mein Körper sich unter ihm nicht mehr wand, lösten seine Lippen sich von meinen. Er sah mir in die Augen.

Und lächelte.

Mein Körper war erhitzt und gesättigt, und ich erwiderte sein Lächeln. Dann wandte ich mich kichernd ab.

„Warum wirst du rot?", wollte er wissen.

Ohne ihn anzusehen, schüttelte ich den Kopf. Ich musste die Lippen zusammenpressen, um mein Lachen zu unterdrücken. Es schien mir unangemessen, nachdem ich einen so gewaltigen Orgasmus erlebt hatte.

„Komm schon", bat Peter. „Erzähl's mir."

„Weil ..." Ich atmete tief ein und blickte ihn an. „Weil ich nicht wusste ... Ich hätte nicht gedacht ..."

„Hättest was nicht gedacht?"

„Dass Sex mit dir so erstaunlich sein würde", antwortete ich und hob meine Hand, um ihm über die Wange zu streicheln. „Aber du bist nicht gekommen."

„Die Nacht ist noch lang", erwiderte er.

„Wie willst du mich?", fragte ich.

„Einfach so, wie du bist." Er ließ sich nach hinten sinken und sein Schwanz verließ mich. Meine Augen verengten sich verwirrt. Dann, als er sein Gesicht zwischen meine Schenkel schob, weiteten sie sich verstehend.

„Was machst du da?"

„Ich bringe dich zum nächsten Höhepunkt."

Ich stützte mich auf meine Ellbogen. „Aber was ist mit dir? Du hast mir gerade einen Wahnsinnsorgasmus beschert. Jetzt bist du dran."

„Wenn ich dich mit dem Mund verwöhne und dein Körper allein unter der Berührung meiner Zunge erbebt, bereitet mir das genauso viel Lust wie mein eigener Orgasmus."

Seine Worte ließen meinen Körper erneut erzittern. Wie sehr er sich von Andrew unterschied. Für Andrew war Oralsex immer eine lästige Pflicht gewesen. Aber für Peter schien es dabei gleichermaßen um mein Vergnügen wie um seins zu gehen.

„Du bist wunderschön", sagte er. „Sieh nur, wie deine Klit bereits pocht, und dabei habe ich dich noch gar nicht berührt."

Ich atmete zitternd aus. Es war seltsam, mit einem Mann zu reden, dessen Gesicht zwischen meinen Schenkeln lag. Und doch – es war ausgesprochen erotisch.

Peter fuhr mit dem Finger über meine Spalte und seufzte dabei. Ich konnte sehen, wie seine Augen sich vor Lust verdunkelten, und mich fesselte, wie sehr er es genoss, mich einfach anzusehen.

Ich beobachtete, wie er langsam seine Lippen öffnete. Seinen Kopf senkte. Seine Zunge hervorschob. Meine Klit pochte tatsächlich erwartungsfroh, bevor er überhaupt meine Haut berührte.

Und als er es tat, war es, als würde ich einen elektrischen Schlag bekommen. Mein Körper zuckte, mein Rücken bog sich durch und ich ballte meine Hände zu Fäusten.

„Entspann dich, *bella*", flüsterte er.

Ich wusste nicht, ob ich das konnte. Die Empfindungen,

die mich durchströmten, waren intensiv und herrlich. Die erste Berührung seiner Zunge hatte mich beinahe zum nächsten Orgasmus getragen. Ich beruhigte meinen Atem und erlangte wieder eine gewisse Kontrolle über meinen Körper, während Peter mich auf die intimste Weise liebkoste, die ich kannte.

Dann begann ich nachzudenken.

Ich fragte mich, wie lange es diesmal dauerte, bis ich kam. Ob es Peter langweilen würde, mich zu lecken. Vielleicht konnte ich auch gar nicht noch einmal kommen, denn in diesem Moment war meine Klit bereits überaus empfindlich.

Peters Zungenspitze kreiste über mir, dann saugte er sanft. Seufzend schloss ich die Augen und erwartete den nächsten Orgasmus, der sich in mir aufbaute.

„Entspann dich", murmelte Peter erneut.

„Ich weiß nicht, ob ich das kann", gab ich zu. Ich war es nicht gewohnt, auf diese Weise zu kommen, und ich wusste nicht, ob ich mich bei einem Mann, mit dem ich das erste Mal vögelte, so gehen lassen konnte. An einer Hand konnte ich die Gelegenheiten abzählen, bei denen Andrew mich mit der Zunge zum Orgasmus gebracht hatte. Und danach fühlte ich mich immer schuldig, als hätte ich zu lange gebraucht, bis ich kam. Nachdem Andrew eine Bemerkung in dieser Richtung hatte fallen lassen, bat ich ihn nie mehr um Oralsex.

„Es gefällt dir nicht?", fragte Peter.

„Doch. Sehr." Ich atmete hörbar aus, als er erneut an mir saugte. „Es ist nur ..."

„Du bist es nicht gewohnt", sagte Peter. Es war eine Feststellung. „Dein Mann mochte es nicht, dich auf diese Art zu verwöhnen."

Der Kommentar verblüffte mich. Woher wusste er das? Peter schien mich auf so vielfältige Weise bereits zu kennen, dabei waren wir uns erst vor wenigen Tagen begegnet.

Ich war verblüfft, gab aber keine Antwort.

„Das ist in Ordnung“, sagte er leise. Seine Augen suchten meinen Blick. Ich bin sicher, mein Schweigen bestätigte seine Vermutung. Langsam schob er einen Finger in mich. Dann zwei. „Du musst bei mir nichts fürchten. Wenn ich dich verwöhne, gibt es keine Zeit. Mein Vergnügen ziehe ich daraus, dir genauso viel Lust zu bereiten, wie du brauchst.“

Ich glaubte ihm. Absolut. Peter würde vermutlich zwei Stunden damit zubringen, mich zu lutschen und zu lecken, wenn es das war, was ich brauchte, um erneut abzuheben.

Aber das wollte ich jetzt gar nicht. Was ich wollte, war, dass er kam. Vielleicht war ich für diese Form der Intimität noch nicht bereit. Die mentalen Hemmungen, die ich bei Andrew aufgebaut hatte, würden sich nicht so rasch einreißen lassen.

Ich setzte mich auf und griff nach Peter. Er reichte mir seine Hand. „Was mir in diesem Augenblick gefallen würde, wäre, wenn du kommst.“

Ich spürte, dass er ein wenig enttäuscht war, aber er widersprach nicht. Stattdessen näherte er sich mir. Ich küsste ihn, schmeckte mein Aroma auf seinen Lippen. Dieser Geschmack war für mich zwar fremd, aber es gab mir schon mal einen Vorgeschmack.

Als unsere Zungen sich in einem erhitzten Kuss umspielten, setzte ich meinen Oberkörper ein, um Peter nach hinten zu schieben. Als er flach auf dem Rücken lag, setzte ich mich auf ihn.

„Ich will dich reiten“, flüsterte ich. „Und dieses Mal will ich sehen, wie du kommst.“

Peter umfasste mein Gesicht, stieß seine Zunge erneut in meinen Mund. Er saugte an mir, schenkte meinem Mund keine Gnade. Der Mann wusste, wie man küsste. Er wusste, wie er gefiel.

Plötzlich legte er einen Arm um meine Taille, und ehe ich

wusste, wie mir geschah, lagen wir beide auf dem Fußboden. Er auf dem Rücken, meine Beine über seinem Unterleib gespreizt. Mein Mund auf seinem.

Ich hob meine Hüften und griff nach seinem Schwanz. Diesmal wollte ich die Führung übernehmen. Aber während ich ihn hineindirigierte, übernahm er das Kommando und überraschte mich mit einem tiefen, harten Stoß. Ich warf den Kopf nach hinten. Ein entzückter Schrei entrang sich mir.

Dieser Mann war eine Maschine. Hart und stark und schnell. Unbarmherzig. Selbst unter mir liegend bewegte er seine Hüften und stieß mich in einem Tempo, das ich kaum verarbeiten konnte. Dann schob sich sein Schwanz noch tiefer in mich als vorhin, während ich auf dem Rücken gelegen hatte. Energisch legte er seine Hände auf meine Hüften und begann mich auf seinem Schwanz vor- und zurückzubewegen. Die Reibung meiner Klit, gepaart mit dem Gefühl, ihn in mir zu spüren, sorgten dafür, dass schon bald ein neuer Orgasmus in mir lauerte.

„Oh mein Gott, oh mein Gott!“ Ich versuchte regelmäßig zu atmen, die Kontrolle zu behalten. Aber ich konnte es nicht. Nichts hatte mich auf Peters Stehvermögen und sein Können vorbereitet. Innerhalb von Sekunden schrie ich, während mich ein heftiger Orgasmus durchrauschte.

„Sieh mich an“, befahl mir dieser bildschöne Mann.

Schwach und wimmernd blickte ich ihn an. Er streichelte mein Gesicht, stieß zugleich tief in mich. Dann machte er ein beinahe tierisches Geräusch, als sein Körper zu zucken begann.

Er schloss seine Hände um meinen Kopf, zog mein Gesicht heran und küsste mich wie ein Verhungernder, während er seinen Gipfel der Lust erreichte. Erst als wir beide vollkommen außer Atem waren, lösten wir uns voneinander und schnappten nach Luft.

Meinen Kopf an seine Schulter gelehnt, versuchte ich, wieder langsamer zu atmen, während sein Schwanz noch immer in mir war.

Ich war mehr als befriedigt. Doch ich wusste, es war noch nicht vorbei.

Peter hatte gesagt, dass die Nacht jung war und ich noch viele Male kommen würde.

Zweifellos wusste ich mittlerweile, dass er ein Mann war, der sein Wort hielt.

12. KAPITEL

Am nächsten Morgen fühlte sich mein Körper an, als hätte ich erst einen Wrestlingkampf bestritten und anschließend einen Marathonlauf absolviert. Trotzdem konnte ich nicht aufhören zu lächeln. Mein Körper schmerzte an Stellen, von denen ich nicht gewusst hatte, dass sie schmerzen konnten, und an einigen war ich sogar wund. An meinem rechten Oberarm und meiner rechten Brust zeigten sich purpurne Male. Meine Nippel waren geschwollen und prickelten noch immer von Peters eifrigem Lutschen.

Der Mann war unbeschreiblich. Einfach unglaublich. Nachdem wir auf dem Sofa gefickt hatten, zogen wir ins Schlafzimmer um, wo wir drei weitere Stunden damit zubrachten, verschiedene Stellungen auszuprobieren.

Jede Stellung war so aufregend gewesen, dass ich keine benennen konnte, die mir am liebsten war. Ich wusste nur, dass ich sie alle noch einmal ausprobieren wollte.

Und noch einmal.

Ich schaute auf die Uhr neben dem Bett. Es war achtzehn nach zehn. Wie um Himmels willen konnte ich um diese Zeit schon auf sein, nachdem ich letzte Nacht all meine Kraft verbraucht hatte? Ich war nicht vor vier Uhr morgens heimgekommen, und um ehrlich zu sein hätte ich die nächsten Stunden noch im Koma liegen müssen, bis sich mein Körper von den Strapazen erholt hatte.

Aber ich konnte nicht schlafen.

Ich warf die Bettdecke zurück und schwang meine Beine über die Bettkante. In diesem Moment erinnerte ich mich daran, wie schamlos ich geschrien hatte, als ich das zweite Mal kam, und ich begann zu kichern. Oh Gott. Peters Nachbarn mussten mich bestimmt gehört haben. Es überraschte mich, dass niemand die Polizei gerufen hatte.

Ich war bereits bei ihm unter die Dusche gegangen – was wiederum zu einem schnellen und befriedigenden Fick unter warmem Wasser geführt hatte –, also stand ich auf und ging direkt in die Küche. Ich brauchte einen Becher Kaffee mit Amaretto-Aroma.

Am besten eine ganze Kanne.

Ich gab die gemahlenen Bohnen in den Filter, um einen besonders starken Kaffee aufzubrühen. Dann nahm ich das Telefon, das in der Küche an der Wand montiert war, und wählte Marnies Nummer. Ich konnte es nicht erwarten, ihr zu erzählen, wie unbeschreiblich meine Nacht gewesen war.

Beim zweiten Klingeln ging sie ran. „Hey, Sophie."

„Hey, Süße", erwiderte ich. „Was machst du gerade?"

„Ich bin heute faul. Ich sitze im Pyjama auf dem Sofa und schaue *Sex and the City*."

Bei genauerem Nachdenken entschied ich, dass ich ihr lieber persönlich von letzter Nacht erzählte. Ach, mir war vor allem nach Gesellschaft. Es war immer noch ein bisschen beunruhigend, allein im Haus zu sein. „Mach den Fernseher aus und beweg deinen Hintern hierher", ordnete ich an. „Ich hab etwas viel Pikanteres zu erzählen als alles, was es da zu sehen gibt."

„Ohhh! Das klingt gut, ich bin schon unterwegs."

Ich trank gerade den zweiten Kaffee aus, als die Türglocke ging. Marnie hatte sich beeilt. Ich stellte meinen Kaffeebecher auf den Küchentisch und eilte zur Tür.

In dem Moment, als ich die Tür öffnete und Marnie sah, konnte ich nicht anders: Ich grinste breit.

„Du Schlampe", scherzte sie. „Du hast es getan, stimmt's?"

Als Antwort hielt ich meinen linken Arm hoch, an dem jetzt wieder mein Armband ums Handgelenk baumelte.

Marnie kreischte. Ich packte sie am Arm und zog sie schnell ins Haus.

„Wenn ich nach deinem Grinsen urteilen sollte, hattest du eine fantastische Zeit mit ihm. Und ich will jedes Detail hören."

Ich antwortete nicht, sondern schlenderte in die Küche.

„Warte einen Moment", sagte Marnie bestürzt. „Du *humpelst*?"

Ich stand wieder vor dem Kaffeebecher, stützte meine Hände auf der Arbeitsfläche ab und wirbelte zu ihr herum. „Ich habe an so vielen Stellen Schmerzen, dass ich mich frage, ob ich mich selbst ins Krankenhaus einweisen sollte."

Marnie quietschte erneut.

„Kaffee?", fragte ich beiläufig. „Ich brauche jedenfalls noch einen."

„Hast du Baileys da?", scherzte sie. „Ich hab das Gefühl, ich brauche einen Schuss Alkohol, während ich mir deine Geschichte anhöre."

„Ich habe Baileys, wenn du willst."

Marnie schüttelte den Kopf. „Ich nehme den Kaffee schwarz. Und jetzt erzähl mir schon, was passiert ist."

„Wenn wir beide sitzen."

Ungeduldig trommelten Marnies Finger auf dem Tisch, während ich uns Kaffee einschenkte. In dem Moment, als wir im Wohnzimmer aufs Sofa sanken, wusste ich, dass ich sie genug auf die Folter gespannt hatte.

„Also los", sagte sie mit großen Augen. „Erzähl mir *alles*."

„Meine Güte, wo soll ich anfangen?"

„An der Stelle, wo es gut wird", antwortete Marnie sofort. Dann schüttelte sie den Kopf. „Ach nein. So verdorben bin ich nicht. Fang einfach am Anfang an."

„Und ab da *wird* es gut", erklärte ich ihr und hob eine Augenbraue.

„Was willst du damit sagen – du bist durch seine Tür marschiert und hast sofort angefangen, ihn zu vögeln?"

„Mehr oder weniger."

Marnies Augen wurden so groß wie ihr Grinsen breit.

„Nein, das stimmt nicht ganz. Wir begrüßten uns, er hat mir etwas zu trinken angeboten ..."

„Ich bin sicher, er war der perfekte Gentleman. Wie lange, wie heftig, wie oft bist du gekommen?"

„Ich hab dir doch erzählt, dass mir alles wehtut. Ich habe ein Puckern an Stellen, von denen ich nicht mal wusste, dass es da wehtun kann. Und die Frage, wie oft ich gekommen bin – es war so oft, ich könnte es dir gar nicht sagen. Wirklich, dieser Mann ist eine Sexmaschine. Nein, nein. Er ist wie ein Duracell-Häschen. Er macht weiter und weiter ..."

„Und du bist gekommen und gekommen. Süße!" Marnie lachte herzhaft, dann konzentrierte sich ihr Blick auf meine Lippen. „Sind deine Lippen geschwollen?"

Langsam ließ ich einen Finger über meine Unterlippe gleiten. Sie war eines der Körperteile, die noch immer pochten. „Das ist nicht das Einzige, was geschwollen ist."

„Oh mein Gott. Also gut, ich glaube, ich brauche jetzt doch den Baileys."

„Meinst du das ernst?"

„Das meine ich verdammt ernst."

Ich ging zum Kühlschrank, holte die Flasche Baileys und goss in beide Becher einen ordentlichen Schuss.

„Im Ernst", sagte ich, als ich mich wieder zu ihr setzte, „das ging etwa fünf Stunden lang so. Ich glaube, es hätte auch länger gehen können, aber ich habe Peter erklärt, ich bräuchte dringend Schlaf."

„Das klingt nach einem erstaunlichen One-Night-Stand."

„Erstaunlich beschreibt es nicht annähernd."

„Ich weiß, das sollte ich nicht fragen", sagte Marnie. „Aber zur Hölle, ich muss es einfach wissen: Wie ist Peter, verglichen mit Andrew?"

„Kein Vergleich“; erwiderte ich vielleicht zu schnell. „Versteh mich nicht falsch, Andrew weiß schließlich, wie er mir Lust bereitet. Aber mit Peter war der Sex animalisch. Nicht zärtlich, sondern betäubend. Es ist genau das, was ich mir von einer Affäre erhofft habe. Etwas völlig anderes als das, was ich mit Andrew erlebt habe.“

„Klingt so, als hättest du es bekommen. Mehr als das.“

Ich bemühte mich nicht, den anderen wichtigen Unterschied zwischen Andrew und Peter zu erwähnen – wie sehr Peter es genoss, meine Muschi zu verwöhnen. Ich vermutete, ich wollte nicht erwähnen, dass ich nicht in der Lage gewesen war, es wahrhaftig zu genießen, als ein Mann es mir zum ersten Mal in meinem Leben mit dem Mund machen wollte.

„Wirst du ihn wiedersehen?“, wollte Marnie wissen.

Ich zuckte mit den Schultern und trank von meinem Kaffee. Die Kombination von Amaretto und Baileys machten ihn besonders aromatisch. „Ich habe seine Nummer nicht. Und er hat meine nicht.“

„Du hast vergessen, dir seine Nummer geben zu lassen?“

„Ich hab's nicht vergessen.“

Marnie blickte mich an, als wäre ich verrückt. „So ein One-Night-Stand, und ich hätte ihn auf der Schnellruftaste gespeichert.“

„Wir werden sehen.“

„Was willst du sehen? Ich weiß, du willst dich wieder mit ihm treffen. Ich kann es an deinem Gesichtsausdruck erkennen. Und wenn ein Mann mich unzählige Male zum Orgasmus gebracht hätte, würde ich ihn jede Nacht anrufen.“

„Ein Mann wie dieser kann süchtig machen“, betonte ich. „Du hast selbst gesagt, du hättest Keith so oft vergeben, weil der Sex so großartig war. Und am Ende hat er dir das Herz gebrochen.“

„Zunächst einmal war Keith mein Ehemann. Ich habe ihn

geheiratet, weil ich ihn liebte und nicht weil wir so guten Sex miteinander hatten. Zweitens liebst du Peter nicht. Es geht allein um Sex, und das macht die Sache viel einfacher."

„Kann schon sein. Aber ich will nicht zu tief mit ihm ... du verstehst schon."

„Nein, ich verstehe nicht."

„Wegen Andrew", erklärte ich.

„Wegen Andrew?", wiederholte Marnie sichtlich schockiert.

„Im Moment sind wir nicht zusammen, und ich bin nicht bereit, wieder mit ihm zusammenzukommen. Aber wer weiß, vielleicht gelingt es uns im Laufe der Zeit, die Dinge wieder in Ordnung zu bringen. Ich möchte nicht zu sehr in eine Affäre verstrickt sein, wenn Andrew und ich wieder zusammenkommen."

Marnie schnaubte. „Ich würde mir an deiner Stelle um Andrew keine Sorgen machen."

Marnies offene Geringschätzung meines Mannes beendete abrupt meinen Höhenflug nach der Nacht mit Peter. „Wieso nur habe ich plötzlich das Gefühl, dass du Andrew nicht ausstehen kannst?"

„Ach, vielleicht weil er Mist gebaut hat. Und vielleicht weil seine kleine Freundin ihn verklagt und du dann alles verlieren könntest."

„Das weiß ich", erwiderte ich. Marnie brauchte mir die schmerzlichen Fakten nicht ins Gesicht zu schleudern. „Aber zumindest besaß er den Anstand, mir davon zu erzählen. Anders als Keith."

Einen Herzschlag lang herrschte Stille. Dann fragte Marnie. „Glaubst du wirklich, Andrew hat dir aus einem anderen Grund von seiner Affäre erzählt außer dem, dass diese Hure gedroht hat, ihn zu verklagen?"

Marnies Worte ließen mich zögern. Ich konnte ihre Frage nicht beantworten.

„Ich weiß, du denkst, es geht für mich hierbei nur um Keith. Dass ich nicht darüber hinwegkomme, wie sehr er mich verletzt hat und dass ich diese Enttäuschung in gewisser Weise auf Andrew projiziere."

Ich sagte nichts.

„Vertrau mir, das tue ich nicht", fuhr Marnie fort.

„Du denkst, das hier wäre für mich leicht?", fragte ich sie. „Ich weiß nicht, was richtig ist. Es ist schwer genug, mit Andrews Betrug zurechtzukommen, da ich ihn noch immer liebe. Ich brauche dich als Freundin und zur Unterstützung, egal wie es weitergeht. Und wenn du bei Andrew nicht sachlich bleiben kannst, dann sollten wir einfach nicht über ihn reden, okay?"

Einige Momente blieben wir stumm. Ich brach die Stille. „Ich habe die Nacht mit Peter in Gedanken noch mal erlebt – mit dir –, und jetzt fühle ich mich wieder wie der letzte Dreck."

„Es gibt etwas, das ich dir noch nie erzählt habe", eröffnete Marnie mir mit einem Mal. Die Worte purzelten hastig über ihre Lippen.

„Was denn?"

Ich blickte sie an, doch Marnie erwiderte meinen Blick nicht. Und dies war der Moment, als sich ein unheimliches Gefühl in meinem Körper ausbreitete. Ich wusste nicht, warum.

„Was ist los, Marnie?", wiederholte ich leicht verängstigt. „Was hast du mir noch nie erzählt?"

„Ich will dich etwas fragen. Denkst du, es war das erste Mal, dass Andrew eine andere Frau gefickt hat?"

„Warum fragst …" Ich verstummte. Mein Mund öffnete sich, während ich sie anstarrte. Der Gedanke kreiste in meinem Kopf …

Endlich blickte Marnie auf, schaute mich richtig an und atmete tief durch, ehe sie weitersprach. „Andrew hat mich angemacht. Es ist ungefähr fünf Jahre her."

Die Worte waren wie ein Messer, das in meine Brust fuhr. Ich keuchte auf. „Nein."

„Zunächst mal weißt du, dass ich dich niemals betrügen würde. Denk nicht mal daran, dass es darüber hinausgegangen sein könnte. Und zu seiner Verteidigung muss ich sagen, dass er betrunken war. Darum habe ich den Vorfall auch entsprechend verbucht und dir gegenüber nie erwähnt."

„Er hat dich angemacht?" Meine Stimme klang zittrig.

Marnie nickte. „Darum habe ich mich gefragt … ob es das erste Mal war?"

Ich wollte angesichts dessen, was Marnie mir erzählte, stark sein, aber ich konnte nicht. Heiße Tränen strömten über mein Gesicht. „Du denkst, er hat mich all die Jahre betrogen?"

„Ich weiß es nicht", sagte Marnie leise. „Wenn ich ehrlich bin, würde ich ihn nicht für den Typ Mann halten, aber … Ach Süße." Sie wischte meine Tränen fort. „Vielleicht hätte ich das nicht sagen dürfen. Es ist lange her, und er hat nie wieder etwas Ähnliches versucht. Ich weiß nicht, warum ich es überhaupt erwähnt habe."

„Nein. Ich bin froh, dass du es mir erzählt hast." Ich stand auf.

„Ich und meine große Klappe", murmelte Marnie. „Man braucht es nur mir überlassen, und schon reden wir nicht mehr über Peter, und du bist traurig."

Ich wischte ihre Selbstvorwürfe beiseite und täuschte eine Lässigkeit vor, die ich nicht verspürte. „Nein, du musstest es mir erzählen. Ich wünschte, du hättest es schon eher erwähnt. Vielleicht hast du recht. Vielleicht täusche ich mich selbst, wenn ich denke, dass Andrew und ich unsere Beziehung retten können."

„Ich habe nicht gesagt …"

Ich gähnte. „Gott, bin ich erledigt. Ich sollte wieder ins Bett gehen."

Marnie stand auf. „Mist, jetzt bist du böse auf mich."

Ich umarmte sie, als wollte ich ihr beweisen, dass ich nicht böse auf sie war. „Bin ich nicht."

Ich war nicht auf sie böse. Ich war auf mich böse.

Weil ich so naiv war.

13. KAPITEL

Ich ersparte mir die Fahrt zu dem Hotel, in dem Andrew arbeitete. Ich glaubte nicht, dass ich seinen Anblick ertrug. Aber nachdem Marnie fort war, rief ich ihn an, weil ich die Wahrheit wissen musste.

„Andrew Gibson, bitte“, sagte ich, als sich eine freundliche Frauenstimme meldete.

„Einen Moment.“

Der Moment dauerte länger als eine Minute. Als Andrew ans Telefon kam, hatte ich mich schon davon überzeugt, dass er sich statt zu arbeiten ein paar Augenblicke gegönnt hatte, um sein verbotenes Vergnügen auszukosten.

„Andrew Gibson“, sagte er.

„Was hast du gemacht – deine Hure in einem der leeren Gästezimmer gefickt? Oder doch lieber in der Behindertentoilette?“ Ich hasste mich, weil ich mich so kindisch verhielt, doch ich konnte die Worte nicht zurückhalten.

„Natürlich nicht.“ Er zögerte. „Sophie, ich bin im Hotel.“

„Ich weiß, wo du bist“, konterte ich schnippisch. „Ich habe schließlich die Nummer gewählt.“

„Du kannst mich nicht hier anrufen, um mit mir zu streiten, okay? Ich muss meinen Job machen. Wenn du mich später treffen willst, kannst du mich so viel anschreien, wie du willst.“

„Hast du meine Freundin gefickt?“, fragte ich und kam direkt zur Sache.

Erst war er still, ehe er verwirrt fragte: „Wie bitte?“

„Marnie hat erzählt, du hast sie angemacht.“

„*Was?*“

„Hast du sie gefickt oder nicht?“

„Ich habe keine Ahnung, worüber sie spricht.“

„Es ist eine Frage, die man ganz einfach mit Ja oder Nein beantworten kann.“

„Nein! Nein, natürlich nicht!"

„Aber du hast sie angebaggert", drängte ich.

„Nein", erwiderte Andrew. Aber seine Stimme klang verunsichert. Oder bildete ich mir das nur ein?

„Ach so, dann ist *sie* also die Lügnerin und nicht der Mann, von dem ich weiß, dass er Scheiße gebaut hat?"

„Himmel, Sophie. Könntest du aufhören zu fluchen?" Andrews Stimme war nur noch ein frustriertes Flüstern.

„Vielleicht wenn du aufhörst, mich anzulügen!"

„Ich lüge nicht. Ich weiß nicht, worüber deine Freundin spricht. Ja, ich hatte eine Affäre. Mit einer einzigen Frau. Ich habe Marnie nie angemacht, und Gott weiß, dass ich nie mit ihr geschlafen habe." Andrew seufzte. „Wenn ich es dir eine Million Male sagen muss, werde ich das tun. Es tut mir leid, Sophie. Und ich liebe dich noch immer."

„Fick dich", fauchte ich und knallte den Hörer auf.

Keine Minute später klingelte das Telefon.

Ich dachte, es wäre Andrew. Darum hob ich nicht ab.

Ich verbrachte den Großteil des Nachmittags in der Florida Mall. Es war nicht das erste Mal, dass ich mich dem Frustshoppen hingab, wenn ich niedergeschlagen war. Doch normalerweise begleitete mich Marnie. Aber heute wollte ich allein sein, da ich wusste, dass ich keine gute Gesellschafterin wäre.

Mir war klar, dass Peters Wohnung nicht allzu weit von der Mall entfernt lag, und während ich durch die großen Kaufhäuser bummelte, überlegte ich, bei ihm vorbeizufahren.

Aber das würde ich nicht tun. Nicht wenn ich in dieser Stimmung war. Es war der richtige Zeitpunkt, mit mir und meinen Gedanken allein zu sein.

Und meine Gedanken waren düster. Ich konnte nicht aufhören, über das nachzudenken, was Marnie über Andrew gesagt hatte. Wie genau hatte er sie angebaggert? Hatte er ihr was Vulgäres ins Ohr geflüstert? Oder ihren Arsch gedrückt? Oder sie womöglich in einer Toilette in die Ecke gedrängt und einen Quickie vorgeschlagen?

In meinen wildesten Träumen konnte ich mir nicht vorstellen, wie Andrew einen Quickie vorschlug. Dann erinnerte ich mich wieder, dass ich es nie für möglich gehalten hätte, er könnte sich auf eine Affäre einlassen.

Aber ich wusste, dass er ein bisschen ausgelassen werden konnte, wenn er betrunken war. Was nicht oft passierte. Vielleicht hatte er ihr scherzhaft auf den Hintern geklapst, und Marnie hatte ihn zu ernst genommen.

Aber vielleicht griff ich auch nur verzweifelt nach jedem Strohhalm.

Woher wusste ich denn, dass Andrew nicht der Typ Mann war, der jede Frau ansprang, wenn sich ihm die Gelegenheit bot? Er konnte mich vollkommen getäuscht und, wie Marnie andeutete, nur deshalb seine Untreue gestanden haben, weil seine Geliebte drohte, ihn zu verklagen.

Der Gedanke ließ meinen Magen gereizt reagieren. Ich versuchte, Andrew ganz aus meinen Gedanken zu verbannen. Lieber richtete ich meine Aufmerksamkeit darauf, Kleider, kurze Hosen, Schuhe und Sonnenbrillen anzuprobieren.

Ich kaufte ein Paar Sandalen, einen Strohhut und einen neuen Badeanzug bei JCPenney. Bei Sears kaufte ich ein neues Set Handtücher in einem hellen Pfirsichton sowie eine teure Kaffeemaschine, mit der ich schon zuvor geliebäugelt hatte und mit der man Cappuccino und Espresso zubereiten konnte. Ich brauchte nichts von alledem, aber das Shoppen half mir, die Zeit herumzukriegen.

Ich machte einen Abstecher zu meinem weißen Honda Civic und lud alle Einkäufe in den Kofferraum. Dann ging ich zu Barnes & Nobles, wo ich hoffte, einen blutrünstigen Kriminalroman zu finden, der meine Gedanken von der Liebe ablenkte. Stattdessen erblickte ich in der Buchhandlung als Erstes ein Buch mit dem Titel *Wie man als frischer Single zurechtkommt*. Ich drehte den Kopf weg und mein Blick fiel auf das nächste Buch: *Er steht nicht auf dich.*

Das zum Thema Frustshoppen. Ich drehte mich auf dem Absatz um und verließ fluchtartig die Buchhandlung.

Ich zwang mich, an Peter zu denken. Das war nicht schwer, weil mein Körper sich noch lebhaft an seine Berührungen erinnerte. Ich dachte an das Grollen in seiner Brust, als er sein Gesicht zwischen meine Beine schob. Ich dachte daran, wie leicht unsere Körper zueinanderfanden. Als wären wir schon vorher ein Liebespaar gewesen.

Ich musste ihn wiedersehen. Ich brauchte mehr von dieser animalischen Leidenschaft und diesem Sex, der bis in die Zehen prickelte.

Den Spielstand ausgleichen, so hatte Andrew es genannt. Das würde ich tun und noch einiges mehr.

Mit diesem Gedanken ging ich zurück in die Mall und steuerte Victoria's Secret an. Ich war vorhin schon an dem Geschäft vorbeigeschlendert. Aber als ich jetzt davorstand und die Schaufensterpuppen sah, die BHs und Höschen aus zarter Spitze trugen, entschied ich mich anders.

Ich wollte nichts Hübsches. Ich wollte etwas Unanständiges.

Also ging ich zu Frederick's of Hollywood, wo ich einen BH mit passendem Höschen kaufte, Dessous, die Andrew sicher schockiert hätten. Durchsichtig, mit kleinen Pompons über den Nippeln und an der Seite des Slips. Ich würde sie heute Abend tragen, wenn ich zu Peter fuhr. Vielleicht traute ich mich, lediglich einen Trenchcoat darüber zu tragen.

Der Gedanke ließ mich jetzt schon völlig verrückt nach ihm werden.

Wenn Peter und ich in dem Tempo weitermachten wie letzte Nacht, musste ich mich morgen früh wirklich in medizinische Behandlung begeben. Mit Marnie hatte ich darüber noch gewitzelt.

Ich rechnete fest damit.

Daheim ging ich schnurstracks ins Schlafzimmer, wo ich alle meine Einkäufe auf dem Bett ausbreitete. Das rote Licht am Telefon neben dem Bett blinkte.

Ich ging zum Nachttischchen und drückte den Code, um die Nachrichten abzurufen. Die erste war von Andrew. Er seufzte, bevor er zu sprechen begann. Er besaß die Frechheit, frustriert zu klingen. „Sophie, ich weiß, du bist da." Stille. „Okay, ich vermute, du willst nicht abheben. Hör mal, du musst mir glauben, wenn ich sage, dass ich nicht weiß, worüber Marnie spricht. Ich weiß es wirklich nicht. Verdammt, ich finde sie nicht mal attraktiv. Ich liebe dich, Sophie. Und egal wie wütend du auf mich bist, ich werde nicht aufhören, dich zu lieben. Bitte vergiss das nicht."

Die nächste Nachricht war auch von Andrew. „Sophie, ich will wirklich mit dir reden. Bitte ruf zurück. Ich bin bis fünf hier. Danach kannst du mich auf meinem Handy erreichen."

Danach hörte ich Marnies Stimme. „Hey, Sophie. Wollte nur mal hören, wie es dir geht. Hör mal, vergiss, was ich über Andrew gesagt habe. Das ist lange her, und er war vermutlich zu betrunken, um zu wissen, was er tat. Was auch immer du machst, du weißt, dass ich hier bin und dich zu hundert Prozent unterstütze. Tut mir leid, wenn das heute nicht so aussah."

Auch wenn sie mir nicht glaubte, aber ich war ihr nicht böse. Ich würde Marnie zurückrufen, aber nicht jetzt. Im Moment war ich einfach nicht in der Stimmung, mit ihr über irgendwas zu reden, das mit Andrew zu tun hatte. Es tat zu weh.

Stattdessen probierte ich meine Dessous an. Im Laden

hatte ich nur den BH angezogen, um sicherzugehen, dass er passte, aber jetzt zog ich auch den String an. Mit diesen beiden gewagten Wäschestücken schritt ich vor meinem Schrankspiegel auf und ab.

Perfekt, dachte ich. Ich sah gut aus. Mehr als gut. Ich sah verführerisch aus.

Wie würde Peter wohl reagieren, wenn ich vor seiner Tür auftauchte und einen leichten Mantel trug, den ich öffnete, um ihm diese verruchte Unterwäsche zu präsentieren? Zum ersten Mal seit Marnies schockierender Neuigkeit heute Morgen kicherte ich. Jede Wette, dass Peter irgendetwas auf Italienisch gemurmelt, mich dann in seine Wohnung gezerrt und innerhalb von fünf Sekunden nackt ausgezogen und flachgelegt hätte.

Es gab keinen Grund, warum ich bis heute Nacht warten sollte. Schließlich gab es dieses Sprichwort: Was du heute kannst besorgen, das verschiebe nicht auf morgen.

Ich hatte sogar die richtige Jacke. Der leichte Mantel war aus schwarzer Baumwolle und verfügte über einen Gürtel, den ich um die Taille schließen konnte. Und obwohl er bis zur Mitte meiner Oberschenkel reichte – und damit bestimmt länger war als die Miniröcke und Hotpants, die viele junge Frauen in Florida zur Schau trugen – fühlte ich mich, als wüsste jeder, der mir begegnete, dass ich darunter nur Dessous trug.

Ich verließ das Haus und versuchte zu meinem Auto zu huschen, ohne von jemandem gesehen zu werden. Aber ich hatte kein Glück. Mr. Warner, der ältliche Nachbar, der auf der anderen Straßenseite wohnte, befand sich gerade in seiner Einfahrt. Er hob die Hand und winkte enthusiastisch herüber. Irrte ich mich, oder lächelte er etwas breiter als sonst?

Ich erwiderte sein Winken und stieg hastig in mein Auto. Ich lebte in Kissimmee, der Heimat von Mickey Mouse, und ich brauchte zwanzig Minuten bis Orlando, wo Peter wohnte. Als ich den Apartmentkomplex zum ersten Mal bei Tageslicht sah, fielen mir das üppig grüne Gras und der farbenfrohe Hibiskus auf. Der Springbrunnen am Eingang war nachts eindrucksvoller, da er dann beleuchtet wurde. Die Anlage war wunderbar, aber so war Florida nun mal. Hier war es das ganze Jahr über warm, die Rasenflächen waren immer grün und die Gärten blühten in farbenprächtiger Üppigkeit.

Vor Gebäude Nummer neun bremste ich und schaltete den Motor aus. Ich blickte zu seinem Fenster im Obergeschoss hinauf, von dem man auf den Parkplatz blicken konnte. Insgeheim hoffte ich, er würde meine Anwesenheit spüren und ans Fenster treten.

Aber das tat er nicht.

Ich wartete, bis ich niemanden in der Nähe sah, ehe ich aus meinem Wagen stieg und die Stufen zum Obergeschoss hinaufging. Da es taghell war, würde ich Peter nicht eher mit meinem Outfit blenden, bis ich in seiner Wohnung und die Tür fest hinter uns verschlossen wäre.

Ich hob meine Hand und klopfte an. Dann wartete ich. Nach wenigen Sekunden klopfte ich erneut.

Nichts passierte.

Ich runzelte enttäuscht die Stirn. Wie dumm von mir. Ich hatte nicht mal in Erwägung gezogen, dass er nicht zu Hause war, wenn ich hier unangemeldet aufkreuzte. Es war erst kurz nach fünf. Zweifellos hatte der Mann auch einen Job. Er war vermutlich noch bei der Arbeit.

Ich wusste nicht, was ich erwartet hatte, als ich morgens um vier seine gierigen Hände von meinem Körper lösen musste. Bestimmt hatte ich nicht daran gedacht, dass er irgendwann aufstehen und um neun zur Arbeit gehen musste.

Suchend blickte ich mich nach seinem Wagen um. Drei schwarze SUVs standen auf dem Parkplatz.

Natürlich konnte er auch unterwegs sein. Einkaufen oder so.

Oder im Bett einer anderen Frau.

Auf dem Weg zurück zu meinem Wagen dachte ich darüber nach, dass ich über Peter nichts wusste außer der Größe seines Schwanzes und dass er im Bett großartig war. Ich wusste nicht, womit er sein Geld verdiente. Ich wusste nicht, ob er seine Pasta selbst machte. Ich wusste nicht, ob er Geschwister hatte.

Er war ein Fremder.

Trotzdem hatte ich mich ihm ohne Hemmungen hingegeben.

Und das war völlig in Ordnung. Ich versuchte nicht, eine persönliche Verbindung zu ihm aufzubauen. Die Zeit, die wir gemeinsam verbrachten, wurde nur von einer Sache dominiert.

Sex.

Als ich zwei Schritte von meinem Auto entfernt war, hörte ich Schritte und drehte mich um. Ein junger Mann Anfang zwanzig ging wenige Meter entfernt auf dem Bürgersteig vorbei. Seine Augen wanderten direkt zu meinem Oberkörper, als verfügte er über den Röntgenblick und wüsste genau, was ich unter dem Mantel trug.

Ich öffnete die Wagentür und drückte den Mantel an meinen Hintern, bevor ich einstieg. Ich wollte nicht mehr von mir zeigen, als man ohnehin schon sah.

Ich beschloss auf Peter zu warten, da ich nicht nach Hause fahren wollte. Noch nicht. Aber nach zehn Minuten sah ich ein, dass ich keine Ahnung hatte, wann er zurückkehren würde. Ich konnte schließlich nicht den ganzen Abend auf dem Parkplatz warten.

Ich öffnete das Handschuhfach und kramte herum, bis ich ein Stück Papier und einen Stift fand. Es war am besten, wenn ich ihm eine Nachricht schrieb. Wenn er wollte, konnte er mich anrufen, sobald er heimkam.

Peter, ich war hier, um dich zu sehen. Aber du warst nicht zu Hause. Ruf mich an. 407-555-0987.
Sophie

Ich lief zurück zu seiner Wohnung, wo ich die Nachricht unter seiner Tür hindurchschob. „Lass mich nicht zu lange warten“, sagte ich leise.

14. KAPITEL

Zu Hause machte ich mir Abendessen und wartete auf Peters Anruf.

Und wartete.

Als die Uhr zehn schlug, kam ich zu dem Schluss, dass Peter sich bereits einer neuen Bettgefährtin zugewandt hatte. Oder er war der Typ Mann, der nicht mehr als einmal mit einer Frau schlafen wollte. Bestimmt konnte er eine Unmenge an Frauen erobern, und soweit ich wusste, tat er das auch.

Der Gedanke deprimierte mich ein wenig und ich beschloss Marnie anzurufen. Ich wollte nicht, dass es wieder Morgen wurde und sie noch immer glaubte, dass ich ihr wegen dem, was sie mir erzählt hatte, böse war. Eines bezweifelte ich nicht: Marnie war meine beste Freundin und sie würde nie etwas tun, das mir wehtat.

Marnie nahm nach dem dritten Klingeln ab. „Hallo?"

„Hey, Süße. Ich bin's."

„Sophie."

„Ich wollte dir nur sagen, dass ich dir nicht böse bin, okay?"

„Gut." Sie klang erleichtert, als hätte sie den ganzen Tag darauf gewartet, diese Worte von mir zu hören. „Wie ich schon sagte, vielleicht war Andrew zu betrunken und wusste nicht, was er sagte."

Also hatte Andrew sie angesprochen. Ich zögerte, denn es reizte mich, sie zu fragen, was genau Andrew gesagt hatte. Aber ich tat es nicht. Es war im Grunde egal. Was zählte, war die Tatsache, dass er mich betrogen und mir seinen Betrug gestanden hatte. Das war es, womit ich klarkommen musste.

„Das Fazit, das ich daraus ziehe, ist wohl, dass ich vorsichtig sein muss", sagte ich. „Ich muss herausfinden, ob ich Andrew wirklich zutraue, von jetzt an ein treuer Ehemann zu sein. *Falls* ich entscheide, ihn zurückzunehmen."

„Und ich will eins klarstellen: Genau das hoffe ich. Wenn ihr zwei das hier übersteht und wieder eine glückliche Ehe führt, bedeutet das mehr Kraft für dich."

„Ich weiß, du willst nur das Beste für mich", erwiderte ich. Ein zartes Lächeln umspielte meinen Mund.

„Das will ich, Soph. Du bist die beste Freundin, die ich habe. Du stehst mir näher als meine eigene Schwester."

„Ich weiß. Und du bist die Schwester, die ich nie hatte."

Der Anklopfton erklang in meinem Ohr und verhinderte, dass wir zu rührselig wurden. „Marnie, warte mal kurz." Ich schaute auf das Telefondisplay und sah den Namen P. Bacchio.

Ein italienischer Name. *Peter.*

„Marnie, ich glaube, Peter versucht mich auf der anderen Leitung anzurufen."

„Oh, okay. Nacht, Süße."

Ich wechselte zur anderen Leitung und zögerte kurz, um das Grinsen aus meiner Stimme herauszuhalten, ehe ich ihn begrüßte: „Hallo?"

„Du bist vorbeigekommen, um mich zu sehen."

Ich kreuzte die Beine auf dem Sofa. „Ja, bin ich. Aber du warst nicht zu Hause."

„Ich habe gearbeitet."

„Bis jetzt?", fragte ich.

„Bis vor einer halben Stunde, ja."

„Was machst du eigentlich beruflich?"

„Warum kommst du nicht vorbei, dann kann ich es dir erzählen?"

Ich grinste von einem Ohr zum anderen. Es war ein Angebot, dem ich nicht widerstehen konnte. Es war mir egal, ob Peter das schnelle Geld machte oder ob er mit einem ganzen Harem im Bett gewesen war. Wir fickten nur.

„Sofort?", fragte ich.

„Passt mir gut."

„Dann sehen wir uns gleich."

Ich ging so zu ihm, wie ich war, in einem leichten Sommerkleid. Ich hielt mich nicht damit auf, meine sexy Aufmachung anzuziehen, die ich vorhin noch getragen hatte. Das hätte zu lange gedauert, und ich wollte Peter sofort sehen.

Auf dem Weg zu seiner Wohnung war ich nervös. Wie würde Peter dieses Mal auf mich reagieren? Würde es wieder dieselbe intensive Leidenschaft sein? Würden wir beim zweiten Mal wieder dasselbe intensive Knistern spüren?

Die Frage wurde beantwortet, als ich vor seiner Tür stand. Sobald er mich sah, hellte sich seine Miene auf und seine Augen wurden vor Lust dunkel.

Ich spürte einen Hitzestoß durch meinen Körper rasen – besonders als mir bewusst wurde, dass Peter nur ein Handtuch trug.

„Hallo", begrüßte er mich.

„Hi." Ich blickte ihm tief in die Augen und tat so, als hätte ich seinen nackten Oberkörper und die Wassertropfen nicht bemerkt, die auf seiner Haut glitzerten. Der Mann strahlte puren Sex aus. Meine Libido war schon wieder auf der Überholspur.

„Es ist in Ordnung, wenn du mich ansiehst", bemerkte Peter und spielte damit auf die Tatsache an, dass ich ihn absichtlich nicht anstarrte. „Es ist in Ordnung, mich zu berühren."

Ich brachte ein Lächeln zustande. „Ich vermute, es ist besser, wenn ich damit warte, bis ich in deiner Wohnung bin."

„Wann immer du mich willst, gehöre ich dir."

Gott, dieser Mann war unwiderstehlich. Er machte einen Schritt zurück, und ich betrat seine Wohnung. Mein Blick streifte seinen beeindruckenden Oberkörper und glitt sein Sixpack entlang. Offensichtlich trieb er Sport, um seinen Körper in erstaunlich guter Form zu halten.

Ich brauchte keine hellseherischen Fähigkeiten, um zu wissen, dass er einen Gutteil seines Work-outs auf Frauen absolvierte. Mit seinem Stehvermögen und seiner Kraft war es kein Wunder, dass er so ausgeprägte Bauchmuskeln hatte und den wahrscheinlich tollsten Arsch der Welt.

Ich griff nach ihm, doch er tänzelte zurück, ehe meine Finger seine Haut auch nur berührten. Erneut trat ich vor, und er wich wieder zurück. Ein neckendes Lächeln umspielte seine Lippen, während er langsam rückwärtsging, als gefiele es ihm, immer gerade außerhalb meiner Reichweite zu sein.

„Du weißt, wie sexy du bist, oder?"

„Ich weiß, wie sexy *du* bist", erwiderte er, aber er blieb nicht stehen. Er umrundete das Sofa, und das Glitzern in seinen Augen sagte mir, dass er von mir gejagt werden wollte.

„Ich verstehe", sagte ich. „Ich soll dir beweisen, dass ich dich will."

Peter zwinkerte mir zu. Ich taumelte. Er rannte.

Ich zögerte und überdachte meinen nächsten Zug. Dann machte ich ein paar Schritte und blieb vor dem Sofa stehen. Peter passte sich meinen Schritten an, bis er direkt mir gegenüber hinter dem Sofa stand. Ich zog meine Schuhe aus, weil die Sandalen mit den kleinen Absätzen mich nur behindern würden.

Und dann spurtete ich um das Sofa herum. Peter rannte auch. Sein Handtuch flatterte mit jedem Schritt, doch es blieb an Ort und Stelle.

Ich blieb hinter dem Sofa stehen. Er grinste mich von der anderen Seite aus an. „Ich vermute, du bist es nicht gewohnt, die Katze zu sein", sagte er. „Nur die Maus."

„Mach dir um mich keine Sorgen", erwiderte ich. Er forderte mich heraus. „Die eine oder andere Maus kann ich schon fangen."

Und dann griff ich an. Es sah nicht so aus, als hätte er erwartet, dass ich losrannte, und er musste sich recht schnell bewegen, damit ich ihn nicht erwischte. Ich jagte ihn zwei Runden um das Sofa, ehe ich stehen blieb.

Vielleicht sollte ich schummeln.

Erneut jagte ich ihn, und dieses Mal sprang ich über die Rückenlehne des Sofas. Meine Finger streiften seine Beine, als ich auf dem Polster landete. Er lachte.

Als ich auf die Füße kam, sah ich, dass er nicht direkt hinter dem Sofa stand, sondern zwischen dem Sofa und der Tür zum Schlafzimmer. Ich war leicht außer Atem, doch versuchte ich, ihm das nicht zu zeigen.

Langsam löste Peter das Handtuch um seine Taille. Zeigte sich mir ganz. Obwohl sein Penis nicht erigiert war, war es ein beeindruckender Anblick.

Er knäuelte das Handtuch zusammen und warf es in meine Richtung. Es landete hinter dem Sofa auf dem Fußboden. „Wie sehr willst du mich?“, wollte er wissen.

Ich bekam keine Gelegenheit zu antworten, denn er lief sogleich in sein Schlafzimmer. Ich setzte ihm nach. Das Licht im Raum war ausgeschaltet, darum zögerte ich, als ich eintrat, und versuchte, ihn in der Dunkelheit auszumachen.

In diesem Augenblick wurde mir klar, dass er nicht auf dem Bett lag. Ein Schatten lauerte hinter der Tür auf mich. Obwohl ich wusste, dass es Peter sein musste, kreischte ich und drehte mich instinktiv um. Dann kicherte ich haltlos, als seine Arme sich von hinten um mich legten.

Mein Kichern wurde zu einem wohligen Seufzen, als er seine Lippen auf meinen Hals legte und seine heiße Zunge begann, mich zu lecken. Während er mich so zauberhaft bearbeitete, nahm er meine Hände in seine, hob sie hoch und ging so mit mir, bis ich an die Wand stieß.

Seine Zunge drang in mein Ohr vor. Er drückte meine Handflächen an die Wand. Ich drückte sie flach dagegen.

Mein Stöhnen wurde lauter, mein Verlangen wuchs. Peter schob mein Haar beiseite und setzte einen behutsamen, feuchten Kuss auf meinen Nacken.

Dann bewegten sich seine Hände und sein Mund tiefer. Seine Finger streichelten meinen Rücken, seine Zunge meine Wirbelsäule. Mein Kleid war im Weg, als sein Mund tiefer wanderte. Dennoch spürte ich die Hitze seiner Lippen.

Plötzlich fühlte ich nichts. Nicht seine Finger. Nicht seine Lippen. Es war merkwürdig, nichts zu fühlen, wenn man nichts sehen konnte und nicht wusste, was als Nächstes geschah. Sekunden verrannen, und mein Herz begann schneller zu schlagen. Ich fragte mich, was genau Peter tun würde.

Dann waren seine Hände auf meinen Schenkeln, schoben mein Kleid über meine Hüfte nach oben. Den String zog er herunter, und dann versenkte Peter seine Zähne in meinem Po.

Er knurrte. Ich keuchte auf.

Seine Zähne zerrten an meiner Haut. Seine Zunge glitt darüber hinweg. Er saugte heftig daran, und ich wusste, er würde mir einen Knutschfleck auf dem Hintern verpassen, wie er es schon mit meiner Brust getan hatte.

Ich zuckte zusammen, als sich seine Hand zwischen meine Beine schob. Dann stöhnte ich, weil er meine Klit massierte. Seine Finger liebkosten mich, drangen in mich ein, schlängelten vor und zurück.

Peter nahm seinen Finger in den Mund, und ich konnte das leise Geräusch seiner Zunge hören, die von meinem Aroma kostete.

Dieser Laut ließ mich zu Wachs in seinen Händen werden.

Ich löste mich sich von der Wand und drehte mich zu Peter um. Er kniete vor mir, einen Finger noch zwischen seinen Lippen. Es gefiel ihm wirklich, meinen Saft zu schmecken. Ich beugte mich zu ihm und ließ meine Zunge über sein Kinn gleiten. Sein Mund suchte und fand meinen, und wir knutschten so heftig wie ein Teenagerpaar auf dem Autorücksitz.

Während wir uns küssten, ließ Peter sich auf dem Teppich nieder. Ich hob mein Kleid und versuchte mich auf ihn zu setzen, doch mein Stringtanga, der um meine Knie hing, hinderte mich daran. Peter bemerkte meine missliche Lage, legte seine Finger einfach um den dünnen Stoff meines Tangas und zerriss den Stoff.

Dann legte er seine Hände um meinen Hintern und zog mich herunter, während er mich weiterküsste.

Sein Schwanz ruhte unter mir, und ich genoss das Gefühl. Ich wollte nichts mehr, als dass er in mich eindrang. Aber ich flüsterte: „Kondom", da ich wusste, wir durften es nicht riskieren, ohne miteinander zu schlafen.

Peter stöhnte. Er klang leicht enttäuscht. Ich rutschte von ihm herunter. Er stand auf und ging zu seinem Nachtschränkchen, wo er herumkramte, bis er ein Kondom fand. Mondlicht ergoss sich durch die halb geschlossenen Rollläden, und ich konnte seine beeindruckende Erektion sehen. Ich berührte meine Klit. Sie war überraschend hart, wie Peter sie mir in der ersten Nacht beschrieben hatte.

Ich konnte es nicht erwarten, seinen Schwanz in mir zu spüren.

Während Peter hastig das Kondompäckchen öffnete und sich das Kondom überstreifte, begann ich mein Kleid auszuziehen.

„Nein", widersprach er. „Lass es an."

Meine Hände verharrten. „Okay."

Er kam zu mir herüber und kniete neben mir nieder. Sein Blick hielt sich an meinem fest, während seine Finger über die Spaghettiträger meines Kleids fuhren. Dann schob er sie unter die Träger und zog sie herunter.

Während er meine Brüste vom Stoff befreite, stöhnte er lustvoll auf, so als hätte er den größten Schatz der Welt entdeckt. Sein Kopf senkte sich zur einen Brust und er begann an mir zu saugen.

Anders als in der letzten Nacht war er diesmal behutsam. Er saugte, ließ seine Zunge um meinen Nippel kreisen und seine Zähne streiften vorsichtig meine harte Spitze.

Dasselbe machte er mit meiner anderen Brust, lutschte mich aufs Herrlichste, bis das lustvolle Zittern meiner Haut mich aufkeuchen ließ. Mit dem Daumen strich er über meinen anderen Nippel und erhöhte noch meine Lust.

Meine Klit pochte fordernd. „Fick mich!“, keuchte ich. „Bitte fick mich endlich.“

Mit einem tierischen Grunzen drehte Peter mich auf den Rücken und landete zwischen meinen Schenkeln. Die Bewegung war überraschend sanft. Ich öffnete meine Beine für ihn, und dann war er in mir.

Die absolute sexuelle Glückseligkeit erfüllte mich. Das war der vollkommenste Moment beim Sex. Dieser erste Moment, wenn sich ein Schwanz in dich hineinschmiegt. Obwohl ich Peter in der letzten Nacht stundenlang in mir gespürt hatte, war der Augenblick, als er wieder in mich eindrang, anders. Ich wusste, dieses Mal wartete eine neue, aufregende Erfahrung auf mich.

„Schnell und hart?“, fragte er. Sein Atem streifte warm mein Ohr. „Oder langsam und zärtlich?“

Ich küsste seinen Hals. Ich war nicht sicher, ob meine Vagina heute Nacht einem so lebhaften Fick standhalten konnte. „Langsam und zärtlich.“

Das Stöhnen, das sich ihm entrang, klang, als begrüßte er meine Entscheidung. Seine Arme umfassten meine Knie und er stieß tief in mich. Er erfüllte mich und bewegte sich nicht. Küsste mich. Dann zog er sich langsam zurück und stieß langsam wieder vor.

Mein ganzer Körper war von dieser Empfindung erfüllt.

Selbst wenn Peter sich nicht bewegen würde, könnte ich kommen. Ihn einfach in mir zu spüren elektrisierte meinen Körper. Überraschend. Unbeschreiblich.

„Ja, *bella*", flüsterte Peter. Seine Lippen legten sich auf meine. Wir küssten uns die ganze Zeit, während sein Schwanz in mir war. Unsere Zungen umspielten einander, während er sich langsam und gekonnt bewegte.

Das hier war intimer Sex. Langsam und süß und persönlich.

Als mich der Orgasmus mit der Kraft eines Hurrikans der Stufe fünf erfasste, kam er überraschend. Trotz unseres langsamen Tempos wirbelte er in meiner Mitte und breitete sich bis zu meinen Finger- und Zehenspitzen aus. Er war unbeschreiblich intensiv.

Ich versuchte meine Lippen von seinen zu lösen, um nach Luft zu schnappen, doch Peter legte seinen Mund unerbittlich auf meinen. Er küsste mich, während ich stöhnte, schluckte meine Schreie, als wollte er sie zu einem Teil von sich machen.

Erst als mein Orgasmus abebbte, gab Peter meine Lippen frei. Ich drehte meinen Kopf zur Seite und holte tief Luft.

„Ich liebe es, wie du in meinen Armen zitterst. Ich liebe den Geschmack der Leidenschaft auf deinen Lippen."

Ich erwiderte Peters Blick und dachte, dass irgendetwas Besonderes an ihm war. Er verfügte über eine Leidenschaft, die süchtig machte. Andrew redete nie auf diese Weise mit mir. Aber es gefiel mir.

Es gefiel mir sogar sehr.

„Bist du gekommen?", wollte ich wissen.

„Deine Befriedigung steht für mich an erster Stelle", sagte er einfach.

„Ich weiß, aber …"

„Keine Sorge. Wir haben die ganze Nacht."

Peter zog sich aus mir heraus und legte sich neben mich.

Seine Hand ruhte auf meiner Brust. Er küsste mich.

Ich schloss die Augen. Es gelang mir nicht, die Kapitulation meines Körpers zu verhindern. Und als Peter seine Hand zwischen meine Schenkel schob, mich mit wenigen geübten Handbewegungen erneut kommen ließ und mich zugleich küsste, fragte ich mich, ob ich je genug von ihm kriegen würde.

15. KAPITEL

Ich blieb bei Peter über Nacht. Als ich aufwachte, lagen wir wie Löffel im Schub aneinandergeschmiegt, seine Arme um mich gelegt. Ich war immer noch feucht und leicht wund. Trotzdem wusste ich, dass ich ihm nicht widerstehen konnte, als Peter aufwachte und mich auf sich zog.

Er war so dekadent wie Schokolade. Und ebenso verlockend.

„Worüber denkst du nach?“, fragte er. Die Frage überraschte mich. Ebenso wie die Tatsache, dass er schon wach war.

„Über dich“, antwortete ich ehrlich. Seine Hand ruhte auf meinem Bauch, und ich legte meine Hand auf seine.

„Ich bin froh, dass du über Nacht geblieben bist. Ich liebe es, aufzuwachen und dich in den Armen zu halten.“

Etwas zerrte an meinem Herz. Erneut hatte ich das Gefühl, dass er etwas Besonderes war. Ich war nicht ganz sicher, was mit uns geschah, aber ich war glücklich, denn ich wusste, dass es nicht nur ein verlängerter One-Night-Stand war, der uns verband. Ich dachte, ich wäre dafür geeignet, hätte es so gewollt. Aber jetzt wusste ich, dass ich mich auf gewisse Weise benutzt gefühlt hätte, wenn Peter mich nach der ersten Nacht nicht hätte wiedersehen wollen. Auch wenn wir einander noch immer fremd waren.

Es war ja nicht so, dass ich mit ihm in den Sonnenuntergang spazieren wollte, aber ich wollte auch nicht, dass unsere herrliche Begegnung schon jetzt endete.

Nicht bis ich mich an ihm satt gefickt hatte.

„Gehst du heute arbeiten?“, fragte er.

„Nein.“ Ich zögerte. „Ich bin Lehrerin. Im Moment sind Sommerferien.“

Seine Hand zog mich enger an sich, als gefiele ihm das. Als

könnte er sich vorstellen, die nächsten sechs Wochen im Bett zu verbringen.

Der Gedanke war extrem verlockend …

„Was ist mit dir?“, fragte ich. „Du hast gesagt, du würdest mir von deinem Job erzählen, wenn ich herkomme, aber dann … wurden wir abgelenkt.“

Er schob mein Haar beiseite und setzte einen zärtlichen Kuss auf meinen Nacken. Meine Klit reagierte sofort.

Mein Gott, man könnte meinen, ich hätte nicht den Großteil der Nacht damit verbracht, einen Orgasmus nach dem nächsten zu haben. Was war an Peter so anders, dass jede seiner Berührungen meine Haut in so heftige Erregung versetzte?

„Versuchst du schon wieder, mich abzulenken?“, fragte ich. Meine Augen schlossen sich. „Spielst du auf Zeit, um mir die Antwort schuldig zu bleiben?“

„Ich mache Werbefilme. Informationssendungen, die spätabends im Fernsehen laufen. So was halt.“

Ich drehte mich in seinen Armen zu ihm um. „Du machst Filme?“

„Na ja, ich mache sie nicht wirklich. Aber ich zeichne sie auf.“

„Wow“, sagte ich, ohne meine Bewunderung zu verhehlen.

„Es ist bloß ein Job.“

„Klingt aber spannend.“

„Ist aber manchmal auch ganz schön langweilig. Vielleicht kann ich eines Tages richtige Filme drehen. Wer weiß?“

„Woran hast du denn schon mitgewirkt?“

„Nichts, das du kennst. Langweilige Werbefilme für verschiedene Firmen. Eine Informationssendung für Ford – vielleicht hast du die mal nachts im TV gesehen. Testberichte darüber, wie toll der Ford Focus ist und wie leicht man ihn finanzieren kann.“

Diesen Trailer kannte ich zwar nicht, aber das war mir egal. „Ich bin beeindruckt."

„Warum?"

„Ich weiß nicht."

„Weil du denkst, es ist ein glamouröser Job?"

Ich zuckte mit den Schultern. „Na ja, ich glaube, man kann sagen, dass ich ein Faible für Kreativität habe. Vor langer Zeit wollte ich sogar Schauspielerin werden."

„Das kannst du auch jetzt noch. Du bist wunderschön."

„Nein, nicht mehr."

„Natürlich bist du noch immer schön."

„Das meine ich nicht. Ich will damit sagen, dass ich keine Schauspielerin mehr werden kann. Meine Zeit ist vorbei."

„Warum sagst du das? Wenn du einen Traum hast, solltest du ihn verfolgen."

„Ich bin inzwischen zu alt", sagte ich.

„Wie alt bist du? Dreiundzwanzig?"

Ich lachte. „Ja, genau. Nein, ich bin dreißig."

„Dreißig!" Peter küsste mich zärtlich auf den Mund. „Du siehst keinen Tag älter aus als dreiundzwanzig. Für die Kamera zählt nur, wie alt du aussiehst, und nicht dein wahres Alter."

„Kann schon sein", gab ich zu. „Aber mein Leben hat sich geändert. Die Schauspielerei ist nicht mehr mein größter Traum." Ich wollte ihm nicht sagen, dass ich nach meiner Hochzeit meine Träume auf Eis gelegt hatte. „Ich unterrichte gerne. Es ist nicht so, als würde ich irgendwas vermissen. Und wenn ich kreativ sein will, male ich."

Jetzt war Peter derjenige, der beeindruckt wirkte. „Dann bist *du* eine Künstlerin."

„So weit würde ich nicht gehen, aber ich male gerne."

„Hattest du schon mal eine Ausstellung?"

„Eine Ausstellung?" Meine Augen weiteten sich überrascht. „Wohl kaum. So gut bin ich nicht.“

„Lässt du mich deine Bilder sehen?“

„Das meinst du nicht ernst.“

„Natürlich meine ich das ernst.“

„Ich bin nicht besonders gut oder so.“

Einen Moment lang herrschte Stille. Dann fragte Peter: „Dein Mann hat sich für deine Bilder nicht interessiert?“

„Ach nein“, erwiderte ich leichthin. „Nicht so richtig. Also, er hat es nicht gehasst, wenn ich malte, aber für ihn war es nur ein Hobby. Mehr nicht.“

„Und für dich ist es mehr.“ Es war eine Feststellung, keine Frage.

Ich hatte so lange nicht über meine Träume nachgedacht. Ich hatte sie hinter mir gelassen. Aber es gab eine Zeit in meinem Leben, da glaubte ich, dass ich einen kreativen Weg beschreiten würde; entweder Malerei oder Schauspielerei. Stattdessen hatte ich mich entschieden, Lehrerin zu werden. Ein sicherer Karriereweg.

„Wie ich schon sagte“, fuhr ich fort. „Ich male gerne, aber ich bin kein Profi.“

Wir verstummten. Peter begriff offenbar, dass ich über das Thema nicht reden wollte.

Mein Blick ging an ihm vorbei und blieb an einem Foto hängen, das in einem Silberrahmen auf seinem Nachttischchen stand. Eine hübsche schwarze Frau und ein dunkelhaariger weißer Mann saßen nebeneinander, ihre Wangen aneinandergedrückt. Auf beiden Gesichtern zeichnete sich ein breites Lächeln ab.

„Sind das deine Eltern?“, fragte ich.

Peter drehte den Kopf und folgte meiner Blickrichtung. „Ja.“

„Was für ein schönes Paar“, sagte ich wehmütig und dachte an meine eigenen Eltern. Hatten ich sie je so verliebt erlebt?

„Sie sehen glücklich aus."

„Das waren sie. Sie waren sehr glücklich."

„Sie waren?", fragte ich.

Peter nickte. „Ja. Sie sind gestorben."

Mein Atem stockte. „Oh Peter. Das tut mir so leid."

„Es ist nicht dein Fehler", erwiderte er. „Und ich habe Frieden damit geschlossen. Sie starben zusammen. So hätten sie es gewollt."

Ich streichelte Peters Gesicht. „Das klingt tragisch."

„Sie starben bei einem Hausbrand. Ich glaube, mein Vater hat versucht, meine Mutter zu retten. Dabei ist er selbst ums Leben gekommen."

Erneut streichelte ich Peters Gesicht. Mit meiner Berührung drückte ich ihm mein Mitgefühl aus. „Es tut mir leid."

„Sie waren im Leben unzertrennlich, und nun sind sie im Tod vereint."

„Ich denke, das ist eine gute Art, es zu betrachten", sagte ich leise.

„Was ist mit deinen Eltern?"

Die Erwähnung meiner Eltern ließ Bitterkeit in mir aufsteigen. „Mein Vater ist tot. Verkehrsunfall. Aber sie waren nie so glücklich wie deine Eltern auf dem Foto." Ich verschwieg ihm, dass meine Mutter meinen Vater für einen anderen Mann verlassen hatte und er mit gebrochenem Herzen starb. „Meine Mutter hat wieder geheiratet und lebt in Kalifornien."

„Hast du Geschwister?"

„Ich habe einen älteren Bruder. Vor elf Jahren war er in England im Urlaub und lernte eine Frau kennen. Er zog zu ihr, und sie sind seitdem glücklich verheiratet. Und du? Hast du Geschwister?"

„Drei Brüder, zwei Schwestern. Alle älter als ich."

„Wow."

„Sie leben in Italien, in der Nähe von Rom. Bis vor acht Jahren habe ich auch dort gelebt."

„Was hat dich nach Amerika geführt?"

„Ich lernte online jemanden kennen und kam her, um sie zu besuchen. Ich blieb zwei Monate. Wir trennten uns, aber da hatte ich mich schon in Orlando verliebt und wollte bleiben." Peter zögerte. „Ich wollte einen Neuanfang. Es war das Jahr, in dem meine Eltern starben, und danach fiel es mir schwer, in Italien zu bleiben."

„Natürlich", bemerkte ich verständnisvoll.

„Lass uns über etwas anderes reden", schlug er vor.

Ich nickte. Ich konnte es ihm nicht übel nehmen, wenn man bedachte, dass er seine Eltern auf so tragische Weise verloren hatte.

„Wie viele Freunde hattest du, bevor du geheiratet hast?", wollte Peter wissen.

„Das nenne ich mal einen Themenwechsel."

„Willst du es mir nicht sagen?"

„Ich habe kein Problem damit", gab ich zurück. „Es war nur einer. Genau genommen zwei, aber den einen habe ich geheiratet."

Peters Augenbrauen hoben sich. „Du hast bisher nur mit zwei Männern geschlafen?"

„Heute finde ich das schwer vorstellbar. Aber ja. Bis du kamst. Du bist der dritte."

Peter lächelte. Offenbar gefiel ihm meine Antwort. „Und wie mache ich mich im Vergleich?"

„Peter!"

„Im Ernst, *bella*. Ich will es wissen."

„Nun, der erste? Das ist überhaupt kein Vergleich. Eigentlich sollte ich das nicht mal als sexuelle Erfahrung verbuchen", erinnerte ich mich bitter. „Das ..." Ich konnte meinen Satz nicht vollenden und atmete tief ein.

„Was ist passiert?“, fragte Peter.

Ich antwortete nicht.

„*Bella?*“ Peters Stimme wurde beunruhigend laut.

Ich sprach noch immer nichts. Meine Gedanken drehten sich wieder um jene schreckliche Nacht.

„Sieh mich an, *bella*.“

Erst da wurde mir bewusst, dass ich meine Augen geschlossen hatte. Ich öffnete sie. Besorgt blickte Peter mich an.

„Was hat er dir angetan?“, fragte er.

Ich seufzte. Dann flüsterte ich: „Er hat mich vergewaltigt.“

„Was?“ Zorn flammte in Peters Augen auf. Er zog mich an sich. Sein Arm drückte mich beschützend an seine Brust. „Mein Gott. Wann? Wer war dieser Mann? Wurde er angeklagt?“

„Er war mein Freund – irgendwie. Und nein, er wurde nicht angeklagt. Es ist lange her. Elf Jahre. Als ich auf dem College war.“

Peter war wütend; ich erkannte es an seinen heftigen Atemzügen. Und trotz der unangenehmen Erinnerung an das, was Chad mir angetan hatte, war es ein gutes Gefühl zu wissen, dass Peter sich um mich sorgte.

„Ich ging damals mit ihm aus. Er wollte Sex, und ich dachte, ich wollte es auch. Dann habe ich meine Meinung geändert, aber er hat nicht aufgehört.“ Ich zählte die Fakten beiläufig und emotionslos auf. Ich musste meine Fassade aufrechterhalten, wenn ich an die Nacht mit Chad dachte. Andernfalls drehte ich durch.

„*Bella*, es tut mir so leid, dass du diese Erfahrung machen musstest.“

„Es geht mir gut“, sagte ich. „Es hätte schlimmer kommen können.“

Aber wie viel schlimmer hätte es kommen können? Ich lebte seit elf Jahren mit der Erinnerung und hatte manchmal schreckliche Albträume. Bei Andrew begnügte ich mich mit behaglichem Sex und hatte nie die Neigung entwickelt, irgendetwas allzu Intensives auszuprobieren. Manchmal musste ich selbst dann an Chad denken, wenn Andrew und ich uns liebten, und dann mussten wir aufhören. Andrew hatte meine Gefühle stets respektiert und mich nie zu etwas gedrängt.

Aber jetzt da ich mich auf Peter einließ, lernte ich etwas über mich. Ich verstand jetzt, dass ich mich bei Andrew in Sachen Sex zurückgehalten hatte. Vielleicht weil ich wegen dem, was Chad mir angetan hatte, keinem Mann voll und ganz vertrauen konnte. Ich hatte mich nur dann sicher gefühlt, wenn wir zärtlichen, behutsamen Sex hatten und nicht meine wilde Seite erforschten. Andrews Affäre hatte mich in gewissem Sinne befreit, und jetzt entdeckte ich die Tiefen meiner sexuellen Befriedigung, die ich mir früher nie hätte vorstellen können.

Und ich hatte keine Angst mehr, um das zu bitten, was ich wollte.

„Dein Exmann hat dir wehgetan", sagte Peter. „Dein erster Freund hat dir wehgetan. Aber, *bella*, ich werde dir nie wehtun. Ich werde dich auf die Weise lieben, die du verdienst."

Peters Worte wärmten mich von innen.

„Ich wünschte, ich könnte den Kerl umbringen, der dich vergewaltigt hat", sagte Peter. Er küsste meine Schläfe. „Er hatte kein Recht, dir so wehzutun."

„Er wird in die Hölle kommen", erwiderte ich. Ich wollte nicht länger über Chad nachdenken. „Daran glaube ich fest."

Zärtlich küsste Peter meine Stirn. „Jetzt fällt es mir noch schwerer, wegzufahren und dich alleinzulassen."

Verwirrt blickte ich ihn an. „Was? Du fährst weg?"

„Ja. Wirst du mich vermissen?"

„Wohin fährst du?"

„Ich muss für vier Tage nach Key West."

„Key West …" Mein Herz hämmerte. „Was ist in Key West?"

„Arbeit. Ich drehe ein Promotionsvideo für das Sheraton."

„Oh." Ich runzelte die Stirn.

„Sei nicht traurig." Peter schob seinen Daumen unter mein Kinn und hob mein Gesicht an, damit ich in seine Augen blickte. „Ich werde in vier Tagen zurück sein, *bella.* Am Dienstag."

„Wie soll ich vier Tage ohne dich überleben?" Dienstag schien mir ein Leben weit entfernt. Ich hatte gehofft, den Großteil des Wochenendes in Peters Bett zu verbringen, aber daraus wurde wohl nichts.

Peter lachte leise. „Ich muss erst heute Abend zum Flughafen. Du kannst den Tag über bei mir bleiben, wenn du magst."

Ich schob eines meiner Beine über seine und legte meine Hand auf seinen Schwanz. „Darf ich?"

„Natürlich. Eigentlich ..."

Im nächsten Moment hatte Peter sich zwischen meinen Beinen positioniert. Er spreizte meine Schenkel. Augenblicklich durchströmte mich rasende Lust. Und als Peter meine Klit küsste, wurde ich sofort feucht.

Er leckte mich, saugte an mir und schob zwei Finger in mich hinein. „Ich werde dir etwas schenken, an das du dich jeden Tag erinnern kannst, während ich fort bin."

„Peter", wimmerte ich. „Oh Liebling." Meine Atmung beschleunigte sich im Takt seiner schnellen Zunge. „Niemand kann mir so ein gutes Gefühl verschaffen. Niemand ..." Meine Stimme verlor sich, als sich eine köstliche Spannung in mir aufbaute. Ich schloss die Augen und genoss das süße Gefühl von Peters Zunge.

Als ich Minuten später kam, schrie ich seinen Namen.

Um vier Uhr nachmittags, nachdem ich einen kurzen Zwischenstopp eingelegt hatte, um einen großen Kaffee und einen Happen zu essen, kam ich heim. Schon jetzt vermisste ich

Peter. Peaches war froh, mich zu sehen. Als Erstes ging ich in die Küche und wollte ihre Schüssel mit Futter auffüllen. Aus irgendeinem Grund war sie voll. Außerdem hatte sie frisches Wasser.

War Andrew hier gewesen?

Ich wirbelte herum und erwartete fast, ihm gegenüberzustehen, obwohl sein Wagen nicht in der Einfahrt stand. Stattdessen entdeckte ich eine Nachricht auf dem Küchentisch.

Ich nahm sie und las:

Sophie, ich kam vorhin vorbei, um ein paar Sachen zu holen. Habe gehofft, dich zu Hause anzutreffen. Schade, dass ich dich verpasst habe. Ich hoffe, es geht dir gut. Ruf mich an, wenn du bereit bist, mit mir zu reden. Alles Liebe, Andrew.

Ich zerknüllte den Zettel und ging zum Mülleimer. Aber ich zögerte, die Nachricht wegzuwerfen. Stattdessen faltete ich den Zettel auseinander und las ihn noch einmal. Dann zerknüllte ich ihn wieder und warf ihn weg.

Ich war *nicht* bereit, mein Problem mit Andrew zu lösen. Und der Gedanke, dass er unangekündigt herkam, gefiel mir nicht. *Ich kam vorhin vorbei,* hatte er geschrieben. Wann war vorhin? Hatte er gemerkt, dass ich über Nacht nicht hier gewesen war?

Es war egal, selbst wenn es so sein sollte. Er war derjenige gewesen, der mir seinen Segen erteilt hatte, einen anderen Mann zu vögeln. Aber dennoch fragte ich mich, was er wohl dachte … wie er auf den Gedanken reagierte, dass ich im Bett eines anderen Mannes schlief.

Würde er seine Affäre bereuen, wenn er wusste, wie viele Orgasmen ich in Peters Armen erlebt hatte?

„Hör auf, über Andrew nachzudenken“, sagte ich mir,

aber ich wusste, das war leichter gesagt als getan. Wie konnte ich aufhören, über den Mann nachzudenken, den ich vor acht Jahren geheiratet hatte?

Meine Füße bewegten sich ohne mein Zutun. Im nächsten Moment griff ich nach dem Telefonhörer. Ich wollte Peters Stimme hören. Er war ein Mann, bei dem ich mich wohlfühlte und mich keine schlechten Gefühle überkamen.

Vielleicht bot ich ihm sogar an, ihn nach Key West zu begleiten, wenn ich versprach, bei seiner Arbeit nicht im Weg zu stehen.

Peter nahm jedenfalls nicht ab. Verdammt, er muss schon am Flughafen sein, dachte ich gereizt.

Sollte ich einen Koffer packen und mich einfach auf den Weg machen? Es würde einige Stunden dauern, um von Orlando nach Key West zu fahren, aber es war nicht unmöglich. Wenn wenig Verkehr herrschte, wäre ich um Mitternacht dort.

Sofort verfinsterte sich mein Blick. Ich konnte nicht nach Key West fahren. Sicher, es gelang mir bestimmt, Peter da unten aufzutreiben. Er hatte das Sheraton erwähnt, und dort würde schon jemand mehr wissen. Aber wenn ich dort ohne Ankündigung auftauchte, während er arbeitete, würde er denken, ich wäre eine Stalkerin.

Nein, ich blieb zu Hause.

Aber ich hatte so ein Gefühl, als würde ich mich in den nächsten vier Tagen ziemlich oft selbst zum Orgasmus bringen.

16. KAPITEL

In den nächsten Tagen konnte ich nur an Peter denken. Er rief mich jeden Abend an, normalerweise nach zehn. Das war schön. Jedes Mal wenn das Telefon klingelte, spürte ich Schmetterlinge in meinem Bauch wirbeln, da ich mich darauf freute, seine Stimme am anderen Ende der Leitung zu hören.

Erst während seiner Abwesenheit wurde mir bewusst, wie sehr ich mich nach so kurzer Zeit um sein Wohlergehen sorgte. Ja, ich mochte den Sex. Okay, ich *liebte* den Sex. Aber es war mehr als das. Ich genoss die Zeit mit ihm. Ich genoss es, bei ihm zu sein und seiner Stimme zu lauschen. Allein das hob meine Stimmung.

Auch wenn er in Key West war, flüsterte er Abend für Abend schmutzige Worte ins Telefon. Sie erregten mich ebenso wie seine Berührungen. Etwas an der Art, wie er mit mir sprach, ließ mich wirklich glauben, dass ich die schönste Frau auf Erden war.

Es war toll zu wissen, dass ein Mann so in mich verschossen war.

Der Gegensatz zwischen Peter und Andrew war extrem. Andrew und ich hatten natürlich auch guten Sex miteinander gehabt, aber nichts, das so war wie die Erfahrungen, die ich mit Peter machte. Peter mochte es, mich am Telefon zum Höhepunkt zu bringen. Das war etwas, das Andrew nie getan hatte, nicht ein einziges Mal. Andrew war sicher. Vorhersehbar.

Peter war aufregend. Wild.

Die Tatsache, dass ich nicht aufhören konnte, an Peter zu denken, während er nicht da war, half mir, eine Entscheidung zu treffen. Keine große Entscheidung, eher eine kleine. Ich wollte nicht länger im Haus wohnen und auf Andrews Sachen schauen. Ich wollte seine Klamotten nicht mehr im Kleiderschrank sehen und auch nicht sein Rasierwasser im Badezimmer. Ich wusste, dass ich ihn nicht einfach aus meinem Leben verbannen konnte, aber nichtsdestotrotz wollte ich nicht ständig an ihn erinnert werden.

Darum rief ich Marnie an und fragte, ob sie mir half, Andrews Sachen in Kisten zu verpacken. Für den Moment konnte ich sie in der Garage aufbewahren.

„Du willst Andrews Sachen zusammenpacken?“, fragte Marnie.

„Ja. Ich denke, das möchte ich.“

„Was heißt das?“, bohrte sie nach. „Wirst du …?“

„Du meinst, ob ich mich auf Dauer von ihm trenne?“, kam ich ihr zur Hilfe. „Nicht zwingend. Aber in gewisser Weise habe ich das Gefühl, ich sollte herausfinden, was ich für Peter empfinde. Ich kann nicht aufhören, an ihn zu denken. Ich weiß nicht, ich spüre bloß …“ Meine Stimme verstummte. Ich war nicht sicher, was ich fühlte.

„Hey, wenn du meine Hilfe beim Zusammenpacken von Andrews Sachen brauchst, bin ich da. Und wenn du willst, dass ich sie wieder auspacke, werde ich dir ebenfalls helfen. Aber heute Abend sieht’s bei mir nicht gut aus …“

„Das ist in Ordnung. Wir können morgen ganz früh anfangen.“

„Ich komme“, versprach Marnie.

Ich legte das Telefon auf die Basisstation. Es fühlte sich an, als hätte ich die richtige Entscheidung getroffen.

Ich schoss augenblicklich hoch, als nach Mitternacht das Telefon klingelte. Ich drehte mich um und schaute auf die eingeblendete Nummer.

Unbekannt.

Ich lächelte. Das musste vermutlich Peter sein, der von seinem Handy anrief. Ich stellte den Fernseher stumm und griff nach dem Hörer.

„Hallo?“

„Sophie, hi.“

Ich erstarrte. Das war nicht Peter.

„Andrew“, sagte ich atemlos. Ich fühlte mich überrumpelt.

„Ich hoffe, ich habe dich nicht geweckt.“

War Andrew betrunken? Seine Worte klangen leicht lallend, aber wo auch immer er sich gerade aufhielt, es war laut im Hintergrund. Vielleicht eine Bar?

„Ich vermisse dich, Liebes. Ich glaube, dir ist gar nicht bewusst, wie sehr ich dich vermisse.“

Ja, er musste betrunken sein. „Wo bist du?“, fragte ich. „In einer Bar?“

„Ich wollte vorbeikommen. Darf ich dich heute Nacht sehen?“

„Wie bitte?“ Panik stieg in mir auf. „Du … du kannst nicht vorbeikommen.“

„Ist jemand bei dir? Warst du dort, als du letztens nachts nicht zu Hause warst? Bei *ihm*?“

„Du bist betrunken, Andrew. Komm nicht her. Und steig auf keinen Fall in ein Auto.“

„Es würde dir etwas ausmachen, wenn ich mich totfahre?“ Andrews Worte gingen ineinander über, so sehr lallte er.

„Du redest Unsinn.“

„Ist ein anderer Mann bei dir?“, fuhr Andrew fort. „Warst du letztens bei ihm über Nacht? Im Bett eines anderen?“

Ich wusste nicht, was ich sagen sollte, besonders da Andrew betrunken war. „Wo bist du?“, fragte ich stattdessen.

„Im *Bahama Breeze*. Ich lausche der Reggaeband, die hier live spielt, und erinnere mich an unsere Flitterwochen in Ja-mai-ka.“ Er imitierte den jamaikanischen Akzent.

Das *Bahama Breeze* war am International Drive und damit nicht allzu weit von dem Hotel entfernt, in dem Andrew arbeitete. Ich schlug die Bettdecke zurück. Auch wenn ich ihn nicht sehen wollte, konnte ich unmöglich hierbleiben, während er sich womöglich betrunken hinters Steuer klemmte. Das wäre für Andrew völlig untypisch, aber er klang auch nicht wie er selbst.

„Bist du allein dort?“, fragte ich.

„Nein. Dave ist hier.“

Erleichtert atmete ich auf. Das war eine gute Nachricht. „Lass mich bitte mit ihm reden.“

„Wartmalnenmoment.“

Ich hörte ein Rascheln, und Augenblicke später war Dave am anderen Ende der Leitung. „Hallo?“

„Hey, Dave. Ich bin’s, Sophie.“

„Wie geht’s dir, Soph?“

„Mir geht es gut“, erwiderte ich. Er klang nicht alkoholisiert, aber ich fragte ihn trotzdem: „Bist du betrunken?“

„Nee, ich hatte ein Bier, aber danach habe ich nur Wasser getrunken.“

„Dann kannst du also fahren?“, bohrte ich nach. Ich wollte sichergehen.

„Ja, klar. Mir geht’s prima. Aber ich muss dir sagen, dass Andrew wirklich schrecklich leidet.“

Ich antwortete nicht und kroch wieder unter die Bettdecke.

„Er liebt dich, Sophie. Das tut er wirklich.“

Ich wartete kurz, ehe ich antwortete: „Er hat eine merkwürdige Art, es mir zu zeigen.“

„Es tut ihm leid. Du musst ihm glauben, Sophie. Er wird ohne dich schier verrückt.“

Es fühlte sich an, als würde ein schweres Gewicht auf meine Brust gedrückt. Ich wollte dieses Gespräch nicht führen. Und ich wollte bestimmt nicht von Schuldgefühlen geplagt dazu gedrängt werden, Andrew zu verzeihen. Ich brauchte meine Zeit, um die Ereignisse zu verarbeiten. Verzeihen konnte ich ihm erst, wenn ich dazu bereit war.

Wenn ich je dazu bereit war.

„Ich bin froh, dass du für ihn da bist", sagte ich zu Dave. „Ich gehe jetzt wieder ins Bett."

Ich drückte die Sprechtaste und beendete das Gespräch.

Weniger als eine Minute später klingelte das Telefon erneut. Genervt drückte ich die Sprechtaste und begann ohne Begrüßung zu schimpfen: „Andrew, hör auf zu trinken und lass dich nach Hause fahren. Und hör auf, mich anzurufen."

„Wer ist Andrew?"

Das war nicht die Stimme, die ich erwartet hatte. Einen Moment lang war ich sprachlos. Dann fragte ich: „Peter?"

„Wer ruft dich sonst zu dieser nächtlichen Stunde an?"

„Hallo, du." Ich lächelte. „Ich habe mich schon gefragt, ob du heute Abend noch anrufst."

„Es war ein langer Tag, und das Team ist danach noch ausgegangen. Sonst hätte ich früher angerufen. Also, wer ist Andrew?"

„Mein Ehemann", antwortete ich. „Du erinnerst dich sicher, ich habe dir erzählt, dass ich verheiratet bin."

„Ich habe gedacht, ihr seid geschieden", gab Peter zurück. Ich hörte in seiner Stimme Überraschung und Enttäuschung.

„Wir leben getrennt", stellte ich klar.

„Hast du mir nicht erzählt, du wärst geschieden?"

„Nein. Wir haben nur darüber gesprochen, es aber nicht getan. Wir sind nicht zusammen, wenn es das ist, was du glaubst."

„Warum hat er dich angerufen?"

Ich seufzte. „Weil er unterwegs ist und getrunken hat. Ich vermute, es tut ihm leid, was er getan hat. Aber weißt du was, ich möchte nicht über Andrew reden. Ich will über dich reden. Ich vermisse dich", fügte ich mit einem erotischen Unterton in der Stimme hinzu.

„Ich vermisse dich auch. Wie verrückt."

„Oh ja?", fragte ich. In meinem Unterleib regte sich mein Verlangen.

„Du kannst dir nicht vorstellen, wie sehr."

„Ach, ich denke, ich habe eine ganz gute Vorstellung davon. Ich kann es nicht erwarten, dich wiederzusehen. Dich zu berühren … Wann bist du zurück?"

„Morgen. Gegen acht Uhr."

„Morgens?", fragte ich hoffnungsvoll.

Peter lachte leise. „Du vermisst mich wirklich sehr."

„Natürlich."

„Gut. Denn ich will dich morgen bei mir sehen, sobald ich zurück bin. Das sollte gegen acht Uhr abends sein. Ich rufe dich vom Flughafen aus an, dann kannst du losfahren."

„Das werde ich", versicherte ich ihm, dämpfte meine Stimme und wisperte: „Ich brauche dich. Und mein Körper braucht dich auch."

„Bist du im Augenblick feucht? Allein vom Klang meiner Stimme?"

„Ich bin total erregt."

„Aber bist du auch feucht?"

„Vielleicht. Ein bisschen."

„Finde es heraus."

Ich kicherte. „Du meinst …"

„Ja. Berühr dich."

Ich kicherte erneut.

„Bitte, *bella*", bat Peter. Seine Stimme klang rau. „Ich muss es wissen."

„Also gut." Ich schob meine Hand in meinen Slip. Tauchte mit meinen Fingern in meine Spalte ein. „Hmmm. Ja, ich bin nass."

Peter tiefes Stöhnen grollte durch das Telefon. Das zu hören verursachte ein verlangendes Beben in meiner Klit. „Trägst du ein Höschen?"

„Ja."

„Zieh es aus."

„Wirklich?" Ich schaute mich im Zimmer um. Die Katze lag auf ihrem Kissen nahe der Tür und starrte mich neugierig an.

„Bitte, *bella*. Ich möchte, dass du es ausziehst. Zieh dich aus und fass dich an."

Peter musste mich kein zweites Mal fragen. Ich legte das Telefon kurz beiseite und zog meinen Slip herunter.

„Okay", sagte ich, als ich den Hörer wieder aufnahm. „Ich habe es ausgezogen."

„Trägst du noch etwas anderes?"

„Ein schwarzes Negligé ... aber ich habe es bis zur Taille hochgeschoben."

„Wunderschön." Peter stöhnte erneut, und jetzt konnte ich hören, wie er seinen Schwanz massierte. „Ich kann mir vorstellen, wie du auf dem Rücken liegst, die Beine leicht gespreizt. Ich wünschte, ich könnte dich jetzt schmecken."

Ich schluckte. „Das würde mich nur noch verrückter nach dir machen."

„Spiel mit deinem wunderbaren Körper. Ich will hören, wie du kommst."

Erneut schaute ich zur Katze herüber, aber sie hatte den Kopf gesenkt und die Augen geschlossen. Gut. Ich wechselte den Hörer an mein linkes Ohr, damit ich mich mit der rechten Hand berühren konnte.

„Streichelst du dich?", wollte Peter wissen.

„Ja ..." Ich ließ einen Finger langsam über meine Klit kreisen.

„Weißt du, wie sehr ich es liebe, dich zu berühren? Wie sehr ich es liebe, wie hart deine Perle wird, wenn du erregt bist? Berühre sie, bis du kommst."

„Ich ..." Die Spannung wuchs. Ich schloss meine Augen und erinnerte mich an seine Berührungen.

„Aber was ich am meisten liebe, ist der Moment, wenn ich deine Muschi mit meinem Mund liebkose. Die Geräusche, die du machst, wenn meine Zunge über deine Klitoris streichelt. Wie sich deine Atmung verändert …"

Seine Stimme heizte mein inneres Feuer genauso an wie die Erinnerung an seine Berührungen. „Oh mein Gott, Peter."

„Kommst du?" Ich konnte hören, wie er sich schneller massierte.

„Beinahe … ich bin kurz davor."

„Das ist das Erste, was ich morgen machen werde. Ich werde dich mit dem Mund verwöhnen. Ich werde meine Zunge so tief in dich hineinschieben …"

Ich explodierte und schrie Peters Namen. Ich ritt auf der Welle der Lust, schob meine Finger tief in mich hinein. Wie Peter es mir beschrieben hatte. Wie er es mit seiner Zunge tun wollte.

„Ich komme, Baby!", rief Peter, dann stöhnte er lange und heftig, während er sich ganz seinem Höhepunkt hingab.

Mein Orgasmus machte mich atemlos. Auch Peter klang, als schnappte er nach Luft. Als seine Atmung sich wieder normalisierte, lächelte ich in den Hörer. „Das war fantastisch", schnurrte ich. „Und dabei warst du gar nicht hier bei mir."

„Stell dir vor, wie es dann morgen Nacht erst sein wird."

Es mir vorzustellen war das Einzige, was ich tun konnte. Ich träumte davon, mit Peter zusammen zu sein. Und in jedem Szenario vögelten wir.

Auf seinem Bett. In seiner Badewanne. Auf dem Sofa.

Sogar auf dem Balkon.

„Was ist nur an ihm, dass er so unwiderstehlich ist?", fragte ich mich, als ich am nächsten Morgen unausgeruht aufwachte. Ich war viel zu aufgedreht und unruhig, um tiefen Schlaf zu finden.

Trotzdem lächelte ich.

Ich lächelte, weil ich Peter schon bald wiedersah.

Allerdings fragte ich mich auch, wie es Andrew ging. Aber nur kurz. Wenn ich an Andrew dachte, zog mich das nur herunter. An Peter zu denken war aufregend und ließ mich den Schmerz vergessen, den Andrew mir mit seinem Betrug zugefügt hatte.

Das Telefon klingelte, als ich in der Küche stand und Kaffee kochte. Schnell schnappte ich mir den Hörer vom Wandtelefon. „Hallo?“

„Mein lieber Scholli, du klingst aber aufgeregt. Wen hast du denn erwartet?“

Marnies Stimme brachte mich auf andere Gedanken. „Hey, Marnie!“, begrüßte ich sie. „Was gibt’s?“

„Was es gibt? Ich dachte, du wolltest, dass ich heute früh vorbeikomme.“

Einen Augenblick lang war ich verwirrt. Dann erinnerte ich mich wieder, dass sie versprochen hatte, vorbeizukommen und mir zu helfen, Andrews Sachen zusammenzupacken. „Richtig, richtig. Klar, du kannst jederzeit kommen.“

„Ist jemand bei dir?“, fragte sie mit beinahe singender Stimme.

„Nein. Hier sind nur Peaches und ich. Komm einfach, wenn es dir passt.“

„Du willst das noch immer durchziehen?“, fragte sie.

„Ich räume seine Sachen nur in die Garage“, antwortete ich. „Ich verbrenne sie ja nicht.“ Die Zeit würde zeigen, was mit Andrew und mir passierte. Aber im Moment konzentrierte ich mich ganz auf Peter.

Und darauf, mich später am Abend wieder mit seinem Schwanz vertraut zu machen.

„Also ja“, fuhr ich fort. „Ich will dieses andere Leben hier noch immer.“

„Ich springe nur kurz unter die Dusche und komme dann vorbei."

„Großartig."

Solange Peter sich noch auf seiner Reise befand, war jetzt der beste Zeitpunkt, Andrews Sachen zusammenzupacken. Denn sobald er wieder da war, würde ich nur wenig Zeit zu Hause verbringen.

17. KAPITEL

Nach einer knappen Stunde kam Marnie und brachte uns zwei Becher Kaffee von Starbucks mit. „Zwei grande Caramel Macchiato", verkündete sie.

„Du bist die Beste!", stellte ich begeistert fest und nahm ihr einen Becher ab.

„Fragst du mich nicht, warum ich heute schon den dritten Kaffee trinke?"

„Das ist dein dritter Kaffee?"

Marnie nippte an ihrem dampfenden Getränk und hob dabei eine Augenbraue. „Hm-m."

Den Tonfall kannte ich. „Marnie!", rief ich. „Hast du mit TRULYACUTIE ..."

„Den Großteil der Nacht fickend verbracht?" Ihr Gesicht strahlte. „Aber jede Wette!"

„Du verdorbenes Mädchen", neckte ich sie. Marnie lachte nur.

„Dann läuft es also gut mit ihm?", fragte ich beiläufig.

„Er ist nicht verrückt, zumindest soweit ich das sagen kann. Er ist sogar in der Tat sehr lustig."

„Und der Sex war gut?"

„Der Sex war *fantastisch*."

Ich trank einen Schluck von meinem Kaffee. „Schön."

„Er heißt übrigens Robert. Nicht Rob, nicht Bob. Und auf keinen Fall Bobby."

„Und wann werde ich ihn kennenlernen?", fragte ich.

„Wann du willst", erwiderte Marnie. „Vielleicht schon heute Abend. Hey, Peter und du könnt doch mit Robert und mir ausgehen. Eine Doppelverabredung. Vielleicht finden wir ein Autokino, wo wir auf dem Rücksitz knutschen und den Großteil des Films verpassen können."

Ich war aus dem Alter heraus, auf dem Rücksitz zu knutschen, und das, was Peter und ich später tun wollten, sollte besser nicht öffentlich geschehen.

„Schade, heute Abend sieht's schlecht aus", sagte ich. „Peter kommt heute Abend zurück, und nichts für ungut, aber ich möchte ihn heute ganz für mich haben. Aber mir gefällt die Idee, zusammen auszugehen. Vielleicht können wir tanzen gehen."

Ich fühlte mich so frei und unbeschwert wie die Teenager, über die ich früher in Büchern gelesen und die ich in Filmen gesehen hatte. Das Einzige, was ich im Sinn hatte, war, eine gute Zeit zu verbringen und viel Sex zu haben. In Wahrheit war ich nie so ein Teenager gewesen. Gut möglich, dass es das war, was ich so sehr an Peter mochte. Mit ihm machte ich die sexuellen Erfahrungen, die ich in jüngeren Jahren nie gemacht hatte.

Ich sollte auch meine freie Zeit mit ihm genießen, ehe die Schule wieder anfing. Vielleicht auch darüber hinaus …

„Da wir gerade über Männer sprechen", bemerkte Marnie. „Du scheinst Peter wirklich zu mögen."

„Das tue ich", gestand ich wehmütig. „Auf der einen Seite bin ich nicht sicher, was wir tatsächlich gemeinsam haben. Wäre er der Typ Mann, mit dem ich auf dem College geredet hätte? Nicht wirklich. Ich habe mich immer nach dem zuverlässigen Mann gesehnt, dem Mann, der in sich gefestigt ist. Und Peter hat eindeutig einen wilden Zug. Aber auf der anderen Seite ziehen wir uns magisch an, wenn Sex im Spiel ist. Wenn wir zusammen sind, lässt er mich vergessen, dass es da draußen eine Welt gibt. Dass irgendwas anderes zählt."

„Ich freu mich, wenn du dich gut fühlst", sagte Marnie, während ich sie ins Schlafzimmer führte und wir den begehbaren Wandschrank betraten. Ich hatte ein paar Kartons zusammengesucht, bevor sie kam. Sie standen bereit.

„Du kannst mit Andrews Schuhen anfangen."

„Das sind viele Schuhe“, kommentierte Marnie. „Denkst du nicht, er könnte sie brauchen?“

„Bisher anscheinend nicht. Und wenn er sie braucht, sind sie schon praktisch verpackt.“ Ich bückte mich und warf einen schwarzen Abendschuh in Marnies Richtung. Sie fing ihn auf. „Pack alles zusammen. Ich fange mit seinen Klamotten an.“

Marnie packte den Schuh in den Karton, dann setzte sie sich auf den Hintern und rutschte zu dem Regal mit Andrews Schuhen. „Da wir gerade von Andrew sprechen ... Hast du von ihm gehört?“

„Er hat gestern Abend angerufen“, antwortete ich.

„Oh?“

„Es war unschön“, erzählte ich ihr und nahm eines von Andrews ordentlich gebügelten T-Shirts vom Bügel. „Er war mit Dave unterwegs und ziemlich betrunken. Er rief nach Mitternacht an und faselte herum, wie sehr er mich vermissen würde.“

„Was hast du gesagt?“

Ich legte das T-Shirt in den Karton und nahm das nächste vom Bügel, während ich weitersprach. „Nichts, um ehrlich zu sein. Ich musste allerdings wissen, ob er allein dort war und sich womöglich in seinem Zustand hinter das Steuer setzen könnte. Da hat er mir gesagt, Dave wäre bei ihm. Der kam dann ans Telefon und begann mir zu versichern, wie sehr Andrew mich liebt und dass er einen Fehler gemacht hat, bla, bla, bla.“

Ich war überrascht, dass ich die Fakten so beiläufig aufzählte, ohne Unbehagen zu verspüren. Vielleicht kam ich bereits über den Schmerz hinweg. Oder ich schottete mich zumindest davor ab.

„Es ist verrückt“, fuhr ich fort. „Ich habe überhaupt nicht an Andrew gedacht. Das Einzige, woran ich am vergangenen Wochenende denken konnte, war Peter. Wann ich ihn wiedersehen werde.“ Ich zögerte und legte meine Hände auf den Karton, der fast voll war. „Erinnerst du dich, als du auf den Bahamas mit Soriano zusammen warst und erzählt hast, dass du nie mit einem deiner Expartner eine ähnliche sexuelle Verbindung gespürt hast?“

„Natürlich.“

„Jetzt verstehe ich, was du meinst. Denn bei Peter empfinde ich dasselbe. Ich kann mich überhaupt nicht daran erinnern, etwas Ähnliches bei Andrew gefühlt zu haben. Diese alles verschlingende Leidenschaft, bei der jeder Teil deines Körpers es nicht erwarten kann, den Mann wiederzusehen. Ich weiß, meine Beziehung mit Peter ist noch neu, aber jedes Mal wenn er mich berührt ...“ Allein der Gedanke an seine Berührungen erregte mich. „Marnie, es fühlt sich jedes Mal an, als wäre es das erste Mal. Ist es, weil es neu ist? Vielleicht. Aber andererseits denke ich daran, wie es war, als Andrew und ich uns kennenlernten. So intensiv war es nie.“

„Das liegt daran, dass Andrew es nicht mag, dich oral zu befriedigen.“

„Marnie!“

„Ist doch wahr!“, verteidigte sie sich. „Nach dem, was du mir von Peters Zunge erzählt hast, ist es kein Wunder, dass du süchtig nach diesem Mann bist. Du weißt, wie die meisten Mädchen auf ihren ersten Sexualpartner hereinfallen?“

„Ich habe davon gehört. Mein Fall war leider anders.“

„Ich weiß.“ Marnie warf mir einen mitfühlenden Blick zu, doch dann verhärteten sich ihre Züge vor Wut. „Ich wünschte noch immer, ich hätte Chad für das, was er dir angetan hat, die Eier abgeschnitten.“

Ich machte eine wegwerfende Handbewegung, vor allem weil ich mich nicht an das erinnern wollte, was in jener Nacht passiert war. Unglücklicherweise hatte ich es am eigenen Leib erfahren, dass es kein Fremder sein musste, der dich in die Büsche zerrt und sich an dir vergeht, um dein Leben für immer zu verändern. Jemand, der beteuerte, dich zu lieben, konnte dir auf eine unvorstellbar schlimmere Weise wehtun.

So wie Andrew es getan hatte.

Meistens konnte ich den Schmerz beiseiteschieben, der mit der Vergewaltigung einherging. Es brachte nichts, darüber nachzugrübeln. Aber hin und wieder stiegen die Erinnerungen in mir auf. Ich vermutete, das würde immer wieder geschehen.

„Sophie?"

Mein Kopf ruckte hoch. „Hm?"

Marnies Miene war voller Besorgnis. „Geht es dir gut?"

„Lass uns nicht über Chad reden", schlug ich vor. „Lass uns lieber da weitermachen, wovon du vorhin gesprochen hast. Dass Frauen eine besondere Bindung zu den Männern aufbauen, mit denen sie das erste Mal schlafen."

„Genau. Richtig." Marnie begann vorsichtig: „Du erlebst mit Peter zum ersten Mal richtig tollen Oralsex. Das genügt, dich ein bisschen an ihn zu binden."

„Vielleicht ist das ein Teil dieser sexuellen Anziehung", stimmte ich zu. „Aber selbst wenn er das nicht tun würde – und er tut es gerne –, fühlte ich mich von ihm angezogen. Es ist, als sprechen unsere Körper eine eigene Sprache. Verstehst du, was ich meine?"

„Ja", erwiderte Marnie verträumt. „So fühle ich mich bei TRULYACUTIE – also, bei Robert. Zumindest nach der ersten Nacht. Es wird sich zeigen, ob der Sex langweilig wird oder nicht."

Marnie redete weiter und erzählte mir von dem Abendessen, das Robert gestern Abend für sie gekocht hatte. Wie beeindruckt sie von Männern war, die kochten. Aber ich hörte kaum zu. Meine Gedanken kreisten um Peter und darum, dass ich es kaum erwarten konnte, ihn zu sehen. Ich wünschte, dass er in diesem Augenblick bei mir wäre. Dass wir nackt wären. In seinem Bett.

Mit einigen Leuten wurde Sex vielleicht irgendwann langweilig, aber ich hatte so ein Gefühl, dass Peter und ich nie vor diesem Problem stehen würden.

Stunden später waren alle Anzüge, Schuhe und Toilettenartikel von Andrew in Kartons verpackt, die wir in der Garage aufgestapelt hatten. Das Haus sah jetzt ganz anders aus. Ein bisschen merkwürdig, wenn nichts von Andrews Sachen offen herumstand.

Sie sind bloß in der Garage, erinnerte ich mich. Du kommst leicht an die Sachen heran, wenn es nötig ist.

Aber wenn es nach mir ginge, würden die Kartons für lange Zeit in der Garage bleiben.

Ich hatte heute nichts von Andrew gehört, aber ich ging davon aus, dass Dave ihn ohne Zwischenfall ins Hotel zurückgebracht hatte.

Ich verdrängte die Gedanken an ihn und dachte lieber an meine bevorstehende Wiedervereinigung mit Peter. Während die Stunden vergingen, wurde ich immer aufgeregter. Und besorgter. Ich konnte es nicht erwarten, ihn wiederzusehen, aber die Minuten schienen mit quälender Langsamkeit zu verrinnen.

Nachdem ich einen Teller Brokkolicremesuppe gegessen hatte, machte ich mich um halb sieben fertig. Ich duschte und wusch mir die Haare. Anschließend rieb ich meine Haut mit einer Creme ein, die nach Kokosnuss duftete.

Und dann zog ich mich an.

Nun, *ausziehen* wäre eine bessere Umschreibung. Denn ich zog die knappen Dessous an, die ich bei Frederick's of Hollywood gekauft hatte.

Ich benutzte mehr Make-up als sonst. Dunkler Eyeliner

und rauchgrauer Lidschatten, zum Schluss zwei Schichten wimpernverlängernde Mascara. Als ich dann noch den glänzenden roten Lippenstift auftrug, sah ich wie ein Pin-up-Girl in einem gewagten Kalender aus.

Ich prüfte mein Spiegelbild im Schrankspiegel und grinste teuflisch. Ich hatte mich in eine richtige Sexbombe verwandelt. „Oh ja. Peter, du wirst mir nicht widerstehen können."

Das Telefon klingelte. Ich eilte quer durchs Schlafzimmer und schnappte mir den Hörer.

„Hallo?", fragte ich atemlos.

„Ich bin gerade zu Hause angekommen."

Peters Stimme. Ich lächelte. „Ich bin unterwegs, Baby."

Ich legte auf. Nach fünf Minuten trug ich ein Paar sexy Schuhe mit hohen Absätzen und meinen Mantel. Ich entschied mich für Riemchensandalen, die höhere Absätze hatten als die Pumps vom letzten Mal.

Dieses Paar Schuhe war viel erotischer.

Viel verruchter.

Oh ja, Peter und ich würden heute Nacht richtig viel Spaß haben.

18. KAPITEL

Ich war bereit für eine Nacht verbotener Genüsse und verließ mein Haus. Zweiundzwanzig Minuten später parkte ich vor Peters Apartment. Anders als beim ersten Mal, als ich dieses Outfit getragen hatte, um ihn zu überraschen, eilte ich ohne Unbehagen zu seiner Wohnungstür. Stattdessen strotzte ich diesmal vor Selbstvertrauen, denn ich wusste, dass ich Peter in wenigen Momenten eine aufregende Überraschung bereiten würde.

Er öffnete die Tür, ehe meine Fingerknöchel das Holz berührten. Sein Gesicht strahlte, als er mich sah. Dann verdunkelte Verlangen seinen Blick, als er meinen Mantel bemerkte.

„Interessantes Outfit", kommentierte er.

„Mir war ein bisschen kalt", log ich.

„Ich kann helfen, dich aufzuwärmen." Er griff nach meinem Mantelkragen und zog mich hinein.

Er küsste mich, und jeder Teil meines Körpers wurde augenblicklich geil. Ich griff zwischen uns und löste den Gürtel meines Mantels, damit Peter endlich sah, was ich daruntertrug. Peters Hände legten sich auf meine und hielten mich davon ab.

„Nein", sagte er.

„Dir wird gefallen, was ich druntertrage", erklärte ich ihm. „Versprochen."

„Ich bin sicher, dass es mir gefällt. Darum darf ich mich auch nicht in Versuchung führen lassen." Er fuhr mit seinen Händen über meine Arme und machte einen Schritt zurück. Ich war verwirrt. „Hast du Hunger?"

„Ich bin am Verhungern", gestand ich und biss mir auf die Unterlippe, um keinen Zweifel aufkommen zu lassen, was ich verspeisen wollte. Sosehr Peter Oralsex auch genoss, bevorzugte er es eindeutig, zu geben statt zu nehmen, und war nicht besonders daran interessiert, dass ich seinen Schwanz lutschte.

Aber ich wollte dieselbe Macht über ihn auskosten, die er bestimmt auch verspürte, wenn ich unter seiner Zunge bebte.

„Ich verhungere auch." Während er sprach, machte er einen weiteren Schritt zurück. Jetzt war ich es, die ihren Blick verengte. „Auf dem Flug gab es nichts zu essen, und ich war ziemlich spät, sodass ich vorher im Flughafen nichts essen konnte. Warum gehen wir nicht aus und essen einen Happen?"

„Du scherzt."

„Sei nicht enttäuscht. Ich verspreche dir, ich werde deinen Körper in Verzückung versetzen ... aber um das zu tun, muss ich zunächst etwas essen. Um Energie zu tanken." Er fuhr mit einem Finger an meinem Mantelaufschlag hinab. „Was lange währt, wird endlich gut."

„Warum bestellen wir uns nicht einfach eine Pizza?", schlug ich vor. „Du hast ja keine Ahnung, was ich unter meinem Mantel trage."

Ein Lächeln tanzte auf seinen Lippen. „Ich denke, ich habe eine ziemlich gute Vorstellung davon. Und das wird das Beste daran sein, wenn wir essen gehen. Ich werde zusehen, wie du isst, und die ganze Zeit weiß ich, was es für mich zum Nachtisch gibt."

Meine Augen weiteten sich. „Du willst damit doch nicht sagen ... Ich meine, du willst nicht wirklich in ein Restaurant gehen? Ich dachte, du willst kurz zu einem McDrive fahren oder so."

Sein Finger wanderte von dem Gürtel meines Mantels zu meinem Hals hinauf. Jedes Mal wenn seine Haut auf meine traf, fühlte es sich wie eine kleine elektrische Ladung an, die sich entlud.

„*Bella*, ich würde doch mit dir nicht zu McDonald's gehen."

„Und was hast du dann vor?", fragte ich. Plötzlich fühlte ich mich unwohl. „Denn wenn du irgendwo hingehen willst, muss ich kurz nach Hause fahren und mich umziehen.“

Langsam schüttelte Peter den Kopf. „Ich will dich genau so. Lass mich nur rasch meine Schuhe anziehen.“

Ich war nicht davon überzeugt, ob wir wirklich ausgehen sollten – nicht solange ich wie eine Stripperin aussah –, aber ich folgte Peter trotzdem zur Tür. Er schlüpfte in ein Paar schwarze Flipflops. So stand er vor mir, in einer Jeans, einem T-Shirt und Flipflops. Und ich trug einen Mantel und so gut wie nichts darunter. Wir hätten kaum weniger zusammenpassen können, wenn wir es geplant hätten. Ein Blick würde den Leuten reichen, dass sie sich fragten, ob ich eine Prostituierte war, die von Peter für den Abend bezahlt wurde.

„Stell dir vor, es ist ein Abenteuer, *bella*“, sagte Peter. Er nahm meine Hand. „Ein unartiges Abenteuer.“

Plötzlich war ich nicht mehr besorgt, sondern erregt. Aufgeregt. Hand in Hand gingen wir zu Peters Auto, und ich machte mir nicht länger Sorgen darüber, dass wir auf den ersten Blick nicht zusammenpassten.

Wir passten perfekt zusammen, und zwar auf die einzige Weise, die für mich zählte.

Peter stand eindeutig keinem Abenteuer abgeneigt gegenüber. Das war ein Wesenszug, mit dem ich nicht vertraut war. Ich spürte, dass er der Typ Mann war, den es nicht kümmerte, was andere dachten. Er spielte nach seinen eigenen Regeln.

Das gefiel mir an ihm. Ich fand es faszinierend. Andrew war so prüde, dass sein Handeln immer vorhersehbar war. Ausgenommen natürlich seine Affäre, die ich nie von ihm erwartet hätte.

Andrew war wohl eher der Typ Mann, der gern nach den üblichen Regeln spielte, weil es ihm etwas ausmachte, was die Leute dachten. Und darum wollte er die Illusion aufrechterhalten, ein guter Mann zu sein. Deshalb hatte seine Affäre mich so unvorbereitet getroffen.

Aber Peter ... Etwas Durchtriebenes lag in seiner Intensität. Etwas Durchtriebenes, das ich in seinen einfachen Berührungen spürte, die so viel Verlangen in mir weckten. Ich liebte es, wie er stets den Augenkontakt mit mir suchte. Wie seine Lust auf mich aus seinem Blick sprach.

Ich meinte es so, wie ich es Marnie gesagt hatte – selbst damals als Andrews und meine Liebe noch ganz jung war, hatte ich nie ein Gefühl wie dieses empfunden. Ich hatte mich sicher gefühlt, ja. Tiefe Zuneigung, ja.

Aber nicht diese brennende, unkontrollierbare Leidenschaft.

„Worüber denkst du nach?", fragte Peter. Seine Frage riss mich aus meinen Gedanken. Ich blickte auf. Wir hatten seinen goldenen Lincoln Navigator erreicht.

„Über dich", antwortete ich einfach.

Er gab mir einen kurzen, aber innigen Kuss, dann öffnete er die Tür auf der Beifahrerseite für mich. Kurz darauf saßen wir beide im Wagen. Peter nahm meine Hand und legte sie in seinen Schoß.

Es war schön, wie er mich immerzu berühren wollte.

„Also gut. Wo würdest du gerne hinfahren?"

„Ich weiß nicht. Überrasch mich."

„Wie wäre es mit dem *Venetian Room*?"

Das *Venetian Room* war ein ziemlich nobles Restaurant. „Du beliebst zu scherzen."

„Warum nicht?"

Ich kicherte nervös. „Du bist nicht angemessen gekleidet. Und ich auch nicht." *Besonders ich nicht.* „Im Übrigen dachte ich, du wärst hungrig. Es dauert zwei Stunden, bis man alle Gänge serviert bekommen hat."

Peter schenkte mir ein bezauberndes Lächeln. „Ich habe gescherzt. Aber wie wär's mit dem *Bahama Breeze*?"

„Nein." Nicht nachdem Andrew letzte Nacht dort gewesen war. Außerdem lag es zu nah an Andrews Arbeitsstelle.

Wir waren zwar getrennt, aber ich wollte ihm auch nicht zufällig über den Weg laufen.

„Wie wäre es mit *Denny's*?", schlug ich vor. „Das in der Orange Avenue ist nicht allzu weit weg. Ich weiß nicht, wie es dir geht, aber ich kann zu jeder Tageszeit frühstücken. Es geht dort schnell und schmeckt gut."

„Grand Slam?"

„Ich tendiere eher zu Pfannkuchen, begraben unter Erdbeeren und Sirup."

„Erdbeeren und Sirup, hmmm." Während er sprach, schob Peter meine Hand weiter nach oben, bis ich seinen Schritt berührte. Er war hart.

Ich schaute ihn an. „Bist du sicher, dass du ausgehen willst? Mir genügt ein Big Mac mit Pommes frites."

Peters Mund verzog sich zu einem verspielten Lächeln. Er setzte aus der Parklücke zurück. „Ein unartiges Abenteuer, schon vergessen? Lass es uns genießen."

Als wir die Tür zum Restaurant erreichten, schaute ich mich nervös um. Das lag nicht nur daran, weil ich so gut wie keine Kleidung trug. Plötzlich wurde mir einfach bewusst, dass ich vielleicht jemandem begegnete, den ich kannte. Dem Elternteil eines Schülers. Oder schlimmer noch, einem Kollegen von Andrew, der ihm sofort brühwarm erzählte, dass ich mit einem anderen Mann ausging und wie eine Stripperin angezogen war. Peters Vorschlag, ein erotisches Abenteuer zu erleben, hatte mich erregt, aber jetzt fragte ich mich, ob es wirklich eine gute Idee war.

Peter legte seinen Arm um meine Taille. Während mein Verlangen anhielt, ebbte meine Besorgnis ab. Warum machte es mir etwas aus, wenn jemand, der Andrew kannte, uns beobachtete und ihm davon erzählte? Warum zur Hölle machte ich mir Sorgen, dass ihm zugetragen wurde, ich wäre mit einem anderen Mann unterwegs?

Im Übrigen lebten Andrew und ich getrennt. Was ich trieb, ging niemanden etwas an.

„Alles in Ordnung mit dir?", fragte Peter.

„Bestens", erwiderte ich. „Ich bin nur hungrig."

Wir betraten das Restaurant. Die Lichter waren so hell, dass ich glaubte, ein Scheinwerfer sei auf mich gerichtet. Die neugierigen und missbilligenden Blicke eines Paares in mittlerem Alter, das gerade auf dem Weg nach draußen war, fühlten sich schrecklich an. Unbehaglich trat ich von einem Fuß auf den anderen. Selbst die Kellnerin musterte mich von Kopf bis Fuß, als könnte sie genau sehen, was ich unter meinem Mantel trug.

„Du bist nervös, *bella*", flüsterte Peter.

Ich schaute ihn an und zuckte leicht mit den Schultern.

„Du bist in guten Händen. Vertrau mir."

„Ein Tisch für zwei?", fragte die Kellnerin. Sie schmatzte, weil sie lautstark Kaugummi kaute. Das durfte sie bestimmt nicht während der Arbeitszeit. Und in diesem Moment hatte ich die Erleuchtung. Sie konnte mich abschätzen, so viel sie wollte – aber ihre Meinung zählte nicht.

„Ja", erwiderte Peter. „Irgendwo in einer ruhigen Ecke, weit weg von den anderen Gästen, wenn möglich. Meine Freundin und ich mögen es, ungestört zu sein."

Die Kellnerin studierte uns einen Moment, als verblüffte sie, dass Peter mich seine „Freundin" nannte. Sie blies eine Kaugummiblase auf, dann saugte sie den pinkfarbenen Kaugummiklumpen wieder in den Mund. Ich erwartete schon beinah, dass sie ihn mit den Fingern herauszog, so nervig war sie.

„Klar. Tisch für zwei. Für Sie und Ihre Freundin."

Ich warf ihr einen „Komm mir bloß nicht in die Quere"-Blick zu, und sie brachte ein zuckersüßes Lächeln zustande, ehe sie sich umdrehte und voranging.

Ich schaute Peter an und hoffte, er wäre vom Verhalten

des Mädchens oder zumindest von ihren Kaugummiblasen genervt – genug genervt, um seine Meinung zu ändern und nicht hier zu essen. Aber stattdessen folgte er der Kellnerin und warf ihr nicht einmal einen missbilligenden Blick zu. Zum Glück war das Restaurant nicht allzu gut besucht, und ein ganzer Bereich hinten links war komplett leer.

„Wie wäre es hier?“, fragte Peter.

„In diesem Bereich arbeitet niemand“, bemerkte die Kaugummikauerin.

Peter ignorierte die Kellnerin und nahm in einer Nische Platz. „Sag deinen Kolleginnen, wer auch immer uns bedient, wird es nicht bereuen.“

Souverän fischte er einen Zwanziger aus seiner Brieftasche und reichte ihn der Kellnerin, deren Verhalten spürbar herzlicher wurde. Sie lächelte aufrichtig. „Oh, sicher. Ich werde mich um Sie kümmern.“

Die Kellnerin trabte vergnügt davon, und ich verdrehte die Augen. An Peter gewandt meinte ich: „Sie denkt, ich bin eine Nutte.“

Als Antwort reichte Peter mir seine Hand. „Sie wünscht bloß, sie könnte auch so sexy sein wie du. Komm.“

Ich zögerte und war einfach etwas irritiert. Obwohl Peter ja recht hatte. Es sollte mir egal sein, was die Kellnerin dachte.

„Komm“, wiederholte Peter.

Ich nahm seine ausgestreckte Hand und glitt neben ihm in die Nische. Sobald ich saß, zog er mich an sich und küsste mich innig.

Inniger, als Leute sich in der Öffentlichkeit küssen sollten.

Der Kuss dauerte kaum länger als fünf Sekunden, aber als ich mich zurückzog, blickte ich mich rasch im Restaurant um, weil ich sehen wollte, ob uns jemand beobachtete.

„Sophie, schämst du dich etwa der Leidenschaft, die wir beide empfinden?“

Ich wandte mich wieder zu Peter. „Nein. Nein, ich schäme mich nicht. Es ist nur ... Ich wünschte, wir hätten mehr Ruhe."

„Steh auf", befahl er.

„Hm?"

„Eigentlich kannst du einfach über meinen Schoß rutschen."

Ehe ich fragen konnte, worüber er redete, umfasste er meine Taille und zog mich auf seinen Schoß. Er stöhnte leise, als sich mein Arsch an ihm rieb, aber im nächsten Moment schob er mich auf seine rechte Seite, und ich landete auf dem weichen Polster der Bank.

„Was ..."

„Jetzt sitzt du auf der dem Raum abgewandten Seite. Mein Körper schirmt deinen ab." Er zögerte. Küsste mich auf die Wange. „So haben wir mehr Privatsphäre."

Ich verstand, was er meinte. Wärme breitete sich in mir aus. „Was genau hast du vor?", fragte ich.

„Nichts das dir nicht gefällt."

„Peter ..."

Er legte seine Hand auf meinen Schoß und strich mit seinen Fingern über die Haut meines Oberschenkels.

Und selbst hier, in einem hell erleuchteten *Denny's*, gab mein Körper der Versuchung nach.

„Hast du das hier vermisst?", fragte Peter. Seine Augen waren auf meine gerichtet. Zärtlich streichelte er meine Haut.

„Du weißt, dass ich es vermisst habe."

Er schob seine Hand unter meinen Mantel und fand langsam den Weg zwischen meine Beine. Als wir eine Kellnerin bemerkten, die an unseren Tisch kam, zog er sie zurück.

Ich bestellte Pfannkuchen mit Schlagsahne und Erdbeeren. Peter entschied sich für das Denny's-Grand-Slam-Frühstück. Dazu bestellten wir Orangensaft.

Sobald die Kellnerin verschwunden war, schob Peter seine

Hand wieder zwischen meine Beine. Dieses Mal hörte er nicht auf, bis seine Finger mein Höschen erreichten.

„Spitze“, stellte er fest. Er schien fasziniert. „Schwarz?“

„Du wirst schon sehen.“

Er seufzte leise. „Ich wünschte, ich könnte es sofort sehen.“

„Das wird wohl bis später warten müssen.“

„Wenigstens kann ich dich berühren.“ Seine Finger beschäftigten sich mit der Spitze meines Slips, schoben den Stoff beiseite, damit er meine nackte Haut berühren konnte. „Oh ja“, flüsterte er erregt in mein Ohr. „Dich zu berühren ist das Beste.“

Die Lust ließ mich zittern.

„Öffne deine Beine für mich“, forderte Peter.

Ich schaute mich im Restaurant um. Die nächste Person war etwa zehn Meter entfernt und wandte uns den Rücken zu. Keiner, der in unsere Richtung schaute, konnte sehen, was Peter machte. Es sei denn, jemand wäre so dreist und starrte uns an. Aber das war nicht sehr wahrscheinlich.

„Peter ...“

„Spreiz deine Beine, *bella*.“

Ich konnte es ihm nicht verwehren, wollte es ihm nicht verweigern. Also öffnete ich meine Beine ein wenig für ihn und gewährte ihm Zugang. Er streichelte mich mit Hingabe, und ich musste mir auf die Unterlippe beißen, um nicht laut zu stöhnen.

Als er einen Finger in mich hineinschob, drückte ich instinktiv meine Beine zusammen, dies war definitiv der falsche Ort für so etwas. Doch die Bewegung verstärkte nur meine Lust.

„Peter“, keuchte ich. „Jedes Mal wenn du mich berührst ... Oh Mist. Ich sehe die Kellnerin kommen.“

Mit einem Aufstöhnen zog Peter seine Hand fort. „Ich bin nicht sicher, ob wir bleiben können.“

„Du denkst, sie hat uns gesehen?“, flüsterte ich alarmiert.

„Nein.“ Peter drückte seine Lippen an mein Ohr. „Ich bin nicht sicher, ob ich es noch einen Moment länger ertrage, hier zu sein, während ich dich so dringend ausziehen will. Und zwar auf der Stelle.“

Kichernd bog ich meinen Kopf just in dem Moment beiseite, als die Kellnerin mit unseren Getränken kam. Peter dankte ihr. Als sie fort war, küsste er mich auf die Wange.

„Es war dein Vorschlag, zum Essen in ein Restaurant zu gehen“, erinnerte ich ihn. „Ich wollte ja in einen Drive-in.“

„Was habe ich mir nur dabei gedacht?“

Er schob seine Hand zwischen meine Schenkel, berührte mich wieder. Auch ich berührte ihn. Stellte fest, dass er steinhart war. Und dann begannen wir uns zu küssen.

Ich war machtlos, diese unangemessene, öffentliche Zurschaustellung unserer Zuneigung aufzuhalten. Ich war Sklavin meines Verlangens.

Ich erwartete, dass irgendjemand rief, wir sollten uns besser ein Zimmer nehmen. Niemand sagte etwas, aber ich wäre nicht überrascht, wenn manche Gäste etwas Ähnliches dachten. Und ich konnte es ihnen nicht verdenken. Peter und ich konnten die Hände nicht voneinander lassen. Im Augenblick war ein Restaurant nicht der richtige Ort für uns.

Trotzdem ...

Trotzdem steigerte es unser Verlangen nacheinander, hier zu sein. Es war wie ein Vorspiel, das mit vielen Neckereien einherging.

Kurz darauf brachte die Kellnerin das Essen. Das Erste, was Peter machte, war, seinen Finger in die Schlagsahne zu tauchen und mir hinzuhalten, damit ich kostete. Ich öffnete den Mund, und er schob seinen Finger hinein. Langsam saugte ich die Schlagsahne von seinem Finger.

Er wiederholte den Vorgang. Diesmal steckte er den Finger in seinen Mund. „Nicht so süß wie du", verkündete er, nachdem er die Sahne heruntergeschluckt hatte. „Aber diese Schlagsahne bringt mich auf eine Idee. Wenn ich dich nur jetzt sofort nackt bekommen könnte, hätten wir einen herrlichen Spaß."

Meine Klit pulsierte. Wenn Peter unter den Tisch kriechen und mich lecken wollte, wäre ich dann in der Lage, ihn aufzuhalten?

Ich schob den schockierenden Gedanken beiseite. Natürlich würde keiner von uns so sehr die Kontrolle verlieren. Doch der Gedanke erregte mich noch mehr.

Peter nahm sich noch mehr Schlagsahne. Diesmal stupste er sie mir auf die Nase. Dann leckte er sie langsam ab.

„Stell dir vor, wie sich meine Zunge auf anderen Körperteilen anfühlt ... Teile deines Körpers, die viel dankbarer sein werden."

„Je mehr du redest und je weniger du isst, umso länger wird es dauern, bis wir hier wegkommen."

Seufzend richtete Peter seine Aufmerksamkeit auf die Mahlzeit. Wir schlangen unser Essen herunter. Es war egal, wie es schmeckte; schließlich aßen wir nichts, das von einem Spitzenkoch zubereitet worden war. Aber ich vermutete, dass wir selbst dann allein zur Sättigung gegessen hätten, statt uns an der Mahlzeit zu erfreuen, solange wir uns nur bald ausziehen konnten.

Wir schafften es kaum bis zu Peters Wagen, ehe wir einander auf dem Parkplatz in den Armen lagen. Wir tauschten heiße Küsse, als gäbe es keine Autos und keine Menschen, die auf der belebten Avenue an uns vorbeispazierten.

Mein Verstand wusste, dass diese Leute da waren. Aber es war mir egal.

Peter löste seine Lippen von meinen. Dann nahm er meine Hand und lief mit mir zur Rückseite des Restaurants.

„Was machst du?“, wollte ich wissen.

Statt einer Antwort legte er meine Hand auf seinen Schwanz, damit ich spüren konnte, wie hart er war. „Ich kann nicht warten, bis wir wieder in meiner Wohnung sind. Du etwa?“

Er meinte das wörtlich; ein Blick in seine Augen verriet es mir.

Peter wollte hier draußen Sex haben? Ja, es war dunkel hinter dem Restaurant, aber jederzeit konnte jemand vorbeikommen.

Energisch zog er mich in seine Arme, schob rasch seine Hände unter meinen Mantel und umfasste meinen Po. „Bin ich der Einzige, der es nicht erwarten kann?“

„Nein“, antwortete ich ehrlich. „Aber … aber was ist, wenn jemand kommt und uns sieht?“

Er drehte mich um, sodass ich mit dem Gesicht zur Wand stand. „Ich weiß.“ Sein warmer Atem kitzelte in meinem Nacken. „Aber ein Teil der Erregung kommt vom Risiko.“ Er fuhr mit seinen Lippen über meine Haut. „Zu wissen, dass ich dich so verzweifelt will, obwohl uns jemand dabei beobachten könnte.“ Er schob meinen Mantel hoch und stöhnte, als er meinen Arsch sah. „Das ist alles, was du unter deinem Mantel trägst? Das ist ja fast nichts.“

„Ich habe auch noch einen BH an“, betonte ich.

„Ich muss dich ficken“, sagte Peter. „Hier. Sofort.“

Meine Beine zitterten. Ich wollte es auch. Aber … „Wie wäre es mit deinem Auto?“

„Genau hier. Bitte.“ Sein Finger fuhr über meine Schamlippen. „Mein Gott, du bist tropfnass.“

Alle guten Gründe schwanden. „Fick mich, Peter. Ich kann nicht länger warten.“

Ich hörte das kurze Rascheln seiner Hose, spürte einen Arm, der sich um meinen Unterleib legte. Dann keuchte ich auf, als er mit einem harten, ungebändigten Stoß in mich drang.

Er stieß vor und zurück, vor und zurück. Hart, schnell und unnachgiebig. Ich stützte meine Hände an der kühlen Wand ab und versuchte meine Schreie zu ersticken.

Peter küsste meinen Hals, saugte an meiner Haut und massierte meine Muschi, während er mich fickte.

Innerhalb weniger Sekunden kam ich. Heftig. Peter packte meine Hüften und schob seinen Schwanz unnachgiebig in mich hinein. Sein lautes Stöhnen zeigte mir, dass auch er kam.

Es blieb keine Zeit, sich danach der wohligen Erschöpfung hinzugeben. Nicht wenn jederzeit jemand vorbeikommen konnte. Ich drehte mich um und zog meinen Mantel herunter. Peter zog seine Hose hoch.

Unser heftiges Verlangen nach Sex war befriedigt. Jetzt holte die Realität mich wieder ein. „Du bist in mir gekommen“, stellte ich fest.

Peter begegnete meinem Blick. „Ich weiß. Ich ... ich wollte ihn herausziehen.“

„Ich nehme keine Pille.“ Ich fuhr mit der Hand über mein Gesicht. Ich hatte nicht das Gefühl, gerade einen Eisprung zu haben, aber trotzdem.

„Bist du unglücklich, *bella*?“

War ich das? Ich war ein wenig besorgt, ja. Aber ich war vermutlich nur paranoid.

„Mich würde es nicht stören, wenn du mein Baby bekommst“, sagte Peter leise und streichelte mein Gesicht.

„Würde es nicht?“

„Nein.“

Darauf sagte ich nichts, musste mich aber erneut beruhigen, dass ich vermutlich paranoid war. Ich würde bestimmt nicht schwanger werden.

Peter nahm meine Hand in seine und zog mich an sich. Er küsste mich zärtlich.

Er konnte mich so wild vögeln und dann wieder so unbeschreiblich sanft sein.

„Lass uns nach Hause fahren“, sagte Peter. „Ich habe eine Überraschung für dich.“

19. KAPITEL

Ich war sicher, dass Peters Überraschung rein sexueller Natur sein würde, aber als wir seine Wohnung erreichten und er darauf bestand, dass ich mir die Augen zuhielt, während er mich zu seinem zweiten Schlafzimmer führte, wurde mir bewusst, dass es sich um etwas anderes handeln musste.

„Was ist es?", fragte ich ungeduldig wie ein Kind und etwas aufgeregt.

„Du wirst es gleich sehen."

Ich spürte, wie er die Schlafzimmertür öffnete. Dann führte er mich in das Zimmer.

„Okay. Jetzt darfst du die Augen aufmachen."

Ich öffnete die Augen. Und war außer mir vor Überraschung.

„Peter", sagte ich ehrfürchtig. Vor mir stand eine große Staffelei, daneben ein Hocker und ein Tisch, auf dem Pinsel und Farben ausgebreitet waren.

„Gefällt es dir?", wollte er wissen.

Ich drehte mich zu ihm um. Meine Gefühle übermannten mich. „Ich kann nicht ... ich kann nicht glauben, dass du das hier für mich gemacht hast."

Peters Augen funkelten. „Dann gefällt es dir?"

„Ich liebe es. Und ich liebe dich, weil du dich für meine Malerei interessierst."

„Ich habe einen Freund in Miami. Er kennt jemanden, der eine Galerie führt. Vielleicht kannst du deinen Traum doch noch verwirklichen."

Ich trat zu Peter und legte meine Hand auf seine Wange. Andrew hatte mein „Hobby" nie richtig ernst genommen. Und hier stand Peter vor mir, der mich ermutigte, meinen Traum zu verwirklichen, nachdem ich ihn erst wenige Wochen kannte.

„Ich danke dir", sagte ich. „Das bedeutet mir wirklich ungeheuer viel."

Ich drückte meine Lippen auf seine.

Und dann liebten wir uns langsam auf dem Schlafzimmerfußboden.

Einen Großteil der nächsten zwei Wochen verbrachte ich in Peters Bett – mit Ausnahme der Zeit, während der er arbeiten musste –, und es war genau der Ort, an dem ich sein wollte.

Der Sex war einfach fantastisch, intensiv und hocherotisch. Wir trieben es oft. Ehrlich gesagt wusste ich nicht, wann es mir je langweilig werden sollte, mit Peter zu schlafen.

Abgesehen von dem einen Mal hinter *Denny's* verhüteten wir jedes Mal. Wir ließen die Leidenschaft nicht komplett über unsere Vernunft siegen.

Und zwischen uns fand eine Veränderung statt. Je häufiger wir Sex hatten, desto häufiger begann es sich anzufühlen, als liebten wir uns. Wir kamen uns näher. Ich begann mich zu fragen, ob dies der Beginn einer ernsthaften Beziehung war.

Er gab mir sogar einen Schlüssel, sodass ich kommen und gehen konnte, wie es mir gefiel.

Peter arbeitete Freitag, Samstag und Sonntagmorgen – ein weiterer Wochenendauftrag außerhalb der Stadt –, und Sonntagabend war ich wieder bei ihm. Wir hatten nicht nur unglaublich viel Sex, sondern wir kochten auch gemeinsam, räumten auf und putzten. Wir verhielten uns in allen Belangen wie ein richtiges Paar.

Aber Dienstagmorgen wusste ich, dass ich gehen musste. Mein Plan, schon Montag heimzufahren, war vereitelt worden, da Peter mich mit noch mehr Sex zum Bleiben verführt hatte.

Ich drehte den Kopf und schaute auf den Digitalwecker auf dem Nachttisch neben Peters Bettseite. Es war 7 Uhr 53.

„Du bist schon wach?"

Peters Frage überraschte mich. Ich hatte geglaubt, er würde noch schlafen.

Ich legte mich wieder hin. „Ja. Ich muss bald los."

„Du gehst weg?", fragte Peter. „Wohin?"

„Nach Hause."

Peters Blick wurde finster. „Warum?"

„Du weißt schon. Ich werde meinen Anrufbeantworter abhören, das Haus putzen, die Post reinholen. Es gibt Rechnungen, die bezahlt werden müssen ..."

„Du musst das alles jetzt sofort machen?"

„Ich fange besser früh an", erklärte ich und küsste ihn auf die Nase. „Besonders da ich später wieder zu dir zurückkomme. Außerdem habe ich meiner Freundin Marnie versprochen, heute mit ihr shoppen zu gehen."

„Du kannst deine Nachrichten von hier abhören", schlug Peter vor. „Und Marnie braucht dich nicht, um einzukaufen, oder?"

„Theoretisch nicht. Aber es ist lustiger, wenn man mit einer Freundin unterwegs ist."

„Ich gehe nicht gerne shoppen."

„Das liegt daran, dass du ein Mann bist", neckte ich ihn lächelnd.

Peter legte seinen Arm um meine Taille. „Ich will nicht, dass du gehst."

„Ich komme wieder."

„Bleib einfach bei mir."

Ich befreite mich aus Peters Umarmung. „Ich muss gehen", erklärte ich und stieg aus dem Bett. Es geht auch um meine Katze. Sie muss am Verhungern sein."

„Ach, deiner Katze geht's bestimmt gut", beruhigte Peter mich. „Die können tagelang ohne Futter überleben. Ich weiß das, ich hatte selbst mal eine."

„Du hattest eine Katze … in Italien?“

„Ja.“

„Ich vermute, du hast sie dort zurückgelassen?“

„Nein, ich habe das Mistvieh ertränkt, als es mich gekratzt hat.“

Entsetzt öffnete ich den Mund. „Peter!“

Er grinste ausgelassen. „War natürlich nur ein Scherz.“

„Das ist schrecklich, so etwas sagt man nicht. Warum machst du darüber Witze?“

„Es war nur ein Scherz“, betonte Peter leichthin. „Soweit ich weiß, lebt Madonna noch. Sie ist wie alt? Vierzehn. Sie lebt bei einer meiner Schwestern.“

Ich fand meinen Slip auf dem Fußboden und stieg hinein. „Das höre ich gerne. Aber ich muss trotzdem heim und Peaches füttern.“

„Okay. Geh nach Hause und füttere deine Katze. Aber komm danach sofort wieder zurück.“

Ein leiser Ärger machte sich in mir breit. Es war ja nicht so, als verbrachte ich nicht genug Zeit bei Peter. Ohne zu antworten, zog ich mein Kleid über den Kopf. Dann trat ich ans Bett und gab Peter einen Kuss.

Er legte einen Arm um mich und zog mich zu sich ins Bett. Ich wollte protestieren, aber so wie mich seine Lippen zum Schweigen brachten, schmolz ich bei diesem Kuss dahin.

Ich begann wirklich zu glauben, machtlos zu sein, sobald Peter mich berührte. Dass ich nicht länger denken konnte, wenn sich seine Hände oder sein Mund auf meinem Körper befanden.

„Lass mich dich lieben, *bella*“, flüsterte er mir ins Ohr und ließ meinen Körper erschauern.

Und als er mein Kleid und meinen Slip beiseiteschob und sein Gesicht in meiner Muschi vergrub, vergaß ich, dass ich nach Hause fahren wollte.

Erst am nächsten Morgen schaffte ich es nach Hause. Und dann auch nur, weil Peter zur Arbeit gehen musste. Peaches begrüßte mich vor der Haustür. Ihr Maunzen war eindeutig.

„Es tut mir leid, Süße“, sagte ich und beugte mich hinunter, um sie zu streicheln. Sie ließ es sich kurz gefallen, dann schlängelte sie sich in die Küche und schaute sich immer wieder nach mir um. Als sie sah, dass ich ihr folgte, lief sie weiter. Vor ihrem leeren Fressnapf blieb sie stehen und schaute mit so flehender Miene zu mir auf, als bettelte sie: *Füttere mich!*

Rasch füllte ich einen Napf mit Wasser und den anderen mit Futter. Peaches rieb ihr Köpfchen an meinen Beinen und schnurrte. Sie zeigte mir ihre Liebe, während ich versuchte, ihr das zurückzugeben, wonach sie am meisten hungerte.

Sobald ich ihr etwas zu essen hingestellt hatte, stürzte sie sich darauf.

Das rote Licht des Wandtelefons blinkte, also rief ich meine Nachrichten ab. Es gab fünf von Marnie, die erste von Montagabend, die letzte war vor einer Stunde eingegangen. Sie wollte wissen, wo ich war und warum ich sie versetzt hatte.

Ich rief sie an.

„Du bist also noch nicht tot“, bemerkte sie sarkastisch, als sie abnahm.

„Es tut mir leid, Marnie. Ich habe dich wirklich nicht versetzen wollen.“

„Was ist passiert?“

„Ich habe nur … Ich habe mit Peter die Zeit vergessen.“

„Ich habe versucht, dich auf dem Handy zu erreichen. Aber deine Mailbox ist sofort angesprungen.“

Weil ich nicht gestört werden wollte, hatte ich mein Handy abgeschaltet. Das war verrückt, aber wenn ich bei Peter war, drehte sich meine ganze Welt nur um ihn. So war ich in meinem täglichen Leben mit Andrew nie gewesen.

Natürlich ging es in meinem täglichen Leben mit Andrew auch nicht in erster Linie um Sex.

Ich wollte Marnie gegenüber nicht zugeben, dass ich mein Handy ausschaltete, um die ganze Welt auszublenden, denn das klänge ... nun, ziemlich dürftig. Darum antwortete ich nur: „Lass uns neue Pläne schmieden. Ich *verspreche*, ich werde diesmal da sein."

„Ich hatte eine Überraschung für dich, weißt du?"

„Wirklich?"

„Ja. Robert."

„TRULYACUTIE? Er war da?"

„Hmm. Er kam mit, damit er endlich meine Freundin kennenlernt, von der ich ständig rede."

„Oh Marnie! Es tut mir wirklich leid."

„Robert war enttäuscht. Er hat sich darauf gefreut, dich kennenzulernen."

Ich wusste nicht, was ich sagen sollte, um es irgendwie wiedergutzumachen, darum schwieg ich.

Marnie unterbrach mein Schweigen. „Du hättest wenigstens anrufen können. Das ist so untypisch für dich."

„Ich weiß, ich weiß, es war wirklich blöd von mir. Aber lass uns einfach etwas Neues planen. Hey, wir könnten dieses Wochenende alle zusammen ausgehen, vielleicht in einen tollen Club."

„Das ist eine gute Idee", antwortete Marnie. Ihr Verhalten wurde spürbar herzlicher.

„Das wird ein Spaß. Frag Robert, ob es einen Club gibt, den er bevorzugt. Ich lasse euch die Wahl."

Danach verlief unser Gespräch gut, und als wir uns verabschiedeten, freuten wir uns schon auf das Doppeldate.

Aber als ich an diesem Abend nach dem Abendessen Peter gegenüber unseren Plan zur Sprache brachte, hätte er kaum weniger Begeisterung zeigen können.

„Ich denke, das sollten wir nicht tun", erklärte er.
„Warum nicht?"
„Ich mag es nicht, in einen Club zu gehen, wo die anderen Männer dich anstarren und versuchen, dich anzufassen."
Ich runzelte die Stirn, während ich unsere Teller in die Spüle stellte. „Nun ja, wir können auch essen gehen."
„Vielleicht." Er klang nicht besonders interessiert.
„Wir müssen etwas unternehmen", sagte ich und drehte mich zu ihm um. Er lehnte am Kühlschrank. „Marnie war ziemlich enttäuscht, dass ich zu unserer Shoppingtour gestern nicht aufgetaucht bin. Offenbar sollte ich bei der Gelegenheit ihren neuen Freund kennenlernen."
„Warum solltest du ihren Freund kennenlernen?"
Was für eine Frage war das denn? „Darum. Sie ist meine beste Freundin. Und jetzt, da es in ihrem Leben jemand Neues gibt, will sie mich mit ihm bekannt machen." Ich zögerte. „Ich möchte auch, dass sie dich näher kennenlernt."
Peters Augenbrauen hoben sich, als er mich anstarrte. „Heißt das, du denkst, ich bin jemand Besonderes?"
„Natürlich bist du jemand Besonderes", antwortete ich ohne Zögern. Bis jetzt hatten wir noch nicht dieses Sind-wir-ein-Paar-oder-ficken-wir-nur-Gespräch geführt. Aber da wir so viel Zeit miteinander verbrachten, fühlte ich mich auf der sicheren Seite, wenn ich daraus schloss, dass wir über eine schlichte Fickbeziehung hinaus waren.
Auch wenn das unsere Lieblingsbeschäftigung war.
„Oder sind wir nicht zusammen?", fragte ich leichthin. „Geht es für dich nur um Sex?"
„Es ging nie bloß um Sex", erwiderte Peter ruhig.
„Gut", sagte ich. „Ich bin froh, dass du dasselbe fühlst. Darum denke ich, es ist wichtig, dass du meine Freunde kennenlernst. Und ich würde auch gerne deine Freunde kennenlernen. Ich vermute, du hast wenig Zeit mit ihnen verbracht,

seit ich aufgetaucht bin. Aber vielleicht möchten sie gerne die Frau treffen, die deine ganze Zeit beansprucht."

„Ich habe nicht viele Freunde."

Schon zuvor hatte ich gespürt, dass er ein Einzelgänger war. Vielleicht lag es daran, dass seine Familie in Italien lebte. Aber sicher hatte er einen guten Freund. „Wenigstens eine Person muss es geben, die dir nahesteht", sagte ich. „So wie Marnie und ich."

„Ich bin dir nahe", erwiderte Peter. „Du bist alles, was ich brauche."

„Der Abend, an dem ich dir begegnet bin – mit wem warst du da unterwegs?"

„Ich war allein."

Gut, das war ein bisschen merkwürdig. Aber nicht völlig ungewöhnlich. Männer machten das vermutlich häufiger als Frauen, besonders wenn sie es darauf anlegten, jemanden flachzulegen. Frauen gingen gern mit einer oder mehreren Freundinnen aus – auch und besonders auf die Damentoilette.

„Ich glaube, ich habe mich auf den ersten Blick in dich verliebt", gestand Peter. „Im ersten Moment, als ich dich sah."

Ich kicherte, weil ich dachte, Peter konnte das nicht ernst meinen. Aber als ich den feierlichen Ausdruck auf seinem Gesicht sah, hörte ich auf zu lachen.

„Du nimmst mich nicht auf den Arm", stellte ich fest.

„Ich mache nie Witze über die Liebe."

Mein Gott, er liebte mich. Oder zumindest glaubte er das.

Peter trat zu mir und legte seine Arme um meine Taille. „Liebst du mich, Sophie?"

Einige Sekunden verrannen. Ich wusste nicht, was ich sagen sollte. Aber Peter starrte mich an und erwartete eine Antwort.

„Ich liebe es wirklich, mit dir zusammen zu sein", antwortete ich langsam.

Er ließ mich abrupt los. „Du liebst es, mit mir Sex zu haben", beschuldigte er mich.

„Also ja, natürlich", erwiderte ich vorsichtig. „Liebst du es nicht, mit mir Sex zu haben?"

„Meine Beziehung zu dir dreht sich nicht nur um Sex", antwortete er. An seiner knappen Erwiderung erkannte ich, dass er wütend war.

„Es geht auch für mich nicht nur um Sex", erklärte ich ihm. „Ich mag dich, Peter. Andernfalls würde ich nicht so viel Zeit hier bei dir verbringen. Aber wie lange kennen wir uns jetzt? Dreieinhalb Wochen? Ist das lange genug, um zu wissen, dass man jemanden liebt?"

„Ja", antwortete Peter ohne Zögern. „Glaubst du nicht an Liebe auf den ersten Blick?"

Diese Unterhaltung ging nicht in die Richtung, die ich mir wünschte. Sie war viel zu ernst, und ich hatte das Gefühl, dass es egal war, was ich sagte. Peter wäre nicht zufrieden damit. Alles was ich wusste, war, dass ich noch nicht bereit war, mit ihm über Liebe zu reden, nicht solange ich eine verheiratete Frau war, die über die Zukunft mit ihrem Ehemann unentschlossen war.

„Meine Eltern haben sich auf den ersten Blick ineinander verliebt", fuhr Peter fort. „Sie waren drei Wochen später verheiratet und blieben es, bis sie 34 Jahre später starben."

„Das ist so eine schöne Geschichte", sagte ich leise und drückte meine Handflächen gegen Peters Brust. Nach der gescheiterten Ehe meiner Eltern und meinen eigenen Problemen mit Andrew war ich von diesem Für-immer-und-ewig-Traum genervt, aber die Geschichte seiner Eltern war von der Sorte, die mich wieder an die Liebe glauben ließ. „Um ehrlich zu sein, habe ich bisher versucht, nicht über Liebe nachzudenken", erklärte ich ihm. „Ich habe mich mehr als einmal verbrannt. Erst bei Chad und jetzt bei Andrew."

Peter umschloss mein Gesicht mit beiden Händen. „Ich würde dir nie wehtun", versicherte er und blickte mir tief in die Augen. „Ich liebe dich."

Konnte er das womöglich ernst meinen? Liebte er mich *wirklich* – romantische Liebe, nicht bloß Begehren?

„Und ich denke, du liebst mich auch", fuhr er fort. „Selbst wenn du Angst vor deinen Gefühlen hast."

Peter küsste mich, und die eine Sache, derer ich mir absolut sicher war – meine körperliche Lust auf ihn – rührte sich tief in meinem Unterleib.

Sein Telefon klingelte, und wir lösten uns voneinander. Als er in das Wohnzimmer eilte, um ans Telefon zu gehen, nutzte ich den Augenblick, um zu Atem zu kommen.

Peter liebte mich.

Warum fühlte sich mein Herz angesichts dieser Nachricht schwerer an und nicht leichter?

Ich wusste, ich mochte ihn – sehr sogar –, und unsere körperliche Anziehung konnte ich kaum leugnen. Was ich im sexuellen Sinne für Peter empfand – das konnte ich ehrlich behaupten –, hatte ich noch nie für einen anderen Mann empfunden.

Aber Liebe?

„Ja, Omar", hörte ich Peter sagen. „Ich habe den überarbeiteten Plan bekommen. Mach dir keine Sorgen."

Ich drehte mich wieder zum Spülbecken um und wusch die Teller ab, damit ich sie anschließend in die Spülmaschine stellen konnte. Ich hörte, wie Peter das Gespräch beendete und er zurück in die Küche schlenderte.

Ich wandte mich zu ihm um. „Dann sind wir Freitagabend mit Marnie und Robert zum Essen verabredet?"

„Essen gehen wäre nett."

„Gut." Ich lächelte. „Ich werde es Marnie sagen, und wir überlegen uns, wo wir hingehen. Das wird bestimmt ein Spaß."

„Schön. Jetzt komm her."

Er schlang die Arme um mich und zog mich von der Spüle weg. Obwohl meine Hände nass waren, verschränkte er seine Finger mit meinen und begann mich zu küssen.

Ehe ich auch nur die Spülmaschine einräumen konnte, endeten wir nackt auf dem Sofa und fickten wie Duracell-Häschen, die nicht genug voneinander bekommen konnten.

Wir spielten immer weiter das frisch ineinander verliebte Paar – kochten gemeinsam, räumten zusammen auf und lagen Arm in Arm auf dem Sofa und schauten Filme.

Aber es gab keinen Zweifel, dass in diesem häuslichen Spiel das Schlafzimmer unser bevorzugter Ort war.

20. KAPITEL

Freitagmorgen fuhr ich zu Peters Wohnung und benutzte den Schlüssel, den er mir gegeben hatte. Donnerstagabend musste er lange arbeiten, darum war ich so spät nicht mehr zu ihm gefahren, aber ich hatte ihm versprochen, Freitag da zu sein, bevor er heimkam.

Seine Wohnung war ziemlich aufgeräumt, abgesehen von ein paar Tellern und Besteck, die in der Spüle lagen. Ich räumte sie in die Spülmaschine und schaltete sie ein, dann wischte ich die Oberflächen ab und entzündete eine Vanillekerze, damit es gut duftete, wenn Peter kam.

Als er um sechs noch nicht zu Hause war, begann ich mir Sorgen zu machen. Er hatte mir versichert, spätestens um halb sechs da zu sein, damit er genug Zeit haben würde, sich für unsere Verabredung mit Marnie und Robert zurechtzumachen. Er drehte einen Film im Auftrag einer Schuhfirma und hatte früh anfangen müssen, um den Job heute zu beenden.

Während ich wartete, rief ich Marnie an.

„Hey, Soph“, sagte sie. „Wir sind doch noch um acht verabredet?“

„Auf jeden Fall“, erwiderte ich. „Peter ist allerdings noch nicht zu Hause. Ich wollte nur sagen, dass wir vermutlich ein bisschen später kommen.“

„Versuch, nicht zu spät zu kommen.“

„Ich hoffe, das passiert nicht.“

„Gut.“

Ich hörte, wie sich der Türknauf drehte. „Marnie, Peter kommt gerade. Wir sehen uns später, okay?“

„Bis dann.“

Als Peter das Apartment betrat, trug er eine finstere Miene zur Schau. Ich ging sofort zu ihm und umarmte ihn.

„Hi, Liebster", sagte ich. „Warum siehst du so verärgert aus?"

„Ich hatte einen beschissenen Tag", erklärte er. „Es gab eine Menge Probleme beim Dreh."

„Ach nein! Hat sich denn alles wieder eingerenkt?"

„Zum Schluss, ja. Aber ich bin nicht sicher, ob ich für diese Produktionsfirma noch mal arbeiten werde."

„Warum nicht?"

„Ich hatte eine Auseinandersetzung mit dem Regisseur."

„Warum?"

Peter wischte die Frage beiseite. „Wir waren unterschiedlicher Meinung. Aber dich zu sehen lässt mich das vergessen." Die Anspannung schien aus seinem Körper zu weichen und er legte seine Hände auf meine Schultern. „Ich mag es, dass du hier bist, wenn ich heimkomme. Es fühlt sich gut an." Er zögerte. „Ich habe eine Überraschung für dich."

„Oh?", fragte ich lächelnd.

„Darum bin ich so spät." Peter griff in seine Gesäßtasche und brachte eine kleine blaue Samtschachtel zum Vorschein. „Hier."

In meinem Bauch machte sich ein Flattern breit, als er mir die Schachtel reichte. „Peter ..."

„Mach es auf", sagte er.

Ich atmete tief ein, dann hob ich den Deckel. Und schnappte nach Luft, als ich ein Paar Ohrringe erblickte. Echte Diamanten – so sah es zumindest aus – waren kreisförmig um einen champagnerfarbenen Stein angeordnet.

„Peter!"

„Das sind Diamanten", erklärte er. „Sogar der Stein in der Mitte, in Weißgold gefasst."

Bewundernd starrte ich die Ohrringe an.

„Es ist nur ein Drittel Karat. Beim nächsten Mal wird es mehr sein."

„Sie sind wunderschön", erklärte ich und küsste ihn sanft auf den Mund. „Ich liebe sie."

Außer dem Armband, das Andrew mir zum ersten Hochzeitstag geschenkt hatte, war ich von ihm nie mit einem Geschenk wie diesem überrascht worden. Hin und wieder Blumen. Eine Schachtel Pralinen zum Valentinstag. Ich hatte ihm einige Hinweise auf das Diamantarmband gegeben, das ich mir zu unserem achten Hochzeitstag wünschte, aber er kaufte mir stattdessen Schokolade und ein Paar Schuhe.

„Ich freue mich, dass sie dir gefallen", strahlte Peter. „Leg sie an."

Ich nahm meine goldenen Creolen heraus und probierte die neuen an.

„Wunderschön", befand Peter. „Genau wie du."

Ich ging zu dem Spiegel neben der Wohnungstür. Die Diamanten funkelten. „Sie sind atemberaubend schön."

Peter trat hinter mich und blickte mich im Spiegel an. Ich sah und spürte, wie er mich auf die Wange küsste.

„Was möchtest du heute Abend essen?", fragte er. „Ich mache uns eine leckere Hühnchen-Parmigiana mit gegrilltem Gemüse. Ich kann rasch in den Supermarkt laufen und holen, was ich brauche."

„Oh nein", erwiderte ich. „Wir haben heute etwas vor, schon vergessen? Wir sind mit Marnie und Robert verabredet."

„Das ist heute Abend?"

„Ja, das ist heute Abend", antwortete ich und klang ein bisschen genervt. Ich konnte nicht glauben, dass Peter unsere Verabredung vergessen hatte. „Und wir müssen um acht da sein. Wenn du noch duschen willst, solltest du das jetzt tun."

„Ich bin nicht sicher, ob ich heute so ein guter Gesellschafter bin", erklärte Peter. „Wie ich schon sagte, ich hatte einen blöden Tag."

Nein, nein, nein. Das konnte doch nicht wahr sein. „Es

wird dich aufmuntern, wenn wir ausgehen", behauptete ich. Meine Stimme klang so optimistisch wie möglich. Plötzlich hatte ich das Gefühl, Peter überreden zu müssen. „Marnie ist wirklich lustig, und sie spricht in den höchsten Tönen von Robert. Ich wette, ihr zwei werdet euch gut verstehen."

Peter zuckte mit den Schultern, als würde ich ihn darum bitten. Als hätten wir das Treffen nicht vor zwei Tagen verabredet.

Meine Gedanken rasten. „Wenn du willst, brauchen wir nicht so lange bleiben. Wir können früh heimgehen ... für unser ganz spezielles Dessert."

Peter antwortete nicht, sondern schlenderte in die Küche und nahm eine Flasche Bier aus dem Kühlschrank.

Marnie würde mich hassen, wenn ich heute Abend nicht auftauchte. Nun ja, wenn sie mich nicht hasste, würde sie mir zumindest nie vergeben. Nicht wenn ich sie zweimal hintereinander versetzte.

„Ich habe meine Sachen zum Wechseln mitgebracht", sagte ich verführerisch. „Ich dachte, wir könnten zusammen duschen, bevor wir ausgehen ..."

Peter ließ die Bierflasche sinken. Eine Braue hob sich interessiert, während er mich anschaute. „Du willst mit mir zusammen duschen? Jetzt sofort?"

„Wir haben noch ein wenig Zeit", fügte ich mit einem Zwinkern hinzu. Vielleicht versetzte es Peter in bessere Stimmung, wenn wir Sex hatten. Dann hätte ich kein Problem, ihn später zu unserer Verabredung mitzunehmen.

Peter stellte die Flasche Bier zurück in den Kühlschrank. Sein Lächeln war wie das einer Katze, die einen Kanarienvogel im Maul trug. Er kam auf mich zu und schloss mich in die Arme. Als unsere Körper sich aneinanderdrückten, konnte ich spüren, dass sein Schwanz bereits hart war.

Wir waren beide nackt, ehe wir das Badezimmer erreichten. Peter ließ mich los, um die Dusche aufzudrehen und die Temperatur zu regulieren. Dann trat er in die Duschkabine und reichte mir die Hand.

Ich trat neben ihm in die Dusche und schloss die Tür hinter mir. Warmes Wasser rann über mein Gesicht und meinen Körper. Peter rieb seine Hände über meine Brüste und kniff zärtlich meine Nippel. Dann ließ er beide Hände tiefer wandern. Eine wanderte zwischen meine Beine, die andere umfasste meinen Hintern.

Ich griff nach seinem Schwanz und begann seinen beeindruckend großen Schaft zu streicheln. Wir küssten uns, während das warme Wasser über unsere Körper floss.

Plötzlich ließ Peter mich los und griff nach der Irish-Spring-Seife. Er verteilte die Seife auf meinen Brüsten und schäumte sie auf, ehe er sich an meinem Oberkörper nach unten vorarbeitete. Als er meine Vagina erreichte, bewegten sich seine Finger nicht nur darin, um mich zu waschen, sondern um mich zu liebkosen. Schon bald klammerte ich mich an seine Schultern und atmete schneller.

Peter senkte seinen Kopf und begann an meinem Nippel zu saugen, während seine Finger meine Perle reizten. Ich schlang meine Arme um seinen Hals und hielt mich an ihm fest, während seine seifigen Hände mir ungeahnte Lust bereiteten.

Die Kombination von seinem Mund auf meiner Brust und seinen Fingern in mir ließ eine herrliche Hitze durch meine Klit pulsieren. Und als er seinen Mund auf meine andere Brust legte und zärtlich am Nippel saugte, kam ich. Mein Orgasmus explodierte in mir wie eine Bombe.

Ich keuchte, hielt mich an ihm fest, weil meine Knie unter mir wegknickten. Ich dachte, Peter würde jetzt meine Beine spreizen und seinen Schwanz in mich hineinstoßen, aber stattdessen hob er mich hoch und trug mich aus der Dusche. Die

Klimaanlage strich kühl über meinen Körper, als er das Badezimmer verließ. Seine Hände aber machten mich heiß. Wir küssten uns, während er mich ins Schlafzimmer trug. Küssten uns, als er mich auf sein Bett legte.

„Ich will dich verspeisen", brachte Peter mit rauer Stimme hervor.

„Lass mich dich verwöhnen", drängte ich. Es war immer Peter, der gab, wenn es zum Oralsex kam. Er behauptete, es gefiele ihm mehr als alles andere, mir Lust zu verschaffen. Aber zur Abwechslung wollte ich ihn in meinem Mund haben, wollte fühlen, wie sein Körper meiner Berührung erlag.

„Dann klettere auf mein Gesicht", schlug er vor. „Lass es uns gemeinsam tun."

Allein der Gedanke ließ mich stöhnen. Rasch setzte ich mich auf Peters Gesicht und brachte mein eigenes Gesicht über seinem Schwanz in Position. Über unseren Köpfen wirbelte der Deckenventilator und blies kühle Luft auf unsere Körper hinab. Gänsehaut breitete sich auf meiner Haut aus.

Doch innerhalb weniger Augenblicke explodierte die Hitze in meinem Körper, als Peter meinen Hintern packte und meine Klit in seinen Mund nahm. Plötzlich war ich dankbar für den kühlen Luftzug, den der Ventilator verbreitete. Lustvoll aufstöhnend nahm ich seinen Schwanz in die Hand und bewegte sie auf und ab, bis er voll erigiert war. Dann nahm ich seinen Schwanz in den Mund, während Peter weiter an mir saugte.

Auf und ab bewegte sich mein Mund. Ich versuchte meine Bewegungen zwischen meinem euphorischen Keuchen regelmäßig zu halten. Ich nahm ihn bis in die Tiefe meiner Kehle auf, während ich ihn massierte. Peters Stöhnen wurde lauter und vergrößerte meine Lust. Er war gefräßig, vergrub seine Zunge und seine Finger in meinem Lustzentrum, leckte meine Säfte, als könnte er nicht genug von mir bekommen.

Ich konnte mich nicht mehr darauf konzentrieren, Peter einen zu blasen, nicht solange er so geschickt und aufreizend meine Perle leckte. Es war das Geräusch, wie er an seinen Fingern saugte, das mir schließlich den Rest gab. Hitze explodierte in meinem Körper zu einem intensiven, wunderbaren Orgasmus.

Er war nicht in meinem Mund, aber Peter kam im gleichen Moment wie ich. Sein Samen spritzte hoch, ein Teil landete auf meiner Hand. Es fühlte sich warm an. Mein Finger glitt über die Spitze seines Penis und verteilte das feuchte Elixier.

Peter schob mich von sich herunter und legte sich neben mich. Er begann mich zu küssen, ehe er sich auf mich schob.

Er spreizte meine Beine und ließ sich dazwischen nieder.

„Peter …"

Er brachte mich mit seinen Lippen zum Schweigen und steckte seinen Schwanz in mich. Ich wollte ihm sagen, dass er ein Kondom überstreifen sollte, aber er küsste mich weiter, und danach fand ich einfach nicht die richtigen Worte.

Peter fickte mich hart, dann langsamer und zärtlich. Um halb acht wusste ich, dass wir zu spät kamen und versuchte es ihm zu sagen.

Statt mir zuzuhören, stieß er seinen Schwanz in mich, bis ich nicht länger über die Zeit nachdachte.

Wir hörten nicht auf zu ficken, bis es fast neun war. Erst dann schien Peter nur leicht besorgt zu sein, dass wir zu spät kommen könnten.

„Ich muss duschen", verkündete er. „Wir kommen schon nicht zu spät."

Ich weiß nicht, warum, aber seine Worte machten mich wütend. Er wusste verdammt gut, dass wir fürs Abendessen zu spät waren, und ich konnte Marnie wohl schlecht anrufen und ihr erzählen, dass wir gefickt hatten.

Peter ging bereits ins Badezimmer. Ich schaute auf die Uhr. 8 Uhr 58.

Mist.

Ich stand auf und durchquerte den Raum zu meiner Tasche mit den Sachen für heute Abend. Wenn wir uns beeilten, schafften wir es vielleicht in einer halben Stunde und Marnie wäre nicht allzu sauer.

Ich hastete zur Badezimmertür. „Beeil dich!", rief ich.

„Was?", rief Peter. Ich hörte das Rauschen der Dusche.

„Beeil dich! Vielleicht schaffen wir's noch rechtzeitig zum Nachtisch."

Aber Peter beeilte sich nicht. Er duschte, als hätte er alle Zeit der Welt. Ich zog mein schwarzes Kleid an und legte rasch ein leichtes Make-up auf. Er war immer noch in der Dusche.

Ich saß im Sessel in seinem Zimmer und schmollte, als er endlich aus dem Badezimmer schlenderte. Er rieb sich das nasse Haar mit einem Handtuch trocken.

„Gib mir nur ein paar Minuten, dann bin ich fertig", sagte er. „Oh, ich putze besser noch meine Zähne."

Es war 9 Uhr 22.

Peter besaß die Frechheit, wieder ins Badezimmer zu gehen. Ich fuhr aus dem Sessel hoch, griff nach meiner Handtasche, die auf dem Boden stand, und ging ohne ein Abschiedswort zur Wohnungstür.

Als ich im Auto saß, rief ich sofort Marnie an. Sie nahm ab, und ohne Begrüßung begann ich mit meiner Entschuldigung: „Es tut mir leid. Ich weiß, du hasst mich dafür, aber es tut mir leid."

„Wo bist du?"

Ich seufzte. „In meinem Auto. Ich fahre gerade los."

„Ihr seid unterwegs?"

Ich antwortete nicht sofort. „Peter … Er ist noch bei sich zu Hause. Ich war so genervt und bin einfach gegangen."

„Robert, warte einen Moment, ja?", hörte ich Marnie sagen. Dann war ein Rascheln zu hören, und nach einigen Sekunden war Marnie wieder am anderen Ende der Leitung. „Was ist passiert?"

„Ich war fertig, als Peter nach Hause kam und mich aufhielt. Und …"

„Und was?"

Ich sagte nichts.

„Was denn, ihr seid im Bett gelandet oder was?"

„Ja", gestand ich. Was brachte es mir, jetzt zu lügen? „Er hatte schlechte Laune, darum dachte ich … und die Zeit verflog." Ich konnte Peter nicht allein Schuld daran geben, dass wir das Abendessen versäumt hatten. Schließlich war ich erwachsen und musste die Verantwortung übernehmen, nachdem ich zugelassen hatte, dass er mich verführte.

„Was ist nur mit euch los?", fragte Marnie.

„Ich denke, er wollte eigentlich nicht ausgehen", erklärte ich. „Es war, als müsste ich ihn mühsam dazu überreden, damit er sich überhaupt fertig machte."

„Weißt du, Sex ist toll, aber nicht auf Kosten eines Lebens."

„Was soll das heißen?"

„Du rufst nicht zurück, du versetzt mich. So unzuverlässig warst du noch nie."

„Es wird nicht mehr passieren."

„Ich glaube dir nicht."

„Was?"

„Wie viel wettest du, dass Peter das nächste Mal, wenn wir etwas unternehmen wollen, wieder so eine Show abzieht? Ich denke, er will dich ganz für sich."

„Das ist doch lächerlich", erwiderte ich. Aber Marnies

Bemerkung brachte mich zum Nachdenken. Peter und ich verbrachten wirklich viel Zeit in seiner Wohnung. Und den Großteil der Zeit verbrachten wir bumsend, als hätten wir die Kunst des Sex persönlich erfunden.

„Du hast dich verändert“, behauptete Marnie. „Und das gefällt mir nicht.“

Einen Augenblick herrschte Stille. „Willst du noch, dass ich dich und Robert treffe? Ich kann vorbeikommen und wir trinken eine Tasse Kaffee oder so.“

„Mach dir keine Umstände“, antwortete Marnie schnippisch und legte auf.

„Verdammt!“, schrie ich und warf mein Handy auf den Beifahrersitz.

Auf dem Heimweg fuhr ich ziemlich rücksichtslos. Nahm Kurven zu schnell. Wechselte die Spur. Gab Gas.

Ich war wütend. Wütend auf Peter, der schuld war, dass wir die Verabredung verpasst hatten. Wütend auf Marnie, die stinksauer auf mich war.

Wütend auf mich, weil ich mich wie ein unreifer Teenager verhielt.

Was *machte* ich überhaupt? Marnie hatte recht – Sex war toll, aber nicht auf Kosten des eigenen Lebens.

Ich konnte meiner besten Freundin nicht den Rücken zuwenden, bloß weil ich gerade den besten Sex meines Lebens hatte.

Mein Handy klingelte und ich griff danach. Ich sah Peters Nummer auf dem Display.

Ich ging nicht ran.

Das Telefon klingelte noch zweimal, bis ich zu Hause ankam. Beide Male war es Peter und beide Male ging ich nicht ran. Ich brauchte jetzt etwas Abstand von ihm.

Als ich in meine Straße einbog, beruhigte ich mich ein wenig. Ich würde Marnie morgen früh anrufen und ihr versprechen, dass ich sie *nie wieder* versetzen würde. Solange es nicht um Leben und Tod ging.

Ich näherte mich meinem Haus, als ich erkannte, dass die Einfahrt nicht leer war.

Andrews SUV stand dort.

Ich hielt am Bordstein vor meinem Haus und überlegte, was ich tun sollte. Andrew hatte mir in den letzten Wochen ein paar Nachrichten hinterlassen, aber ich hatte mich nicht zurückgemeldet. Ich überlegte, ob ich eine Zeitlang ziellos umherfahren sollte, in der Hoffnung, dass er fort wäre, wenn ich zurückkam. Wenn Marnie mit Robert unterwegs war, konnte ich sie anrufen und eine Weile in ihrer Wohnung bleiben.

Und wenn ich Peter sein Verhalten nicht übel nehmen würde, könnte ich zurück zu ihm fahren.

Aber so wie ich mich fühlte, wollte ich nirgendwohin. Weiß Gott, wie lange Andrew hierbleiben wollte. Seufzend fand ich mich damit ab, dass ich genauso gut in unser Haus gehen und ihm gegenübertreten konnte.

Ich lenkte meinen Wagen in die Einfahrt. Langsam stieg ich aus und ging ins Haus.

Andrew saß auf dem Sofa im Wohnzimmer. Seine Arme waren über die Rückenlehne des Sofas gebreitet. Im Raum war es still, beinahe unheimlich. Da nicht einmal der Fernseher eingeschaltet war, hatte er offensichtlich gewartet, dass ich heimkam.

Er blickte auf, als er mich bemerkte. Doch er sagte nichts.

„Wie lange wartest du schon hier?“, fragte ich.

„Zweieinhalb Stunden.“

Mein Herz hämmerte, aber ich kam näher. Es gab keinen Grund, in meinem eigenen Haus nervös zu sein.

„Du trägst dein Kleid verkehrt herum“, bemerkte Andrew. Er sah mein Kleid an und mied mein Gesicht.

„Was?“ Rasch blickte ich an mir herunter. Tatsächlich, die Säume meines Kleids waren außen. Wie war mir bloß entgangen, dass ich mein Kleid verkehrt herum angezogen hatte?

Endlich hob Andrew den Kopf und blickte mich an. „Du warst also bei ihm?"

Ich antwortete nicht.

„Was hast du vor? Willst du so tun, als würdest du dich nicht mit jemandem treffen? Oder soll ich besser sagen, dass du nicht mit jemandem fickst?"

„Du bist derjenige, der mir sagte, ich solle eine Affäre anfangen."

Andrew lachte laut und blickte beiseite.

„Was ist denn?", fragte ich gereizt.

Langsam stand Andrew auf. „Warum hast du nicht zurückgerufen?"

„Weil ich nicht mit dir reden wollte."

„Dann ist es also vorbei? Denn wenn es das ist, brauchst du es nur zu sagen. Dann werde ich nicht länger an unserer Ehe festhalten."

Ich sagte nichts.

„Ich dachte, du würdest ein kleines Liebesabenteuer haben, damit wir quitt wären. Und nicht, um mich zu verlassen."

„Ich habe dir doch schon gesagt, dass nicht du die Regeln schreibst." Meine Brust schmerzte. Allein Andrew zu sehen zerrte an meinem Herz.

„Das sind hübsche Ohrringe."

Instinktiv hob ich eine Hand zum Ohr.

„Ich vermute, er hat sie dir geschenkt." Andrew zögerte. Sein Schweigen dehnte sich unendlich. „Liebst du diesen Kerl?"

„Nein." Ich war überrascht, wie leicht mir das Wort über die Lippen kam. Überrascht, wie sehr ich Andrew davon überzeugen wollte, obwohl Gott allein wusste, warum. „Ich liebe ihn nicht."

Andrews Augen leuchteten hoffnungsvoll auf. „Dann wirst du die Sache beenden?"

Jetzt zögerte ich. „Wenn ich so weit bin."

„Was soll das heißen, wenn du so weit bist?"

„Wenn ich so weit bin."

„Es ist nichts Ernstes mit ihm. Warum willst du ihn weiterficken?"

„Ich habe nicht behauptet, dass es nichts Ernstes ist."

„Jetzt bin ich verwirrt", gestand Andrew.

„Er behandelt mich gut. Und weißt du was? Der Sex ist fantastisch."

Andrews Wange zuckte angesichts meines unverfrorenen Geständnisses.

„Was ist los, Andrew?", fragte ich. Wut regte sich in mir, da ich mich an seinen Betrug erinnerte. „Es war in Ordnung, dass du mit einer anderen Frau im Bett warst, aber ich darf keinen Spaß haben?"

Er antwortete nicht.

„Du hast damit angefangen. Vergiss das nicht. Wenn du nicht beschlossen hättest, mit Isabel eine Affäre zu haben, würden wir diese Unterhaltung nicht führen."

„Ich habe dir gesagt, es tut mir leid. Wie oft kann ich dir das noch sagen?"

Es tut ihm leid. Als könnte eine Entschuldigung alles wieder in Ordnung bringen. Seine Worte erzürnten mich noch mehr.

„Der Sex, den ich jetzt habe, ist so geil, dass ich nicht glaube, dass er mich je betrügen wird", schleuderte ich ihm entgegen und rieb Salz in Andrews Wunde. Aber er verdiente es. Verdiente es, weil er mich so tief verletzt hatte. „Ich denke wirklich, ich könnte mich in ihn verlieben."

Das brachte Andrew zum Schweigen. Seine Lippen pressten sich zu einer dünnen Linie zusammen. Dann entfernte er sich von mir und ging zur Tür.

„Andrew." Ich folgte ihm. Plötzlich bereute ich, was ich gerade gesagt hatte. Ich hatte ihm wehtun wollen, und ich hatte mehr als das erreicht. „Andrew, warte."

Er blieb erst stehen, als er die Tür erreichte. Hörbar atmete er aus, ehe er sich zu mir umdrehte.

„Ich habe nicht ..."

„Ich denke, es ist wie du sagst. Nicht ich mache die Regeln. Ich würde mir nur wünschen zu wissen, welches Spiel wir spielen."

Ich machte den Mund auf und wollte etwas sagen, doch ich fand keine Worte. Mit raschen Schritten ging er zu seinem Wagen. Plötzlich wurde mir bewusst, dass ich ihn noch immer liebte. Aber ich war auch verunsichert, ob meine Liebe zu ihm eine Beziehung aushielt.

Es hatte ihn nicht daran gehindert, mich zu betrügen.

Ich ging zurück ins Haus und schloss die Tür. Ich war von dem, was die Zukunft für mich bereithielt, verwirrt.

Denn sosehr ich Andrew auch liebte, ich meinte das, was ich sagte. Ich *könnte* mir vorstellen, mich in Peter zu verlieben. Er war ein Mann, mit dem ich mich auf eine Art und Weise verbunden fühlte, die ich nicht für möglich gehalten hätte.

21. KAPITEL

Peaches war verschwunden.

Ehe ich am Freitag zu Peter gefahren war, hatte ich sie rausgelassen. Falls ich es nicht rechtzeitig nach Hause schaffte und sie hungrig wurde, konnte sie sich wenigstens eine Eidechse fangen. Oder einen Vogel.

Wie es für Katzen typisch war, ging Peaches am liebsten nachts raus. Aber gewöhnlich tauchte sie morgens vor der Tür auf und wollte wieder ins Haus.

Nicht heute Morgen.

Mit gerunzelter Stirn schloss ich die Vordertür und fragte mich, wo sie sein könnte. Ich schlenderte in die Küche und gab Wasser in die Kaffeekanne. Mein Telefon klingelte, rasch stellte ich die Glaskanne ab und schnappte nach dem Wandtelefon.

„Hallo?"

„Hallo, Sophie."

Ich war überrascht. Es dauerte einen Moment, bis ich die Stimme erkannte. Aber dann wusste ich, wer es sein musste.

„Mom?"

„Hallo, Liebes."

Ich lächelte angenehm überrascht. Nach dem Stress der gestrigen Begegnung mit Andrew und Marnies Kommentar, dass ich mich verändert hätte, war es schön, von jemandem zu hören, der nicht in mein aktuelles Beziehungsdrama verstrickt war.

„Wie geht es dir, Mom?"

„Mir geht es gut, danke."

Meine Mutter lebte mit ihrem neuen Mann in Kalifornien, und wir sprachen zurzeit nicht allzu oft miteinander. Wir waren uns nicht so nahe, wie ich es mir wünschte. Es lag an den Entscheidungen, die sie getroffen hatte. Weil mein Vater durch sie so verletzt worden war.

Meine Mutter hatte meinen Vater für einen anderen Mann verlassen. Sie hatte gewartet, bis ich achtzehn war und zum College ging. Mir zuliebe habe sie gewartet, sagte sie. Aber trotzdem brach sie meinem Vater das Herz, als sie verkündete, dass sie nicht mehr mit ihm verheiratet sein wollte. Knapp ein Jahr später starb mein Vater bei einem Frontalzusammenstoß mit einem Sattelzug. Zeugen berichteten, es habe keinen Grund gegeben, weshalb sein Wagen plötzlich auf die Fahrspur des Trucks geriet.

Ein Unfall? Oder Selbstmord?

Im Herzen glaubte ich, dass mein Vater Selbstmord beging, weil er es nicht ertrug, allein zu sein. Dass er keinen Grund mehr darin gesehen hatte, weiterzuleben, nachdem meine Mutter ihn verlassen hatte.

Meine Mutter glaubte, es war ein Unfall.

„Ich denke, ich komme gleich zur Sache", sagte meine Mutter und riss mich aus meinen Gedanken, die auf Erinnerungspfaden wandelten.

„Oh?" Was bedeutete das?

„Andrew hat mich heute früh angerufen, Sophie. Er hat mir erzählt, dass ihr zwei Probleme habt."

Ich sagte nichts. Ich konnte einfach nicht glauben, dass Andrew meine Mutter angerufen hatte, um mit ihr über unsere Ehe zu diskutieren.

Meine Mutter seufzte. „Ich wollte dir nur sagen, dass du nicht denselben Fehler machen sollst wie ich, Liebes. Wirf nicht … wirf deine Ehe nicht weg."

„Wovon redest du?"

„Die Affäre", erwiderte meine Mutter. „Andrew hat mir alles darüber erzählt."

„Wirklich?", fragte ich sarkastisch.

„Er hat Angst, dass er dich verliert, Sophie. Andrew ist ein guter Mann. Ich weiß, es gibt immer mal Probleme, aber ihr müsst versuchen, miteinander zu reden. Geht zu einem Paartherapeuten, das machen heutzutage doch so viele Leute. Aber wirf nicht das weg, was du mit ihm teilst."

Ich ließ meine Mutter weiter ihre Standpauke halten. Mir dämmerte, dass sie tatsächlich über *meine* Affäre sprach. Als sie fertig war, konnte ich nicht anders: Ich fragte: „Hat er dir auch erzählt, dass er eine andere gebumst hat?"

Stille.

„Natürlich nicht. Es ist nicht so einfach, mich zu beschuldigen, wenn er dir seine Sünden gesteht."

Es dauerte ein paar Minuten, um meine Mutter in Andrews Affäre, den drohenden Prozess und die Tatsache, dass mein Ehemann mich ermuntert hatte, mit einem anderen Mann Sex zu haben, einzuweihen.

„Er ist also nicht so unschuldig, wie er gerne behauptet", betonte ich. „Er ist weit davon entfernt."

„Davon wusste ich nichts", erwiderte meine Mutter.

„Natürlich wusstest du es nicht."

„Aber", fuhr sie fort, „es ändert nichts an dem, was ich gesagt habe. Andrew hatte seinen Spaß, du hattest deinen Spaß. Dennoch denke ich, du hast einen guten Mann. Ich fände es schrecklich, wenn ich mitansehen müsste, wie ihr auseinandergeht."

„Was ist, wenn ich dir sage, dass es in meiner Affäre nicht bloß um Spaß geht? Was ist, wenn ich dir erzähle, dass ich jemanden kennengelernt habe, den ich wirklich mag?" Ich wusste nicht, warum ich das sagte, außer dass ich auf Andrew wütend war, weil er intimste Dinge über mich ausplauderte. „Jemand, der möglicherweise besser für mich ist als Andrew?"

„Das meinst du nicht ernst", antwortete meine Mutter ungläubig.

„Und wenn es so ist?" War es vielleicht ein Zeichen, dass Andrew und ich nicht mehr zusammenpassten, wenn er ohne mein Wissen meine Mutter anrief? Ich hatte Peter als anständigen Kerl kennengelernt. Er war jemand, der mich auf vielfältige Art begeisterte. Er liebte mich und er glaubte an meine Träume. Ein Leben mit ihm wäre nicht so schlecht.

Meine Mutter seufzte. „Dann würde ich dir sagen, dass ich einst auch so gedacht habe. Vielleicht hatte ich unrecht. Vielleicht hat das, was ich getan habe ... zu vielen Menschen wehgetan."

Ihre Antwort machte mich sprachlos. Noch nie hatte sie so deutlich die Verantwortung dafür übernommen, wie sehr sie meinen Vater oder mich verletzt hatte. Meine Mutter hatte meinen Vater in eine tiefe Depression getrieben, und ich war seitdem immer wütend auf sie gewesen.

Erst in den letzten Jahren begann ich mich wieder für sie zu erwärmen, da mir bewusst wurde, dass es mein Vater gewesen war, der sich selbst unwiderruflich das Leben genommen hatte. Es gab keinen Grund, meiner Mutter deshalb auf ewig böse zu sein.

„Es tut mir leid, dass ich dir wehgetan habe", fuhr meine Mutter fort. „Es tut mir leid, was ich deinem Vater angetan habe. Wenn ich die Zeit zurückdrehen könnte, würde ich vieles anders machen."

Plötzlich weinte ich. Es waren keine lauten Schluchzer, sondern ein stilles Weinen. Tränen rollten über meine Wangen.

„Ich weiß nicht, was passieren wird, Mom. Andrew und ich müssen das irgendwie meistern. Auf unsere Art."

„Das respektiere ich."

Ich wechselte das Thema, fragte sie nach Hal, ihrem Mann, und seinem einundzwanzigjährigen Sohn. Als wir unser Gespräch beendeten, versprach ich ihr, sie bald zu besuchen.

Danach rief ich sofort bei Marnie an. Sie war entweder nicht zu Hause oder wollte nicht mit mir sprechen.

„Ich mache dir keinen Vorwurf, wenn du nicht mit mir reden willst“, sagte ich, nachdem ihre Mailbox ansprang. „Aber ich hoffe, du kannst mir verzeihen, dass ich eine total unsensible, blöde Kuh gewesen bin. Ruf mich an. Bitte.“

Dann ging ich wieder nach draußen und suchte nach Peaches.

Ich fand sie nicht und begann mir ernsthaft Sorgen zu machen. Ich fuhr in der Nachbarschaft herum und fürchtete, ihre Überreste am Straßenrand liegen zu sehen, aber zum Glück fand ich nichts. Ich fuhr wieder nach Hause und hoffte, sie würde immer noch herumstreunen und schon bald nach Hause zurückkommen.

Mein Telefon klingelte, als ich das Haus betrat. Ich beeilte mich, doch als ich auf dem Display P. Bacchio las, ließ ich den Anrufbeantworter anspringen.

Ich hätte kaum überraschter sein können, als eine halbe Stunde später Peter vor meiner Tür auftauchte.

„Peter“, rief ich. Unüberhörbar schwang ungläubige Überraschung in meiner Stimme mit.

„Hallo, Sophie.“

„Was … was tust du hier?“

Peter antwortete nicht, sondern trat vor. Ich machte einen Schritt zurück. Er betrat mein Haus und schloss die Eingangstür hinter sich.

Er sah traurig aus, und das machte mir Sorgen. Das und die Tatsache, dass er sich hier in meinem Haus befand, obwohl ich ihm nie erzählt hatte, wo ich wohnte.

„Du bist nicht ans Telefon gegangen.“

„Ich fühle mich nicht gut“, erwiderte ich. Das war nicht mal gelogen. „Ich habe leichtes Bauchweh. Ich denke, es liegt an meiner Periode, die bald einsetzt.“ Meine Regel war fällig. Eigentlich war ich sogar schon ein paar Tage drüber.

Peter sagte nichts, sondern begann in meinem Flur auf

und ab zu marschieren.

„Woher … woher weißt du, wo ich wohne?"

„Ich habe im Telefonbuch nachgeschaut."

Ich runzelte die Stirn. „Ich stehe nicht im Telefonbuch."

„Es gibt Mittel und Wege, Sophie", gab Peter zurück.

Ich musterte ihn. Ein beklommenes Gefühl erfasste mich. Lag es daran, dass jeden Moment Andrew auftauchen konnte? Auf keinen Fall wollte ich es zu einer Konfrontation der beiden Männer kommen lassen.

Peter blieb stehen und starrte mich an. Sein Blick war so eisern, dass er mich verunsicherte. Irgendetwas machte ihm Sorgen.

„Was ist los?", fragte ich.

„Verlässt du mich?"

„W-was?"

„Du hast mich gestern Abend alleingelassen. Du hast nicht angerufen." Peter zögerte. „Bist du wieder mit deinem Mann zusammen?"

Mein Blick verengte sich, während ich ihn anstarrte. Ich fragte mich, wie er auf diese Idee kam.

Plötzlich kniete Peter vor mir und presste seinen Kopf gegen meinen Unterleib. Es war keine erotische Geste, sondern wirkte eher wie eine flehende Bitte.

„Ich war gestern Abend im Irrtum, Sophie. Aber bitte verlass mich nicht."

„Wovon redest du?"

Er blickte zu mir auf. Sein Gesicht war von Trauer verzerrt. Er hielt sich an meiner Taille fest, als wollte er mich nicht gehen lassen. „Es tut mir leid, Sophie. Es tut mir leid. Bitte verlass mich nicht."

„Ich brauchte nur ein bisschen Zeit für mich", erklärte ich ihm. „Ja, ich war ein bisschen sauer, aber jeder ist hin und wieder sauer."

Peter sprang auf. In seinen Augen schimmerte Hoffnung. „Du hast nicht vor, mich nie wieder anzurufen?"

„Natürlich nicht."

Erleichtert atmete Peter aus und küsste mich überschwänglich auf die Wange. „Ich habe mir Sorgen gemacht, Sophie, schreckliche Sorgen."

War er noch nie in einer längeren Beziehung gewesen? Ein Streit bedeutete schließlich nicht das Ende der Welt.

„Sieh mal", sagte ich und nahm seine Hände in meine. „Ich will das nicht hier mit dir besprechen. Mein … Andrew könnte auftauchen."

Peters Blick verfinsterte sich. „Er wohnt noch hier?"

„Natürlich nicht. Aber er hat einen Schlüssel. Wir haben das Haus noch nicht verkauft." Ich machte mir nicht die Mühe, Peter zu erklären, dass Andrew nach wie vor an unserer Ehe festhielt. Ich war mehr als je zuvor hin und her gerissen, was ich tun sollte. Gestern Abend war mir bewusst geworden, dass ich Andrew noch immer liebte. Aber mir gefiel nicht, wie er hinter meinem Rücken mit meiner Mutter sprach.

„Ich würde dir nie wehtun", beteuerte Peter. „Nicht wie dein Mann."

Ich glaubte ihm. Wirklich. Da die sexuelle Chemie zwischen Peter und mir so stark war, glaubte ich nicht, dass er anderswo nach Sex suchen würde.

„Das weiß ich", sagte ich leise.

„Ich mag nicht, dass dein Mann kommen und gehen kann, wie es ihm gefällt. Was ist, wenn er dich schlägt?"

„Das würde er nicht tun", erwiderte ich.

„Du kannst zu mir ziehen. Ich denke, das solltest du wirklich tun."

„Meine Katze und ich?", fragte ich. „Wo wir gerade davon sprechen, ich kann Peaches nicht finden."

„Du und deine Katze. Dein Hund, deine Ratte, was auch

immer. Solange du nur bei mir bist.“ Peter schob eine Hand in den Bund meiner Shorts und hörte erst auf, als er mich zwischen meinen Beinen berühren konnte. Ein Stöhnen grollte in seiner Brust. „*Bella …*“

Ich legte meine Hand auf seine. „Nein, Peter. Nicht hier.“

Er streichelte mich durch meinen Slip. „Dann komm mit zu mir nach Hause. Und warum nimmst du nicht ein paar Klamotten mit, damit du nicht ständig hierher zurückfahren musst?“

„Ich muss nach Hause fahren, zumindest hin und wieder. Ich muss nach Peaches suchen.“

Peter küsste und streichelte mich, als wollte er mich so dazu bringen, meine Meinung zu ändern. Ich wusste, wie das hier enden würde. Ehe wir auf dem Fußboden landen konnten, lösten sich meine Lippen von seinen. „Lass uns zu dir fahren.“ Auf keinen Fall wollte ich, dass Andrew heimkam und Peter traf. „Lass mich nur etwas Futter für die Katze rausstellen. Falls sie zurückkommt, während ich weg bin.“

„Okay.“ Peter gab mir einen kleinen Kuss, ehe er mich losließ. Ich ging in die Küche und füllte Schüsselchen mit Katzenfutter und Wasser, die ich vor der Vordertür abstellte.

Sobald ich die Schalen abgestellt hatte, reichte Peter mir seine Hand. „Komm. Lass uns nach Hause fahren.“

22. KAPITEL

Ich begann ein leicht merkwürdiges Gefühl Peter gegenüber zu entwickeln.

Zuerst bestand er darauf, mich in *seinem* Auto zu seiner Wohnung zu fahren. Er behauptete, es mache keinen Sinn, Benzin zu verschwenden. Ich stimmte ihm zu, aber wenn ich nicht im eigenen Wagen fuhr, wäre es mir unmöglich, heimzufahren, wenn es notwendig wurde. Schließlich stimmte er zu, und ich fuhr in meinem eigenen Wagen. Doch er wirkte nicht gerade glücklich.

Es war nicht dieser sonderbare Vorschlag, der mich beunruhigte. Es war die Tatsache, dass er traurig schien, weil ich nicht in seinem Wagen mitfahren wollte.

Fünf Minuten nachdem ich vor seinem Apartmenthaus geparkt hatte, schob ich das Gefühl beiseite. Ich sagte mir, dass ich vermutlich seine Reaktion falsch interpretiert hatte. Ich war wegen Peaches gestresst und beruhigte mich damit, dass sich Peter bestimmt wegen unserer Beziehung Sorgen machte, da ich am Vorabend einfach ohne ein Wort gefahren war. Es war das erste Mal, dass so etwas geschah, und ich vermutete, er wusste im Moment nicht recht, wo er stand.

Das musste die einzig logische Erklärung sein.

Als Peter Montagmorgen zur Arbeit ging, fuhr ich zurück zu mir. Ich war froh über die Atempause und die Zeit ohne ihn. Samstagabend und den ganzen Sonntag hatte Peter mich stets in seiner Nähe wissen wollen. Er hielt mich in den Armen oder beobachtete mich aufmerksam, wenn ich nicht in seiner Reichweite war.

Einmal kam er aus dem Badezimmer und wirkte sichtlich erleichtert, als er mich im Wohnzimmer sitzen sah. Er sagte, er hätte das Geräusch der sich öffnenden Wohnungstür gehört.

Das hatte er tatsächlich, aber es war nur der Pizzabote gewesen.

Mangels eines besseren Wortes schien Peter wirklich paranoid zu sein.

Das ließ in mir die Frage aufkommen, ob Peter am Freitagabend bei mir vorbeigefahren war, als sich Andrew im Haus befand. Hatte er Andrews Wagen in der Einfahrt gesehen und die falschen Schlüsse gezogen?

Das hielt ich für immer wahrscheinlicher.

Eins war sicher: So konnte es mit meiner Unentschiedenheit nicht weitergehen. Peters Gefühle für mich hatten sich weiterentwickelt. Waren tiefer geworden. Andrew wollte mich zurück.

Und ich war hin und her gerissen.

Auf der einen Seite sagte ich mir, dass ich Peter vielleicht begegnet war, weil er meine nächste große Liebe sein könnte. Auf der anderen Seite fragte ich mich, ob unsere sexuelle Chemie wirklich alles war, das wir teilten.

Mein Herz hing noch immer an Andrew, das konnte ich nicht leugnen. Es war schwer, diese Verbindung nach so langer Zeit zu kappen. Aber es war nicht unmöglich. Nach einer Scheidung ging das Leben weiter.

Wenn wir uns scheiden ließen.

Das war alles, woran ich denken konnte, während ich heimfuhr. Aber als ich den Wagen in die Einfahrt lenkte, verbannte ich Andrew und Peter aus meinen Gedanken. Ich sprang aus dem Auto und eilte zur Haustür.

Peaches' Futternapf und das Wasser waren unberührt.

Jetzt bekam ich es wirklich mit der Angst zu tun. Es war nicht Peaches' Art, zu verschwinden und nicht zurückzukommen. Einmal war sie länger als vierundzwanzig Stunden weg gewesen. Aber nun war sie schon viel länger fort.

Ich verbrachte meine Zeit mit Malen, um mich nicht mit

dem Gedanken an meine Katze zu quälen. Allerdings gelang es mir nicht wirklich, die Sorge um ihr Schicksal aus meinen Gedanken zu verbannen.

Um halb sechs rief Peter mich auf dem Handy an. „Wo bist du?“, fragte er.

„Ich bin zu Hause“, antwortete ich.

„Nein. Ich bin zu Hause, aber du bist nicht hier.“

„Ich meine mein Zuhause. Ich bin in meinem Haus.“

„Warum?“

„Ich musste sehen, ob meine Katze zurückgekommen ist.“

„Und? Ist sie zurück?“

„Nein. Sie ist nicht da.“ Das Schüsselchen mit ihrem Futter, das auf der Stufe vor der Haustür stand, war unberührt. Ein sicheres Zeichen dafür, dass Peaches nicht nach Hause gekommen war. Ich fürchtete das Schlimmste, obwohl ich es nicht glauben wollte. Nicht weit von unserem Haus entfernt gab es einen See, und ich hatte mehr als einmal das Gerücht gehört, dass dort ein Alligator lebte, der für das Ableben mehrerer Haustiere verantwortlich war.

„Vielleicht hat dein Ehemann sie mitgenommen.“

„Er hätte mir eine Nachricht hinterlassen, wenn es so wäre“, erwiderte ich.

„Nicht wenn er dir Angst einflößen wollte.“

„Mir Angst einflößen?“

„Ich vertraue ihm nicht“, sagte Peter.

Ich nahm ihm ab, dass er Andrew nicht vertraute. Aber seine Sorge, Andrew könnte mich verletzen oder die Katze benutzen, um an mich heranzukommen, war abwegig. Peter war offensichtlich besorgt, dass ich mich mit meinem Mann wieder versöhnen könnte.

„Ich will dich bei mir haben“, fuhr Peter fort. „Hier, wo ich dich beschützen kann. Kommst du? Jetzt?“

„In Ordnung“, stimmte ich zu. „Ich bin unterwegs.“

Ich fuhr vor allem zu Peter, um ihn zu beruhigen. Denn aus welchem Grund auch immer war er plötzlich verunsichert, was zwischen Andrew und mir vorging.

Mein Liebhaber öffnete mir die Tür, ehe ich überhaupt klopfen konnte. Hatte er am Fenster gestanden und meine Ankunft herbeigesehnt? Er zog mich in seine Arme und umarmte mich sekundenlang, ehe er mich losließ.

„Peter", sagte ich leise. „Du wirkst ein bisschen – ich weiß nicht – gestresst? Als würdest du dir Sorgen um mich machen."

„Erinnerst du dich, wie ich dir erzählt habe, dass ich nach Orlando kam, um eine Frau kennenzulernen?"

„Ja."

„Nun, sie hat mich verlassen. Als ich nicht zu Hause war. Sie packte ihre Sachen und verließ mich ohne ein Wort des Abschieds."

„Oh", machte ich, da mir nichts Besseres einfiel. „Das ist wirklich mies."

„Ja. Und zu wissen, dass du noch immer mit deinem Mann redest … Ich denke, ich habe einfach etwas überreagiert."

„Ich verspreche dir, dass ich dir das nie antun werde", sagte ich. Wenn ich meine Beziehung mit ihm beendete, war es das Mindeste, ihm zu sagen, dass es vorbei war.

Peter gab mir einen höllisch leidenschaftlichen Kuss. Seine Lippen saugten sich an meinen fest und seine Zunge tanzte mit meiner, als hoffte er, unsere Münder miteinander verschmelzen zu können. Als wir uns voneinander lösten, waren wir beide atemlos.

Er nahm meine Hand und schob sie unter seinen Ellbogen. So führte er mich in sein Schlafzimmer, wo er fortfuhr, mich aus meinen Kleidern zu schälen. Langsam. Liebevoll. Als ich nackt war, glitten seine Augen mit aufrichtiger Zärtlichkeit über meinen Körper.

„Ich liebe dich, Sophie“, sagte er. „Und ich weiß, dass du mich tief in deinem Herzen auch liebst.“

Ich antwortete nicht. Ich denke, er wollte keine Antwort, denn er begann mich zu küssen. Langsam. Voller Begehren. Gefühlvoll wie nie zuvor.

Seine Hände spielten an meinen Brüsten, kneteten meine Haut, drückten meine Nippel, bis sie sich aufstellten. Ich gab mich seiner Berührung hin und stöhnte leise. Jedes Mal wenn Peter mich anfasste, war ich überzeugt, dass ich in seinen Armen liegend an genau dem Ort war, wo ich sein wollte.

Peter senkte seinen Kopf, saugte nacheinander an meinen Brustspitzen, dann glitt sein Kopf tiefer und er küsste meinen Unterleib. Seine Finger strichen beinahe ehrfürchtig über meinen Venushügel. Dann stand er auf und küsste mich erneut auf die Lippen.

„Dreh dich um, *bella*.“

Ich gehorchte und fühlte mich in meiner Nacktheit, während Peter noch vollständig angezogen war, sehr sexy und erregt. Ein Schauer rann über mein Rückgrat, als er mich auf den Nacken küsste.

Als ich weder seine Hände noch seinen Mund auf mir spürte, drehte ich mich um, weil ich sehen wollte, was er tat. Er hielt ein Stück Stoff in den Händen und trat zu mir. Der Stoff legte sich über meine Augen.

„Vertraust du mir?“, flüsterte Peter. Eine Welle sexuellen Verlangens durchströmte mich.

„Ja“, sagte ich.

Er nahm meine Hand und führte mich zum Bett. Und dann ließ er mich dort liegen.

„Peter?“

Einen Augenblick später war er zurück und seine Hand legte sich um eines meiner Handgelenke. Ich spürte, wie er etwas darumwickelte. Kein Seil, sondern etwas Seidiges. Er zog die Fessel fest, sodass sie eng anlag, aber nicht einschnitt.

Dann schob Peter seinen Körper über meinen, kniete nun auf der anderen Seite und wickelte ein Stück Stoff um mein rechtes Handgelenk.

Als ich meine linke Hand bewegte, stellte ich fest, dass ich sie nur ein kurzes Stück weit bewegen konnte. Er hatte mich an das Kopfteil des Bettes gefesselt.

Was auch immer er mit meinem linken Handgelenk gemacht hatte, tat Peter auch mit dem rechten. Und dann stieg er vom Bett.

Ich wand mich ein bisschen und zerrte an den Fesseln.

Er nahm meinen rechten Fuß in die Hand, küsste den großen Zeh und ließ seine Zunge vorschnellen. Dann fesselte er beide Knöchel und band mich am Bett fest.

Ich konnte die Hitze seines Blickes auf meinem Körper spüren, konnte seinen heftigen Atem hören. Verlangen durchströmte meine Adern. Noch nie hatte er mir die Augen verbunden, mich nie gefesselt. So sehr wie jetzt war ich noch nie seiner Gnade ausgeliefert gewesen.

Und bei Gott, es war erregend.

Im Zimmer war es an diesem Tag heißer. Schwül. Oder war das nur mein Körper?

Nein, vermutlich nicht. Die Klimaanlage war nicht eingeschaltet. Aber der Ventilator über dem Bett drehte sich.

Während ich auf Peters nächsten Schritt wartete, wurde mir plötzlich bewusst, dass ich ihn nicht länger hörte. Ihn nicht mehr spürte.

War er noch im Zimmer?

Ich drehte meinen Kopf nach rechts, in Richtung der Schlafzimmertür. Als könnte ich so besser hören.

„Ich bin hier, *bella*“, sagte Peter leise. Mein Kopf ruckte nach links, wo ich seine Stimme zu hören glaubte. „Ich glaube, ich könnte dich so, wie du bist, ansehen und könnte kommen, ohne mich zu berühren. So sehr erregst du mich."

Und dann hörte ich, wie er sich bewegte. Auf mich zu. Ich schluckte. Freute mich auf seine Berührung.

Etwas streichelte meinen Hals. Dann meine Wange. Nicht sein Finger, sondern etwas Weiches. Es fuhr erneut über meinen Hals, dann über mein Kinn.

„Weißt du, womit ich dich berühre?", fragte Peter.

Ich war mir nicht sicher, aber ich konnte es mir ziemlich gut vorstellen. „Mit einer Feder?"

„Ja, *bella*. Mit einer Feder."

Die Federspitze bahnte sich langsam ihren Weg entlang meiner Unterlippe. Eine so leichte und zarte Berührung, dennoch ließ sie eine Hitzewelle durch meinen Körper rasen und brachte mich dazu, den Mund zu öffnen und ein zittriges Stöhnen hervorzubringen.

Ein weiteres Streicheln. Diesmal über meine Oberlippe. Mein nackter Körper bebte.

Bebte voller Vorfreude auf die Lust, die mir bevorstand.

Die Feder fuhr weiter nach unten, über mein Kinn. Dann strich sie über meinen Hals, hin und her. Von rechts nach links. Die ganze Zeit so qualvoll langsam.

Dann verharrte die Feder. Plötzlich. Fünf Sekunden vergingen. Ich hielt den Atem an und wartete, was als Nächstes kam. Die Augenbinde über meinen Augen verhinderte, dass ich irgendetwas sehen konnte. Zugleich erhöhte dieses Blindsein meine Erregung. Ich konnte jedes Geräusch im Raum hören und alles riechen. Zumeist hörte ich nur meinen eigenen heiseren Atem und das Wirbeln des Deckenventilators über dem Bett. Aber ich konnte den Duft der Leidenschaft wahrnehmen, der in diesem Raum wie schwere, feuchte Tropfen hing. Ich konnte den Schweiß riechen, der seine Haut bedeckte. Der Geruch war moschusartig und schwer.

Und erregend.

Als die Feder meinen linken Nippel liebkoste, wand sich mein Körper. Meine Handgelenke und Knöchel wehrten sich gegen die Fesseln, die mich ans Bett banden.

„Gefällt dir das?“, fragte er.

„Ja“, antwortete ich. Überrascht stellte ich fest, wie matt meine Stimme klang. „Ja“, wiederholte ich lauter.

Erneut geschah nichts. Meine Hüften wanden sich. Ich stöhnte leise. Ich war für seine Berührungen bereit. Ich sehnte mich verzweifelt danach.

„Geduld, *bella*“, flüsterte er.

„Du hast leicht reden“, erklärte ich. „Du hast im Moment die absolute Kontrolle über meinen Körper.“ *Absolute Kontrolle über meine Lust.*

„Habe ich dich je enttäuscht?“, fragte er.

„Nein“, gab ich ehrlich zu. „Nie.“

„Und ich werde dich auch jetzt nicht enttäuschen.“

Die Feder fuhr an meinem Brustbein langsam hinab, dann bewegte sie sich nach Süden und tauchte in meinem Bauchnabel ein. Sie führte ihre langsame Reise fort, berührte den schmalen Streifen meines Schamhaars und verharrte plötzlich. Ausgerechnet in dem Augenblick, als ich sie am meisten spüren wollte.

Ich wimmerte: „Bitte, lass mich dich nicht anbetteln.“

Doch er sagte kein Wort. Einige Sekunden vergingen, und nichts passierte. Ich konzentrierte mich und versuchte Geräusche jenseits des wischenden Deckenventilators zu erkennen.

Sanfte Schritte auf dem Teppich, dann das Quietschen der Schlafzimmertür.

Bitte was? Ließ er mich hier allein?

Ich zählte weitere zehn Sekunden. Als er nicht zurückkam, begann ich gegen meine Fesseln anzukämpfen. Das Kopfteil des Bettes klapperte, als ich an ihnen riss und zog. Vergebens.

Die Knoten waren zu fest. Ein Entkommen war unmöglich.

Und dann hörte ich erneut Schritte. Er kam zurück in den Raum. Ich atmete hörbar aus.

„Sieh dich nur an", raunte er. „Dein Körper windet sich. Hast du wirklich gedacht, ich würde dich hier liegen lassen? Nach nebenan gehen und mir ein Baseballspiel ansehen?"

Ich antwortete nicht. Plötzlich fühlte ich mich so dumm! Ich hatte Angst gehabt, dass er mich so zurückließ, völlig entblößt und hilflos. Ohne die Möglichkeit, zu entkommen, bis er mich befreite. Ich war auch zuvor schon völlig unter seiner Kontrolle gewesen, doch heute verspürte ich zum ersten Mal einen Anflug von Panik.

Warum?

Weil er heute so anders wirkte. Von dem Moment an, als ich bei ihm ankam, konnte ich eine sonderbare Eindringlichkeit seiner Blicke und Berührungen spüren.

Irgendwie dunkler. Finsterer.

„Ich würde dich nicht verlassen", versprach er. „Ich würde dich nie verlassen. Du und ich sind auf eine Weise verbunden, die wir nicht kontrollieren können."

Ich schluckte. Spürte ich da etwas Unheilvolles in seinem Tonfall? Oder verlor ich ein wenig die Nerven, weil ich gefesselt war und er mir die Augen verbunden hatte?

Wie konnte eine Person gleichzeitig die Nerven verlieren und extrem erregt sein?

„Vertraust du mir?", fragte er. Er war mir jetzt sehr nah. Vielleicht dreißig Zentimeter entfernt, weiter nicht. Ich erkannte es an seiner Stimme.

Ich ließ meine Hüften kreisen. Eine Bewegung, die ihm gefiel, gab sie ihm doch den Blick auf meine gespreizten Beine frei. „Berühre mich", bat ich. Meine Brust hob und senkte sich mit jedem Atemzug. „Berühre mich, bevor ich sterbe."

„Vertraust du mir?", wiederholte er. Ich nahm das Gewicht

seines Körpers auf dem Bett wahr, doch konnte ich nicht sagen, wo genau er sich jetzt befand.

„Ja. Ja, ich vertraue dir."

„Absolut?", fragte er. Plötzlich kitzelte sein warmer Atem meine Klitoris. Mein Gott, in diesem Moment wäre ich fast gekommen.

„Ja, ja! Ich vertraue dir absolut. Bitte berühr mich, Baby …"

Ich schrie auf, als etwas Kaltes und Nasses meine Perle streichelte. Was war das? Diese Empfindung verwirrte mich, denn ich hatte die Wärme seiner Zunge erwartet.

Dieses kalte und nasse Ding strich die Innenseite meines Schenkels entlang, und endlich wurde mir bewusst, worum es sich handeln musste. Ein Eiswürfel.

Wieder streichelte er mich mit dem Eiswürfel. Ich zog mich zusammen, meine Hüften warfen sich hin und her.

„Ich frage mich, ob ich dich so zum Höhepunkt bringen kann", sagte er leise und streichelte mich weiter mit dem Eis.

„Ich weiß es nicht. Es fühlt sich gut an, aber es ist so kalt …"

Das Bett quietschte, als er aufstand. Wohin ging er jetzt schon wieder? „Bitte, Baby", protestierte ich.

Seine Lippen strichen über meine. Sie waren kalt und feucht. Vom Eiswürfel. Mein Körper wand sich, um ihm auf nicht gerade subtile Art klarzumachen, dass ich ihn wollte. Auf mir. In mir. Er sollte mich ficken, bis ich vor Erschöpfung einfach zusammenbrach.

Er küsste mein Kinn, dann ließ er seine Zunge zu meinem Ohrläppchen gleiten und saugte daran. Er wisperte: „Liebst du mich?"

„Du weißt, dass ich alles liebe, was du mit mir machst", erwiderte ich rasch. Und das war die reine Wahrheit. Ich ersehnte die Berührungen dieses Mannes auf eine Art und Weise, von der ich nicht sicher war, ob sie gesund war. „Selbst wenn du mich darauf warten lässt."

Der Eiswürfel umkreiste meinen Nippel. Sofort zog sich die Haut beinahe schmerzhaft zusammen. Im nächsten Moment spürte ich das Vorschnellen seiner heißen Zunge. Obwohl es nur ein kurzes Lecken war und längst nicht genug, um mich zufriedenzustellen, drückte ich den Rücken durch und kam ihm mit meinen Brüsten entgegen.

„Liebst du mich?", wiederholte er.

Langsam sank ich zurück auf die Matratze. Heute war er definitiv anders. Warum fragte er mich plötzlich, ob ich ihn liebte? Er kannte doch meine Situation, kannte die Umstände, unter denen wir zusammengekommen waren.

„Ich weiß, du liebst das hier." Mit dem Daumen begann er meine Klit zu streicheln. Vor und zurück. Vor und zurück.

„Mmmh, ja. Ich liebe es." Ich begann zu keuchen, dem Höhepunkt immer näher. „Ich kann nie genug davon bekommen, deine Hände auf meinem Körper zu spüren."

„Wie ist es mit meiner Zunge?" Er glitt zwischen meine Beine, machte es sich dort bequem. Ich biss erwartungsvoll auf meine Unterlippe. In dem Augenblick, als seine Zunge sich auf mich legte, kamen meine Hüften ihm entgegen und ich begann zu wimmern.

„Süßer, ich liebe deine Zunge. Von ihr kann ich gar nicht genug bekommen. Ohhh!"

Er saugte an mir, bis ich vor Lust schrie und kurz davorstand, zu explodieren. Dann zog er sich zurück und verwehrte mir meine Erlösung.

„Nein, nein! Bitte", flehte ich. „Ich brauche dich, Süßer. Ich brauche …"

„Liebst du mich?", fragte er erneut.

„Ja!", rief ich. „Ich liebe dich, ich liebe dich!"

„Oh Süße, ich liebe dich auch." Hastig band er meine Beine

los und legte sie über seine Schultern. Dann begann er mich mit dem Mund zu verwöhnen. Er saugte, er biss, er vergrub seine Zunge in mir und genoss mich auf so gierige Art, als wäre meine Muschi die letzte Mahlzeit, die er je haben würde.

Mein ganzer Körper bebte, als der Orgasmus mich erfasste. Er erfasste mich heftiger als alles, was ich je zuvor erlebt hatte. Er raubte mir all meine Energie. Raubte mir den Atem. Ließ mich zitternd zurück. Als würde gerade ein Schnellzug durch meinen Körper rasen.

Selbst in diesem Augenblick größter Lust war ich mir dessen bewusst, dass sich irgendwas zwischen uns verändert hatte. Ich war nur nicht sicher, was es war.

23. KAPITEL

Zwei Tage später rief Marnie mich am frühen Abend an und sagte, ich solle die Channel 4 News im Fernsehen einschalten.

„Warum?“, fragte ich.

„Mach schnell“, bat sie, ohne meine Frage zu beantworten. „Die Story kommt als Nächstes.“

Ich hielt das schnurlose Telefon an mein Ohr gedrückt und ging ins Wohnzimmer, um den Fernseher einzuschalten. Es war Viertel nach fünf. Die wichtigsten Nachrichten waren bereits verlesen worden. „Wonach soll ich sehen?“, wollte ich wissen. „Bestimmt nach etwas anderem als diesem Werbespot für Weichspüler.“

„Wart's einfach ab. In einer Minute siehst du, was ich meine.“

Und dann sah ich es. Als die Nachrichten weitergingen. Ein Bild von Teddy wurde gezeigt. Dem Mann, der mich in der Nacht, in der ich Peter kennenlernte, belästigt hatte. Die Nachrichtensprecherin, eine attraktive schwarze Frau, wurde sehr ernst, als sie zu sprechen begann.

„Heute Abend sucht die Polizei nach dem Mann, der Theodore Granger angegriffen und beinahe getötet hat.“ Das Bild von Teddy wurde getauscht: Jetzt war sein Gesicht von Abschürfungen übersät und blutüberströmt. „Granger wurde gestern Abend auf dem City Walk angegriffen. Er beschrieb seinen Angreifer als Mann mit dunklem lockigen Haar. Er ist etwa eins fünfundachtzig groß, vermutlich hispanischer oder auch gemischtrassiger Herkunft und spricht mit Akzent. Auf Granger wurde mehrfach mit einem Messer eingestochen, ehe dieser seinen Angreifer abwehren konnte und der Mann floh. Wenn Sie irgendwelche Informationen über die mögliche Identität des Angreifers haben, rufen Sie bitte die Orlando Police unter 1-800-555-TIPS an.“

Meine Miene verfinsterte sich. Ich stellte den Fernseher stumm. „Das ist der Typ aus dem Club damals“, sagte ich. „Warum sollte ich mir das ansehen?“

„Was glaubst du wohl?“

Und dann verstand ich. Ich wusste genau, was Marnie durch den Kopf ging. „Du kannst doch nicht allen Ernstes glauben …“

„Verdammt, doch! Genau das glaube ich“, erwiderte Marnie, ehe ich meine Frage beenden konnte. „Er wurde auf dem City Walk angegriffen? Derselbe Typ, der dich belästigt hat?“

„Das hätte jeder sein können“, bemerkte ich.

„Diese Beschreibung passt haargenau auf Peter. Und du weißt es.“

Ich antwortete nicht. Ja, ich konnte verstehen, warum Marnie an Peters Schuld glaubte. Aber er war nicht der einzige gemischtrassige oder hispanische Mann in Florida. Verdammt, es gab Tausende, auf die diese Beschreibung passte, bis hin zu der Tatsache, dass der Gesuchte mit Akzent sprach.

„Wie viele Kubaner leben in Florida?“, fragte ich Marnie. „Und es gibt auch noch andere Männer, aus Mexiko, Zentralamerika und Südamerika …“

„Peter war’s“, erwiderte Marnie. „Ich weiß, dass er’s war.“

„Vier Wochen nachdem ich ihn kennengelernt habe?“, fragte ich zweifelnd.

„Ich weiß es nicht. Ich habe nur dieses Gefühl.“

„Was willst du? Soll ich die Bullen anrufen?“ Eine Spur Unglaube schwang in meiner Stimme mit. Marnie erwartete bestimmt nicht von mir, dass ich die Polizei anrief und ihnen von ihrem Verdacht erzählte, Peter könne Teddy überfallen haben. Es war allenfalls wilde Spekulation. Und in gewisser Weise fand ich es wirklich schräg, dass sie über den Mann, mit dem ich ein Verhältnis hatte, so dachte.

Ja, ich hatte langsam das Gefühl, dass er ein bisschen zu anhänglich war. Aber wenn schon. Er wollte sich eben nicht mit Marnie und Robert treffen. Deshalb war er keine gewalttätige Person.

„Ich denke nur, du solltest vorsichtig sein", bat Marnie.

„Ich bin bestimmt vorsichtig", versicherte ich ihr. „Und versprichst du mir, nicht die Bullen anzurufen und ihnen deinen Verdacht mitzuteilen. Das würdest du nicht machen, oder?"

„Nein", sagte Marnie nach kurzem Schweigen. „Aber ich dachte, du solltest es wissen. Damit du vielleicht später eine ... Perspektive hast."

„Was für eine Perspektive?", fragte ich gereizt.

„Du hast dich verändert, Sophie. Seit du mit diesem Mann zusammen bist. Wir sehen uns kaum noch."

„Du triffst Robert. So ist das, wenn man einen neuen Freund hat."

„Ja, aber mir gefällt nicht, dass Peter keinen deiner Freunde kennenlernen möchte. Und was weißt du eigentlich über seine Familie?"

„Seine Familie lebt in Italien", sagte ich. „Und ich glaube, er ist einfach ein bisschen schüchtern. Nicht jeder ist so kontaktfreudig wie du. Einige Leute sind eher reserviert. Außerdem: Was weißt du über Roberts Familie?", forderte ich sie heraus.

„Ich weiß, dass sie aus Jacksonville stammen. Seine Eltern arbeiten beide als Lehrer. Er hat zwei Schwestern. Sie sind Zwillinge und achtzehn Monate jünger als er. Und ich werde seine Familie in ein paar Wochen bei einem Familientreffen kennenlernen."

„Oh", machte ich. Ihre Antwort war nicht das, was ich erwartet hatte. „Nun, wie ich schon sagte, Peters Familie lebt in Italien. Das ist eine völlig andere Sache. Nur weil er schüchtern ist und wir gerne zu Hause bleiben und Sex haben – ist das denn ein Verbrechen?"

„Schon gut", sagte Marnie zurückhaltend. „Vielleicht reagiere ich etwas zu heftig. Ich habe Teddys Bild im Nachrichtenüberblick gesehen und gehört, er wäre zusammengeschlagen worden, darum dachte ich … Ich habe mir bloß Sorgen um dich gemacht."

„Ich weiß. Und das schätze ich sehr." Der Anklopfton meines Telefons erklang. Mit einem raschen Blick auf das Display stellte ich fest, dass es Peter war. „Marnie, ich muss aufhören. Peter ruft an."

„Okay, Süße. Denk dran, ich liebe dich."

„Ich liebe dich auch. Wir sprechen später weiter." Ich drückte das Gespräch weg und nahm das andere Gespräch an. „Peter?"

„*Bella.*"

Der Atem stockte mir. Schon spürte ich wieder Verlangen in mir aufwallen.

„Ich habe eine Überraschung für dich", verkündete Peter.

„Was für eine Überraschung?"

„Die Art Überraschung, die du dir hier bei mir ansehen musst. Sofort."

„Sofort?"

„Ja. Auf der Stelle."

„Okay, ich bin schon unterwegs."

Als ich in mein Auto stieg, dachte ich über das nach, was Marnie gesagt hatte. Dass ich mich verändert hatte, seit ich mit Peter zusammen war.

Hier saß ich nun in meinem Wagen und war auf dem Weg zu ihm, nur weil er mich darum gebeten hatte. Bedeutete dies, dass ich mich veränderte?

Ich schüttelte den Kopf. Nein. Ich hatte den besten Sex meines Lebens. Ich war süchtig nach dem Sex, nach dem Gefühl, mich Peter völlig hinzugeben und zu spüren, wie er sich mir hingab. Es war berauschend und anders als alles, was ich je zuvor erlebt hatte.

Eins wusste ich allerdings: Je länger mein Verhältnis mit Peter andauerte, desto komplizierter würde es werden, aus dieser Beziehung herauszukommen. Er hatte sich in mich verliebt. Ich liebte es, wie ich mich bei ihm fühlte, aber ich war nicht sicher, ob ich eine längerfristige Bindung mit ihm eingehen wollte.

Aber für den Augenblick war ich ebenso wenig bereit, ihn zu verlassen. Ich wollte ihn nicht verlassen.

Ich konzentrierte mich auf die Tatsache, dass Peter eine Überraschung für mich hatte, und nicht auf Marnies warnende Worte. Ich lächelte, während ich zu ihm fuhr.

Schmetterlinge tanzten in meinem Bauch, als ich an seine Tür klopfte. Er öffnete fast augenblicklich. Mit funkelnden Augen schaute er mich an.

Das liebte ich an ihm. Wie aufrichtig glücklich er jedes Mal war, wenn er mich sah.

„*Bella*." Er zog mich in seine Arme und küsste mich innig. „Du bist schnell gekommen."

„Ich will wissen, welche Überraschung du für mich hast."

„Ah." Feine Fältchen umrahmten seine Augen, als er mich zärtlich anblickte. Ja, Peter war vielleicht ein bisschen besessen von mir, aber das machte ihn nicht automatisch gewalttätig. Wie war Marnie nur zu so einer Schlussfolgerung gelangt?

„Nun, ich werde dich nicht warten lassen." Peter schob die Tür weit auf. „Komm rein."

Ich schlenderte in die Wohnung und schaute mich um. Auf den ersten Blick konnte ich nichts entdecken, das für mich bestimmt sein könnte.

Vielleicht war es in einer kleinen blauen Schachtel. Noch mehr glänzende Juwelen?

Peter nahm meine Hand. „Komm."

Er führte mich ins Schlafzimmer. Ich blinzelte. Ob seine Überraschung wieder sexueller Art war? Das letzte Mal hatte er mich ans Bett gefesselt. Plante er heute etwas Gewagteres? Vielleicht eine kleine Peitsche oder Sexspielzeug?

Aber als wir das Schlafzimmer betraten, sah ich nichts Ungewöhnliches auf seinem ordentlich gemachten Bett außer einem mittelgroßen Pappkarton.

Hörte ich da etwas? Ein leises Maunzen?

Peter führte mich zum Bett. Er lächelte stolz. „Das, *bella*, ist deine Überraschung."

Er wies auf den Karton. In den Deckel waren Löcher geschnitten. Jetzt wusste ich, dass ich mich nicht verhört hatte. Ja, aus dem Karton drang ein leises Miauen.

„Mach schon auf!", forderte er mich auf.

Ich öffnete den Karton. Ein winziges schwarzes Kätzchen sprang mir geradezu in die Hände und schien förmlich nach der Befreiung aus seinem Gefängnis zu lechzen.

„Oh, hallo", gurrte ich und hob das Kätzchen hoch. Es war etwa acht bis neun Wochen alt. Ich hielt es vor mein Gesicht. „Hallo, du kleiner Racker."

„Es ist ein Mädchen."

Die kleine Katze begann zu schnurren. „Ach Gott, sie ist so süß!"

„Bist du glücklich?"

Ich drückte das Kätzchen an meine Brust. „Ja."

Peter legte seinen Arm um meine Taille und küsste mich auf die Wange. Wir lachten, als das Kätzchen verspielt nach meiner Halskette tapste und versuchte, seine Jagdfähigkeiten zu verbessern.

„Jetzt brauchst du dir keine Sorgen mehr um deine andere Katze machen", bemerkte Peter. „Du hast eine neue."

Der Kommentar vertrieb meine Freude. „Ich muss noch immer Peaches finden", sagte ich und begegnete seinem Blick.

„Nur weil du mir ein neues Kätzchen gekauft hast, heißt das nicht, dass ich das Tier vergessen werde, mit dem ich jahrelang zusammengelebt habe."

„Ich denke, es ist an der Zeit zu akzeptieren, dass deine Katze fort ist, Sophie. Dieses Kätzchen ist für dich ein Neuanfang."

„Ich werde weiter nach Peaches suchen", betonte ich. Ein Gefühl von Verärgerung breitete sich in mir aus. Ich mochte dieses neue Kätzchen, aber es würde nicht dazu führen, dass ich mein geliebtes Haustier vergaß. Eltern, die ihre Kinder aufgrund tragischer Umstände verloren, hatten ja auch nicht später mehr Kinder und vergaßen dann jene, die früh gestorben waren.

„Ich habe nur versucht, dich glücklich zu machen", lenkte Peter ein.

Ich nickte verständnisvoll. Vielleicht war Peter einfach unbedarft. Oder vielleicht glaubte er, so wie Männer, die eine Sache „in Ordnung bringen" wollten, es nun mal glauben, ein Kätzchen würde mir die Trauer um meine geliebte Katze nehmen.

„Ich bin glücklich", bestätigte ich ihm. Das Kätzchen spielte weiter mit dem Herzanhänger meiner Halskette. Sanft zog ich es zurück und entzog den Anhänger seinen Krallen. „Ich danke dir."

„Das Kätzchen wird hierbleiben", verkündete Peter. „Ich will, dass sie *unser* Haustier wird."

Unser Haustier. Unser bedeutete eine gemeinsame Zukunft.

„Sie ist noch zu klein, um allein zu bleiben", fuhr Peter fort. „Du musst hier sein und auf sie aufpassen, solange ich bei der Arbeit bin."

Etwas an dieser Bemerkung störte mich, aber ich ließ den Moment verstreichen, ohne eine Antwort zu geben. Stattdessen konzentrierte ich mich auf die Katze, die weiterschnurrte. Ihre kleine Brust hob und senkte sich mit jedem schnurrenden Atemzug.

„Jetzt müssen wir ihr noch einen Namen geben", sagte Peter.

„Wie wär's mit Ebony?", schlug ich vor. „Sie ist schwarz, das passt. Oder Onyx. Oh, mir gefällt Onyx."

„Das sind blöde Namen." Peter wischte meine Vorschläge mit einer Handbewegung beiseite. „Gib ihr einen Namen, der zu ihrer Persönlichkeit passt. Schau dir nur ihre Krallen an. Sie ist ein kleiner Tiger." Er küsste mich auf den Hals. „Wie du. Wir sollten sie Tiger nennen."

Warum ließ Peter sich überhaupt herab, mir zu sagen, ich solle der Katze einen Namen geben, wenn er bereits einen Namen im Kopf hatte? Jetzt war ich wirklich ärgerlich.

„Hast du die Katze nicht für mich gekauft?", fragte ich.

„Doch."

„Dann sollte ich doch diejenige sein, die ihren Namen aussucht."

Die gute Laune, die aus Peters Augen sprach, verflog so schnell, als hätte jemand einen Schalter umgelegt. Er wurde wütend. „Du willst sie Onyx nennen? Na gut! Aber ich finde nicht, dass es ein guter Name ist."

Peter marschierte aus dem Schlafzimmer und ließ mich allein. Ich fragte mich allen Ernstes, warum um alles in der Welt er so verärgert war.

Er konnte so ärgerlich sein, wie er wollte. Wenn dieses Kätzchen mir gehörte, suchte ich den Namen aus.

Ich hielt sie hoch an mein Gesicht und rieb meine Nase an ihrer weichen Schnauze. „Was denkst du? Gefällt dir der Name Onyx?"

Das Kätzchen schnurrte als Antwort.

„Dann heißt du jetzt Onyx."

Ich zerknüllte ein Blatt Paper und formte eine Kugel, die Onyx nach Herzenslust jagte, bis sie sich müde gespielt hatte. Dann rollte sie sich in der Ecke des Teppichs ein. Langsam fielen ihr die Augen zu, ehe sie einschlief.

Peter hatte vor einer Stunde einen blutigen Horrorfilm eingelegt, aber ich folgte nicht wirklich der Handlung. Und als er seine Hand von meiner Hüfte zu meinem Bauch streifen ließ, wusste ich, dass es ihm genauso ging.

„Endlich schläft unsere kleine Tiger“, stellte Peter fest. Seine Hand schob sich unter den Bund meiner Jeansshorts. „Wie geht es *meinem* kleinen Tiger? Schläfst du schon?“

Es genügte mir zu wissen, dass Peter mich ficken wollte, um geil zu werden.

„Ich weiß nicht“, neckte ich ihn. „Ich denke, dein Tiger könnte ein wenig besondere Aufmerksamkeit und Liebe vertragen.“

„Und dann schnurrt sie? Oder brüllt sie?“

Ich öffnete den Knopf meiner Shorts, damit Peter leichter vordringen konnte. „Warum findest du es nicht heraus?“

Peters Hand drängte sich in mein Höschen. Sofort spreizten seine Finger meine Schamlippen und er streichelte heftig meine Perle.

Ich stöhnte.

„Das war ein Schnurren“, stellte Peter fest. „Lass mal schauen, ob ich dich zum Brüllen bringen kann.“

Seine Finger tauchten in meine feuchte Muschel, drei, vielleicht sogar vier. Er begann mich mit den Fingern zu ficken. Mit der anderen Hand schob er mein Top und den BH hastig nach oben, dann legte sich sein Mund mit einem zufriedenen Seufzen auf einen meiner Nippel.

Er saugte heftig an mir. Seine Finger fickten mich gnadenlos. Mein Stöhnen wurde lauter, meine Lust wuchs immer mehr. Verdammt, ich würde kommen, und ich würde diesmal besonders heftig kommen.

Ich war beinahe auf dem Gipfel, bereit, im nächsten Moment zu explodieren, als Peter seinen Mund von meiner Brust löste. Rasch zog er meine Shorts herunter und legte seine heiße und gierige Zunge auf meine Klit. Er leckte hungrig, und kurz darauf griff der Orgasmus nach mir. Überwältigte mich total. Ich schrie, von der Heftigkeit überrascht. Schon bald flehte ich Peter um Gnade an, während er weiter von mir naschte.

„Hör auf, Peter … Ich ertrag das nicht …"

Ein letztes Mal saugte er an meiner Klit, ehe er sein Gesicht wieder nah an meines brachte. Er grinste geradezu teuflisch.

„Du hast gebrüllt."

Ich errötete. Ich hatte tatsächlich gebrüllt. „Das habe ich nur getan, weil du den Tiger in mir erweckst."

24. KAPITEL

Am nächsten Morgen wachte ich auf und stellte fest, dass Peter schon fort war. Onyx hatte neben meinem Kopfkissen geschlafen, doch sobald ich mich rührte, wachte sie auf und streckte ihren kleinen Körper.

„Hey, du.“ Ich kraulte das Köpfchen der Katze, dann hob ich sie hoch. Sie war so leicht und klein, dass sie fast in meine Handfläche passte. „Bist du hungrig? Willst du, dass ich dir Futter gebe? Und ich bringe dir wohl besser vorsichtshalber auch das Katzenklo.“

Peter hatte das Katzenklo im Badezimmer aufgestellt. Ich trug Onyx dorthin und setzte sie hinein, während ich aufs Klo ging. Das Kätzchen schnupperte ein wenig am Streu, aber sobald ich den Raum verließ, schoss sie hinter mir her.

In der Küche setzte ich Onyx vor ihr Schüsselchen mit Futter. Sie begann zu fressen, während ich mir Müsli und Toast machte. Die Katze war wirklich liebenswert, aber jetzt vermisste ich Peaches nur noch mehr.

Peter hatte gesagt, das Kätzchen sei unser Baby und dass ich in seiner Wohnung bleiben musste, um auf sie aufzupassen.

Nun, Peter war nicht zu Hause. Ich wollte heimfahren, in den umliegenden Tierheimen anrufen und Peaches' Beschreibung durchgeben.

Ich starrte Onyx an, die ihr Trockenfutter fraß.

Zuhause hatte ich auch ein Katzenklo. Es gab keinen Grund, warum ich Onyx nicht mitnehmen konnte.

Ich rief im Tierheim an und erfuhr, ja, es gebe tatsächlich ein paar Katzen, die in letzter Zeit aufgegriffen wurden und auf die Peaches' Beschreibung passte. Ich ließ Onyx in meinem Haus und fuhr ins Tierheim. Hoffnung erfüllte mein Herz.

Diese Hoffnung zerstob, da ich Peaches nicht fand.

Ich war bestürzt, aber ich sagte mir, dass ich nicht verzweifeln durfte. Ich weigerte mich zu glauben, dass ich meine Katze nie wiederfinden würde. Eines Tages tauchte sie wieder auf. An diese Überzeugung musste ich mich klammern.

„Das ist ein Foto von meiner Katze", erklärte ich einem jungen Tierpfleger. „Bitte, falls sie auftaucht, rufen Sie mich an, ja? Ich will sie unbedingt wiederfinden."

Der Tierpfleger nickte und nahm das Foto. Dann ging ich zurück zu meinem Wagen. Ich wusste, es gab nichts, was ich tun konnte, außer weiter in der Nachbarschaft zu suchen und zu warten.

Ich näherte mich meinem Zuhause, als mein Telefon klingelte. „Hallo?"

„Wo bist du?"

Peter.

„Ich bin fast zu Hause", erklärte ich ihm. Sein aggressiver Tonfall verwirrte mich ein wenig. „Ich musste ein paar Sachen erledigen."

„Was denn für Erledigungen?"

„Ich bin im Tierheim vorbeigefahren, weil ich sehen wollte, ob Peaches dort abgegeben wurde."

„Und?"

„Nichts und. Sie war nicht dort."

„Siehst du es endlich ein, Sophie? Siehst du, warum ich dir gesagt habe, du sollst nach vorne schauen?"

Ich sagte nichts dazu. Ich wusste, Peter und ich konnten uns in diesem Punkt nicht einigen.

„Wo ist Tiger?"

Tiger. Ich verdrehte die Augen. Er hatte den Namen, den ich dem Kätzchen gegeben hatte, völlig abgetan. „Onyx ist bei mir zu Hause."

„Du hast also einfach die verdammte Katze genommen und mich verlassen."

„Ich habe dich nicht verlassen, Peter. Ich hatte Dinge zu erledigen."

„Ist es zu viel verlangt, wenn ich dich darum bitte, zu Hause zu sein, wenn ich heimkomme? Du gehst immer fort, Sophie. Warum?"

„Ich habe dir gesagt, warum."

„Ich weiß, was du gesagt hast. Aber es kann ja auch sein, dass du deinen Mann triffst, während ich arbeite. Ist es das, *bella*?"

„Nein, Peter. Ich treffe meinen Mann nicht hinter deinem Rücken. Ich treffe mich mit niemandem."

„Bist du schon zu Hause?"

„Ich fahre gerade in die Einfahrt."

„Dann hol die Katze und komm her."

Ich seufzte genervt. „Ich weiß nicht, Peter. Ich bin müde und hab Kopfschmerzen. Und du scheinst ... ich weiß nicht ... Du scheinst schlecht gelaunt zu sein."

„Ich hatte einen stressigen Tag. Ich brauche dich, Sophie. Bitte komm nach Hause."

„Also gut", gab ich nach.

Als ich auflegte, klangen mir Marnies Worte im Ohr nach. *Du hast dich verändert.*

Gut möglich, dass das stimmte.

Peter grinste wie ein Sieger, als ich vor seiner Wohnungstür auftauchte. Ich bin nicht sicher, warum, aber etwas daran nervte mich.

Im nächsten Moment wusste ich, warum. Am Telefon war Peter wütend auf mich gewesen, aber jetzt war er so fröhlich wie ein Kind. Plötzlich fühlte es sich so an, als spielte er ein böses Spiel mit mir. Konnte er mich dazu bringen, das zu tun, was er wollte?

Du hast dich verändert.

Peter hatte gesagt, er hätte einen schlechten Tag gehabt, aber als er mich in seine Arme schloss und seine Nase an meinem Hals rieb, schien er kein Mann zu sein, der von der Arbeit gestresst war. Und ich glaubte einen Moment lang, dass der „Stress" einfach in dem Augenblick wie weggeblasen war, als er mich erblickte.

„*Bella.*" Peters Hände umschlossen mein Gesicht, als er einen Schritt zurücktrat. Er streichelte Onyx' Köpfchen. Ich wiegte sie in meinen Armen. „Ich werde dir was zu essen machen. Worauf hast du Hunger?" Seine Augen leuchteten übermütig auf. „Oder möchtest du gerne wieder ins *Denny's* fahren?"

Ich sagte nichts, sondern betrat nur hinter ihm die Wohnung.

„Wie wär's mit einer selbst gemachten Pizza?", schlug Peter vor. „Du kannst mir helfen. Meine Eltern liebten es, gemeinsam Pizza zu machen."

Ich wollte nicht hier sein. Ich wollte zu Hause sein – allein – und Zeit für mich haben. Ich wollte einfach eine Zeit lang allein sein und in dieser Stille um Peaches trauern. Das einzige Lebewesen, das ich duldete, war Onyx, damit sie meine Stimmung hob.

„Ich will keine Pizza", erklärte ich Peter, der auf mich zukam und vor mir stehen blieb.

„Was möchtest du dann? Ich mach dir alles, was du willst."

Wie süß, dachte ich sauer.

Er führte mich zum Sofa, nahm mir meine Handtasche ab und schob mich in die Polster. „Ich hole dir ein Glas Prosecco."

Ich schloss die Augen und versuchte meine Irritation beiseitezuschieben. Ich konzentrierte mich auf die Wärme von Onyx' Körper. Sie war die Einzige, die mir im Moment etwas Trost spendete.

Peter war nach weniger als einer Minute zurück und reichte mir eine Sektflöte. „Hier. Trink."

Ich nahm das Glas und trank widerwillig einen Schluck.

„Ich habe uns ein paar Filme besorgt", sagte Peter. „Ich wusste nicht, was du gucken wolltest, darum habe ich eine Komödie, ein Drama und einen Horrorfilm genommen."

Er hatte den ganzen Abend schon verplant. Aber ich wollte nicht Teil seiner Abendgestaltung sein. „Warum bin ich hier?", wollte ich wissen.

Peter schien verwirrt. „Weil ich dich liebe."

„Du hast gesagt, du wärst gestresst. Dass du mich brauchst."

„Ich bin nicht mehr gestresst. Jetzt bist du ja hier. Bei mir."

„Ich wette, du warst überhaupt nicht gestresst", sagte ich und blickte zu ihm auf. „Du wolltest mich nur bei dir haben. Wofür? Um noch mehr Sex zu haben?"

Jetzt presste Peter seine Lippen zu einem dünnen Strich zusammen. „Ich will dich hierhaben, weil ich dich liebe. Weil du meine Familie bist. Du und Tiger."

„Ihr Name lautet Onyx", erwiderte ich schnippisch.

Peter verdrehte die Augen. „Das haben wir doch gestern besprochen. Wir haben uns entschieden, dass Tiger der bessere Name ist."

„*Du* hast das entschieden."

„Bist du mir deshalb böse, *bella*?", fragte Peter. Jetzt zeichnete sich eine gewisse Heiterkeit auf seinem Gesicht ab. „Nur wegen des Namens für unser Kätzchen?"

Er besaß die Nerven, zu kichern und meine Gefühle zu verharmlosen. Ich stellte das Sektglas auf den Couchtisch und stand abrupt auf. „Ich gehe besser."

Jetzt verfinsterte sich sein Blick. „Wie bitte?"

„Ich fahre nach Hause."

Mit dem Kätzchen im Arm ging ich in Richtung Wohnungstür und verließ das Wohnzimmer. Peter jedoch eilte mir nach und war vor mir an der Tür. Seine Hand legte sich auf die Klinke, damit ich sie nicht öffnen konnte.

„Geh mir aus dem Weg“, befahl ich ihm.

„Du willst mich verlassen, weil du wegen der Katze sauer bist?“, fragte er ungläubig. Jetzt war auch er eindeutig wütend.

Nun, er konnte mir so böse sein, wie er wollte, wenn ich jetzt ging. Aber ich war keine Gefangene in seinem Haus. Er konnte wohl kaum erwarten, dass ich jede wache Minute in seiner Wohnung verbrachte und das Apartment nie verließ, außer er genehmigte meine Botengänge im Voraus.

„Ich gehe jetzt, weil ich im Moment nicht in der Stimmung bin, hierzubleiben.“ Mehr brauchte ich ihm nicht zu erklären.

Blitzschnell fuhr Peters Hand von der Tür an meinen Hals. Ich keuchte, als er begann, mir die Kehle zuzudrücken.

„Mit wem triffst du dich?“, verlangte er zu wissen.

„Mit niemandem.“

„Deinem Ehemann?“

Er übte mehr Druck aus. „Nein.“

„Ich bin der einzige Mann, der dich nie verletzt hat, der dich nie betrogen hat. Und trotzdem willst du mich verlassen und zu diesem Mistkerl zurückgehen, der dein Herz gebrochen hat?“

Ich wand mich, um mich aus Peters Griff zu befreien. Es ging nicht. „Peter, hör auf! Du tust mir weh!“

Ein Augenblick verging. Etwas ging in seinem von Wut verzerrten Gesicht vor sich. Dann ließ er mich los, doch er trat keinen Schritt zurück.

„Hast du mich über deine Vergewaltigung angelogen, Sophie?“

„*Wie bitte?*“

„Hast du gelogen, als du mir erzählt hast, du wärst vergewaltigt worden?“

„Nein! Natürlich nicht!“ Verwirrt runzelte ich die Stirn

und blickte Peter an. „Warum um alles in der Welt fragst du mich das?“

„Hast du mich je angelogen, Sophie?“ Seine Augen waren kalt. So kalt, dass mich ein Frösteln erfasste.

„Weil ich nach Hause fahren will, denkst du, ich habe dich immer belogen?“

„Hast du mich angelogen?“, schrie er so laut, dass ich hastig einen Schritt nach hinten machte. *„Hast du mich angelogen?“*

„Nein!“, schrie ich zurück.

„Du bumst nicht deinen Mann in den Nächten, die du nicht bei mir verbringst?“

„Nein!“

„Bist du sicher?“

„Ja, ich bin sicher.“ Ich atmete zittrig ein. Endlich verstand ich, worum es ging. „Warum fragst du mich nicht einfach, was du von mir wissen willst? Ich vermute, du bist an dem Abend, als wir ursprünglich mit Marnie ausgehen wollten, an meinem Haus vorbeigefahren. Und du hast den Wagen meines Mannes gesehen. Er hat nur vorbeigeschaut, Peter. Er wollte mit mir reden, aber ich habe ihn fortgeschickt.“

Peter studierte mich. „Ich glaube dir nicht.“

„Glaub, was du willst.“

Zum Teufel, ich wollte nur noch hier raus. Aber ich erinnerte mich, dass Peter mir meine Handtasche abgenommen hatte. Er hatte sie wohl in die Küche gelegt. Ohne ein Wort ging ich in die Küche und sah meine Tasche auf der Anrichte liegen.

Ich griff danach und marschierte direkt zurück zur Tür.

„Du gehst …“ Peters Stimme klang ungläubig.

„Ja. Wir reden später darüber, aber heute Abend … Ich bin nicht in der richtigen Stimmung.“

Peter zuckte mit den Schultern und akzeptierte meine Entscheidung. Ich öffnete die Tür und ging nach unten. Doch als ich meinen Wagen erreichte, konnte ich meine Schlüssel nicht finden.

„Was zur Hölle?“, fragte ich mich laut. Ich stellte die Handtasche auf das Autodach und fuhr mit den Fingern in jede Falte der Tasche. Meine Schlüssel *mussten* da sein. Ich hatte sie auf dem Weg zu Peters Wohnungstür in die Tasche gesteckt. Ich wusste es ganz genau.

Es sei denn …

Ein merkwürdiges Gefühl kroch mein Rückgrat hinunter. Hatte Peter in der Küche die Schlüssel an sich genommen? Der Gedanke war lächerlich. Vielleicht waren sie aus der Tasche gefallen, als ich die Treppe hinaufeilte.

Ich ging noch einmal zurück und suchte sorgfältig. Aber meine Schlüssel blieben verschwunden.

Mir blieb nichts anderes übrig, als zurück in seine Wohnung zu gehen.

Ich klopfte nicht, sondern öffnete einfach die Tür. Peter war nicht im Flur. Aber als er die Tür hörte, tauchte er in der Küchentür auf.

„Du bist zurück“, sagte er.

„Wo sind meine Autoschlüssel?“

Langsam kam Peter auf mich zu. „Warum verlässt du mich?“

„Weil ich heute Abend eine Pause von dir brauche.“ *Vielleicht für immer.* Es lag daran, wie er seine Hand um meinen Hals gelegt hatte … „Wir beide brauchen eine Pause vom anderen. Bitte gib mir einfach meine Schlüssel.“

„Ich weiß nicht, wo sie sind“, behauptete er.

Ich runzelte die Stirn. War das möglich? Aber draußen hatte ich alles abgesucht. Sie waren nicht dort. Und er hatte mir die Tasche abgenommen, als ich seine Wohnung betrat.

Nein, Peter hatte sie an sich genommen. Ich wusste, dass

er es getan hatte. „Das hier ist so dumm“, sagte ich. „Gib mir bitte meine Schlüssel.“

„Ich mag es nicht, wenn du so aufgebracht gehst“, sagte Peter. „Meine Eltern sind nie wütend aufeinander zu Bett gegangen.“

Meine Wut flammte auf. „Du kannst nicht einfach meine Schlüssel nehmen!“

„Und du rennst wieder weg!“

„Manchmal gehe ich nun mal heim. Es gibt Dinge, um die ich mich kümmern muss.“

„Ich will, dass du zu mir ziehst.“

„Ich gehe, wann ich gehen will“, spie ich aus. „Du kontrollierst mich nicht!“

Peter trat schnell auf mich zu und packte mich bei den Schultern. Er drückte mich rückwärts gegen die Wand. Kalte Angst kreiste in meinen Adern.

„Sag mir einfach die Wahrheit! Du triffst dich mit deinem Mann, damit er dich fickt, stimmt's?“, verlangte Peter zu wissen.

Ich versuchte mich vorsichtig seinem Griff zu entwinden, denn ich wollte Onyx nicht wehtun. Aber er würde mich nicht einfach loslassen. „Was ist bloß mit dir los?“

Er starrte mich an. Unnachgiebig. In seinen Augen sah ich einen Menschen, den ich nicht kannte.

Eine Person, die Teddy aufs Grausamste zusammengeschlagen haben könnte?

„Du willst die Schlüssel? Dann gib mir die Katze.“

Meine Augen weiteten sich erschreckt. „Nein!“

Jetzt legte Peter seine Hände um Onyx' Hals und begann an ihr zu ziehen. „Hör auf!“, schrie ich. Tränen schossen mir in die Augen. Das Kätzchen quiekte protestierend, während wir beide um es rangen. „Um Gottes willen, Peter!“

Ich drehte meinen Körper von ihm weg, schirmte Onyx so

gut es ging mit meinen Armen ab. „Wir brauchen einfach eine Pause“, sagte ich mit krächzender Stimme. „Bitte.“

„Also gut.“ Er ließ Onyx abrupt los. „Verlass mich, wenn du willst.“

Ich starrte an die Wand. Mein Atem kam in abgehackten Stößen, während Peter den Raum verließ. Einige Sekunden später kam er zurück und warf die Schlüssel nach mir. Sie prallten schmerzhaft gegen meinen Oberschenkel.

Tränen füllten meine Augen, und ohne ein Wort stürmte Peter in sein Schlafzimmer.

25. KAPITEL

Am nächsten Tag tauchte ein Lieferjunge vor meiner Haustür auf und brachte ein riesiges Rosenarrangement. Mein erster Gedanke war, dass Andrew sie mir schickte.

Und dann öffnete ich die Karte.

Bella,
ich bin der größte Idiot auf Erden. Ich weiß nicht, was letzte Nacht in mich gefahren ist. Ich liebe dich so sehr, dass ich mir ein Leben ohne dich nicht vorstellen kann. Ich weiß, ich habe dir Angst gemacht. Das wird nie wieder geschehen. Bitte ruf mich an, meine Geliebte. Es tut mir sehr leid.
Peter.

Ich rief ihn nicht an.

Aber Marnie wollte ich anrufen. Ich wollte ihr von den Ereignissen der letzten Nacht in Peters Wohnung berichten. Aber ich ließ es sein, denn ich wollte nicht hören, wie sie mit mir schimpfte, weil ich meine Meinung geändert und nicht schon vorher auf sie gehört hatte.

Ich blickte auf meinen linken Oberschenkel hinab und fuhr mit den Fingern über die Abschürfung, wo meine Schlüssel mich getroffen hatten. Was ich vor allem brauchte, war Zeit, in der ich ganz mit meinen Gedanken allein sein konnte. Ich wollte versuchen, ein wenig Ordnung in meine Beziehung zu Peter zu bringen.

Nachdenken war das Einzige, was ich in dieser Nacht tun konnte, und am nächsten Morgen war ich trotzdem noch ziemlich durcheinander. Während ich ursprünglich davor Angst bekommen hatte, dass Peter in seiner Wut die Hand gegen mich erheben könnte, hatte ich diese Angst irgendwie heruntergespielt. Ich nahm einfach hin, dass sogar der beste Mensch auf Erden die emotionale Kontrolle verlieren konnte. Ich wusste ja, wie sehr ich mir gewünscht hatte, Andrew die Augen auszukratzen, nachdem ich von ihm so verletzt worden war.

Obwohl ich Peter seinen kurzzeitigen Ausbruch verzeihen konnte, fragte ich mich immer wieder, ob es nicht das Beste war, die Beziehung zu ihm langsam, aber sicher abkühlen zu lassen. Unsere Affäre hatte mit heißer Leidenschaft begonnen. Vielleicht zu heiß für uns, um auf Dauer damit umgehen zu können.

Am nächsten Tag kam ein Kurier und übergab mir eine überdimensional große Karte von Peter, in der er seine unsterbliche Liebe zu mir erklärte und mich erneut bat, ihn anzurufen.

Ich war versucht, ihn anzurufen. Ein großer Teil von mir vermisste ihn wirklich, und ich *wollte* ihn anrufen.

Aber ich tat es nicht.

Das Telefonklingeln weckte mich an diesem Abend weit nach elf Uhr. Ich hatte geschlafen, doch augenblicklich schoss ich hoch und griff nach dem Mobilteil des Telefons, das auf dem Nachttischchen neben meinem Bett lag.

„Hallo“, nuschelte ich.

Ein Herzschlag Stille. Dann: *„Bella.“*

Peters leise Stimme ließ die Wut und die Unsicherheit, die ich verspürt hatte, verebben. „Hi.“

„Es tut mir leid“, sagte er. „Ich war so dumm und habe dir Unrecht getan.“

Ich sagte nichts.

„Ich hasse es zu streiten. Ich habe schrecklich reagiert. Wie ein Idiot.“

Meine Mundwinkel hoben sich zu einem leisen Lächeln.

„Bist du noch da?“

„Ja, ich bin hier“, antwortete ich leise. „Und es tut mir auch leid. Als ich zu dir kam, hatte ich schlechte Laune, und das hat auch nicht gerade geholfen.“ Es stimmte. Was Marnie mir über Teddy erzählt hatte, wog schwer, als ich an jenem Abend zu Peters Wohnung fuhr. Rückblickend dachte ich, dass ich dort mit mieser Laune aufgelaufen war und mir beweisen wollte, dass er mich nicht auf jede erdenkliche Weise kontrollieren konnte.

„Ich vermisse dich, *bella.*“

„Ich vermisse dich auch“, hörte ich mich sagen.

„Dann ist zwischen uns wieder alles in Ordnung?“, fragte Peter.

„Ja.“ Das Wort schien mir gegen meinen Willen zu entschlüpfen.

„Wirst du morgen Abend zu mir kommen?“

„Ja.“

„Gut.“ Ich konnte das Lächeln in Peters Stimme hören. „*Buona notte, bella.*“

„Gute Nacht“, echote ich.

Ich grinste glücklich, als ich das Mobilteil wieder auf das Nachttischchen legte.

Kaum hatte ich aufgelegt, als das Telefon erneut klingelte. Rasch griff ich nach dem Hörer. „Hallo?“

„Warum kommst du nicht schon heute Abend vorbei?“

„Sofort?“, fragte ich. In mir stieg bereits eine Welle des Verlangens auf.

„Ja, sofort.“

„Ich bin unterwegs.“

Innerhalb einer halben Stunde war ich bei Peter, und wir fanden leicht zurück in unsere Welt aus geilem und häufigem Sex. Erneut fühlte es sich für mich an, als wäre zwischen uns alles in Ordnung und dass ich genau dort war, wo ich sein wollte.

Peter musste um acht aufstehen, darum ließen wir um halb zwei voneinander ab und lagen in den Armen des anderen. Ich dachte, ich würde die ganze Nacht schlafen, aber kurz nach sechs war ich wach.

Und beugte mich spuckend über die Kloschüssel.

Peter folgte mir ins Badezimmer und rieb meinen Rücken, während ich vor dem Klo hockte. Erst als die Welle der Übelkeit verebbte, stand ich auf und trat ans Waschbecken.

Peter drehte das Wasser auf, und ich spritzte mir kaltes Wasser übers Gesicht und trank ein paar Schlucke. „Pfui, ich muss mir irgendwas eingefangen haben. Ich hoffe, du hast es nicht auch abgekriegt."

„Vielleicht bist du schwanger", bemerkte Peter.

Meine Augen suchten seine. „Oh mein Gott. Sag nicht so was."

Peter erwiderte zunächst nichts, während er mich eingehend betrachtete. „Wäre das so schlimm?" Hoffnung glomm in seinen Augen auf. „Wenn du mein Baby unter dem Herzen tragen würdest?"

„Ich kann jetzt nicht schwanger werden, Peter. Ich habe meinen Job, der bald wieder beginnt. Und … offiziell bin ich noch immer verheiratet, weißt du …"

Augenblicklich erlosch die Hoffnung in seinen Augen und wurde durch etwas Dunkles, Ärgerliches ersetzt. „Du machst dir also Sorgen, wie sich die Schwangerschaft auf deine Scheidung auswirken könnte – oder ob es vielleicht deinen Mann stört?"

Mir gefiel weder Peters Tonfall noch seine Körpersprache, und darum antwortete ich nicht. Aber ich fragte mich erneut, warum ich entgegen meiner ursprünglichen Entscheidung letzte Nacht hergekommen war. Ich hatte doch beschlossen, Distanz zu ihm zu wahren. Wie hatte ich mich vor wenigen

Stunden in seinen Armen so wohlfühlen können? Und jetzt war ich in seiner Gegenwart so argwöhnisch …

„Ich glaube, ich bin bloß krank. Das wird's sein. In den letzten Tagen habe ich mich wirklich nicht wohlgefühlt." Das stimmte, obwohl ich kein Fieber bekommen hatte. Und die Übelkeit schien zu kommen und zu gehen. Manchmal sogar, wenn ich bestimmte Speisen roch. Zum Beispiel Eier. Oder Hühnchen. Und, merkwürdig genug, gedünsteten Spargel.

Oh mein Gott. War ich doch schwanger?

Wie konnte ich nur so dumm sein?, schalt ich mich. Von der Leidenschaft mitgerissen, hatte ich mich von Peter ohne Kondom ficken lassen – und das mindestens zweimal. Nicht nur dass ich es besser wusste. Dieses Verhalten passte nicht zu mir.

„Komm her, *bella.*" Peter legte seine Arme um meine Taille und zog mich an sich. Ich ließ mich von ihm halten, ließ ihn über mein Haar streicheln.

Plötzlich drückte er eine meiner Brüste, und ich jaulte auf.

Jetzt grinste Peter. „Deine Brüste sind sensibler als normalerweise. Und sie fühlen sich schwerer an. Ja, *bella* … Ich glaube, du trägst mein Kind unter dem Herzen."

Peter küsste meine Wange. Dann führte er mich zurück zum Bett, wo er mich unter die Bettdecke steckte. Er lächelte die ganze Zeit, als wäre er der glücklichste Mann der Welt. Ich brachte ebenfalls ein Lächeln zustande, aber innerlich erfüllte mich Furcht.

Bitte, lieber Gott – lass mich nicht schwanger sein.

Es war vermutlich blasphemisch, unter diesen Umständen so ein Gebet zu sprechen, aber ich tat es trotzdem. Ich wollte nicht mit Peters Baby schwanger sein.

Peter schlüpfte neben mir ins Bett und legte zärtlich seine Hand auf meinen Bauch. „Ich werde in den nächsten neun Monaten auf euch aufpassen."

Die Wände rückten immer näher. Ich hatte das Gefühl, in der Falle zu sitzen.

„Ich will, dass du hierbleibst, während ich zur Arbeit gehe", fuhr Peter fort. „Ich will, dass du zu Hause bist, wenn ich zurückkomme. Ich werde mich um dich kümmern."

Eine einfache Aussage … Aber war es nur eine Aussage oder ein Befehl? Erneut machte sich in meinem Bauch das nagende Gefühl breit, dass Peter versuchte, mich voll und ganz zu kontrollieren.

„Ich muss nach Hause fahren und nachschauen, ob Peaches zurückgekommen ist", erklärte ich Peter.

„Vergiss die Katze", erwiderte Peter ungehalten. „Du wirst sie nie finden."

Ich starrte ihn an. „Das ist nicht nett, wenn du das sagst."

„Ich denke, eine wohlmeinende Familie hat sie bei sich aufgenommen." Seine Stimme klang jetzt wärmer. „Ich bin sicher, es geht ihr gut. Wie kannst du dir jetzt, da du ein Baby erwartest, um die Katze Sorgen machen?"

Mein Magen rebellierte. War das wieder die Übelkeit? Oder meine Furcht? „Wir wissen nicht, ob es wirklich so ist."

Peter küsste mich sanft und leidenschaftlich auf die Lippen, während er meinen Bauch rieb. „Ich weiß es", erwiderte er, nachdem sein Mund sich von meinem löste. „Meine Mutter hat erzählt, dass mein Vater derjenige war, der es als Erster bemerkte, als sie schwanger wurde. Und, *bella* – du bist schwanger."

Ich weiß nicht, wann genau ich in den Schlaf abdriftete, aber als ich aufwachte, war es nach zehn und Peter war fort.

Selbst während ich schlief, träumte ich von seinen Worten. *Ich will, dass du hier bist, wenn ich zurückkomme.*

Er wollte mich immer um sich haben. Es gefiel ihm nicht, mich aus den Augen zu lassen. Das war nicht normal, selbst wenn er mit der ungezügelten Leidenschaft eines Teenagers nach mir gierte. Seine Liebe erstickte mich. Und wenn ich tatsächlich schwanger war …

Wie konntest du nur so dumm sein?, fragte ich mich. Der Gedanke, dass ich vielleicht schwanger sein konnte, ließ meinen Kopf schmerzen. Es war ein quälender Gedanke. So quälend, dass ich mir untersagte, auch nur weiter an ein Kind zu denken. Ich durfte es nicht einmal als Möglichkeit in Betracht ziehen.

Aber das war leichter gesagt als getan. Meine Brüste *waren* empfindlich. Hatte Peter recht? Würde ich ein Kind bekommen?

Ein Baby würde mich auf unbestimmte Zeit an Peter binden. Das war ein Gedanke, der plötzlich beängstigend für mich wurde. Wenn er mich jetzt schon mit seinen Gefühlen schier erdrückte, was würde dann erst passieren, wenn unser gemeinsames Kind hinzukam?

Mit ausuferndem Sex konnte ich umgehen. Mit seiner Liebe wurde ich fertig, auch wenn ich noch mit Andrew verheiratet war. Aber sein Bedürfnis, mich in allen Bereichen meines Lebens zu beherrschen?

Auf keinen Fall.

Ich lag in Peters Bett und versuchte mir vorzustellen, wie das Leben mit ihm und einem Baby sein würde. Würde er ausrasten, wenn er von der Arbeit nach Hause kam und ich mit dem Kind in der Shopping-Mall war? Würde er unzählige Male am Tag anrufen, um mich zu kontrollieren?

Genau das würde passieren. Ich wusste es.

Und das zu wissen half mir, sofort eine Entscheidung zu treffen. Ich konnte die Beziehung mit Peter nicht fortsetzen. Keine Sekunde länger konnte ich bei ihm bleiben. Ich musste die Sache mit ihm beenden und ihn auf kalten Entzug setzen.

Ich verspürte das dringende Bedürfnis, seine Wohnung so

schnell wie möglich zu verlassen. Darum stand ich auf, zog mich an und ging zur Wohnungstür. Aber bevor ich ging, beschloss ich, ihm eine Nachricht zu hinterlassen.

Es war dieselbe feige Art, eine Beziehung zu beenden, die bereits seine Exfreundin benutzt hatte. Aber jetzt verstand ich die Gründe dieser Frau. Instinktiv wusste ich, dass ich dieses Gespräch mit Peter nicht Auge in Auge führen konnte. Besonders nicht jetzt, da er glaubte, ich sei schwanger.

Er würde mich nicht gehen lassen. Darum durfte ich ihm keine Wahl lassen.

Ich fand einen Bogen Papier und einen Stift und begann zu schreiben.

Lieber Peter,
ich habe mich besser gefühlt und beschlossen heimzufahren. Ich wollte Onyx nicht zu lange alleinlassen. Peter, ich mag dich wirklich sehr, aber ich denke, es ist für uns an der Zeit, zur Ruhe zu kommen. Bis ich die Sache mit meiner Ehe erledigt habe. Ich denke, das wird das Beste sein.
Sophie

Als ich meine Nachricht noch einmal las, runzelte ich die Stirn. Ich wusste nicht, ob ich die richtigen Worte gewählt hatte. Ich wollte ihn nicht verletzen, aber ebenso wenig wollte ich, dass er glaubte, ich würde zurückkommen.

Ich beschloss die Nachricht so zu lassen. Dann fuhr ich heim und hoffte, Peter würde meine Entscheidung akzeptieren.

Ich hätte es besser wissen müssen.

26. KAPITEL

Ehe ich überhaupt zu Hause ankam, klingelte mein Handy. Peters Nummer blinkte auf dem Display auf.

Wie zur Hölle konnte er schon jetzt wissen, dass ich nicht in seiner Wohnung war? Allein diese Tatsache zeigte mir, dass ich das Richtige getan hatte, als ich ihn verließ. Peter ließ mir keinen Raum zum Atmen.

Onyx begrüßte mich freudig, als ich zur Tür hereinkam. Ich hob das Kätzchen hoch und rieb meine Nase an ihrem Näschen.

Peaches war nicht zurückgekommen, aber ich stellte neues Futter und frisches Wasser auf die Veranda. Peters Kommentar, ob nicht vielleicht eine wohlmeinende Familie sie aufgenommen hatte, brachte mich zum Nachdenken. Vielleicht hatte ein Kind sie gefunden. Peaches war sehr lieb. Sie war eine Katze, die sich auf den Rücken rollte und sich von Fremden den Bauch kraulen ließ. Andrew und ich hatten früher gern gescherzt, dass sie wohl glaubte, ein Hund zu sein.

Es war an der Zeit, dass ich Plakate bastelte und in der Nachbarschaft aushängte. Wenn jemand ihr ein neues Zuhause gab und glaubte, sie sei ein Streuner, würde derjenige Peaches bestimmt zurückbringen, wenn sich herausstellte, dass die Katze eine liebevolle Besitzerin hatte.

Zuerst ging ich aber ins Bett, meine Erschöpfung gewann die Oberhand. Als ich aufwachte, war es bereits nach Mittag.

Ich zwang mich, aufzustehen, und fühlte mich ungewohnt wackelig. Ich setzte frischen Kaffee auf und überlegte, ob ich mir Eier machen sollte. Aber allein der Gedanke daran ließ meinen Magen rebellieren, daher entschied ich mich stattdessen für Toast.

Den Kaffeebecher in der Hand, ging ich zum Computer und begann ein Plakat mit einem Foto von Peaches zu entwerfen. Zufrieden druckte ich das Plakat fünfzehnmal aus. Dann schlenderte ich in die Küche und rief Marnie an. Vielleicht wollte sie ja vorbeikommen und mir helfen, die Plakate aufzuhängen.

Und auch bei etwas anderem helfen.

„Marnie?“, sagte ich leise, als sie ans Telefon ging.

„Sophie.“ Sie zögerte. „Lange nichts von dir gehört.“

„Ich weiß, ich weiß.“

„Was ist los?“

Ich schluckte. „Ich frage mich, ob du noch meine beste Freundin bist.“

„Sophie, du weißt doch, dass ich immer deine beste Freundin sein werde. Selbst wenn du mich wegen einem Mann aufs Abstellgleis schiebst.“

„Es tut mir leid. Es tut mir wirklich leid.“ Leise begann ich zu weinen.

„Hey“, machte Marnie. „Sophie, ich habe es nicht so gemeint.“

„Doch, hast du.“

„Vielleicht habe ich das“, gab Marnie ehrlich zu. „Aber ich wollte nicht, dass du dich deswegen schlecht fühlst. Schau mal, ich war auch sehr beschäftigt.“

„Ich habe die Sache mit Peter beendet“, erklärte ich und kam endlich zur Sache.

„Hast du?“

„Er hat mich eingeengt, und ich dachte … ich weiß nicht. Aber vor ein paar Tagen hat er seine Hände um meinen Hals gelegt und …“

„*Wie bitte?!*“

„Er hat mich nicht ernsthaft verletzt, aber da wusste ich, es ist vorbei. Er war wegen Andrew eifersüchtig und hat mich sogar beschuldigt, ich hätte ihn über meine Vergewaltigung angelogen.“

„Süße, warum hast du mich nicht eher angerufen?"

„Weil ich nicht hören wollte, wie du sagst: ‚Ich hab es dir gesagt!'"

„Ach Sophie." Marnie atmete hörbar aus. „Es tut mir leid, wenn du geglaubt hast, du könntest mich nicht anrufen. Egal was passiert, du kannst immer zu mir kommen, hörst du?"

„Ja", sagte ich und nickte. „Er macht mir Angst, Marnie. Er hat mir die Schlüssel weggenommen, damit ich nicht wegfahren konnte. Das ist nicht normal."

„Himmel!"

„Ich weiß nicht, ob er einfach nur verunsichert ist, weil er glaubt, ich könnte zu Andrew zurückkehren ..."

„Süße, vertrau deinen Instinkten. Sobald mir bewusst wurde, wie sehr Peter danach strebt, dich ganz für sich zu haben, begann ich ein ungutes Gefühl zu bekommen. Ich glaube immer noch, dass er Teddy zusammengeschlagen hat."

Da erinnerte ich mich wieder an das, was Peter über seine Katze in Italien erzählt hatte.

Ich habe das Mistvieh ertränkt, weil es mich gekratzt hat.

„Sophie?"

„Peter hat mir mal erzählt, wie er seine Katze ertränkt hat. Dann hat er gemeint, es wäre bloß ein Scherz. Aber ... Peaches ist verschwunden." Ich unterdrückte ein Stöhnen. Hatte ich die Plakate umsonst ausgedruckt? Würde ich Peaches nie finden? „Vielleicht übertreibe ich meine Angst, es ist bloß ... Es gefiel ihm nie, wenn ich heimfuhr, um meine Katze zu füttern. Denkst du, er könnte ihr etwas angetan haben? Nur um sicherzugehen, dass ich immer bei ihm sein kann und es keine Ablenkung für mich gibt?"

„Es klingt verrückt", gab Marnie mir recht. „Aber wer weiß?"

Widerstreitende Gedanken schossen mir durch den Kopf.

Peter war gefährlich.

Ich reagierte über.

Er war wahnsinnig eifersüchtig. Sogar auf meine Katze.

Ich kam zu einer lächerlichen Schlussfolgerung.

Das Telefon ans Ohr gedrückt, lief ich in die Küche. In diesem Moment fiel mein Blick auf etwas. Ein Liliengesteck, das auf dem Wohnzimmertisch stand. „Marnie, warte mal einen Moment."

Ich legte das Telefon beiseite und ging ins Wohnzimmer. Mein Magen flatterte leicht. Das Bouquet war absolut atemberaubend.

Meine Hand griff sogleich nach dem kleinen Umschlag, der in der Mitte des Gestecks platziert war. Ich öffnete ihn und las die Karte.

Ich wollte dich nicht wecken. Du hast so friedlich geschlafen. Ich hoffe, die Blumen erhellen deinen Tag.
Andrew

Ich hielt das Kärtchen an mein Herz gedrückt. Meine Brust zog sich zusammen, und meine Gefühle überwältigten mich. Ich war hin und her gerissen. Ich liebte meinen Mann, aber ein Teil von mir hasste ihn noch immer für das, was er mir angetan hatte. Was er unserer Ehe angetan hatte.

Und dennoch: Die Blumen weckten Gefühle in mir, die ich im letzten Monat vollständig unterdrückt hatte. Ich konnte mich nicht erinnern, wann Andrew mir zuletzt Blumen geschickt hatte. Und ich verstand die einfache Botschaft. Es erinnerte mich an den Andrew, den ich vor zehn Jahren kennenlernte, mit dem ich ausging und der so zärtlich und aufmerksam war. Der Mann, der wusste, dass ein freundliches Wort oder eine liebe Geste meinen Tag besser machte.

Es war genau das, was ich im Augenblick brauchte. Und es kam aus einer Richtung, aus der ich es nicht erwartet hatte.

Mein Telefon klingelte in den nächsten drei Stunden mindestens alle zwanzig Minuten, und jedes Mal wurde Peters Handynummer angezeigt. Manchmal folgten die Anrufe direkt aufeinander. Peter musste noch bei der Arbeit sein, also warum hatte er um alles in der Welt die Zeit, mich ständig anzurufen?

Kurz nach vier klingelte es an der Haustür. Vorsichtig schlich ich zur Tür und schaute durch den Spion. Ich sah einen Mann, der ein Klemmbrett und ein kleines Päckchen trug.

Ich öffnete die Tür.

„Ich habe eine Lieferung für Sophie Gibson."

„Das bin ich."

Der Mann überreichte mir die kleine Schachtel. „Bitte unterschreiben Sie hier."

Ich unterschrieb und kehrte ins Haus zurück. Erst dort öffnete ich das Päckchen.

Als ich die Schachtel öffnete, rang ich nach Luft. In der Schachtel lag eine Halskette.

Ich liebe dich, bella, stand auf dem beigelegten Zettel.

Wie hatte Peter es geschafft, dafür zu sorgen, dass mir dieses Geschenk innerhalb weniger Stunden, nachdem ich seine Wohnung verlassen hatte, geschickt wurde? Er musste in dem Laden angerufen haben, wo er meine Ohrringe gekauft hatte. Denn auf den ersten Blick sah ich, dass die Kette zu den Ohrringen passte.

Ich wollte mir die Haare raufen. Kaum war ich vier Stunden zu Hause, drehte Peter total durch und schickte mir ein bezauberndes Schmuckstück, nur um sicherzugehen, dass er mich nicht verlor.

Was würde er wohl tun, wenn er heimkam und meine Nachricht entdeckte?

Plötzlich bereute ich, die Nachricht geschrieben zu haben, und fürchtete mich davor, wie er wohl reagieren würde, sobald er sie las.

Ich rief Marnie an, doch sie war nicht erreichbar, auch nicht auf dem Handy. Ich hinterließ eine Nachricht, damit sie mich so schnell wie möglich zurückrief.

„Was ist los?“, fragte Marnie, als sie sich eine Stunde später meldete.

Ich erzählte es ihr. Erzählte ihr, dass Peter nahezu pausenlos angerufen, dass er mir ein Schmuckstück geschickt hatte, bei dem jede andere Frau dahinschmelzen würde. Aber mich stieß er mit dieser Aktion noch mehr ab.

„Was soll ich tun, Marnie? Wenn ich die Kette behalte, wird er denken …“

„Es ist egal, was er denkt. Du kannst ihn nicht zurückrufen. Das genau will er nämlich. Du musst alle Verbindungen zu ihm kappen. Kalter Entzug.“

Beim dringlichen Hämmern an der Haustür sträubten sich meine Nackenhaare.

Peter?

„Marnie, jemand klopft an meine Tür. Ich wette, es ist Peter.“

„Ich bleibe dran.“

Noch lauteres Hämmern. Mein Küchentelefon war nicht schnurlos. Langsam senkte ich den Hörer, sodass er fast bis zum Boden hing.

Mein Herz raste, als ich zur Tür ging, sie öffnete und Peter gegenüberstand, der gequält zu mir aufblickte.

„Du hast mich verlassen“, sagte er. „Du hast versprochen, mich nie zu verlassen, aber du hast es getan.“

Ich wusste nicht, was ich sagen sollte. Ich wusste nur, dass jede Faser meines Körpers vor Angst vibrierte.

Peter betrat mein Haus, ohne dass ich ihn gebeten hatte, hereinzukommen. Misstrauisch schaute er sich um, als erwartete er, jemanden dort zu sehen. Etwas an seiner Körpersprache machte mich nervös.

„Ich habe gedacht, du liebst mich“, warf er mir entgegen.

„Peter, ich muss mich um die Probleme in meiner Ehe kümmern. Ich kann nicht … weiter eine Affäre mit dir haben.“

„Eine Affäre? So denkst du also über uns?“

„Das ist die rechtliche Definition.“

„Was kümmern dich rechtliche Definitionen? Wir haben uns gefunden. Uns verbindet etwas Besonderes. Mir ist es egal, ob du verheiratet bist.“ Peters Augen weiteten sich plötzlich, als verstünde er, was ich ihm damit sagen wollte. „Dein Mann. Er bedroht dich. Was wird er dir antun? Dich mittellos zurücklassen?“

„Nein, das ist es nicht.“

„Ich habe Geld, *bella*. Wir können ein Haus kaufen, vielleicht in einer anderen Stadt. In Miami, wenn du willst. Oder wir ziehen in einen anderen Staat. Wenn du vor deinem Mann fliehen willst …“

„Hör auf! Bitte“, fügte ich hinzu. „Peter, du weißt, es geht mir nicht gut.“

„Ich weiß. Ich habe mir Sorgen um dich gemacht. Ich rief immer wieder an, aber du bist nicht ans Telefon gegangen. In meiner Mittagspause bin ich heimgefahren, weil ich mich um dich kümmern wollte. Du warst fort. Ich habe deine Nachricht gefunden.“ Er zögerte. „Ich wollte sofort zu dir kommen, aber ich musste wieder ans Set, daher habe ich nur beim Juwelier angerufen und veranlasst, dass man dir die Kette schickte. Ich hoffte, das würde dir zeigen, wie viel du mir bedeutest. Ich hoffte, nachdem du die Schachtel geöffnet hast, würdest du in unser Zuhause zurückkehren.“ Er holte tief Luft. „Ich will nicht, dass du jedes Mal hierher zurückläufst. Sobald dein Mann von meinem Baby erfährt, das du unter dem Herzen trägst … Ich meine, was ist, wenn er dich verletzt?“

„Peter, ich bezweifle wirklich, dass ich schwanger bin.“ Ich sagte die Worte und hoffte im Stillen, es stimmte.

„Ich habe einen Test gekauft. Du kannst ihn sofort machen, damit wir sicher sind."

„Nein", sagte ich. Ich wollte keinen Schwangerschaftstest machen, solange Peter in der Nähe war. Irgendetwas sagte mir, dass er noch fordernder sein würde, wenn ich tatsächlich schwanger war. Er würde darauf bestehen, dass ich mit ihm zusammenlebte. Er würde mich nicht mehr aus den Augen lassen.

Und was ich brauchte, war vor allem Zeit – Zeit, um herauszufinden, was ich tun sollte. *Wenn* ich schwanger war.

„Warum nicht?", fragte Peter.

„Ich wollte gerade losgehen und ein paar Vermisstenplakate von Peaches aufhängen."

„Die Katze, die Katze! Vergiss doch endlich die verdammte Katze."

„Nein, ich werde meine Katze nicht vergessen."

„Willst du etwa mein Kind töten?"

„Ich bin nicht schwanger. Ich bin mir sicher, dass ich's nicht bin." Irgendwie musste ich Peter davon überzeugen, mir zu glauben. Denn sonst würde er mich nicht allein lassen.

„Komm mit nach Hause", bat Peter.

„Nein", erwiderte ich rasch. Vielleicht kam mein Widerspruch zu schnell. „Ich ... ich brauche bloß Zeit zum Nachdenken. Ich möchte herausfinden, was ich ... mit meiner Ehe machen soll."

„Du meinst, wie du die Neuigkeit, dass du dich scheiden lassen willst, deinem Mann beibringst."

Ich blickte in Peters Augen und las die Erwartungen, die darin schlummerten. Ich konnte nichts Gegenteiliges behaupten, das wurde mir in diesem Moment bewusst. Er musste glauben, dass ich noch immer Teil seines Lebens war. Andernfalls würde er das Haus nicht verlassen.

Darum log ich. „Ja."

Meine Antwort schien ihm zu gefallen und gab meinem Instinkt recht. Seine Brust hob und senkte sich mit einem tiefen Durchatmen. „Manchmal habe ich das Gefühl, du entgleitest mir. Ich habe dir so oft gesagt, dass ich dich liebe, aber du sagst es mir nie."

Ich antwortete nicht.

Etwas regte sich in Peters dunklen Augen. Zweifel. Dann Wut. „Du lügst mich an", brach es plötzlich aus ihm hervor. „Du brauchst keine Zeit. Du vögelst noch immer mit deinem Mann."

„Nein, das tue ich nicht."

„Ist es sein Baby in deinem Bauch, *bella*?"

Ich beantwortete seine Frage nicht, sondern stellte ihm die Gegenfrage. „Warum bist du so? Das ist es, was mir Sorge bereitet, Peter. Du hast dich verändert. Du bist so besitzergreifend. Du machst mir Angst."

Den letzten Satz wollte ich eigentlich nicht sagen, und sobald er mir entschlüpft war, wusste ich, dass ich tatsächlich das Falsche gesagt hatte. Ich sah es daran, wie Peters Augen sich verengten. Wie er die Lippen zusammenkniff. Er war wütend.

Und jetzt hatte ich wirklich Angst.

„Ich habe dir erklärt, dass ich dir nie wehtun werde", raunte er mit gefährlich leiser Stimme. Und dann fegte er plötzlich die Blumenvase vom Tisch in meiner Diele – die Rosen, die er mir geschickt hatte –, und das Glas zerschellte mit einem lauten Krachen auf dem Fliesenboden.

Ich schrie. Seine Hand fuhr an meinen Hals und er drückte zu. Fest. „Aber da glaubte ich noch, du würdest mich nie betrügen. Du *Hure*!"

„Peter", entrang sich mir. Meine Stimme klang piepsig, weil er meinen Kehlkopf quetschte. „Du tust mir weh."

Er hielt mich fest. Sah mich an.

„Peter …“

Abrupt ließ er mich los. „Sieh nur, was du mit mir anrichtest. Du machst mich verrückt.“

Verrückt stimmte. Tränen schossen mir in die Augen und meine Hand griff an meinen schmerzenden Hals.

„Ich habe nichts getan, außer dich zu lieben“, fuhr er fort. „Ich würde alles tun, um dich glücklich zu machen, *bella. Alles.*“

„Ich habe dich nicht betrogen.“ Meine Stimme war schwach.

„Dann heirate mich“, sagte er.

Verblüfft starrte ich ihn an. „Erst nennst du mich eine Hure“, sagte ich langsam. „Und dann willst du mich im nächsten Moment heiraten?“

„Selbst wenn du nicht schwanger bist. Worauf warten wir?“, fragte Peter, als wäre er nicht vor wenigen Augenblicken durchgedreht. „Meine Eltern haben nach drei Wochen geheiratet. Sie liebten einander, bis sie gemeinsam starben.“

Ich sagte nichts.

„Liebst du mich, Sophie?“

Ich öffnete den Mund, aber ich konnte nicht sprechen. Ich konnte ihm nicht das sagen, was er hören wollte.

Peter schlug mich mit dem Handrücken quer übers Gesicht. Schreiend flog ich durch den Raum und stürzte zu Boden.

„Du hast mich über deine Vergewaltigung belogen, stimmt's? Du hast vermutlich bereits hundert Männer gefickt, oder? Hast jeden einzelnen von ihnen in dir kommen lassen. *„Bei niemandem hat es sich je so angefühlt“*, äffte Peter mich nach und erinnerte mich an die Worte, die ich einst voller Leidenschaft gesagt hatte. Seine Nasenlöcher weiteten sich mit jedem seiner Atemzüge. „Du bist widerlich. Du ekelst mich an. Du hast mich gevögelt, obwohl du mich nicht liebst. Du bist eine Hure, eine dreckige Hure!“

Ich weinte, während ich zu Peter aufblickte. Wer war dieser Mann? Warum war er so hasserfüllt?

Ich erinnerte mich, dass Marnie am anderen Ende der Telefonleitung war. Zumindest hoffte ich, dass sie noch dran war. „Verschwinde aus meinem Haus!“, kreischte ich und hoffte, Marnie hörte mich. „So darfst du nicht in meinem eigenen Haus mit mir reden! Du darfst mich nicht schlagen!“ Ich grapschte nach einer Glasscherbe. Sie schnitt in meine Haut, aber ich hielt sie fest umklammert. Ich würde sie als Waffe benutzen, wenn es sein musste. „Verschwinde!“

Er rührte sich nicht, aber etwas Dunkles und Gefährliches glomm in seinen Augen auf. „Du bist nicht würdig, mein Kind unter deinem Herzen zu tragen.“

Ich fragte mich, ob er mich erneut schlagen würde. Oder schlimmer, ob er mich treten würde, während ich hilflos am Boden lag. Instinktiv legte ich eine Hand auf meinen Unterleib.

Aber Peter trat nicht nach mir. Er machte kehrt und marschierte zur Haustür.

Als er die Tür öffnete, drehte er sich zu mir um. Ein teuflisches Grinsen verzerrte seine Lippen. „Ob du je deine Katze finden wirst, *bella*?“

Und dann war er fort.

Schluchzend lief ich zur Tür und schloss sie ab. Ich schaute durch das Fenster neben der Tür und sah Peters Wagen, der aus der Einfahrt zurücksetzte.

Mein Hals schmerzte und mein Gesicht brannte. Ich kroch in die Küche, wo ich mich neben den baumelnden Telefonhörer auf den Boden hockte. Ich griff nach dem Hörer und legte ihn an mein Ohr.

„Marnie! Bist du noch da?“

Ich hörte das regelmäßige Tuten eines Telefons, das zu lange von der Gabel genommen war.

Ich brachte nicht die Kraft auf, um aufzustehen, und blieb

am Boden hocken, den Rücken an die Wand gelehnt. Ich weinte leise.

Was um alles in der Welt war mit Peter passiert? Warum hatte er sich von einem Mann, der total in mich verschossen war, in jemanden verwandelt, der mich jetzt offenbar hasste?

Weil er sich benutzt fühlte? Ich hatte ihm nie irgendwelche Versprechungen gemacht. Und ja, vielleicht war er in mich verliebt und hatte jetzt das Gefühl, dass ich ihn nur benutzte. Die meisten Männer würden eine Frau aus diesem Grund eine Schlampe nennen und gehen.

Und sie nicht ohrfeigen.

Oder ihre Katze töten.

„Peaches", wimmerte ich. Hatte er sie wirklich beseitigt? Hatte er sie umgebracht?

Mir drehte sich der Magen um. Ich schaffe es kaum zum Spülbecken, bevor ich mich übergab.

27. KAPITEL

Als ich das Spülbecken ausspülte, klopfte jemand an die Hintertür.

Mein Körper erstarrte mitten in der Bewegung.

„Sophie!“, hörte ich jemanden rufen.

Marnie.

Die Übelkeit hatte meinen Magen noch immer im Griff, als ich zur Tür eilte. Marnie schlüpfte hinein und nahm mich in den Arm. Ich weinte an ihrer Schulter.

„Ist er weg?“, fragte sie, als wir uns voneinander lösten.

Ich nickte.

„Ich bin so schnell wie möglich gekommen. Und ich war kurz davor, die Polizei anzurufen. Hat dieser Scheißkerl dir wehgetan?“

Ich nickte.

„Er kann von Glück sagen, dass er nicht hier ist. Ich habe meine Pistole mitgebracht.“ Marnie tätschelte ihre Handtasche. Ich hatte sie einst begleitet, als sie ihren Waffenschein beantragte. Damals hatte sie mich ermutigt, mir auch eine Pistole zu besorgen. Da ich kein Freund von Waffen war, hatte ich abgelehnt.

„Er ist total durchgedreht, Marnie. Und ich fürchte, er hat Peaches umgebracht.“

Marnie legte einen Arm um meine Hüfte und führte mich ins Wohnzimmer. Dort schob sie mich auf das Sofa. „Erzähl mir alles.“

Ich erzählte. Aber ich ließ die Tatsache aus, dass ich eventuell schwanger war. Zumindest für den Augenblick. Ich erzählte ihr, wie sehr er es hasste, wenn ich seine Wohnung verließ. Dass er dachte, ich würde noch immer hinter seinem Rücken Andrew vögeln.

„Es tut mir so leid“, sagte Marnie, als ich fertig war. „Er

ist offensichtlich verrückt. Der Typ Mann, bei dem du nicht denkst, er könnte verrückt sein, bis die Dinge nicht so laufen, wie er will."

„Glaubst du das wirklich?", fragte ich. „Ich meine, so richtig verrückt verrückt?" Wie konnte er verrückt sein, ohne dass ich es bemerkt hatte? „Vielleicht hat er sich auch nur in seine Eifersucht hineingesteigert. Glaub mir, ich suche keine Rechtfertigung für sein Tun, nachdem er die Hand gegen mich erhoben hat. Und ich will ihn auf keinen Fall wiedersehen. Aber einige Männer verlieren die Kontrolle, wenn eine Beziehung endet."

Marnie schüttelte langsam den Kopf. „Er wollte dich ganz allein für sich. Ich habe kaum von dir gehört, und wir haben uns noch seltener gesehen. Weil du immer mit ihm zusammen warst – genau da wo er dich haben wollte."

Ich war still, während ich über Marnies Worte nachdachte.

„Ich weiß, der Sex war großartig. Aber hattet ihr noch mehr Gemeinsamkeiten? Außer Sex? Was habt ihr zwei gemacht, das euch als Paar auszeichnete?"

Das war eine gute Frage. Nein, sogar die große Frage. „Wir haben zusammen gekocht, Filme geschaut und …"

„Und gevögelt."

„Es war eine Affäre, Marnie."

„Ich weiß. Es ist nichts falsch daran, wenn man gerne vögelt. Aber … ist je ein Tag vergangen, an dem ihr es nicht getrieben habt?"

Ich schüttelte den Kopf.

„Ich wiederhole mich, natürlich ist nichts falsch daran, wenn man Sex hat. Robert und ich mögen es auch gerne oft. Aber wir führen auch großartige Gespräche. Wir diskutieren auch mal. Und wir sind unterwegs."

Ich warf Marnie einen gespielt finsteren Blick zu.

„Ehrlich, Soph. Wenn du mal ganz unvoreingenommen

drüber nachdenkst – ist es normal, den Großteil deiner Zeit mit einem Mann im Bett zu verbringen?"

„Was soll ich sagen? Der Sex war grandios. Und es fühlte sich auf so vielfältige Weise nach mehr an als bloß Sex. Wie eine spirituelle Erfahrung. Ich weiß, du wirst gleich sagen, ich bin bescheuert. Aber ich meine es genau so." Ich zögerte. „Peter hat gesagt, er hätte sich auf den ersten Blick in mich verliebt. Vielleicht hätte ich mich auch in ihn verliebt, wenn Andrew nicht noch einen Platz in meinem Herzen hätte."

„Ich glaube, er ist von dir besessen", stellte Marnie unverblümt fest. „Er verwechselt seine sexuelle Besessenheit mit Liebe."

Marnies Worte taten mir weh, und ich wusste nicht, warum.

Aber vielleicht hatte sie recht. Ich wusste nicht, warum Peter und ich uns im Schlafzimmer so sehr zueinander hingezogen fühlten. Möglicherweise hatte unsere sexuelle Anziehungskraft uns verwirrt. Und wir hatten es mit etwas Größerem verwechselt.

„Ich vermute, ich war in gewisser Weise auch von ihm besessen", gestand ich. Selbst jetzt genügte allein der Gedanke an Sex mit Peter, damit das Verlangen in mir erwachte. Wie eine Süchtige, die nach etwas giert, von dem sie weiß, dass es schlecht ist für sie.

„Wenigstens hat er sein wahres Gesicht schon jetzt gezeigt und nicht irgendwann später."

Erneut spürte ich einen Übelkeitsanfall und rannte schnell in die Küche, um mich in die Spüle zu übergeben.

Ich erbrach nicht nur das, was ich vorher gegessen hatte, sondern würgte trocken, bis ich Galle spuckte.

„Himmel", rief Marnie.

„Marnie", flüsterte ich und blickte zu ihr auf. „Ich glaube, ich bin vielleicht schwanger."

Ich bin mir nicht sicher, ob ich ohne Marnie den Mut aufgebracht hätte, in den Drugstore zu gehen. Wir nahmen die einzelnen Schwangerschaftstests unter die Lupe, und ich vertraute ihrer Empfehlung, welchen ich kaufen sollte.

„Glaubst du wirklich, du bist schwanger?“, fragte sie, als wir wieder in ihrem Wagen saßen.

„Letzte Woche habe ich gemerkt, dass meine Periode nicht pünktlich eingesetzt hat. Ich habe nicht weiter darüber nachgedacht, denn sie kam ja noch nie besonders regelmäßig. Und all der Ärger mit Andrew und die Sorge um Peaches kamen hinzu.“ Die Vorstellung, dass meine Katze unter Umständen Opfer eines von Peter verübten Verbrechens war, schnürte mir die Kehle zu. Ich wollte nicht glauben, dass Peter einer harmlosen Katze etwas zuleide tun konnte. „Aber ich habe gemerkt, wie mir ein bisschen schummrig wird, wenn ich bestimmte Gerüche wahrnehme.“

„Ach Süße.“

„Und letzte Nacht, als ich mit Peter im Bett war, wurde mir auch bewusst, dass meine Brüste besonders empfindlich sind.“

„Auweia.“

„Aber ich denke noch immer, dass ich nur ein paar Tage überfällig bin. Das kann vom Stress kommen, oder? Ich habe mir solche Sorgen um Peaches gemacht …“ Ich unterdrückte ein Schluchzen.

Lieber dachte ich an meine Katze als an die Möglichkeit, schwanger zu sein. Je länger ich darüber nachdachte, umso mehr bezweifelte ich, dass Peter ihr etwas angetan haben könnte. Er wusste nicht einmal, wie sie aussah.

Oder wusste er es?

War er mehr als einmal zu mir nach Hause gefahren und hatte Peaches vielleicht auf der Vordertreppe sitzen sehen?

Hatte Marnie recht mit dem, was sie über Peter sagte? Dass er verrückt war?

Und wenn er verrückt war – wie gefährlich war er dann?

Zurück in meinem Haus, hielt Marnie meine Hand, während ich wartete, dass die drei Minuten vergingen, in denen sich spätestens die Farbe des Schwangerschaftsteststreifens verfärbte. Oder auch nicht.

Er verfärbte sich.

„Eine rosafarbene Linie“, sagte Marnie leise, als sie aus dem Badezimmer zurückkehrte. Ich hatte mich nicht getraut, den Test zu überprüfen. „Das bedeutet …“

„Ich bin schwanger.“ Ich seufzte leise.

Das Telefon begann zu klingeln, als Marnie sich neben mich aufs Sofa setzte. Es hatte beinahe pausenlos geklingelt, seit wir heimgekommen waren. Die Nummer von Peter leuchtete bei den ersten Malen, als ich noch nachschaute, auf dem Display auf. Und ich war sicher, auch jetzt war er es, der permanent anrief.

„Himmel!“, rief Marnie. „Kann der Kerl nicht endlich aufhören anzurufen?“

Seine ununterbrochenen Anrufe bestätigten mich nur in meiner Entscheidung, ihn nicht wiederzusehen. Sein Verhalten war übertrieben. Unnatürlich.

Zwanghaft.

Ich würde alles tun, um dich glücklich zu machen, bella. *Alles.*

Als ich mich an Peters Worte erinnerte, überkam mich ein Schaudern. Bedeutete dieses Bestreben, mich glücklich zu machen, dass er versucht hatte, Teddy umzubringen, weil er mich in der Nacht belästigt hatte, als wir uns kennenlernten?

Schnell schob ich den Gedanken beiseite. Ich wollte nicht darüber nachdenken, was Peter getan oder nicht getan hatte. Denn jetzt zählte nur meine missliche Lage.

„Ich kann nicht glauben, dass ich wirklich schwanger bin“, sagte ich.

„Ich weiß nicht, warum, aber ich habe geglaubt, du würdest überreagieren oder so. Ich meine, Peter und du habt doch aufgepasst."

Ich sagte nichts, sondern streichelte nur Onyx, die auf meinen Schoß geklettert war.

Marnies Augen weiteten sich, als sie mich ansah. „Sophie … sag mir, dass ihr aufgepasst habt."

Ich konnte sie nicht ansehen. Plötzlich fühlte ich mich so schrecklich dumm. Ich hatte zugelassen, dass meine Leidenschaft über den Verstand triumphierte. Das war nicht entschuldbar.

„Wir waren vorsichtig", begann ich. „Zumindest meistens …" Meine Stimme versandete in einem frustrierten Stöhnen.

„Himmel, Sophie!", schimpfte Marnie. „Das bist doch nicht du. Du hast Andrew selbst dann dazu verdonnert, Kondome zu benutzen, während du die Pille genommen hast und noch nicht bereit warst, schwanger zu werden."

„Ich weiß, ich weiß." Ich vergrub mein Gesicht in den Händen. „Ich bin eine Vollidiotin. Dass mir so etwas in meinem Alter passiert. Ich weiß es doch besser."

„Nun, jetzt kannst du es nicht mehr ändern."

Marnie streichelte tröstend meinen Rücken, und wir schwiegen. Der Ernst der Lage wog schwer.

„Denkst du, der Test könnte ein falsches Ergebnis liefern?", überlegte ich.

Mir war bewusst, dass ich nach einem Strohhalm griff, aber ich wollte hören, wie Marnie mir erklärte, so ein Test könne durchaus mal fälschlicherweise positiv ausfallen. Dass vielleicht eine gestresste Frau Hormone ausschüttete, die mit einer Schwangerschaft verwechselt werden konnten.

„Ich wünschte, du wärst nicht schwanger, Süße", sagte sie. „Aber du bist es, und du kannst vor der Wahrheit nicht davonlaufen. Du musst entscheiden, was du jetzt tun wirst."

Das waren Worte, die ich nicht hören wollte. „Es ist das

Schlimmste, was hätte passieren können. Das Allerschlimmste."

Erneut klingelte das Telefon. Marnie sprang auf und stürmte in die Küche. „Hör zu, du verrücktes Arschloch. Hör auf, hier anzurufen. Die Polizei weiß, dass du Sophie drangsaliert hast, und wenn du mit dem Scheiß nicht aufhörst, werden sie deinen Arsch in eine Arrestzelle verfrachten."

„Danke", sagte ich, als sie zurück ins Wohnzimmer kam.

„Ich hoffe, dieser Idiot hört endlich damit auf", erwiderte Marnie. „Verrückt oder nicht, niemand will gerne in den Knast kommen."

Als sie sich wieder aufs Sofa setzte, fragte sie plötzlich: „Hey, was ist das denn?"

„Was?"

Sie wies auf den Tisch, der hinter dem Sofa zwischen dem Badezimmer und dem Schlafzimmer in der Ecke stand. Ein Briefumschlag lehnte an einer nach Vanille duftenden Kerze, die auf dem Tisch stand. Ich hatte beides bisher nicht bemerkt.

Mein Magen flatterte nervös. „Das kann nicht von Peter sein. Er kann unmöglich ins Haus gelangt sein."

Marnie griff nach dem Umschlag und reichte ihn mir. Ich erkannte Andrews Handschrift.

Ich öffnete den Umschlag, zog eine Karte heraus und las:

Sophie,
vielleicht glaubst du mir nicht, aber es tut mir leid, dass ich dich verletzt habe. Ich weiß, dass „verletzt" kaum das passende Wort ist, um zu beschreiben, wie du dich fühlen musst. Ich weiß es, weil ich mich jetzt genauso fühle. Ich will dich nicht verlieren, Sophie. Und wenn es einen Teil von dir gibt, der mich noch immer liebt, selbst einen kleinen Teil, dann sollten wir versuchen, die Sache in Ordnung zu bringen. Bevor es zu spät ist.

Jetzt bist du dran, und ich werde dich nicht un-

ter Druck setzen, wenn du mir nicht vergeben kannst. Aber ich hoffe, du rufst mich an. Ich will unsere Ehe retten, Sophie.
Andrew.

Als ich den Brief zu Ende gelesen hatte, weinte ich. Unbewusst drückte ich meine Hand auf meinen Bauch.

Andrew wollte unsere Ehe retten.

Aber würde er das immer noch wollen, wenn er erfuhr, dass ich das Kind eines anderen Mannes unter meinem Herzen trug?

„Ich denke, du solltest ihn anrufen, Sophie“, sagte Marnie. „Es tut mir leid, dass ich versucht habe, dich von Andrew zu entfremden. Er liebt dich. Er hat einen Fehler gemacht – einen riesigen Fehler –, aber er ist nicht Keith. Er ist ein guter Mann.“

Ich dachte über Marnies Worte nach und fragte mich, warum sie auf einmal so sehr davon überzeugt war, dass Andrew gut für mich war. Dabei hielt sie ihn doch für einen Draufgänger …

Wenn ich einen Ehemann hatte, der meine Freundinnen anmachte, war er auf keinen Fall der Richtige für mich. Aber wenn Marnie Andrews Worte und sein Verhalten irgendwie missverstanden hatte …

„Marnie“, begann ich langsam. „Du hast vor einem Monat noch gedacht, Andrew sei kein so guter Mann für mich.“

„Ich weiß. Und vielleicht hatte ich damit unrecht.“

„Du wolltest mir nicht erzählen, was Andrew zu dir gesagt hat, als er dich damals angemacht hat … Aber erzählst du es mir jetzt? Es ist wichtig.“

Marnie nickte und atmete tief ein. „Erinnerst du dich an die Party zu deinem 26. Geburtstag? Wie Andrew für dich eine große Gartenparty organisiert hat?“

„Ja.“

„Da hat Andrew also den Arm um meine Taille gelegt und mir gesagt, dass ich eine unglaublich anziehende Frau sei und dass jeder Mann sich glücklich schätzen könne, mit mir zusammen zu sein. Das hat er noch nie getan, und …“ Sie zuckte mit den Schultern.

Ich dachte über ihre Worte nach. „Das war direkt, nachdem Keith die Scheidung eingereicht hat.“

„Ja.“

„Und du warst schrecklich deprimiert“, fuhr ich fort, da ich mich jetzt wieder erinnerte. „Ich habe Andrew gesagt, er solle dir ein Kompliment machen, weil du ein bisschen moralische Unterstützung brauchtest.“

„Oh mein Gott.“ Marnie schloss die Augen.

„Ich habe ihm gesagt, er solle irgendetwas sagen, damit du dich besser fühlst.“

„Weißt du …“ Marnie seufzte. „Ich habe mich immer gefragt, ob ich ihn falsch verstanden habe, aber nach der Sache mit Keith …“

„Da Keith so ein Hund war, hast du bei Andrew einfach die falschen Schlüsse gezogen.“

Marnie nickte. Reue zeichnete sich auf ihrem Gesicht ab. „Und wer ist jetzt die Vollidiotin?“

Ich drückte ihre Hand. „Ich bin froh, dass du es mir erzählt hast. Denn, ja, Andrew hat einen Fehler begangen, als er mich betrog. Aber es macht für mich einen großen Unterschied, wenn er dich nicht angebaggert hat. Das … das könnte ich ihm nicht vergeben.“

„Ruf ihn an, Sophie“, wiederholte Marnie. „Bringt die Sache in Ordnung.“

„Ich bin schwanger, Marnie“, erwiderte ich. „Wie kann ich ihn jetzt anrufen?“

Erneut klingelte das Telefon, und ich schrie genervt auf.

Marnie nahm wieder ab und sagte: „Ruf hier noch ein Mal

an, Peter, und die Polizei steht bei dir auf der Matte, um dich einzubuchten. Lass Sophie verdammt noch mal in Ruhe."

„Vielleicht sollte ich ihn einfach ignorieren", sagte ich, nachdem Marnie den Hörer auf die Gabel geknallt hatte. Peter zu erzürnen könnte schlecht für mich ausgehen. Aber wenn ich ihn ignorierte, verschwand er vielleicht.

Wer nicht verschwand, war sein Kind – unser Kind –, das in mir heranwuchs.

„Mir gefällt es nicht, dass er dich nicht in Ruhe lässt", sagte Marnie. „Er wird zurückkommen."

„Ich glaube, du hast recht." Tatsächlich wusste ich, dass sie recht hatte.

„Du wirst meine Waffe brauchen." Marnie zog die Pistole aus ihrer Handtasche und gab sie mir. „Und hab keine Scheu, sie zu benutzen."

„Marnie, ich mag keine Waffen."

„Ich werde nicht danebenstehen und zusehen, wie ein weiterer Mann dich verletzt", erklärte Marnie. „Nimm die Pistole. Leg sie in dein Schlafzimmer, denn genau dort wird Peter früher oder später auftauchen. Spät in der Nacht, wenn du im Bett liegst."

„Ich weiß nicht."

Marnie nahm mir die Waffe ab, ging in mein Schlafzimmer und war nach weniger als zwei Minuten zurück. „Sie liegt in der Nachttischschublade. Du musst sie nicht ansehen, bis du sie brauchst."

Ich nickte. „In Ordnung. Und jetzt möchte ich dich um einen Gefallen bitten."

„Heraus damit."

„Nimm Onyx mit. Ich will nicht, dass ihr etwas passiert … Nicht so wie Peaches etwas passiert ist." Meine Stimme brach.

Ich wollte es nicht glauben. Aber tief in meinem Innern kannte ich die Wahrheit. Dass Peter sie getötet hatte. Sie war in der ersten Nacht verschwunden, nachdem ich Peter verlassen hatte. In jener Nacht, in der Andrew bei uns zu Hause aufgetaucht war, um mit mir zu reden. Wenn Peter am Haus vorbeigefahren war und Andrews Auto gesehen hatte, wäre es ihm ein Leichtes gewesen, gegen Peaches gewalttätig zu werden.

Das Telefon klingelte schon wieder. Marnie und ich stöhnten auf.

„Ich werde übrigens etwas Besseres machen", beschloss Marnie. „Ich nehme Onyx mit, aber auch dich. Peter weiß nicht, wo ich wohne. Du wirst erst mal bei mir bleiben."

28. KAPITEL

In den nächsten Tagen blieben Onyx und ich in Marnies Wohnung. Ich ging nur nach Hause, um die Post zu holen und meine Pflanzen zu gießen. Ich musste sowohl den Speicher meines Anrufbeantworters sowie meiner Mailbox löschen, weil Peter so oft angerufen und Nachrichten hinterlassen hatte, dass er den kompletten Speicherplatz blockierte.

Er liebte mich, erklärte er. Warum sah ich das denn nicht? Alles was er wollte, war eine gemeinsame Zukunft. Selbst wenn ich nicht schwanger war, wollte er, dass wir heirateten. Er würde mich gut behandeln, würde nie wieder die Hand gegen mich erheben und sogar mit mir zu einer Beratungsstelle gehen, wenn ich das wollte.

Dieselben Dinge wiederholte er immer und immer wieder.

Er war verrückt. Dessen war ich mir inzwischen sicher.

Drei Tage lang traf Marnie sich nicht mit Robert, weil ich bei ihr wohnte. An diesem Abend rief er an, und ich erklärte ihr, sie sollten sich einen schönen Abend machen. Dass ich ein großes Mädchen war, das auch allein in ihrem Apartment übernachten konnte.

Also ging Marnie mit Robert aus. Aber ich war deprimiert, sosehr ich auch glaubte, es ginge mir gut. Deprimiert, weil ich schwanger war. Weil ich mein Haus mied, da ich nicht wusste, wozu Peter imstande war.

Ich beschloss an diesem Abend zu mir nach Hause zu fahren. Noch immer hoffte ich im Stillen, meine Katze auf der Vortreppe sitzend vorzufinden.

Doch Peaches war nicht da. Dafür lagen drei Briefumschläge vor der Tür. Ich öffnete den ersten, sah „*Bella*“ und wusste, dass alle drei von Peter stammten.

Die Nachrichten zerriss ich in winzige Fetzen und warf sie in den Müll. Dann parkte ich meinen Wagen in der Garage, falls Peter beschloss, vorbeizukommen.

Denn heute Nacht wollte ich in meinem eigenen Bett schlafen.

Heute Nacht wollte ich mich ganz normal fühlen.

Aber nichts war auch nur annähernd normal. Bei jedem Geräusch fuhr ich aus dem Schlaf hoch. Mehr als einmal schlich ich nachts zum Fenster neben der Haustür und spähte nach draußen.

Gott sei Dank sah ich nicht eine Spur von Peter.

Am nächsten Morgen rief Marnie mich auf dem Handy an. „Was ist passiert, Süße? Ich kam heim, und du warst nicht hier. Ich bekam sofort Angst."

„Ich wollte einfach nach Hause. Ich kann mich doch nicht ewig bei dir verstecken."

„Sophie, ich vertraue Peter nicht. Wenn du hier die nächsten fünf Monate bleiben musst, wäre das für mich auch in Ordnung."

„Ich habe mein Auto in der Garage geparkt", erklärte ich Marnie. „Er wird nicht wissen, dass ich hier bin. Ich verhalte mich ruhig."

„In Ordnung. Das ist gut."

„Außerdem will ich mich nicht in dein Leben drängen."

„Ach, um Gottes willen!", sagte Marnie. „Du bist meine beste Freundin. Meine Schwester, wenn es nach mir ginge. Dich in Sicherheit zu wissen heißt nicht, dass du in mein Leben drängst."

„Es geht mir gut", erwiderte ich. „Ich werde malen. Meine Zeit und meine Energie darauf verwenden, mich auf das Positive zu konzentrieren."

Ich versuchte zumindest, mit meiner Kunst die Probleme zu vergessen. Aber ich konnte nicht. Wie konnte ich vergessen, dass ich schwanger war? Wie konnte ich vergessen, dass

Peter mir wie ein Stalker nachstellte?

Am frühen Abend rief ich Marnie an, da ich jemanden zum Reden brauchte. „Ich weiß einfach nicht, was ich tun soll", erklärte ich. „Ich meine: schwanger?"

„Also gut." Marnie klang resolut. „Das reicht. Heute Abend wirst du weder über Peter noch über Andrew nachdenken. Und du wirst dich auch nicht um das Baby sorgen. Es ist egal, ob es Peters oder Andrews Kind ist – es ist deins. Und es ist kein Verbrechen, ein Kind allein großzuziehen."

Von Gefühlen überwältigt, schnürte sich mir die Kehle zu. „Ich kann nicht glauben, dass ich wirklich schwanger bin", sagte ich leise. Ich klang wie eine Platte mit Sprung, aber ich konnte nicht anders. „Ausgerechnet jetzt, zum denkbar schlechtesten Zeitpunkt. Meine Ehe gleicht einem Scherbenhaufen, trotzdem will Andrew für uns kämpfen. Und jetzt ..."

„Habe ich dir nicht gesagt, du sollst dir keine Sorgen mehr um deine Schwangerschaft machen?"

„Ich weiß, aber ..."

„Kein Aber. Sieh mal, du wirst eine Entscheidung treffen. Aber das wird nicht heute Abend passieren. Und was auch immer du tun wirst, entscheide dich bloß nicht, bei einem Mann zu bleiben, wenn die Beziehung zu ihm nicht das ist, was du willst. Denn ein Baby wird euch nicht enger zusammenschweißen, das ist so sicher wie das Amen in der Kirche."

Marnie hatte recht. Heute Abend würde ich nichts entscheiden. Und ich wollte nicht länger über mein Dilemma nachdenken, weil es mich schlichtweg verrückt machte.

„Was hast du heute vor?", fragte ich sie stattdessen.

„Wie wäre es mit dem *Club Illusions* auf dem International Drive?"

„Süße, willst du, dass ich meine Schwangerschaft wegtanze?"

„Du bist nur schwanger. Nicht tot. Im Übrigen wird das

ein gutes Training sein. Könnte dir sogar einen Vorsprung verschaffen, sobald du fünfzig oder sechzig Pfund zulegst."

Ich verdrehte die Augen, doch zugleich lächelte ich. „Danke, Marnie, für diesen überaus erhebenden Ausblick."

„Hey, ich sag dir nur, wie's ist." Ich konnte das Lächeln in Marnies Stimme hören. „Bist du bereit, ein bisschen mit dem Arsch zu wackeln und Kalorien zu verbrennen?"

Mehr Überzeugungsarbeit brauchte sie nicht leisten. Die Nacht durchzutanzen war genau das, was ich brauchte. „Wann treffen wir uns?"

Marnie und ich verabredeten uns um zehn. Früh genug, um die großen Menschenmengen zu meiden, die gegen Mitternacht aufliefen, aber nicht so früh, dass der International Drive einer Geisterstadt glich, wenn wir dort ankamen.

Der DJ war lebhaft und spielte eine Mischung alter Hip-Hop-Hits, zu der jeder tanzen konnte. Es war genau die Art Musik, die alle belastenden Gedanken aus meinem Kopf vertrieb.

Marnie und ich wurden auf der Tanzfläche richtig albern. Wir tanzten so wild wie zuletzt im College. Ich lachte. Sie lachte.

Es war genau das, was ich brauchte.

„Lust auf einen Drink?", fragte Marnie, als die Musik langsamer wurde. „Natürlich ohne Alkohol."

„Auf jeden Fall", erklärte ich und fächelte mir frische Luft zu. „Ich habe seit Jahren nicht mehr so viel getanzt."

„Ich habe dir versprochen, dass wir Spaß haben werden. Habe ich mein Versprechen gehalten?"

„Und wie."

Ich folgte Marnie zur Bar. Sie bestellte für sich eine Margarita, während ich mich für eine Sprite entschied.

Die Blicke der Männer spürte ich zwar, doch ich suchte

keinen Augenkontakt. Ich wollte nicht mal ansatzweise den Eindruck erwecken, dass ich daran interessiert war, jemanden kennenzulernen. Und daher behelligte mich auch niemand.

„Ach du meine Güte!", rief Marnie, als der DJ einen heiteren Song spielte. „Das ist Heavy D!" Sie stellte ihr fast leeres Glas auf die Theke und zog mich an der Hand mit sich. „Ich muss zu diesem Song tanzen!"

Kichernd eilte ich mit Marnie zur Tanzfläche. Sie wiegte ihre Hüften, hob die Hände in die Luft. Ich nippte an meiner Sprite und bewegte meinen Kopf zum Beat, statt zu tanzen.

Ich gab mich dem Spaß hin und genoss den Augenblick, als ich urplötzlich Hände in meinem Haar spürte. Ehe mein Gehirn überhaupt kapierte, was da vor sich ging, wurde mein Kopf gewaltsam zurückgerissen.

Ich war zu schockiert, um zu schreien.

„Was zum Teufel treibst du hier, Sophie?"

Der Klang von Peters Stimme in meinem Ohr ließ eisige Kälte durch meinen Körper rinnen. Was tat er hier?

Er zerrte so heftig an meinem Haar, dass mir Tränen in die Augen traten und ich das Gleichgewicht verlor. Ich rutschte aus und stürzte auf die Tanzfläche. Mein Spriteglas zerschellte neben mir.

Erst dann blickte ich zu ihm auf. Sah Peters Gesicht, das vor Wut verzerrt war. Dann schaute ich Marnie an, deren Augen vor Angst weit aufgerissen waren.

Sie wollte zu mir und streckte die Hand nach mir aus. Aber Peter krallte sich wieder in mein Haar und riss mich hoch.

Ich schrie vor Schmerz auf. Das Geräusch wurde von der hämmernden Musik verschluckt. Aber einige Leute um uns bemerkten jetzt, was vor sich ging und starrten zu uns herüber.

„Peter, lass mich los!"

Sein Griff wurde härter. Er zerrte an meinen Haaren, bis ich ein Schluchzen nicht mehr unterdrücken konnte. Erst dann ließ er mich los und umfasste meinen Arm. „Wir gehen. Sofort."

Marnie warf sich zwischen mich und Peter. Sie versuchte ihn von mir wegzustoßen. „Was zur Hölle treibst du da, Peter? Sophie ist eine erwachsene Frau. Du kannst nicht herkommen und sie einfach so packen und mitnehmen. Als wäre sie dein verdammtes Eigentum. Sie kann tun und lassen, was sie will."

Peter ließ mich los, und ich atmete erleichtert auf. Ich war dankbar, dass Marnies Worte bis zu ihm durchgedrungen waren. Aber dann legte er seine Hand auf Marnies Gesicht und stieß sie so grob von sich, dass sie rückwärtsstolperte, auf ihren hohen Absätzen ausrutschte und stürzte.

„Hör auf damit!", schrie ich und hämmerte auf Peters Brust ein.

Er packte mein Handgelenk. Wut glomm in seinen Augen. „Ist es das, was du hier treibst?", wollte er wissen. „Tust du hier, was du willst? Flirtest du etwa mit anderen Männern? Überlegst, wen du mit nach Hause nehmen willst, so wie du es mit mir getan hast?"

„Es ist vorbei, Peter! Lass mich in Ruhe!"

„Und was zur Hölle trinkst du da?" Peter trat gegen das kaputte Glas, aus dem ich getrunken hatte. „Du bist schwanger!"

Das Glas flog durch die Luft und traf eine Frau am Knöchel. Sie wirbelte herum und starrte ihn wütend an.

„Du gehst jetzt besser, Peter", mischte Marnie sich ein und rappelte sich auf. „Denn ich werde genau jetzt mein Handy aus der Handtasche holen und die Polizei anrufen."

Peters Mund verzog sich zu einem gehässigen Grinsen, während er mich beobachtete. Er musste die Frage in meinen Augen lesen. Die Frage, die lautete: *Woher weißt du, dass ich auf jeden Fall schwanger bin?*

„Du dachtest, ich würde dir glauben, wenn du mir erzählst,

dass du mein Baby nicht unter deinem Herzen trägst?", fragte er. „Ich weiß von deiner Schwangerschaft, *bella*. Und ich weiß auch, dass du es weißt."

Plötzlich tauchten zwei Türsteher auf und bauten sich links und rechts von Peter auf. „Gibt es hier ein Problem?", fragte der eine.

„Ja", antwortete Marnie. „Dieser Typ belästigt meine Freundin. Der Scheißkerl sollte eingesperrt werden. Er hat an ihren Haaren gezerrt, als wäre er Tarzan oder so."

„Sie ist meine Freundin", behauptete Peter. Während er sprach, ließ er mich nicht aus den Augen. „Sie ist schwanger und ist heute ausgegangen, um wie eine verdammte Hure rumzuflirten!"

„Also gut, Kumpel", sagte einer der beiden Türsteher. Es war nicht seine Aufgabe, Familienstreitigkeiten zu schlichten. Für ihn ging es nur darum, mögliche Probleme aus dem Weg zu räumen. „Du solltest jetzt gehen."

„Sophie, komm", befahl Peter.

Die Türsteher griffen nach Peters Armen.

„Sophie."

Als Peter keinen Schritt machte, begannen die Türsteher ihn gewaltsam zur Tür zu ziehen.

„Sophie! Komm mit, Sophie!"

Ich blieb stehen und sah zu. Tränen rannen über mein Gesicht, während Peter mit den Rausschmeißern rang. Er hörte nicht auf, mich anzusehen, und sein Gesichtsausdruck war der eines ernüchterten und erniedrigten Mannes.

„Sophie!", schrie er mit aller Macht.

Die Türsteher zwangen Peter die Arme auf den Rücken und drehten ihn um. Dann gingen sie schneller und führten ihn zur Tür. Ich beobachtete, wie sich das Drama vor meinen Augen abspielte. Erst als Peter durch die Tür verschwunden war, konnte ich wieder atmen.

„Was für ein verdammter Widerling." Marnies Brust hob sich mit ihren heftigen Atemzügen.

„Woher wusste er überhaupt, dass ich hier war?", fragte ich, obwohl ich von Marnie keine Antwort erwarten konnte. Stattdessen schlang sie die Arme um mich und hielt mich, während ich weinte.

Ich löste mich von ihr und wischte die Tränen aus meinen Augen, während ich mich bemühte, die Kontrolle über meine Gefühle zurückzuerlangen. „Woher wusste er von meiner Schwangerschaft?", wollte ich wissen. „Woher wusste er, dass ich hier war? Durchwühlt er meinen Müll? Verfolgt er mich?"

„Eines weiß ich jedenfalls: Der Typ tickt nicht richtig. Ich denke, alles ist möglich." Marnie verzog das Gesicht und schüttelte den Kopf. „Man sollte ihn einsperren. Wir können sofort zur Polizei gehen und eine einstweilige Verfügung gegen ihn erwirken."

„Nein", widersprach ich. Mir wurde bewusst, wie die umstehenden Gäste mich anstarrten. Ich fragte mich, was sie wohl dachten. Hatten sie Mitgefühl mit mir? Waren sie genervt? Ich blendete sie aus und konzentrierte mich ganz auf Marnie. „Ich will keinen lang andauernden und ermüdenden Streit mit Peter anfangen. Ich will kein Chaos. Wenn ich ihn ignoriere, wird er vermutlich verschwinden, richtig?"

„Das weiß ich nicht", antwortete Marnie. „Er ist für meinen Geschmack zu unerbittlich."

Ich schaute mich um. Obwohl alle um uns wieder tanzten, warfen mir einige der Gäste eindeutig Seitenblicke zu.

„Ich möchte hier raus", sagte ich.

„Auf keinen Fall. Wir können noch nicht gehen. Was ist, wenn Peter uns auf dem Parkplatz auflauert?"

„Ach Mist. Denkst du, das macht er?"

„Ich würde es ihm zutrauen."

„Du hast recht. Verdammt, du hast ja recht." Ich seufzte. „Aber ich will hier nicht länger bleiben. Alle starren mich an."

„Wenn du wirklich verschwinden willst, schlage ich vor, wir bitten um Begleitschutz zu unseren Autos."

„Einverstanden. Das machen wir."

Marnie und ich gingen zum Eingang, wo die beiden Rausschmeißer, die Peter aus dem Club geleitet hatten, jetzt standen. Marnie erklärte den Männern, wir bräuchten ihre Hilfe. Nur für den Fall, dass Peter noch immer irgendwo herumlungerte und auf mein Auftauchen wartete.

„Kein Problem."

Der größere der beiden Türsteher begleitete uns. „Wo hast du geparkt?", fragte Marnie mich.

„Am anderen Ende des Parkplatzes."

„Mein Auto steht hier." Sie zeigte auf ihren Wagen. „Du kannst bei mir einsteigen und ich fahre dich zu deinem."

Wir inspizierten den Parkplatz. Wir sahen Peter nirgendwo, obwohl es ein paar goldfarbene SUVs gab.

„Mit euch beiden ist jetzt alles in Ordnung?", fragte der Türsteher, als wir Marnies Nissan erreichten.

Marnie nickte. „Ich denke schon. Wir kommen klar."

Der Türsteher verschwand. Marnie und ich stiegen in ihren Wagen, und ich dirigierte sie zu der Stelle, wo ich geparkt hatte.

Ich sah in der Nähe meines Autos keinen SUV, der Peters ähnelte, und war erleichtert. Ich wusste, er konnte überall sein, aber ich hatte den Eindruck, er war inzwischen verschwunden.

Gott sei Dank.

„Warum steigst du nicht in deinen Wagen und folgst mir zu meiner Wohnung?", schlug Marnie vor. „Ich will dich nicht allein heimfahren lassen."

„Einverstanden. Das ist eine gute Idee."

Ich stieg aus Marnies Auto und ging zu meinem. Aber als ich meinen Honda Civic eingehend musterte, blieb ich plötzlich stehen.

Entsetzen und Unglaube ergriffen von mir Besitz.

„Was ist los?“, wollte Marnie wissen, als sie merkte, dass irgendetwas nicht stimmte.

„Mein Auto“, rief ich. Wut kochte in mir hoch, während ich meinen Wagen anstarrte. „Peter hat meine Reifen zerstochen.“

29. KAPITEL

Mein Handy hörte nicht auf zu klingeln. Es klingelte und klingelte, als wir auf dem Weg zu Marnie waren, bis ich es schließlich ausschaltete.

Dennoch rief ich gegen Mitternacht noch einmal meine Nachrichten ab, als ich bei Marnie auf dem Sofa lag. Eine automatische Stimme erklärte, meine Mailbox sei voll und ich müsse alle überflüssigen Nachrichten löschen, damit neue Nachrichten gespeichert werden konnten.

Ich drückte die Taste und hörte die erste Nachricht ab.

„Sophie." Einen Moment lang Stille. „Sophie, es tut mir leid. Du hast nicht zurückgerufen, und ... Ich vermisse dich. Ich brauche dich. Bitte hab keine Angst vor mir. Ich liebe dich. Es tut mir so leid, *bella*."

Die nächsten Nachrichten waren selben Inhalts. Peter entschuldigte sich bei mir und bat mich, ihn zurückzurufen. Aber bei der fünften Nachricht veränderte sich sein Tonfall.

„Sophie, hast du mich je geliebt? Oder hast du mich von Anfang an belogen? Vielleicht gefällt es dir ja, den Schwanz jedes einzelnen Mannes zu lutschen, dem du begegnest. Du tust so, als wärst du tugendhaft und lieb, aber du treibst es mit jedem. Du hast mich reingelegt, Sophie. Du hast mich dazu gebracht, dass ich mich in dich verliebe. Ich war immer gut zu dir, aber du hast mich betrogen."

Dann die nächste Nachricht: „Sophie! Warum gehst du nicht ans verdammte Telefon? Es ist allein deine Schuld, dass ich heute Nacht so wütend bin. Ich wollte dich nicht angreifen, aber mit deinen Lügen hast du mich schier wahnsinnig gemacht. Du hast mein Herz gestohlen, dabei bist du in Wahrheit eine Hure. Du bist es nicht wert, die Mutter meines Kindes zu sein. Und geh endlich ans verdammte Telefon!"

Die letzte Nachricht machte mir Angst. „Ich hasse dich,

du lügende Schlampe. Für das, was du mir angetan hast, verdienst du den Tod.“

Ich wollte jede einzelne Nachricht löschen, doch ich ließ es. Etwas in mir sagte mir, es wäre besser, einige zu behalten. Zumindest diejenigen, in denen Peter so gefährlich, bedrohlich und geradezu wahnsinnig klang.

Und dann kam mir die Idee. Wie ich mich von ihm befreien konnte.

Die Polizei suchte nach dem Mann, der Teddy so bösartig angegriffen hatte. Wenn ich Peter der Polizei auslieferte …

Das war genau das, was ich morgen tun würde.

Ich schloss die Augen und legte mir in Gedanken einen Plan zurecht, wie ich die Polizei gleich morgen früh benachrichtigen würde.

Am nächsten Morgen bestellte ich einen Abschleppwagen, um mein Auto abzuholen. Der Fahrer kam bei Marnie vorbei und fuhr mit mir zurück zum Club. Anschließend brachten wir mein Auto zur nächsten Werkstatt, wo ich die Reifen wechseln ließ.

Marnie wollte mich begleiten, aber ich erklärte ihr, das wäre nicht nötig. Ich versprach ihr, sie anzurufen, sobald mein Wagen repariert war.

Als die Arbeit erledigt war, fühlte ich mich immer noch außer mir vor Wut. Wie konnte Peter es wagen, mich so zu behandeln? Ich hatte ihm nichts angetan, um seinen Zorn auf mich zu ziehen.

Aber es war kein Zorn, oder? Es war Wahnsinn. Und eine vernünftige Person würde nie verstehen, wie ein Verrückter tickte.

Während ich nach Hause fuhr, war ich entschlossen, nicht zuzulassen, dass Peter mir irgendetwas nahm. Nicht meine Sicherheit. Nicht mein Zuhause.

Also rief ich, sobald ich daheim angekommen war, bei der Polizei von Orlando an und gab ihnen den anonymen Hinweis auf den Mann, der Teddy zusammengeschlagen hatte. Ich sagte ihnen Peters Namen, gab ihnen seine Telefonnummer und die Adresse seiner Wohnung. Bevor ich den Anruf tätigte, hatte ich meine Telefonnummer unterdrückt. Nur für den Fall der Fälle.

Und dann betete ich, dass mein Albtraum endgültig vorbei war. Dass die Polizei Peter festnehmen würde und dass ich endlich meine Ruhe vor ihm hatte.

Die ganze Nacht zitterte ich vor Angst. Ich fürchtete, der Polizist, mit dem ich gesprochen hatte, würde meine Nummer zurückverfolgen. Ich bekam Angst, dass Peter irgendwie wissen würde, wer die Polizei angerufen und ihn ausgeliefert hatte.

Außerdem reizte es mich, zu einer Telefonzelle zu fahren und bei Peter anzurufen, um zu erfahren, ob er ans Telefon ging. Wenn er es tat, bedeutete das wohl, dass die Polizei meinen Hinweis als nicht brauchbar abgeschrieben hatte. Und wenn er nicht abhob ...

In dieser Nacht tat ich nichts, außer mich auf dem Bett zusammenzurollen und fernzusehen. Mein Auto stand in der Garage, nur falls Peter nicht in Polizeigewahrsam war und beschloss, vorbeizufahren. Nachdem Stunden vergingen und Peter nicht anrief, war ich davon überzeugt, er müsse in Haft sein – entweder er war hinter Schloss und Riegel, oder man befragte ihn stundenlang. Anderenfalls hätte er versucht, mich zu erreichen.

Früher am Abend hatte ich Marnie angerufen und ihr erzählt, ich hätte die Polizei benachrichtigt. Um elf rief ich sie erneut an. „Ich bin so nervös“, gestand ich ihr. „Aber Peter hat nicht angerufen. Das muss einfach ein gutes Zeichen sein.“

„Ich hoffe es. Aber nur für den Fall, dass er anruft – du

kannst jederzeit hierherkommen. Ich wünschte, du würdest es jetzt schon tun."

„Nein", erwiderte ich. „Ich muss heute Nacht hier sein. Nur um zu sehen, was passiert. Um es wirklich zu begreifen. Aber deine Pistole habe ich nach wie vor", fügte ich hinzu und hoffte, das würde Marnies Sorgen zerstreuen.

„Lass die Nachttischschublade offen, damit du jederzeit nach der Waffe greifen kannst. Nur für den Fall."

„Das mache ich." Ich zögerte. „Ich hoffe, die Polizei sperrt Peter an Ort und Stelle ein. Ohne Kaution."

„Er hat Teddy ziemlich übel zugerichtet. Es ist absolut offensichtlich, dass Peter ihn getötet hätte, wenn Teddy es nicht geschafft hätte, sich zu wehren."

„Er wird ziemlich lange dafür einsitzen, oder?", fragte ich.

„Falls nicht, dann läuft in unserer Justiz ernstlich etwas falsch. Oh, warte einen Augenblick", sagte Marnie plötzlich. „Da ruft jemand auf der anderen Leitung an."

Sie wechselte die Leitung und war nach einer Minute wieder zurück. „Süße, das ist Robert."

„Ach, okay. Du möchtest sicher mit ihm reden."

„Ich ruf dich zurück, wenn du möchtest."

„Nein, ist schon in Ordnung. Ich werde versuchen zu schlafen."

„Ich bin froh, dass du getan hast, was getan werden musste", sagte Marnie. „Ruf mich morgen an, hörst du? Aber wenn du dich aus irgendeinem Grund bedroht fühlst, kannst du dich jederzeit bei mir melden."

„Das werde ich tun", versprach ich ihr. „Aber ich bin sicher, es wird mir gut gehen. Grüß Robert von mir. Und eines Tages, wenn mein Leben nicht mehr so ein riesiges Chaos ist, möchte ich ihn gerne kennenlernen."

Nachdem ich aufgelegt hatte, ging ich zu Bett. Aber ich war zu aufgewühlt, um in den Schlaf zu finden. Ich suchte die Küche auf und goss mir in nahezu vollständiger Dunkelheit ein Glas Wein ein. Kein Licht, nur für den Fall, dass Peter draußen herumschlich. Dann erinnerte ich mich wieder an meine Schwangerschaft und dass ich besser keinen Wein trinken sollte. Stattdessen entschied ich mich für ein Glas Milch. Ich nahm es mit ins Schlafzimmer, wo ich mich wieder auf dem Bett zusammenrollte. Ich begann durch die Kanäle zu zappen, aber ich fand kein Programm, das mich interessierte. Und als ich schließlich einen Film fand, drehte ich den Ton leiser und begann ihn mir anzusehen.

Glenn Close erschien auf dem Bildschirm. Und in diesem Moment erkannte ich den Film.

Eine verhängnisvolle Affäre.

Als ich eine Szene sah, in der Glenn Close den Mann, der von Michael Douglas gespielt wurde, anflehte, sie nicht zu verlassen, erschauerte ich sogar.

Zufall? Oder versuchte das Universum, mir eine Nachricht zu schicken?

Ich hatte das Gefühl, beobachtet zu werden.

Meine Augen öffneten sich, und als ich mich im Raum umblickte, war ich sogar zu überrascht, um zu schreien.

Peter saß im Sessel in meinem Schlafzimmer und starrte mich an.

Aber wie war er in mein Schlafzimmer gelangt? Verwirrt blickte ich mich um. Ja, das hier war mein Schlafzimmer. Lichtstrahlen drangen zwischen den Lamellen der Jalousie in den Raum. Ich schloss die Augen und fragte mich, ob ich träumte. Aber als ich sie wieder öffnete, saß Peter noch immer da.

Ich verstand nicht, wie das ging. Ich hatte ihm keinen Schlüssel zu meinem Haus gegeben.

„*Bella*“, sagte er. Sein Blick flackerte nicht. Ich sah nicht mal ein Blinzeln. Die Intensität in seinen Augen erschreckte mich bis ins Mark.

„P-Peter. W-wie bist du hier hereingekommen?"

„Hast du mich bei der Polizei angezeigt, *bella*?"

Furcht griff nach mir. Mein Herz machte einen Satz. Ich wusste, ich musste ihn belügen, doch zugleich konnte ich den Mund nicht öffnen, um die Worte zu formen.

Peter stand auf. Langsam trat er ans Bett. „Hast du mich bei der Polizei angezeigt, *bella*?"

„N-nein", krächzte ich. „Weswegen?"

Peter setzte sich zu mir aufs Bett. Ich wollte davonrennen, aber ich hatte zu viel Angst vor ihm, um etwas anderes zu tun, außer hier zu liegen und so zu tun, als würde sein überraschendes Auftauchen in meinem Haus mich nicht total verängstigen.

„Jemand hat mich bei der Polizei angezeigt. Diese Person behauptet, ich hätte Theodore Granger angegriffen. Den Mann, der dich an jenem Abend, als wir uns kennenlernten, vor dem Club belästigt hat." Leicht streichelte Peter meine Wange, aber es lag keine Zärtlichkeit in seiner Berührung. „Warst du das?"

„Warum sollte ich das tun?", fragte ich und hoffte, meine Stimme klang normal.

„Vielleicht weil du mir böse bist?"

„Ich ... ich bin dir nicht böse." Und das stimmte. Ich hatte bloß Angst – und wollte nichts mehr mit ihm zu tun haben.

Peter schob seine Hand unter die Bettdecke und legte sie auf meinen Schritt. „Bist du sicher?"

Er streichelte mich. Schob einen Finger in meine Vagina, als wäre er hier, um mich zu verführen, und nicht, um mich unter Umständen zu erwürgen.

„Ja, ich bin sicher", erklärte ich ihm. Ich hoffte, meine Stimme klang überzeugend.

Mit seinem Daumen berührte Peter meine Klitoris. Und, ja, verdammt, ich merkte, wie ich nass wurde. Ich hasste meinen Körper, weil er mich verriet. Weil er sich sogar dann so leicht erregen ließ, obwohl ich tief in meinem Herzen wusste, dass Peter gefährlich war. Aber seine Berührungen ... Verdammt, bei seinen Berührungen wurde ich immer schwach.

Das war stets das Problem gewesen. Ich verlor mich in der sexuellen Erregung, und darum hatte ich all die Anzeichen dafür, dass er wahnsinnig war, ignoriert.

Peter schob seinen Finger tiefer in meine Vagina und drehte ihn um, bis ich gegen meinen Willen aufstöhnte. Dann zog er den Finger wieder heraus und nahm ihn in den Mund. Er saugte langsam an meiner Essenz.

Ich schluckte und war hin und her gerissen. Einerseits erregte er mich, obwohl ich es nicht wollte. Und plötzlich fragte ich mich, ob ich die falsche Entscheidung getroffen hatte, als ich ihn bei der Polizei anschwärzte. Es war nicht die falsche Entscheidung, ihn zu verlassen – ich konnte auch weiterhin mit ihm zusammen sein, das wusste ich. Aber Gott allein wusste, was Teddy mir angetan hätte, wenn Peter in jener Nacht nicht so beherzt eingegriffen hätte.

Peter legte eine Hand auf meine Brust. Obwohl die Berührung eher zwanglos war, sagte er damit sehr deutlich, dass er mich besaß. Meine Leidenschaft besaß. Das war etwas, das ich nicht einmal jetzt leugnen konnte.

„Oh *bella*. Du weiß ja nicht, wie sehr ich es liebe, dich zu berühren. Du liebst es auch, das spüre ich."

Ich sagte nichts.

Peter streichelte durch den Stoff meines Nachthemds meinen Nippel. „Ich weiß, ich habe mich falsch verhalten. Aber das tue ich nur, weil ich dich so sehr liebe."

Ich stöhnte. Ja, seine Berührungen erregten mich, aber etwas anderes nahm in meinen Gedanken Formen an. Eine Idee.

Um mich in Sicherheit zu bringen, musste ich so tun, als wollte ich Peter noch immer. Denn wenn ich es nicht tat, wusste ich nicht, was er als Nächstes tun würde.

„Du hast Angst vor den Gefühlen für mich", fuhr er fort, während er mein Nachthemd nach oben schob und meine Brüste entblößte. „Ich weiß das, weil es mir auch Angst macht. Darum bist du mir aus dem Weg gegangen."

„J-ja", sagte ich.

„Denn wenn du mich siehst, wenn wir zusammen sind, fühlen sich unsere Körper auf eine Art verbunden, dass wir nicht aufhören können."

Peter streichelte mit beiden Händen meine Nippel. Er streichelte und kniff sie, bis sie hart waren. Er seufzte zufrieden, dann begann er, abwechselnd an meinen Nippeln zu saugen. Meiner Angst zum Trotz erregte er mich immer mehr.

Und bewies mir damit, dass das, was er soeben gesagt hatte, zu hundert Prozent stimmte.

Zwischen uns bestand eine so mächtige sexuelle Verbindung, dass unsere Körper mit einem ihnen eigenen Verstand zu handeln schienen.

Als Peter seinen Kopf hob, ließ er seine Hände auf meinen Brüsten ruhen. „Bist du sicher, dass du nicht mit der Polizei gesprochen hast?"

Peter wechselte so abrupt von der Liebkosung meiner Nippel zu dieser Frage. Gut möglich, dass er es genoss, mich zu berühren und zu schmecken, aber genauso gut konnte er im nächsten Augenblick wieder die Hände um meinen Hals legen. Vielleicht würde er mich diesmal so lange würgen, bis alles Leben aus mir wich. Wenn ich nicht sagte, was er hören wollte.

Gänsehaut überzog meinen Körper.

„Natürlich bin ich mir sicher", erklärte ich ihm.

„Wenn nicht du es warst, die mich angezeigt hat, muss es Marnie gewesen sein", verkündete Peter.

Meine Augen weiteten sich ein wenig. „Du kannst nicht einfach behaupten, dass es Marnie war. Viele Leute waren an jenem Abend vor dem Club. Vielleicht hat jemand uns gesehen, erkannte dich und hat dich der Polizei gemeldet." Meine Erklärung klang unglaubwürdig. Ich hoffte bloß, sie reichte, um Peter zu beruhigen.

„Es war Marnie", beharrte er. Abrupt stand er auf. „Mehr brauche ich nicht wissen. Diese Schlampe."

Was hatte das zu bedeuten? Plötzlich sorgte ich mich um Marnies Sicherheit. Ich wusste nicht, warum, aber mich beschlich das Gefühl, dass Peter ihr wehtun würde. So wie er Teddy wehgetan hatte.

Er würde sie verletzen, weil sie ihn hintergangen hatte.

Plötzlich drehte er sich um und ging zur Schlafzimmertür. Ich warf die Bettdecke beiseite und sprang aus dem Bett. „Wo gehst du hin?"

„Ich muss los, *bella*."

„Aber … aber … was wirst du tun?"

Seine rechte Augenbraue hob sich. „Du glaubst, ich werde etwas tun? Möglicherweise etwas Schlimmes?"

Ich antwortete nicht. Er las offenbar meine Gedanken.

„Warum fragst du mich nicht, *bella*?"

„Was soll ich dich fragen?"

„Frag mich, ob ich Theodore zusammengeschlagen habe."

Ich zögerte. Dann fragte ich: „Hast du ihn verletzt?"

„Ja."

Die Antwort überraschte mich so sehr, dass ich einen Schritt zurücktrat.

„Ich habe ihn in der Bar wiedergesehen. Er hat irgendetwas Grobes über dich gesagt. Darum habe ich ihm das gegeben, was er verdient, weil er dich so respektlos behandelt hat. Weil er deiner Freundin wehgetan hat. Weil er auch dir wehtun wollte."

Ich öffnete den Mund. Aber da ich nicht wusste, was ich sagen sollte, blieb ich stumm.

„Was denkst du, wäre passiert, wenn ich dir nicht zur Hilfe gekommen wäre?", fragte Peter. „Denkst du, er hätte dir wehgetan? Vielleicht versucht, dich zu vergewaltigen?" Peter warf mir einen wissenden Blick zu. „Ich habe dich beschützt, *bella*. Ich habe dich so beschützt, damit er es auch in Zukunft nicht wagen wird, dir wehzutun. Ich habe dich beschützt, weil ich mich an jenem ersten Abend in dich verliebt habe, gleich als ich dich sah. Wie kann ich da nicht alles tun, damit du in Sicherheit bist?"

Seine Argumentation machte Sinn. Erneut war ich verwirrt. Womöglich hatte ich überreagiert. Vielleicht hätte ich die Polizei nicht anrufen sollen. Ja, ich hatte vor Teddy Angst gehabt. Tief in mir wusste ich, er wäre gewalttätig geworden, wenn Peter nicht vorbeigekommen wäre. Er hatte Marnie zu Boden geschubst, weil er zu mir gelangen wollte.

Und Peter hatte mich beschützt. Das konnte ich ihm nun wirklich nicht vorwerfen, oder? Auch wenn wir keine Beziehung eingingen, war meine Reaktion, die Polizei zu alarmieren, vielleicht etwas überzogen.

„Hast du … hast du der Polizei gestanden …"

„Natürlich nicht. Die Polizei hat mich letzte Nacht stundenlang festgehalten, aber ohne einen Anwalt habe ich es abgelehnt, ihre Fragen zu beantworten. Jetzt wollen sie mit mir eine Gegenüberstellung machen."

„Jetzt?"

„Bald. Vielleicht werde ich eingesperrt. Und das nur, weil ich etwas Ehrenhaftes getan habe."

Oh mein Gott. Wenn Peter zu einer Gegenüberstellung vorgeladen wurde – und das passierte bestimmt –, wäre er sicher stinksauer auf Marnie.

„Peter …"

„Ja?"

„Ich …" *Sag es. Stell dich den Konsequenzen.* „Marnie hat die Polizei nicht angerufen. I-Ich war das."

Ich schloss die Augen. Fürchtete, er würde seine Wut an mir auslassen. Stattdessen hörte ich, wie er leise *ts* machte.

„*Bella*. Welchen Grund hast du, mir das anzutun?"

„Es tut mir leid", erwiderte ich und blickte ihn an. „Ich hätte es nicht tun dürfen. Ich habe überreagiert. Aber … du hast mir Angst eingejagt …" Meine Stimme verlor sich in leisen Schluchzern.

Peter legte den Arm um mich. „Nein. Es ist mein Fehler. Du hast recht." Er legte eine Hand auf meinen Bauch. „Du hast so reagiert, wie eine gute Mutter handeln sollte. Ich kann dich dafür nicht verurteilen."

Ich hatte Peters unkontrollierbare Wut erwartet. Aber nicht das hier.

„Es tut mir leid, *bella*. Ich habe dir wehgetan, weil meine Gefühle für dich so übermächtig sind."

Er sagte das, als könne er damit sein Verhalten entschuldigen. Aber ihm war nicht bewusst, dass er damit genau den Grund ausformulierte, warum ich nicht mit ihm zusammen sein konnte. Er war zu dominant und unbeherrscht.

„Ich werde dich nie wieder verletzen, *bella*." Peter legte seine Hände in meinen Nacken. Würde er mich wieder würgen? Mich schließlich doch töten, weil er die Nase voll von mir hatte? „Aber ich muss wissen, ob du mich liebst."

„Ich … ich liebe dich." Ich fühlte mich wie in einem Film und sprach Worte aus, die für mich an dieser Stelle im Drehbuch vorgesehen waren. In Peters Gegenwart war ich nicht länger ich selbst. Vielleicht war ich das nie gewesen. Ich wusste es, während ich das sagte, was er hören wollte. Und ich wollte nicht ausprobieren, was geschah, wenn ich nicht das sagte, was er erwartete.

Er küsste mich. Ein heißer, inniger Kuss. Dann zog er mir das Seidennachthemd über den Kopf und enthüllte meinen nackten Körper.

Er wollte mit mir schlafen. Hier, in meinem Ehebett.

Ich protestierte nicht.

Denn hier ging es um das nackte Überleben.

30. KAPITEL

Ich ließ mich vollkommen gehen, während Peter mich vögelte. Ich teilte meinen Körper mit ihm auf die einzige Art, die ich kannte.

Vollkommen. Mit Hingabe.

Ich verwehrte meinem Körper keine Lust. Noch verweigerte ich Peter die Lust. Unsere Körper übernahmen das Kommando und trugen uns in die Höhen sexueller Glückseligkeit.

Zehn Minuten nach diesem absolut fantastischen Fick lagen Peter und ich uns in den Armen. Unsere Körper schweißnass, unsere Seelen auf die Weise verbunden, wie sie es immer nach dem Liebesspiel waren. Ehrlich gesagt begann ich mich langsam zu ängstigen, weil meine Gefühle so chaotisch waren. Erst war ich mir sicher, Peter nie wiedersehen zu wollen, aber im nächsten Augenblick … Verdammt, im nächsten Augenblick sehnte ich mich nach seiner Liebe wie eine Drogensüchtige nach Kokain.

Ich ließ ihn mit mir schlafen, weil meine Überlebensinstinkte mir sagten, ich müsse alles in meiner Macht Stehende tun, um ihn in dem Glauben zu lassen, dass ich ihn liebte und mit ihm zusammen sein wollte. Trotzdem war ich seinem erotischen Zauber erlegen, sobald er begann, mich zu liebkosen.

Und er war nicht mehr wütend. Der Sex hatte ihn beruhigt, und ich hatte in seinen Armen keine Angst mehr. Sobald er ging, würde ich tun, was getan werden musste, um ihn ganz aus meinem Leben zu verbannen. Aber jetzt hatte ich seinen Zorn verrauchen lassen, hatte mich aus der Gefahrenzone bezüglich seiner unberechenbaren Wut gebracht.

Ich drückte meine Lippen gegen Peters Brust und küsste träge seine Haut. Eine gewisse Traurigkeit bemächtigte sich meiner. Ich hatte mir viel aus ihm gemacht, hatte die explosivsten sexuellen Begegnungen mit ihm erlebt. Trotzdem war heute das letzte Mal, dass wir zusammen waren.

Es musste das letzte Mal sein.

Wieder küsste ich Peters Brust. Fast erwartete ich, er würde mein Haar streicheln oder mich auf die Stirn küssen. Stattdessen war er erstaunlich ruhig. Ohne in seine Augen zu blicken, spürte ich die Veränderung, die in ihm vorging.

Trotzdem hob ich meinen Blick. In Peters nachdenklicher Miene machte ich etwas Dunkles aus.

„Ist etwas nicht in Ordnung?“, fragte ich.

„Du wirst Folgendes tun“, begann er sachlich. „Wir werden uns jetzt anziehen, und dann gehen wir zur Polizeistation. Du wirst ihnen erzählen, dass du diejenige warst, die angerufen hat.“

„Wie bitte?“

„Hör mir zu, *bella*“, sagte Peter eindringlich. „Du wirst ihnen erzählen, dass du angerufen hast, um mich anzuzeigen. Aber du wirst ihnen auch erzählen, dass du ebenso ein Opfer bist. Du wirst ihnen sagen, dass du in jener Nacht, als ich Theodore zusammengeschlagen habe, mit mir zusammen warst. Aber du wirst auch sagen, ich hätte so gehandelt, weil er dich angegriffen hat.“

Ich starrte Peter an. „Aber wenn ich das der Polizei erzähle, werden sie sich fragen, warum ich zunächst anrief, um dich anzuzeigen.“

„Du wirst ihnen erzählen, wir hätten uns gestritten.“

Darauf sagte ich nichts. Aber jetzt verspürte ich nicht mehr das geringste bisschen Traurigkeit ob der Tatsache, dass Peter auf ewig ein Teil meiner Vergangenheit sein würde, sobald wir aus dem Bett stiegen.

„Und, *bella*?“

„Ja?“ Unsere Blicke trafen sich. Seine Augen waren vollkommen leer. Ausdruckslos und beängstigend.

„Du musst überzeugend sein. Du hast dieses Problem verursacht, und du schaffst es gefälligst wieder aus der Welt."

In Peters Stimme schwang eine unterschwellige Drohung mit. Ein „andernfalls".

Erneut wurde ich in dieser emotionalen Achterbahn von Beziehung nach unten gezogen. Er konnte blitzschnell von heiß zu kalt, von Liebe zu Hass wechseln. Wie konnte es sein, dass er mich eine Minute zuvor noch während unseres Ficks leckte und so verletzlich klang, wenn er mich anflehte, in seinem Mund zu kommen, als hinge sein Leben davon ab? Und mir dann im nächsten Augenblick mit jener Kälte befahl, zur Polizei zu gehen, die mir keine Wahl ließ.

Peter ließ mich los und stieg aus dem Bett. Er zog seine Kleidung an, während ich ihn reglos und stumm beobachtete.

„Steh auf, Sophie. Wir gehen jetzt."

Ich stand auf.

Hatte ich eine Wahl?

Im Vernehmungsraum der Polizei fühlte ich mich wie eine komplette Idiotin. Wie der kleine Junge, der „Ein Wolf! Ein Wolf!" rief, um Aufmerksamkeit zu bekommen.

„Sie behaupten also" sagte die Polizistin mit dem kurz geschnittenen Haar, „dass Sie diesen Mann hier angezeigt haben, aber dass er sich in Wahrheit selbst verteidigte, als er Mr. Granger angriff?"

Ich kaute auf der Innenseite meiner Wange herum. Trat von einem Fuß auf den anderen. „Der Typ hat versucht, mich zu zwingen, mit ihm zu gehen. Er war grob zu mir und hat meine Freundin verletzt. Es war furchtbar. Peter … er kam mir zur Hilfe."

Die Polizistin war skeptisch. „Aber warum haben Sie ihn dann anonym angezeigt?"

Ich zögerte. Himmel, ich wünschte, ich wäre woanders als

ausgerechnet hier. Nichts von dem, was ich sagte, ergab Sinn.

„Ich war sauer auf ihn“, gestand ich.

„Wie bitte?“

„Ich war sauer auf ihn“, wiederholte ich mit lauter Stimme. „Ich hätte nicht anrufen dürfen, aber wir hatten einen Streit. Und, ach, ich …“

„Was haben Sie?“, hakte die Polizistin nach.

„Ich habe nicht nachgedacht. Ich bin schwanger und emotional angegriffen.“ Ich seufzte. „Ich weiß, das ist keine Entschuldigung. Ich war dumm. Es tut mir leid.“

Die Polizistin zuckte mit den Schultern. „Also gut“, sagte sie zweifelnd. „Sie werden eine entsprechende Aussage unterschreiben? Dass Ihr Freund nur handelte, um sich zu verteidigen?“

Ich blickte zur Tür. Peter war nicht da. Ich wusste, dieses Gespräch fand ohne ihn statt. Vielleicht konnte ich mich der Polizistin anvertrauen, ich war sicher, dass sie mir sowieso kein Wort glaubte. Ich konnte ihr erzählen, dass ich Angst vor Peter hatte und dass ich deshalb eine völlig andere Geschichte erzählte. Ich konnte sie anflehen, Peter einzusperren und den Schlüssel wegzuwerfen.

Aber ich war nicht dumm. Ich wusste, wie das System funktionierte. Wenn Peter inhaftiert wurde, hatte er die Chance, auf Kaution wieder rauszukommen. Und wenn das geschah …

Er würde mir wehtun. Dessen war ich mir sicher.

Nein, ich konnte nicht tun, was ich wirklich tun wollte. Nicht ohne meine Sicherheit zu riskieren.

Mein Leben.

Das Leben meines Babys.

„Ja.“ Ich nickte heftig. „Ich werde eine entsprechende Aussage unterschreiben.“

Die Polizistin reichte mir ein Blatt Papier und einen Stift. „Sie können Ihre Aussage selbst aufschreiben.“

Ich hob den Stift. Setzte ihn auf das Papier, um den Bericht zu verfassen.

„Ich möchte Ihnen einen Rat geben. Wenn Sie sich das nächste Mal mit Ihrem Freund streiten, suchen Sie sich eine andere Möglichkeit, ihn in die Pfanne zu hauen. Wenn Sie eine Falschaussage machen, können Sie in ernsthafte Schwierigkeiten kommen."

„Es war keine Falsch..."

„Nicht ganz. Aber Sie haben sich auch nicht als Opfer gemeldet, als Sie es besser getan hätten."

Ich verstand, was sie meinte. Und hielt den Mund. Die Polizei mochte sicher niemanden, der sie auf den Arm nahm. Selbst wenn dieser Jemand schwanger und von Hormonen gebeutelt war.

Kurze Zeit später verließ ich gemeinsam mit Peter die Polizeistation. Ich hatte eine Falschaussage geschrieben und meinen Namen daruntergesetzt.

Du hast dich verändert.

„Peter", begann ich, nachdem wir eine Zeit lang schweigend gefahren waren. „Ich möchte meinen Mann treffen. Um es zu Ende zu bringen", fügte ich rasch hinzu, als seine Augen sich beunruhigt weiteten. „Es ist an der Zeit. Ich möchte es ihm sagen. Ihm von dem Baby erzählen und meine ... meine Entscheidung mitteilen."

„Natürlich." Peter strahlte. „Ich werde dich begleiten."

„Nein." Ich verschränkte meine Finger mit seinen und hob Peters Hand an meine Lippen. „Ich bin dir dankbar, dass du für mich da sein willst, aber für dieses Gespräch bin ich allein verantwortlich. Das ist nur fair."

„Er soll dir nicht wehtun."

So wie du mir wehtust, wenn du nicht das bekommst, was du willst? „Ich werde ihn an seinem Arbeitsplatz treffen. Es wird schon gut gehen." Ich lächelte, um Peter zu versichern, dass ich die Wahrheit sagte. „Ich trage dein Kind unter meinem Herzen. Meine Zukunft ist an deiner Seite. Du würdest mich nie betrügen, nicht so wie er's getan hat. Das weiß ich jetzt." Ich fügte eine Lüge an die nächste. Ich war gut darin. Ich musste ihn einfach überzeugen. „Dir allein gehört meine Liebe, Peter. Für immer."

Peters Gesicht strahlte mich voller Wärme an, als er sich mir zuwandte. Er glaubte mir. Gott sei Dank.

„In Ordnung", sagte er. „Ich vermute, es ist das Beste, wenn du dich allein mit deinem Mann triffst. Denn ich werde wieder einmal die Stadt verlassen. Die Arbeit ruft."

„Wirklich?" Ich versuchte, enttäuscht zu klingen.

„Ja. Ich werde für drei Tage in Seattle sein."

Drei Tage! Das war Musik in meinen Ohren.

„Es ist gut, dass wir diese Polizeisache vorher aus dem Weg geräumt haben. Andernfalls hätte ich nicht verreisen können."

Peter warf mir einen Blick zu. Ich begriff, was er mir damit sagen wollte. „Ja", erwiderte ich. „Ich bin auch froh." Sogar noch glücklicher, weil meine Aussage bei der Polizei es ihm erlaubte, die Stadt für eine dreitägige Geschäftsreise zu verlassen. Ich würde drei Tage lang meine Ruhe haben.

Ich war so glücklich, als wäre er drei Jahre unterwegs.

„All das Hässliche liegt nun hinter uns", sagte ich. „Wir können nach vorn schauen. Eine Familie sein."

In meiner Einfahrt hielt Peter seinen Navigator an und öffnete das Handschuhfach. Ich atmete tief ein und hatte plötzlich Angst, er könne eine Pistole oder ein Messer zücken.

Wenn er das tat, war ich verloren.

Aber stattdessen zog er ein kleines Samtmäppchen hervor. Er öffnete das Mäppchen und holte einen einfachen Verlobungsring mit Solitär hervor.

„Dieser Ring gehörte meiner Mutter", sagte er traurig. „Mein Vater hat jeden Penny, den er besaß, dafür ausgegeben.

Ich wollte ihn dir zu einem anderen Zeitpunkt geben, aber wenn du zu deinem Mann gehst, will ich, dass du ihn trägst. Trage ihn, damit er sieht, dass du den Mann deiner Träume gefunden hast."

Ich schluckte. Peter hielt mir den Ring hin und wartete auf meine Erlaubnis, ihn mir auf den Finger zu stecken.

„Wirst du mich heiraten, *bella*?"

„Oh Peter!" Ich schnappte nach Luft, als ich ihm meine Hand reichte. Ich lieferte eine oscarreife Vorstellung ab. „Ja. Oh Liebster, ja!"

Peter strahlte, als er den Ring auf meinen Ringfinger schob. Er war ein bisschen zu groß, aber nicht so groß, dass er herunterrutschte. „Ich werde ihn für dich anpassen lassen", versprach Peter.

„In Ordnung. Aber nicht jetzt. Ich will ihn tragen, wie ... wie du gesagt hast."

Meine Worte gefielen ihm. Peter küsste mich. Ich legte jedes Quäntchen Schauspielkunst in diesen Kuss, denn er musste einfach überzeugend sein.

„Ich liebe dich, *bella*", sagte er, als wir uns voneinander lösten. „Ich werde dich jeden Tag anrufen, solange ich fort bin."

„Oh Peter." Meine Hände umschlossen sein Gesicht. „Ich liebe dich auch. Ich werde dich vermissen."

„Ich werde dich auch vermissen."

Ich gab ihm noch einen Kuss, dann öffnete ich die Tür und wollte aus seinem Wagen steigen.

Peter griff nach meiner Hand und nahm sie in seine. *„Bella*?"

„Ja, Liebster?"

„Sorge dafür, dass du dich ruhig verhältst. Ich will dich in Sicherheit wissen."

31. KAPITEL

Sich ruhig verhalten … Was für merkwürdige Abschiedsworte!

Und sie kamen mir seltsam bekannt vor. Aber warum?

Ich öffnete meine Haustür, drehte mich noch einmal um und winkte Peter, der wartete, bis ich im Haus verschwand. Er winkte zurück, ehe er davonfuhr.

Ich schloss die Tür ab und schaute durch das kleine Fenster neben der Tür, um sicherzugehen, dass Peter nicht zurückkam. Ich wartete zwanzig Minuten, um ganz sicher zu sein. Ich hatte den Koffer auf dem Rücksitz seines Wagens gesehen, daher glaubte ich, dass er tatsächlich die Stadt verließ.

Er war auf dem Weg zum Flughafen, davon war ich überzeugt. Ich ging in mein Schlafzimmer und sank auf die Bettkante. Das Gewicht meiner Bürde wog schwer auf meinen Schultern.

Ich blickte auf meine Hände hinab. Studierte den wunderschönen Ring, den Peter mir gerade erst auf den Ringfinger gesteckt hatte. Ich riss ihn herunter und legte ihn auf den Nachttisch.

In dem Moment entdeckte ich ein gefaltetes Stück Papier mit meinem Namen drauf. Es war Andrews Handschrift.

Ich nahm das Blatt und faltete es auseinander.

Ich liebe dich. Jetzt und für immer.
Andrew

Es war eine einfache Botschaft, aber sie bedeutete für uns etwas Besonderes. Es war dieselbe Nachricht, die Andrew in einen Rosenstrauß gesteckt und mir geschickt hatte. An dem Tag, als er um meine Hand anhielt.

Es war das erste Mal seit Wochen, dass es mir nicht wehtat,

von Andrew zu hören. Zum ersten Mal seit Wochen konnte ich lächeln.

Ich konnte nicht anders. Ich dachte über ihn und unser gemeinsames Leben nach. Was war falsch gelaufen? Oder waren wir schlicht zu jung gewesen, als wir zusammenkamen? Womöglich war die Antwort nicht annähernd so einfach. Ich dachte, wir würden einander bis zum Tod treu sein, aber er hatte sich der Verlockung hingegeben.

Genau wie ich.

Jetzt wusste ich, wie leicht es war, sich in ein sexuelles Abenteuer mit einer anderen Person zu verstricken. Einer Person, der du nicht geschworen hast, sie für immer zu lieben.

In den letzten Wochen hatte ich versucht, alle Gedanken an Andrew und unsere Beziehung aus meinen Gedanken zu verbannen. Peter war eine großartige Ablenkung, aber der schreckliche Lauf der Dinge mit ihm machte mir bewusst, dass es an der Zeit war, mich meinem Leben zu stellen und nicht länger wegzulaufen.

Wenn Andrew und ich unsere Beziehung je wieder auf Kurs bringen konnten, war jetzt der richtige Zeitpunkt.

Wenn er mich liebte, würde er mir doch vergeben, oder? So wie er wollte, dass ich ihm vergab.

Ich musste mich an diesen Gedanken klammern. Denn jetzt wusste ich ohne Zweifel, dass ich Andrew zurück an meiner Seite haben wollte. Zu wissen, dass er Marnie nicht angebaggert hatte, war eine große Erleichterung. Ich glaubte ihm, wenn er sagte, er liebe mich noch. Wenn er versprach, einen solchen Fehler nie wieder zu machen.

Auch ich hatte einen Fehler gemacht – mehr als einen. In meinem Bauch wuchs das Baby als Beweis meiner zahlreichen Fehler heran.

Eine Träne rollte über meine Wange. So viel war in den letzten anderthalb Monaten passiert. Und vielleicht gab es kein Zurück.

Aber es gab nur einen Weg, das herauszufinden. Ich nahm den Telefonhörer und wählte Andrews Nummer im Hotel. Aber etwas nagte an mir, und ich drückte die rote Taste, um aufzulegen.

Sich ruhig verhalten ... Das hatte ich Marnie versprochen, als ich am Telefon mit ihr sprach. An jenem Abend, bevor wir ins *Illusions* gingen. Der Abend, an dem Peter dort auftauchte. Er hatte gewusst, wo ich war.

Hatte gewusst, dass ich schwanger war.

Ich weiß, dass du schwanger bist, bella. *Und ich weiß auch, dass du es weißt.*

Oh mein Gott. Ein Schauder rann über meinen Rücken. Hatte Peter in meinem Haus ein Abhörgerät installiert? Oder eine Wanze in meinem Telefon?

Ich konnte dessen nicht sicher sein. Aber ich wusste, dass ich Andrew nicht vom Festnetzanschluss aus anrufen durfte. Ich schnappte mein Handy und ging in den Garten. Auf der Terrasse nahm ich auf einem der Stühle Platz und wählte Andrews Nummer.

Nach ein paar Minuten hatte ich ihn am Apparat.

„Andrew Gibson."

„Andrew. Hi."

„Sophie", sagte er ein wenig überrascht.

„Ich habe deine Nachrichten bekommen."

„Ich war nicht sicher, ob du überhaupt da bist. Du hast für Peaches Futter rausgestellt."

Peaches. Meine Kehle schnürte sich zusammen. Vom Schicksal unserer Katze würde ich Andrew später erzählen.

„Ich war da", sagte ich. „Kann ich dich sehen, Andrew? Können wir reden?"

„Natürlich. Wann?"

„In einer Stunde? Ich weiß, du bist bei der Arbeit, aber …“

„Ist in Ordnung. Ich werde einfach Pause machen. Wir können uns in dem Coffeeshop gegenüber vom Hotel treffen.“

„Okay, bis dann.“

Andrews Gesicht erhellte sich, als ich den Coffeeshop betrat und ihn sah. Auch mein Herzschlag beschleunigte sich. Das war der Andrew, in den ich mich verliebt hatte. Der gut aussehende Mann mit dem zauberhaften Lächeln, der mich mit einem Blick zum Dahinschmelzen bringen konnte.

Er stand auf, als ich auf ihn zukam, und schloss mich in die Arme. „Hallo, Liebes.“

Es fühlte sich gut an, in seinen Armen geborgen zu sein nach all der Zeit. Es war wie eine Heimkehr. „Hi, du.“

Dann machte er einen Schritt zurück und breitete meine Arme aus, damit er mich ausgiebig betrachten konnte. Seine Augen musterten mich von Kopf bis Fuß. „Du siehst umwerfend aus.“

„Danke.“

Jetzt zog er mich wieder an sich, als ertrüge er es nicht, mich loszulassen. Er schmiegte sich an meine Wange. „Ich habe dich vermisst.“

Meine Augen wurden feucht. Das hatte ich nicht erwartet. „Ich habe dich auch vermisst.“

„Es ist in Ordnung“, beruhigte er mich, als er meine Tränen bemerkte. „Es zählt allein, dass du und ich jetzt hier sind. Das ist es, was zählt, Sophie.“

Das sagte sich so leicht für ihn. Er wusste ja nicht, dass ich schwanger war.

„Setz dich“, forderte er mich mit einer einladenden Handbewegung auf einen der zwei gemütlichen Stühle am Tisch auf.

Ich setzte mich und schaute mich nach den Leuten um, die

in der Nähe saßen. Am Nebentisch saß niemand, und wir waren bis zu einem gewissen Grad ungestört.

Dennoch sprach ich leise, als ich Andrew fragte: „Was ist passiert?“ Er wirkte verwirrt, daher fügte ich hinzu: „Wie konntest du mich betrügen und mit einer anderen Frau schlafen?“

Einen Moment lang schwieg er. „Ich war dumm“, antwortete Andrew dann. „Das habe ich dir bereits gesagt.“

„Ich brauche mehr als das, Andrew. Etwas, das ich verstehen kann. Oder willst du mir sagen, du wurdest einfach verführt und hast dich den Verlockungen hingegeben, die sich dir boten?“

„Sophie, es gibt wirklich keine Entschuldigung für das, was ich getan habe. Nichts, was ich sagen könnte, kann das entschuldigen. Nichts wird es wiedergutmachen. Ich kann dir nur versprechen, es wird nie wieder passieren. Niemals.“

„Hattest du das Gefühl, wir haben uns auseinandergelebt?“, fragte ich.

„Ich vermute, wir haben uns gut eingerichtet“, erwiderte Andrew. „Wir liebten uns, aber wir haben ein Muster entwickelt. Das Feuer ist verloschen. Und ich …“ Er seufzte. „Ich habe viel darüber nachgedacht. Ich glaube, ich habe dich auf eine bestimmte Weise gesehen. Du stecktest in einer dir zugewiesenen Rolle“, sagte er. Seine Stimme war so leise, dass ihn außer mir niemand hören konnte. „Du hattest keine große sexuelle Erfahrung, als wir geheiratet haben, und ich eigentlich auch nicht. Und ich hatte ein bestimmtes Bild davon, wie eine Ehefrau sein sollte. Was sie zu tun hat und was nicht. Ich vermute, es liegt an meiner Mutter. Es ist auf verschiedene Arten kompliziert – und dann wieder so einfach. Verstehst du, was ich meine?“

Ich verstand ihn. Andrew redete darüber, wie er mich sah, wenn es zwischen uns zum Sex kam. Ich wusste, er war in einer sehr konservativen Familie aufgewachsen. Weder ihm noch seinen beiden älteren Schwestern war es erlaubt, mit jemandem zu gehen, ehe sie nicht das College besuchten.

„Und dann war da deine Vergewaltigung ... ich wollte dir gegenüber immer Feingefühl zeigen."

„Das verstehe ich, Andrew. Aber ich bin nicht aus Glas. Ich werde nicht kaputtgehen, wenn du mich nicht sanft anpackst. Ich weiß, ich hatte meine Probleme, als wir anfingen, miteinander zu schlafen. Aber ich habe immer gedacht, wir würden das durchstehen – gemeinsam. Ich hätte nie vermutet, du könntest mit einer anderen Frau ins Bett gehen."

„Sophie, du hast ja so recht. Du hast das nicht verdient, was ich dir angetan habe." Andrews Miene wurde traurig, geradezu schicksalsergeben. „Wenn du nichts mehr mit mir zu tun haben willst, kann ich dir das nicht vorwerfen."

Ich seufzte leise. „Das will ich nicht, Andrew", sagte ich und sprach damit eine Wahrheit aus, die ich bis zu diesem Moment selbst nicht begriffen hatte.

„Oh Sophie." Glück leuchtete in Andrews Augen auf. „Ich liebe dich so sehr."

„Wenn wir diese Sache je in Ordnung bringen", fing ich an, „dann müssen wir es langsam angehen lassen. Wieder miteinander ausgehen. Zeit miteinander verbringen und wiederentdecken, was uns verbindet." Ich zögerte. „Wir können herausfinden, ob wir wirklich zusammengehören oder ob wir getrennte Wege gehen sollen."

„Das will ich nicht", rief Andrew sofort. „Wenn ich ohne dich leben soll ..."

„Ich will es auch nicht. Aber ich weiß nicht, ob Liebe allein genügt, um zusammenzubleiben."

„Ist es mit dem anderen Mann vorbei?"

„Ja", sagte ich. Aber ich dachte an das Kind. Dies war nicht der richtige Zeitpunkt, um Andrew davon zu erzählen.

„Gut", sagte er. Ich war überrascht, weil er nicht noch mehr Fragen hatte. Ich hatte fest damit gerechnet.

„Was machst du heute Abend?“, fragte er.

„Nichts.“

„Warum gehen wir dann nicht aus? Ein schickes Abendessen. Du bestimmst, wohin wir gehen.“

Ich dachte kurz nach. Dann schlug ich vor: „Überrasche mich.“

„Ich soll dich überraschen?“

„Hm, ja. Ich denke, eines unserer Probleme war, dass wir die Leidenschaft in unserer Ehe verloren haben. Wir waren nicht mehr spontan.“

„Du hast recht“, stimmte Andrew mir zu. „Also gut. Ich werde dich überraschen. Ich kann dich abholen. Um …“

„Nein, ich treffe dich im Hotel. Ich will heute Abend so tun, als wäre ich eine alleinstehende Frau, die sich mit einem Mann trifft, der ihr gefällt. Und ich will ganz sicher nicht den Verlockungen unseres Schlafzimmers widerstehen müssen. Wir werden dort früher oder später … Ich will einfach … Ich will, dass wir uns Zeit nehmen.“

Sex war wichtig. Aber Sex hatte uns beide auch vom Kurs abgebracht.

Andrew und ich mussten erst wieder eine emotionale Bindung aufbauen. Wenn uns das gelang, würde alles andere auch wieder in Ordnung kommen.

„Und nur, damit du's weißt, Sophie“, wechselte Andrew das Thema. „Sie ist weg.“

Ich musste nicht fragen, wer „sie“ war. Ich wusste sofort, wen er meinte. „Du hast ihr gekündigt?“, fragte ich überrascht.

„Nein, ich habe sie nicht gefeuert. Aber ich habe für ihre Versetzung gesorgt. Sie arbeitet jetzt im Resort in North Carolina.“

Es dauerte einen Moment, bis ich die Neuigkeit verdaut hatte. „Und sie ist friedlich gegangen?“

„Sie ist ziemlich vorteilhaft befördert worden, aber zunächst hat ihr auch das nicht gereicht. Außerdem hat sie Geld bekommen. Das Geld stammt von der Hotelversicherung, für … für Fälle wie diesen. Es war ein schreckliches Durcheinander, und selbst jetzt kann ich den Kopf in der Firma nicht hoch tragen. Aber Isabel ist fort. Ich hoffe, sie wird nie wieder zu einem Problem."

„Sie ist also befördert worden", schnaubte ich. „Wie schön, wenn es auch noch belohnt wird, so eine Schlampe zu sein."

„Es war die einzige Möglichkeit, sie dazu zu bewegen, die drohende Anklage wegen sexueller Belästigung fallen zu lassen."

„Dabei war sie es doch, die dich verführt hat!" Ich biss die Zähne zusammen. „Andererseits, wenn du einfach Nein gesagt hättest …" Ich verstummte, weil ich meine Wut nicht wieder hochkommen lassen wollte. Obwohl ich nach vorn schauen wollte, war ich dennoch stinksauer. Auf die ganze Situation, ein bisschen auch auf Andrew, der einiges mehr als nur unsere Beziehung aufs Spiel gesetzt hatte, als er beschloss, mich zu betrügen.

„Das weiß ich", erwiderte Andrew. „Ich habe jetzt meine Erfahrung gemacht. Und es ist nicht nur wegen der Blamage im Hotel, sondern vor allem, weil ich dich beinahe verloren habe."

„Das war es sicher nicht wert, oder?", fragte ich und warf ihm einen scharfen Blick zu. Meine Brust schmerzte, weil ich krampfhaft versuchte, meine Wut in Zaum zu halten.

„Nein." Andrew war eine Weile still. „Sophie, vergibst du mir? Ich weiß, ich bitte dich um viel, aber ohne deine Vergebung …"

Eines war sicher – ich musste die Wut hinter mir lassen, wenn wir nach vorn schauen wollten. Und es gab nur einen Weg, das zu schaffen. „Ja, Andrew. Ich vergebe dir."

„Dann haben wir eine zweite Chance."

32. KAPITEL

Die Entscheidung, Andrew zu vergeben, hatte eine Last von meinem Herzen genommen. Ich wusste, die Dinge zwischen uns hatten sich unwiderruflich verändert. Aber indem ich ihm meine Vergebung bot, schenkte ich auch mir einen neuen Hoffnungsschimmer. Er war so stark, dass ich richtig aufgeregt war, als ich um halb sechs auf den Hotelparkplatz einbog. Andrew hatte um drei Uhr angerufen und mir gesagt, er müsse an mich denken, und seitdem grinste ich wie eine Verrückte. Ich war nicht ans Telefon gegangen, als er auf dem Festnetzanschluss anrief, falls Peter wirklich meine Gespräche belauschen konnte. Aber kurz darauf rief Andrew auf meinem Handy an.

Ich hatte Andrew gefragt, ob er mir einen Hinweis geben konnte, wohin wir gingen. Aber er verriet mir nur, ich solle meine Sandalen tragen.

Ehrlich gestanden war ich ein wenig unruhig – aber im guten Sinne. Das war es, was wir brauchten. Zeit, die wir wie ein frisch verliebtes Paar verbrachten und nicht wie ein verheiratetes Paar, das versuchte, seine Probleme zu überwinden.

Und die Tatsache, dass wir uns treffen konnten, während sich Peter auf der anderen Seite des Landes befand … Für mich fühlte es sich wie ein Hauptgewinn im Lotto an.

Ich trug goldene Sandalen und ein rosafarbenes Baumwollkleid mit einem weiten Rock. Es war gewagt und luftig – und bot sich an, falls später am Abend das Kuscheln in eine wilde Knutscherei ausartete.

Aber ich war fest entschlossen, nicht mit Andrew im Bett zu enden. Sex war leicht – aber das würde unsere Probleme nicht lösen. Im Übrigen wollte ich von ihm begehrt werden und ihn begehren.

Andrew erwartete mich in der Lobby, als ich das Hotel betrat. Er kam mir entgegen, nahm mich in die Arme und küsste mich unverfroren. Die Gäste in der Lobby und seine Mitarbeiter, die Zeugen seiner Zuneigungsbekundung wurden, kümmerten ihn nicht.

Das gefiel mir. Sehr sogar.

Ehe wir versucht waren, die Verabredung zu vergessen und auf direktem Weg in einem der Hotelzimmer zu verschwinden, machte ich erst mal einen Schritt zurück und rückte meine Clutch zurecht, die ich unterm Arm trug. „Wo gehen wir hin?"

„Das wirst du schon sehen."

„Keinen Tipp?"

„Keinen Tipp."

„Nehmen wir zwei Wagen?", fragte ich.

„Nur wenn du willst."

Ich schüttelte den Kopf. „Ich will nicht. Ich bin mehr als glücklich, bei dir mitzufahren. Ich vertraue dir", fügte ich mit einem Lächeln hinzu.

Andrew nahm meine Hand, und gemeinsam gingen wir zu seinem Cadillac Escalade. Wir trennten uns nur, um in den Wagen zu steigen. Anschließend hielten wir sofort wieder Händchen. Dann lehnte Andrew sich zu mir herüber und küsste mich. Ein inniger, bedeutungsvoller Kuss, der mein Herz wärmte.

„Moment mal, Cowboy", neckte ich ihn, aber meine Stimme klang zittrig. Obwohl ich ihm gesagt hatte, wir würden heute Nacht keinen Sex haben, wollte ich plötzlich zu uns nach Hause fahren und dort genau das tun. Mit ihm auf einer körperlichen Ebene die Verbindung wiederherstellen.

Aber ich machte keinen Vorschlag in die Richtung. Denn es war nach dem, was wir durchgemacht hatten, viel wichtiger, heute einen besonderen Abend zu verleben, bei dem wir miteinander reden, Händchen halten und uns wieder näherkommen konnten. Und wenn wir am Ende dieses Abends beide ein bisschen sexuell frustriert waren, wäre da etwas, auf das wir uns beim nächsten Mal freuen konnten.

Im Übrigen wusste ich, dass ich in gewisser Weise nur versuchte, Peter aus meinen Gedanken zu verdrängen, wenn ich mit Andrew in die Kiste sprang.

Sex würden wir dann haben, wenn wir für diesen großen Schritt bereit waren.

Sobald er den Wagen vom Hotelparkplatz auf den International Drive gelenkt hatte, fragte ich: „Erzählst du mir jetzt, wohin wir fahren?"

„Du warst es, die von mir überrascht werden wollte."

Kokett verzog ich die Lippen zu einem Schmollmund. „Ich wusste ja nicht, dass du meine Worte so ernst nimmst."

Andrew griff nach meiner Hand und legte sie in seinen Schoß. „Keine Sorge. Du wirst beeindruckt sein."

Einen ersten Hinweis auf unser Ziel bekam ich, als Andrew auf die I-4 Richtung Westen wechselte. Im Westen lagen Tampa und die Küste. Und Sarasota. Ein Ort, den wir in der ersten Zeit unserer Ehe oft am Wochenende aufgesucht hatten.

Wir lauschten den leisen Jazzklängen aus der Stereoanlage und waren einfach nur zufrieden, die Gegenwart des anderen zu genießen. Wir hatten in den letzten Wochen verbittert über das, was geschehen war, gestritten. Jetzt wollte ich darüber nicht mehr reden. Isabel war aus Andrews Leben verschwunden. Und ich würde dafür sorgen, dass Peter aus meinem verschwand.

Von jetzt an würden wir uns aufeinander konzentrieren.

Etwa eine Stunde später lenkte Andrew den Wagen neben eine Parkuhr direkt an einem herrlichen Sandstrand, der sich in der Gegend um Tampa erstreckte. Er parkte den Escalade, und wir stiegen aus. Dann ging er zum Kofferraum, öffnete ihn und holte einen riesigen Picknickkorb und eine Decke heraus.

„Ein Picknick am Strand", sagte ich und grinste.

„Wann haben wir das zuletzt gemacht?“, fragte er. „Ist das etwa sieben Jahre her?“

„So ungefähr.“

Wir gingen gemeinsam zu einem Abschnitt des Strands, der menschenleer war. Ich half Andrew die Decke auszubreiten.

„Setz dich“, sagte Andrew. „Und jetzt schließ die Augen.“

„Okay.“

Ich setzte mich auf die Decke und schloss die Augen.

„Nicht gucken“, ermahnte Andrew mich.

Ich konnte spüren, wie er sich neben mich kniete. Hörte, wie er den Picknickkorb öffnete. Dann zuckte ich leicht zusammen, als etwas Kühles meine Lippen berührte.

„Öffne den Mund“, sagte Andrew.

Ich gehorchte. Der süße Geschmack der Frucht füllte meinen Mund. „Hmmm.“

„Lass die Augen zu.“

„Ist ja schon gut“, protestierte ich scherzhaft.

Im nächsten Augenblick spürte ich, wie etwas anderes über meine Lippen strich. Es war feucht und kalt.

Ein Eiswürfel?

Nein. Ich roch den zitronigen Duft von Ananas. Ich nahm einen Bissen und seufzte zufrieden. Die Ananas war die richtige Mischung aus Süße und Aroma.

Ich kaute und schluckte. „Erdbeeren und Ananas, meine Lieblingsfrüchte. Was kommt als Nächstes?“

„Die beste Überraschung von allen. Das hoffe ich zumindest.“

Ich konnte nicht anders. Meine Augen öffneten sich.

„Hey!“, rief Andrew.

„Sorry“, sagte ich. Dieses Mal legte ich die Hände über meine Augen.

Die nächsten Augenblicke herrschte Stille zwischen uns, obwohl ich hören konnte, wie Andrews Hände im Korb kramten. Ich konnte auch das Rauschen der Wellen hören, die sich am Strand brachen, und das Schreien der Möwen, die sich über uns in die Luft schwangen.

„Meine Hände werden langsam müde", bemerkte ich.

„Das Warten ist es wert", versicherte Andrew mir.

Eine weitere Minute verging, aber mir kam es wie Stunden vor, während ich ungeduldig wartete. Plötzlich fühlte ich, wie sich etwas um mein Handgelenkt legte.

War das ...

Ja, es war. Zweifellos schloss Andrew den Verschluss eines Schmuckstücks, das er eben um mein Handgelenk gelegt hatte.

„Jetzt darfst du."

„Darf ich jetzt gucken?"

Wir sprachen gleichzeitig.

„Ja", sagte Andrew. „Mach die Augen auf."

Ich senkte meine Hände und schlug die Augen auf. Mein Blick glitt direkt zu meinem Handgelenk. Und dann schnappte ich nach Luft.

„Gefällt es dir?"

„Ob es mir gefällt? Oh mein Gott, es ist wunderschön!"

Wunderschön war eine Untertreibung. Das Platinarmband war mit funkelnden Rubinen und Diamanten besetzt.

Ich wusste das so genau, weil ich es schon einmal gesehen hatte.

„Du hast es dir zu unserem Hochzeitstag gewünscht", sagte Andrew. „Und zu dem Zeitpunkt ..." Seine Stimme verlor sich und er vollendete den Satz nicht. „Jetzt ist mir bewusst, dass der Preis nicht zählt. Nichts, verglichen mit deinem Glück. Wenn du glücklich bist, bin ich auch glücklich."

„Ach Liebster." Ich küsste ihn und hoffte, damit nicht nur meine Dankbarkeit auszudrücken, sondern auch meine Liebe.

Er schenkte uns Champagner ein, und fast hätte ich mein

Glas abgelehnt. Aber jetzt war nicht der richtige Zeitpunkt, um Andrew von meiner Schwangerschaft zu berichten. Ich würde es ihm erzählen, aber nicht jetzt, da alles so gut lief.

Ein Glas Champagner wird mir nicht schaden, redete ich mir ein.

„Auf einen Neuanfang", verkündete Andrew und hob sein Glas. Ich ließ mein Glas gegen seins klirren. „Auf einen Neuanfang."

Es war ein gutes Gefühl. Ich machte den richtigen Schritt, um meine Ehe zu retten.

Ich wusste, jetzt war der richtige Zeitpunkt.

Ich befand mich auf einem wahren Höhenflug, als Andrew und ich auf den Hotelparkplatz zurückkehrten und Andrew mich zum Abschied küsste. Während unseres Zusammenseins hatte ich mein Handy ausgeschaltet, weil ich die Möglichkeit ausschließen wollte, dass Peter mich anrief. Aber sobald ich zurück im Auto war, schaltete ich es wieder ein.

Es klingelte augenblicklich.

Ich blickte auf das Handydisplay. Es war Andrews Nummer.

Rasch klappte ich das Handy auf. „Hey."

„Jetzt und für immer, Sophie", sagte Andrew. „Ich liebe dich."

„Ich liebe dich auch."

„Gute Nacht."

„Gute Nacht, Andrew."

Peter rief etwa eine Stunde später an. Ich tat so, als wäre ich froh, von ihm zu hören, aber zugleich ließ ich meine Stimme schwach klingen und erzählte ihm, ich sei krank.

„Ist es das Baby?", wollte er wissen.

„Nein", behauptete ich mit einer gespielt heiseren Stimme. „Ich glaube, ich bekomme eine Erkältung. Ich habe mir eine heiße Zitrone mit Honig gemacht und gehe jetzt ins Bett. Morgen geht's mir schon besser."

„Ich hasse es, dir das sagen zu müssen, aber es gab heute Probleme beim Dreh. Ich werde erst einen Tag später zurückkommen."

„Oh nein."

„Ich wünschte, ich könnte zu dir zurückkommen."

„Wir sind bald wieder zusammen", beruhigte ich ihn.

„Hast du mit deinem Mann geredet?"

Ich zögerte. „Ja. Ich habe es ihm erzählt, Peter. Er weiß, dass es vorbei ist."

„*Bella*, ich bin so glücklich. Ich wünschte, ich könnte jetzt bei dir sein und mit dir feiern."

„Wir müssen noch immer die Scheidung durchbringen, und das wird eine gewisse Zeit dauern. Womöglich wird es ziemlich chaotisch."

„Wir werden das durchstehen. Und dann werden wir heiraten."

„Ja, Liebling. Aber können wir morgen weiterreden? Ich bin sehr …"

„Natürlich. Erhol dich gut."

Ich war erleichtert, als er endlich nicht mehr in der Leitung war.

33. KAPITEL

Am nächsten Tag fühlte ich mich noch besser, da ich wusste, dass Peter noch einen Tag länger nicht in der Stadt sein würde. Ich überlegte, ob ich zur Polizeistation gehen und der Polizistin erzählen sollte, dass Peter wirklich gefährlich war und dass ich Angst vor ihm hatte. Ich überlegte es nicht nur, ich stieg sogar in mein Auto und fuhr hin. Aber als ich da war, fuhr ich an der Polizeistation vorbei. Dann drehte ich um und fuhr zurück nach Hause.

Ich wollte die Polizei nicht verärgern. Nachher beschlossen sie, mich wegen Behinderung der Ermittlungen zu belangen.

Nachdem ich zurück war, rief ich Marnie vom Handy an und erzählte ihr von meinem Abend mit Andrew.

„Ach Süße. Das klingt wunderbar."

„Ich denke, wir bringen die Sache wieder in Ordnung", sagte ich. „Wir werden den ganzen Mist hinter uns lassen."

„Hast du Andrew irgendetwas erzählt – von deinem Baby?"

Ich seufzte leise. „Ich konnte es nicht, Marnie. Noch nicht. Nicht solange wir versuchen, wieder in die Spur zu finden. Ich weiß, ich sollte es ihm erzählen, aber …"

„Ich habe über deine Schwangerschaft nachgedacht. Zumindest über alles, was ich je über Schwangerschaften gehört habe."

„Was meinst du?"

„Woher weißt du, ob das Baby nicht doch von Andrew ist? Du weißt, du bist schwanger. So. Aber was ist, wenn du schwanger wurdest, bevor wir zu den Bahamas gefahren sind?"

„Ich hatte meine Periode kurz vor unserer Abreise", sagte ich. „Obwohl sie damals nur sehr schwach war. Daran kann ich mich erinnern. Nachdem ich zurück war, hat Andrew seine Bombe platzen lassen und wir hatten danach definitiv keinen Sex mehr."

„Ich habe Geschichten von Frauen gehört, die ihre Periode sogar bis zur Geburt hatten. Man kann ja nie wissen. Das Einzige, was du weißt, ist, wann du Peter kennengelernt hast. Du brauchst nur zum Arzt gehen und einen Termin für eine Ultraschalluntersuchung machen, um zu sehen, wie weit die Schwangerschaft fortgeschritten ist."

Ich wollte mich an die Hoffnung klammern, dass ich womöglich Andrews Kind unter dem Herzen trug, aber es schien mir weit hergeholt.

„Wie auch immer, du brauchst Gewissheit", bekräftigte Marnie.

„Ich werde sofort meine Ärztin anrufen."

Mein Festnetztelefon klingelte, bevor ich überhaupt die Chance hatte, die Nummer meiner Ärztin zu wählen. Auf dem Display tauchte Andrews Nummer im Hotel auf, darum nahm ich den Hörer ab.

„Guten Morgen, Andrew."

„Guten Morgen, Liebes. Ich muss gestehen, ich habe die ganze Nacht an dich gedacht. Ich konnte kaum schlafen."

„Ist das so?"

„Hmhm. Und ich kann es nicht erwarten, dich wiederzusehen."

Mein Herz machte einen Satz. Ich lächelte. „Ich kann es auch nicht erwarten."

„Wie wäre es mit heute Abend? Ich habe morgen früh frei ..."

„Hast du jetzt auch frei?", fragte ich und verstand den Wink.

„Du weißt doch, ich habe immer freitags frei."

„Ach, stimmt ja", sagte ich und tat so, als hätte ich es vergessen.

„Wir können also den ganzen Abend genießen ... wenn du es willst."

„Klingt verlockend", stellte ich kichernd fest. „Soll ich uns ein paar Brettspiele besorgen?"

„Wenn du willst ... obwohl wir heute Nacht vielleicht ein anderes Spiel spielen."

Ich kicherte erneut und genoss unser Wortspiel.

„Süße, ich muss los", sagte er plötzlich. „Aber ich ruf dich später an, okay?"

„In Ordnung."

Ich legte auf. Auf jeden Fall musste ich einen Termin bei der Frauenärztin machen. Zunächst brauchte ich einen professionellen Schwangerschaftstest. Und dann, wie Marnie gesagt hatte, einen Ultraschall.

Die Erkenntnis traf mich wie ein Schlag. Ich wollte dieses Baby. Selbst wenn es unter Umständen Peters war und dies das Ende meiner Ehe bedeuten würde, erwog ich keine andere Option, die sich mir zur Not bot.

Abtreibung.

Ich war eine erwachsene Frau und alt genug, um verantwortungsbewusst zu handeln. Wenn ich mit Peter ein Kind gezeugt hatte, dann war es mit Leidenschaft und vielleicht sogar mehr gezeugt. Ich würde diese Schwangerschaft nicht bloß deshalb abbrechen, weil das die Sache für mich unter Umständen erleichterte.

Damit könnte ich nicht länger leben.

Wenn Andrew beschloss, mir nicht zu verzeihen, dass ich von einem anderen schwanger war, sollte es so sein.

Aber zunächst musste ich herausfinden, wann genau ich schwanger geworden war. Dann würde ich weitersehen.

Ich bekam am Spätnachmittag einen Termin bei meiner Ärztin, und sie bestätigte, was ich bereits wusste. Ja, ich war schwanger. Einen Ultraschall konnte ich erst Ende nächster Woche vornehmen lassen. Das war eine Enttäuschung, aber ich konnte nichts daran ändern. Ich fand mich mit der Tatsache ab, dass ich warten musste, bis ich das genaue Datum der Empfängnis erfuhr.

Während ich heimfuhr, überlegte ich, wann ich Andrew von der Schwangerschaft erzählen sollte.

Ich wollte ihn nicht belügen, aber ebenso wenig wollte ich ihm von dem Baby erzählen, solange ich nicht sicher war, wer der Vater meines Kindes war. Wenn Andrew der Vater war, dann brauchte er gar nicht zu wissen, dass ich mich je gefragt hatte, ob Peter der Vater sein könnte. Aber wenn es Peter war …

„Das Problem werde ich lösen, wenn es sich mir stellt", beschloss ich, als ich in meine Straße einbog. Realistisch betrachtet war eine einwöchige Wartezeit nicht allzu lang. Aber eine Woche, in der Andrew sich fragte, wessen Baby ich unter dem Herzen trug – das könnte für ihn zu viel sein. Für ihn und für unsere Beziehung.

Ich machte Andrews Wagen in unserer Einfahrt aus. Es war erst kurz nach vier, er musste also die Arbeit heute früh beendet haben und war hergekommen, um mich zu überraschen. Ich spürte, wie ich lächelte. In Anbetracht des Geheimnisses, das ich noch für eine Woche bewahren musste, war es ein bittersüßes Lächeln. Ich wusste nicht, welchen Ausgang die Sache nahm. Ich wusste nur, dass ich bereit war, Andrew wiederzusehen. Bereit, unsere Beziehung zu kitten. Es würde viel Arbeit erfordern, und ich würde alles in meiner Macht Stehende tun, um meine Ehe zu retten. Es würde nicht leicht werden, und vielleicht kamen Zeiten auf uns zu, in denen ich ihn verlassen wollte, weil die Erinnerung an seinen Betrug zu viel für mich war. Wenn das Baby nicht von Andrew war, überwand er das vielleicht nicht. Aber ich hoffte, dass wir all diese Hindernisse überwinden konnten.

Bitte, lieber Gott – lass es Andrews Baby sein, das in meinem Bauch heranwächst.

Ich lenkte meinen Wagen in die Einfahrt und parkte ihn neben Andrews Escalade. Mein Herz raste, als ich aus dem Auto stieg und zur Haustür eilte. Es war so schön, diese Aufregung zu verspüren, weil ich schon bald meinen Mann wiedersah.

Ich versuchte so schnell wie möglich die Tür zu öffnen. Sie war nicht abgeschlossen, und ich riss sie auf. Ein bisschen zu stürmisch, denn sie knallte gegen den Türstopper und schnellte zurück.

„Andrew!", rief ich. „Liebster, ich bin zu Hause."

Fünf einfache Worte. Worte, die ich im Laufe der Jahre oft benutzt hatte. Aber jetzt bedeuteten sie mir so viel mehr.

Heute standen sie für einen Neuanfang.

Andrew antwortete nicht, und ich betrat das Haus. Ich sah ihn auf dem Sofa im Wohnzimmer sitzen.

„Süßer …" Ich verharrte mitten im Schritt, als er sich zu mir umdrehte. Sein Gesichtsausdruck …

Er sah mich an, als ob jemand gestorben wäre.

Ich eilte auf ihn zu. „Andrew." Neben ihm sank ich aufs Sofa und nahm sein Gesicht in beide Hände. Nie zuvor hatte ich ihn so verbissen, so verloren erlebt. „Liebster, was ist los?"

Er drehte sich von mir weg und wandte mir den Rücken zu.

Zaghaft streckte ich die Hand nach ihm aus und legte sie auf seine Schulter. „Andrew …"

„Ich habe geglaubt, du willst mich zurück. Ich habe geglaubt …"

„Das will ich auch. Natürlich will ich dich. Darüber haben wir doch gestern Abend gesprochen."

Er schwieg. Dann: „Ich weiß, ich hab's versaut. Mehr als bloß versaut. Aber ich habe gehofft … Vielleicht war ich dumm."

„Worüber redest du bloß? Gestern Abend haben wir doch

wunderbare Gespräche geführt. Was hat sich von gestern auf heute verändert?"

Andrew drehte sich zu mir um. In seinen Augen schimmerten Tränen. „Liebst du diesen Kerl, mit dem du die Affäre hattest?"

Woher kam bloß diese Frage? „Nein."

„Bist du dir dessen sicher?"

Andrews Fragen erinnerten mich wieder an Peters vom Wahnsinn getriebene Anschuldigungen. Ich ertrug seine Zweifel nicht. Nicht jetzt, nicht nach dem, was er getan hatte, und der Tatsache, dass wir an den Punkt gelangt waren, an dem wir uns gelobt hatten, von vorn anzufangen.

„Wo liegt das Problem?", fragte ich mit wachsender Wut. „Du erträgst es nicht, dass ich mit einem anderen Mann geschlafen habe? Das war deine Idee, wenn du dich erinnerst. Du hast mich ermutigt, ‚den Spielstand auszugleichen', damit wir weitermachen konnten, ohne dem anderen etwas vorzuwerfen."

„Willst du wirklich mich zurück? Oder geht es dir nur um das Geld, das mir aus der Erbschaft meines Vaters zusteht? Denn wenn es dir nur darum geht …"

Ich schlug ihn. Ich konnte die Worte, die aus Andrews Mund kamen, nicht fassen. Nie hatte ich ihn nur des Geldes wegen gemocht, und das wusste er. Als materialistische Frau hatte er mich nie kennengelernt.

„Wie kannst du es wagen?"

Er nahm die Fernbedienung, die neben ihm auf dem Sofa gelegen hatte, und schaltete den Fernseher ein.

„Was willst du jetzt machen? Mich ignorieren? Ein verdammtes Footballspiel ansehen?"

Andrew gab keine Antwort. Stattdessen startete er auch den DVD-Player.

Ich sprang auf. „Also gut. Dann willst du wohl, dass es mit uns vorbei …"

„Setz dich hin.“

Etwas in Andrews Stimme duldete keinen Widerspruch, und ich setzte mich. „Andrew, ich verstehe nicht, was hier los ist.“

Die Worte waren kaum aus meinem Mund, als ich das Stöhnen hörte. Ein Stöhnen, das ich als *mein* Stöhnen erkannte.

Oh mein Gott.

34. KAPITEL

Furcht breitete sich wie flüssiges Eis über meinen Rücken und meine Arme aus. Krallte sich in meinen Bauch und zerquetschte ihn.

Langsam drehte ich mich zum Fernseher um. Obwohl ich wusste, was ich dort sehen würde, schnappte ich dennoch nach Luft. Ich lag auf Peters Bett, meine Handgelenke an das Kopfteil gefesselt, meine Beine gespreizt und Peters Gesicht zwischen meinen Beinen vergraben. Mein Rücken drückte sich durch, hob sich vom Bett, während meine Brüste sich im Rhythmus meines sich windenden Körpers bewegten.

Ich sprang vom Sofa auf und stellte mich vor den Fernseher, um den Bildschirm vor Andrews Blicken zu schützen.

„Ich habe mir das Filmchen schon angeschaut", erklärte Andrew mir. „Jede einzelne Minute."

„W-woher ..."

„Woher ich den Film habe? Dein Freund hat ihn mir heute ins Hotel gebracht."

„Wie bitte?" Peter war zurück? Er wusste, wo Andrew arbeitete?

„Ich mag besonders die Stelle, die jetzt kommt."

„Hör mir zu, Andrew. Peter – er ist verrückt! Ich dachte, er wäre einen Tag länger nicht in der Stadt, aber wenn er zurück ist, dürfen wir hier nicht bleiben. Es könnte sein, dass wir hier nicht sicher sind."

„Geh mir aus dem Bild", sagte Andrew, der nicht im Geringsten daran interessiert schien, was ich sagte.

„Bitte sieh dir das nicht an, Andrew", flehte ich. „Ich weiß nicht, was Peter sich dabei gedacht hat. Ich wusste nicht mal, dass er das gefilmt hat. Aber ..." Mein lautes Stöhnen war plötzlich mehr, als ich ertragen konnte. „Schalt das aus. Schalt es ..." Ich wirbelte herum, um den Fernseher auszuschalten.

Sofort stellte Andrew den Fernseher mit der Fernbedienung wieder an.

„Tu das nicht, Andrew. Um Gottes willen, nicht!"

„Liebst du mich?" Das war Peters Stimme. Danach hörte man mein Stöhnen. Noch lauter.

Ich ertrug es keine Sekunde länger und drückte die Taste, um den DVD-Player zu öffnen. Die Disc tauchte aus dem Schacht auf, und ich schnappte sie mir.

„Du hast ihm erzählt, du würdest ihn lieben", sagte Andrew.

Ich schüttelte den Kopf. Es war das Einzige, was ich tun konnte.

„Ich habe dich gehört. Und noch viel wichtiger: Ich habe dich gesehen."

„Es war einfach Dirty Talk. Es hat nichts zu bedeuten."

„Nein? Woher weiß er dann vom Tod meines Vaters? Und dass er mir etwas Geld hinterlassen hat?"

Darum machte Andrew diese Bemerkung, ich würde nur wegen des Geldes bei ihm bleiben, das sein Vater ihm hinterlassen hatte. „Wir haben bloß geredet", erklärte ich ihm. „Über Eltern und den Tod. Es war nichts Schlimmes daran."

„Du hast nie ..." Andrew schluckte schwer, als müsste er sich sammeln. „Nie warst du so bei mir. Wie du gestöhnt und dich gewunden hast, wie du vor Lust gezittert hast. Ich glaube nicht, dass wir je ... Nie war es bei uns so wie mit ihm."

Obwohl ich widersprechen wollte, konnte ich dem nichts entgegensetzen. Sex mit Peter war immer völlig enthemmt gewesen. Zum Teil lag es daran, dass ich ein Tabu brach. Aber auch weil er mir eine völlig neue Welt der Gefühle eröffnete, die zu entdecken ich mich vorher gefürchtet hatte.

„Und als du mit deiner Schlampe zusammen warst, war das nicht angenehm? Du hast mir erzählt, du hast es ihr mit dem Mund gemacht. Ich wette, das hast du geliebt. Vermutlich bist du auch in ihren Mund gekommen oder hast über ihrem Gesicht abgespritzt. Vielleicht sogar beides. Ich wollte dir nie zumuten, mich mit Peter zu sehen, aber wenigstens weißt du jetzt Bescheid. Ich werde mir immer vorstellen müssen, was du mit deiner Geliebten getan hast. Und ich kann dir garantieren, meine Vorstellungskraft reicht viel, viel weiter als das hier."

„Er hat mir erzählt, du wirst bei mir bleiben, bis du deinen Anteil am Besitz meines Vaters bekommen hast."

Ich flog auf Andrew zu und sank vor ihm zu Boden. „Glaubst du das wirklich? Denn wenn du es glaubst, dann hast du mich vielleicht nie gekannt."

Andrew antwortete nicht. Aber daran, wie seine Augen aufblitzten, konnte ich genau ablesen, dass er nicht glaubte, was Peter ihm erzählt hatte.

„Peter ... also, mit ihm ist irgendwas nicht in Ordnung", erklärte ich Andrew. „Ich vermute, er hat sich ziemlich heftig in mich verknallt. Das habe ich nicht erwartet, denn für mich war es bloß eine Affäre. Er war nicht glücklich, als ich ihm verkündete, es sei vorbei."

„Wusste er davon? Dass es ‚nur eine Affäre' war?"

Ich öffnete meinen Mund, doch kein Wort drang über meine Lippen. Es war eine berechtigte Frage. Und zum ersten Mal wurde mir bewusst, dass ich Peter gegenüber meine Affäre nicht als Affäre dargestellt hatte. Zumindest waren das nicht die Grundregeln, die wir zu Beginn festgelegt hatten. Ich wusste, Peter war mir verfallen, und ein Teil von mir war auch ihm verfallen.

„Hat er davon gewusst?", fragte Andrew erneut.

„Hat Isabel geglaubt, du würdest sie bloß vögeln?", schoss ich zurück. „Wir haben beide Sachen gemacht, die wir nicht hätten tun dürfen", fuhr ich fort. „Hätte ich mit Peter anders umgehen sollen? Ja, das weiß ich jetzt. Aber es ist vorbei." Zögernd streckte ich die Hand nach Andrews Gesicht aus. Streichelte seine Wange. „Du bist der Mann, den ich liebe. Trotz allem, was passiert ist, liebe ich dich."

„Warum hast du ihm dann gesagt, du liebst ihn?"

„Weil ..." Weil er mich erotisch so unglaublich verwöhnte, weil er meine sexuelle Erfüllung als Geisel hielt, solange ich ihm nicht sagte, was er hören wollte. Nein, das konnte ich Andrew nicht erzählen.

„Es war Dirty Talk", sagte ich. „Bitte, Liebster. Ich will nicht mehr über Peter reden. Dabei kommt nichts Gutes heraus." Ich legte meine Hände auf die Beine meines Mannes, ließ sie langsam auf- und abgleiten. Verführerisch. Vielleicht musste ich ihm jetzt zeigen, wie sehr ich ihn wollte. Ihn und unsere Ehe.

Wir würden uns lieben, hier und jetzt. Wenn Peter draußen herumschlich, hätte er spätestens jetzt an die Tür gehämmert.

Nein, er belauschte uns nicht. Er hatte sichergestellt, dass Andrew eine Kopie der DVD erhielt, und hoffte, das wäre der letzte Nagel zum Sarg unserer Beziehung. Und wenn Andrew nicht mehr Teil meines Lebens war, hätte ich keine andere Wahl, außer mit Peter zusammen zu sein.

Aber das würde nicht passieren.

„Ich möchte über uns reden", erklärte ich ihm. Ich ließ eine Hand zu Andrews Leistengegend gleiten und streichelte seinen Penis. „Oder vielleicht müssen wir auch gar nicht reden."

Andrew legte seine Hände auf meine und hielt sie fest. „Das meinst du nicht ernst."

„Warum sollte ich es nicht ernst meinen? Ich will dich ficken, Andrew."

„Sophie ..."

„Was ist? Du magst es nicht, wenn ich so rede? Weil es schmutzig ist? Genauso wie Oralsex schmutzig ist? Ich bin deine Frau, Andrew. Wir sollten alles zusammen machen. Oralsex, Analsex – worauf wir eben Lust haben. Nichts davon ist schmutzig."

Andrew zuckte zurück. „Hat er dich etwa in den Arsch gefickt?"

„Nein, nein! Alles, was ich dir zu sagen versuche, ist doch: Wenn wir etwas entdecken wollen, ist das okay. Das tun verheiratete Leute eben."

„Ich brauche etwas Zeit ..."

„Ich möchte von dir berührt werden." Ich nahm Andrews Hand und legte sie auf meine Brust. „Ich möchte, dass du mich schmeckst." Erneut streichelte ich ihn, streichelte ihn, bis er hart wurde. „Ich mag das, Andrew. Ich mag es sogar sehr."

Andrew schloss die Augen. „Ich sehe immer noch ihn. Wie er es bei dir macht."

Ich zog meine Bluse über den Kopf, öffnete meinen BH. Meine Brüste waren frei. „Berühr mich. Bitte."

Andrew öffnete die Augen. Er öffnete sie, doch sah er mich nicht tatsächlich. Er richtete seine Aufmerksamkeit auf mein Gesicht, ließ den Blick nicht hinab zu meinen Brüsten schweifen.

„Bit..."

Plötzlich bedeckte er eine Brust mit seiner Hand. „Ja", schnurrte ich. „Berühr mich, Andrew."

Seine Hand bewegte sich über meine Brust. Langsam, als müsse er sich erst wieder mit ihr vertraut machen.

„Spiel mit meinem Nippel." Indes spielte ich mit meiner anderen Brustspitze, bis sie hart wurde. Das war etwas, das ich noch nie vor Andrew getan hatte, weil ich wusste, es wäre ihm zu schamlos gewesen. Meine Brüste gefielen ihm definitiv, aber er hatte stets die Führung übernommen, wenn es zum Sex kam. Und ich hatte ihm die Führungsrolle überlassen.

Doch jetzt reagierte er nicht mit Missbilligung, weil ich meinen eigenen Körper liebkoste. Stattdessen blickte er von einer Brust zur anderen. Sein Stöhnen wurde tiefer.

„Oh ja. Genau so, Baby."

Andrews Atem wurde heftiger. Mein Slip wurde feucht. Ich erhob mich und setzte mich auf seinen Schoß. „Nimm meine Nippel in den Mund. Beide, wenn du kannst. Leck sie. Lutsch an ihnen."

Andrew massierte sanft meine linke Brust, ehe sein Kopf sich zu ihr hinabneigte. Ich beobachtete, wie sein Mund sich näherte. Dann, als seine Lippen sich langsam öffneten, schoss eine herrliche Hitze durch meinen Unterleib und erfüllte mich ganz – und das, bevor seine Zunge meine Haut berührte.

„Liebling, hmmm." Ich schloss die Augen und genoss das Vergnügen, das mir die Zunge meines Mannes bereitete. Erst bewegte er sich langsam, ließ seine Zunge über meinen Nippel schnellen. Um den Hof kreisen. Ein kleines Zwicken, ein kurzes Lutschen.

Ich schnurrte. „Hast du eine Ahnung, wie gut sich das anfühlt?"

Andrew stöhnte, und seine Leidenschaft schwang in diesem Stöhnen mit. Dann nahm er meinen Nippel vollständig in den Mund und saugte heftig daran. Saugte an mir, als hoffte er, ihn verschlucken zu können. Unter meiner Vagina wurde sein Schwanz zu einer harten, pochenden Waffe. Eine Waffe, von der ich wünschte, dass sie mich eroberte.

Er griff nach meiner anderen Brust, nicht allzu zärtlich, und zog sie zu seinem Mund. Dann bewegte sich seine Zunge kostend von einer Brustspitze zur anderen. Seine Zähne senkten sich in ihr zartes Fleisch. Nicht so fest, um mich zu verletzen, aber es genügte, um einen kleinen Schmerz mit Lust zu vermischen. Dann widmete er sich wieder dem anderen Nippel und machte dort dasselbe.

„Ja, Liebster", stöhnte ich. Ich wollte mit Andrew denselben wilden, ungezügelten Sex erleben wie mit Peter. „Oh Gott."

Er rieb seinen Schwanz an mir, er drückte meine Brüste zusammen und nahm beide Nippel zugleich in den Mund. Während seine Zunge mich wie im Rausch bearbeitete, ließ ich meinen Kopf nach hinten fallen und stöhnte ekstatisch. Ich beschleunigte das Tempo unserer Hüftbewegungen. Die Reibung meiner Klit erhitzte meinen ganzen Körper.

Auf einmal riss Andrew unsere Körper herum, sodass ich auf dem Rücken lag und er zwischen meinen Beinen ruhte. Sein Mund bewegte sich von meinen Brüsten weg und er fuhr mit der Zunge am Brustbein entlang nach Süden. Währenddessen öffnete er meine Jeans und schob sie über meine Hüften.

„Ja, Liebster", trieb ich ihn an. Meine Hüften hob ich, damit er die Jeans mühelos herunterschieben konnte. Er drückte seine Lippen auf den Venushügel. „Berühr mich ... Sieh nur, wie feucht ich bin. Wie sehr ich dich will."

Andrew fuhr mit dem Daumen über meine vom Slip geschützte Spalte. „Verdammt, das bist du wirklich."

„Nimm mich in den Mund. Koste von mir, bis ich deinen Namen schreie."

Andrew zog meinen Slip herunter. Ich dachte, er würde mich berühren oder lecken. Stattdessen schaute er nur. Ich beobachtete ihn, während seine Augen den Anblick meiner Muschi tranken, die so nah vor ihm lag. Das hatte er noch nie getan. Sein Mund war mir so nah, dass sein warmer Atem meine Perle kitzelte.

Endlich streichelte er mich wieder. Ich erschauerte.

„Spiel mit mir, Liebster. Berühr mich. Schmeck mich."

Er tauchte mit einem Finger in meine Spalte ein. „So."

Ich hob ihm meine Hüften entgegen. „Ja. Und jetzt schieb deine Finger in mich. Wenn du kannst, alle."

Andrew schob seinen Mittelfinger in mich. Ein Knurren

entrang sich seiner Brust, als er es tat. „Du bist so wunderschön, Sophie."

Er schob einen weiteren Finger hinein, und ich krallte mich in das Sofa, als die Wellen der Lust durch mich strömten. Diese Lust war anders als das, was ich mit Peter erlebt hatte. Es war eine Lust, die von Liebe erfüllt war.

„So verdammt schön", raunte er.

„Fick mich mit den Fingern. Ja, genau so!" Andrew schob seine Finger tief in mich hinein, verdrehte sie, dann stieß er härter zu. Schon bald keuchte ich. Mein Genuss war so intensiv, dass ich kaum Luft holen konnte.

Andrew wandte sein Gesicht meinem Schenkel zu und küsste mich dort. Es war nicht das, was ich wollte. „Nur eine Berührung, Liebster. Eine Berührung, und ich kann kommen." Meine Hüften wanden sich. Verzweifelt sehnte ich mich nach seiner Berührung.

Er schob seine Lippen näher an meinen Mittelpunkt, und gerade als ich mich voller Erwartungsfreude auf die Berührung seiner Zunge anspannte, zog er seinen Kopf zurück.

Ich stöhnte protestierend auf. „Nein …"

„Ich kann nicht." Andrew zog sich von mir zurück.

Seine Worte erdrückten mich. Als wäre ich ein Käfer, der unter dem Absatz eines Schuhs zerquetscht wurde. „Andrew, bitte."

„Ich kann nicht. Nicht nachdem ich zugesehen habe, wie du mit ihm zusammen warst."

„Tu das nicht", flehte ich und schluchzte leise. Ich kniete mich vor ihn und griff nach ihm. „Ich will *dich*, Andrew. Nur dich."

Er stand vom Sofa auf und verließ das Wohnzimmer. „Ich muss gehen."

„Nein!"

Andrew hörte nicht auf mich. Er eilte aus dem Wohnzimmer, während ich darum kämpfte, meine Jeans hochzuziehen. Sobald mir das gelungen war, rannte ich durch das Wohnzimmer zur Haustür. Sie stand offen, und ich eilte auf die vordere Veranda.

Andrew stand in der Einfahrt neben seinem Wagen, bewegungslos. Als hätte er einen Sinneswandel gehabt und wollte nicht mehr gehen.

„Andrew", rief ich.

Er drehte sich zu mir um. Seine Augen wurden vor Entsetzen groß. Als sein Blick zu meinen Brüsten wanderte, wurde mir erst bewusst, dass ich mein Oberteil nicht wieder angezogen hatte. Ich blickte über die Straße und sah Mr. Warner, der interessiert in meine Richtung schaute.

„Geh zurück ins Haus", befahl Andrew.

Rasch machte ich ein paar Schritte zurück und entzog mich den Blicken neugieriger Augen. Ich war zu niedergeschlagen, um gedemütigt zu sein. „Bitte komm zurück ins Haus", bat ich. „Wir müssen darüber reden."

„Ich komme", antwortete Andrew. Seine Stimme klang angespannt.

Die Sekunden vergingen. Ich wäre wieder vor die Tür getreten, um zu sehen, was los war, wenn Mr. Warner nicht auf der anderen Seite der Straße gestanden hätte.

Schließlich trat Andrew durch die Tür. Meine Schultern sackten erleichtert herunter.

Aber dann sah ich einen anderen Schatten, der den Türrahmen ausfüllte. Ich vermutete, dass ich spürte, wer es war, bevor ich ihn sah. Und Angst rann mein Rückgrat hinunter.

Peter trat in das Foyer. Sein Blick heftete sich sogleich auf mich.

Als er zu mir herüberschaute und lächelte, bemerkte ich das Glitzern einer Klinge in seiner Hand. Er schloss die Tür und schob den Riegel vor.

35. KAPITEL

„Hallo, *bella*", sagte Peter. Sein Lächeln wirkte aufrichtig. Unter diesen Umständen machte das die ganze Situation nur noch unheimlicher.

Ich hob meine Hand, um meine Brüste zu bedecken, und blickte von Peter zu Andrew. Zurück zu Peter. Nein, vielmehr schaute ich auf das Messer in seiner Hand.

„Da wären wir also", bemerkte Peter. „Vielleicht soll es so sein."

„Lass meine Frau ihre Bluse anziehen", wagte Andrew sich vor.

„Dafür gibt es keinen Grund", erwiderte Peter. „Ich habe bereits jeden Zentimeter ihres Körpers gesehen. Das wirst du wissen, wenn du das Video gesehen hast."

Andrew erwiderte nichts. Auch ich schwieg.

„Ach Sophie", sagte Peter traurig.

„W-was tust du hier?"

„Du meinst, warum ich nicht in Seattle bin?"

Ich glaubte zu nicken.

„Ich musste es wissen, Sophie. Musste wissen, ob du mir die Wahrheit über uns erzählst. Und jetzt kenne ich sie."

Meine Brust zog sich zusammen, und ich konnte kaum atmen. Das hier war ein Test. Eine ausgeklügelte Falle. Und ich war direkt hineingetappt.

„Warum gehen wir nicht gemeinsam ins Wohnzimmer?", schlug Peter vor. „Da haben wir es gemütlicher."

Ich rührte mich nicht. Auch Andrew blieb stehen. Aber ich sah, wie sich Andrews Augen hektisch hin und her bewegten, und ich wusste, dass er versuchte, herauszufinden, wie er diese Situation entschärfen konnte.

Peter trug ein langärmeliges Hemd und hatte das Messer zum Großteil darunter verborgen. Aber jetzt zog er es hervor und enthüllte eine Schneide, die mindestens 25 Zentimeter lang war.

„Wenn ihr euch nicht bewegt“, begann er ruhig, „kann ich dafür sorgen, dass dieses Messer leicht in eure Rücken fährt. Und sobald ihr auf die Knie fallt, werde ich euch die Kehle aufschlitzen.“

Ich keuchte auf. Wenn ich noch irgendwelche Zweifel gehabt hatte, ob Peter ein Mörder war, so zerstreuten sich diese Zweifel jetzt in Windeseile.

„Geh, Andrew“, flüsterte ich. Peter hatte unsere Katze ermordet. Ich wusste, dass er nicht bluffte.

„Du auch“, erklärte Peter mir.

Andrew begann sich in Richtung Küche zu bewegen. Ich ging langsam hinter ihm her. Mein Herz schlug heftig.

„Und wenn du auch nur daran denkst, dir ein Messer zu greifen, solltest du bedenken, dass ich mich direkt hinter deiner Frau befinde. Wenn du irgendwas Dummes tust, werde ich ihr die Kehle von einem Ohr zum anderen aufschlitzen.“

Das war keine leere Drohung. Ich konnte mir zwar nicht vorstellen, dass Peter mir wehtun könnte. Aber ich glaubte ihm.

„Ich werde nichts Dummes tun“, versprach Andrew. Er hielt seine Hände nach oben, während er weiterging. „Schau, du kannst meine Hände sehen. Ich werde keine Waffe gegen dich richten.“

„Gut“, sagte Peter. „Ich würde es verabscheuen, wenn unser Treffen eine hässliche Richtung nimmt. Alles was ich will, ist reden.“

Im Wohnzimmer standen Andrew und ich vor dem Sofa. Ich griff nach meiner Bluse, die ich beiseitegeworfen hatte, und streifte sie über.

Als ich damit fertig war, sagte Peter: „Setzen. Beide.“

Ich sank auf das Sofa. Die ganze Zeit ließ ich Peter nicht

aus den Augen. Andrew setzte sich neben mich.

Peter stellte sich vor den Couchtisch und begann zu reden. „Ich wünschte, wir könnten uns unter besseren Umständen kennenlernen. Aber die Liebe ist nie einfach. Andrew, hast du inzwischen das Video gesehen?"

Andrew zögerte, dann nickte er. „Ja."

„Dann weißt du ja, wie tief die Gefühle deiner Frau für mich sind. Und meine Gefühle für sie. Ich bin hier, um dich zu bitten, sie friedlich ziehen zu lassen."

Für mich bestand kein Zweifel, dass Peter mich ausspioniert hatte, während er angeblich in Seattle war. Er hatte beobachtet, wie ich mich mit Andrew traf. Vielleicht sogar meine Telefonate belauscht.

Und obwohl er genau wusste, dass ich mich mit meinem Mann während seiner angeblichen Abwesenheit getroffen hatte, hielt Peter noch immer die Hoffnung hoch, wir könnten zusammen sein. In seinen Gedanken musste er bloß Andrew aus dem Weg räumen und wir wären wieder ein Paar.

„Sophie", begann Peter. „Es ist ganz einfach. Du sammelst deine Sachen zusammen, deine Kleidung, dein Make-up. Alles, was du brauchst. Du packst deine Sachen in einen Koffer und legst sie in meinen Wagen."

Ich schaute zu Andrew herüber. Schluckte.

„Wenn du sie in Ruhe ziehen lässt, Andrew, wirst du überleben. Es ist so einfach. Wenn du gegen mich kämpfst, stirbst du."

Das durfte nicht geschehen. Ich würde es nicht zulassen. „Und was ist, wenn ich nicht mit dir gehen will? Wirst du auch mich dann umbringen?"

Peters Miene wirkte beinahe wie die eines Elternteils, der tadelnd auf ein Kind hinabblickte, das sich schlecht benahm. Eine liebevolle Missbilligung. „Ich weiß, du willst deinem Mann nicht wehtun. Du bist eine gute Frau. Du fühlst dich schuldig, weil du ihn verlässt. Aber es ist das Richtige, Sophie."

„Ist es das, was du willst?“, fragte Andrew mich.

„Nein“, antwortete ich rasch und legte meine Hand auf sein Knie. Es war eine unbewusste Bewegung. Ich konnte nicht anders.

Darum wusste ich, dass ich nicht mit Peter fortgehen konnte. Ich konnte nicht länger so tun, als wollte ich mit ihm zusammen sein. Ich war emotional zu ausgelaugt, um weiterhin so eine Scharade mitzuspielen. Außerdem wollte ich es nicht. Nicht mehr.

Was bedeutete, dass Peter mich unter Umständen tötete.

Ich blickte ihn an und überlegte fieberhaft, was ich sagen konnte. Ich entschied, dass ich ihn nur darum bitten konnte. Das war das Einzige, was ich tun konnte. Ihn bitten und hoffen, dass seine Liebe für mich es ihm ermöglichte, uns zu verschonen.

„Peter“, begann ich vorsichtig. „Tu das nicht.“

„Hast du es ihm erzählt?“, fragte Peter. Die Art, wie er mich anschaute, erfüllte mein Inneres mit Furcht. Wie ein schweres Gewicht, das mich hinunterzog. Ich schüttelte den Kopf, während meine Augen ihn beschworen, diese Frage nicht zu stellen. Doch Peter fuhr fort: „Hast du ihm erzählt, dass du mein Kind unter deinem Herzen trägst?“

Ich vergrub mein Gesicht in den Händen. *Oh Gott, nein …*

„Was?“, rief Andrew aus.

Ich konnte Andrew nicht ansehen, als er an meinen Handgelenken zog, damit ich meine Hände vom Gesicht wegnahm. „Stimmt das, Sophie?“

Andrew klang geradezu entsetzt. Tränen schossen mir in die Augen.

„Erzähl es ihm, *bella*.“ Peters Lächeln war selbstzufrieden.

„Bist du von ihm schwanger?“

Ich begann leise zu schluchzen.

„Mein Gott“, sagte Andrew und stand langsam auf. „Du *bist* schwanger.“

„Ich weiß nicht, ob es seins ist", verteidigte ich mich hastig. „Das Baby ... es kann genauso gut deins sein."

Andrew sprang auf und begann, auf und ab zu wandern. „Herrgott noch mal."

Ich starrte Peter an. „Wie konntest du?", fragte ich. „Wie konntest du es wagen, das zu tun?"

„Dein Mann soll es wissen. Er soll wissen, dass wir in Liebe ein Kind gezeugt haben. Denkst du, er will jetzt noch länger mit dir zusammen sein? Das kann er nicht, Sophie. Weil er dir nicht vergeben kann." Peter machte einen Schritt auf mich zu. „Aber ich vergebe dir, Sophie."

Durch meine Tränen starrte ich ihn bestürzt an.

„Ich weiß, was du versucht hast, bevor ich herkam. Darum hattest du kein Oberteil an und deine Jeans war geöffnet." Er bewegte sich immer näher auf mich zu. „Aber ich vergebe dir. Weil ich dich liebe. Ohne dich – ohne unser Kind – ist mein Leben ein Nichts."

Ich warf Andrew einen Blick zu und flehte ihn an, mich anzuschauen, flehte ihn an, zu verstehen, dass es egal war, wer der biologische Vater meines Kindes war. Soweit es mich betraf, war Andrew der Vater. Es kümmerte mich nicht, was die Untersuchungen ergaben.

„Dein Mann hat das Video von uns beiden gesehen", fuhr Peter fort. „Denkst du, er kann akzeptieren, dass du mit einem anderen Mann zusammen warst? Nein. Und warum nicht? Weil er das Gefühl hat, er besitzt dich. Sieh ihn dir an. Er ist wie ein wildes Tier im Käfig. Bereit, jeden Augenblick zuzuschlagen. Vielleicht würde er dich sogar schlagen, wenn ich nicht da wäre."

Ich starrte Andrew an, der stehen blieb und von mir zu Peter blickte. Seine Nasenflügel bebten, sein Atem ging schwer. Er starrte uns wütend an. Obwohl ich das nicht wollte, drangen Peters Worte bis in mein Inneres vor.

War jeder Mann, der über eine emotionale Grenze getrieben wurde, dafür empfänglich, Gewalt auszuüben?

Nein, das konnte ich nicht glauben. Ja, Andrew war wütend, aber er hatte noch nie die Hand gegen mich erhoben.

„Wenn er dich liebt“, sagte Peter, „würde er dir vergeben und dich mit offenen Armen willkommen heißen.“

Ich versuchte zu schlucken, doch es gelang mir nicht, da mir ein Kloß im Hals steckte. Ich erwiderte Andrews Blick. Hielt ihn. Dann sah er weg.

Hatte Peter recht? War Andrew nicht in der Lage, über meine Affäre hinwegzusehen? Auch wenn er derjenige gewesen war, der mich in die Arme eines anderen Mannes getrieben hatte – würde er je in der Lage sein, mir zu vergeben?

Ich drehte mich weg. Ich konnte Andrew nicht ansehen, da ich wusste, dass es wirklich vorbei war.

„Ich vergebe dir.“

Andrews Stimme. Ich wirbelte zu ihm herum, blickte ihn an. Mein Herz schöpfte Hoffnung.

„Ich vergebe dir“, wiederholte Andrew. „Nichts von alledem wäre passiert, wenn es meinen Fehltritt nicht gegeben hätte. Und wenn du schwanger bist, werde ich das Kind als mein eigenes aufziehen.“

„Oh Andrew.“ Ich weinte heftiger. Ich wusste jetzt ohne jeden Zweifel, dass er die Liebe meines Lebens war.

„Ich habe das, was ich gesagt habe, so gemeint, Sophie“, fuhr Andrew fort. „Jetzt und für immer.“

Ich ging auf Andrew zu. Aber plötzlich tat Peter einen Schritt vor und stellte sich zwischen uns. In seinen Augen flammte ein Feuer auf, als er mich anstarrte. „Das war die falsche Entscheidung, Sophie.“

Ganz ruhig drehte Peter sich um – und schlitzte Andrew quer über die Brust.

„Nein!“, schrie ich und sprang nach Peters Arm. Es war

ihm ein Leichtes, mich abzuschütteln. Dann richtete er das Messer gegen mich.

„Ich werde dir eine letzte Chance geben, deine Meinung zu ändern", drohte Peter. „Das nächste Mal werde ich seine Kehle durchschneiden."

Zitternd nickte ich. „Okay. Okay."

Peter streckte mir die Hand hin. Langsam legte ich meine Hand in seine. Er zog mich hoch.

Meine Augen huschten zu Andrew. Er hing auf dem Sofa, seine Hände krallten sich in die Brust. Blut durchnässte sein weißes Hemd.

„Mir geht es gut", sagte er. „Die Wunde ist nicht allzu tief."

„Lass uns keine Zeit mehr verlieren", rief Peter und machte einen Schritt nach hinten. „Hol deine Sachen. Sofort."

Ich zitterte und hatte schreckliche Angst. Aber etwas in mir machte plötzlich klick.

Die Waffe, die Marnie mir gegeben hatte, war im Schlafzimmer.

Wenn ich dorthin ging und meine Sachen packte, wie Peter es wollte, konnte ich die Pistole an mich nehmen.

„Das werde ich tun", versprach ich Peter. Dann wandte ich mich an Andrew. „Er hat recht. Ich habe mich in ihn verliebt. Ich wollte dir nicht wehtun, aber … ich will nicht länger mit dir zusammen sein."

Etwas flackerte in Andrews Augen auf. Schmerz? Schenkte er meinen Worten Glauben?

„Ich werde mit Peter gehen", fuhr ich fort. „Aber Peter – du musst mir versprechen, ihm nichts anzutun. Es gibt dafür keinen Grund. Die Polizei wird sonst in die Sache hineingezogen, und dann können wir nicht zusammen sein." Ich zwang mich zu einem Lächeln.

„Darüber habe ich bereits nachgedacht. Ich weiß schon, wo ich den Leichnam abladen kann", versicherte Peter mir. „Dort hätte ich auch Theodores Leiche deponiert, wenn es mir möglich gewesen wäre, das dreckige Schwein umzubringen."

Also plante Peter, Andrew auf keinen Fall leben zu lassen, trotz seines gegenteiligen Versprechens von vorhin. Offenbar zeichnete sich Überraschung auf meinem Gesicht ab, obwohl ich nicht irgendeine Form von Beunruhigung zeigen wollte. Wenn Peter spürte, dass ich an ihm zweifelte, würde er Andrew – und mich – umbringen, ehe ich die Möglichkeit hatte, an die Pistole zu kommen.

„Ja, *bella*. Ich wollte diesen schrecklichen Mann für dich umbringen. So wie dein Mann deinen Vergewaltiger hätte umbringen müssen. Aber dein Ehemann ist nicht Manns genug. Er ist nicht stark genug, um dich zu beschützen. Ich werde dich und unser Kind immer beschützen."

Was war geschehen, dass Peter sich in so ein Monster verwandelt hatte? War es der grausame Schmerz der Ablehnung? Oder war Gewalttätigkeit ein Teil seines Wesens? So wie Menschen eben gutherzig oder böswillig veranlagt waren?

Letztlich war es egal. Ich musste an diese Pistole kommen.

„Ich weiß, du wirst mich immer beschützen", versicherte ich Peter. Obendrein trat ich zu ihm und küsste ihn sanft auf den Mund. „Ich hole meine Sachen."

Hastig ging ich ins Schlafzimmer und ließ die Tür offen. Ich wollte nicht, dass Peter Verdacht schöpfte. Mein Herz raste wie verrückt, und meine Hände zitterten so heftig, dass ich nicht wusste, ob ich in der Lage war, die Waffe abzufeuern.

Ich wusste, sie war geladen. Marnie hatte es mir gesagt.

Aufgeregt kramte ich in den Schubladen, warf Kleidungsstücke aufs Bett. Ich machte die Geräusche einer Frau, die ihre Sachen packte. Aber mit jeder Sekunde, die verging, fürchtete ich, Peter könnte Andrew mit dem Messer erledigen.

Der Mann war unberechenbar.

Verrückt.

Ich blickte über meine Schulter und konnte ihn nicht sehen. Was bedeutete, dass er mich aus diesem Blickwinkel auch nicht sehen konnte. Langsam schlich ich zu meinem Nachttisch, in dem sich die Waffe befand. Ich zog die Schublade auf …

„*Bella.*"

Mein Herz machte einen Satz. Ich wirbelte herum. Peter stand in der Tür.

„Liebst du mich?"

Mühsam zwang ich mich zu einem Lächeln. „Ja. Ja, Peter, ich liebe dich. Ich glaube, ich habe dich von Anfang an geliebt."

Sein Mund verzog sich zu einem Grinsen. „Brauchst du Hilfe?"

Ich sah eine Bewegung hinter Peter, und meine Augen wanderten in diese Richtung. Andrew versuchte, langsam durch den Raum in die Küche zu gelangen.

Peters Lächeln verschwand sofort, und er drehte den Kopf herum, um meiner Blickrichtung zu folgen.

„Du Hurensohn!", brüllte er und trat rasch zurück ins Wohnzimmer. „Zurück aufs Sofa mit dir!"

„Hey, tut mir leid, Mann", entschuldigte sich Andrew. „Ich wollte nur meine Beine ausstrecken."

„Du denkst, ich mache Scherze?", bellte Peter. „Du denkst, das hier ist ein Spiel?"

Jetzt oder nie. Bevor Peter Andrew umbrachte.

Ich verschwendete keine Sekunde mehr, griff in die Schublade und nahm die Pistole heraus.

Zitternd zog ich den Sicherheitshahn so zurück, wie Marnie es mir gezeigt hatte, dann verließ ich eilig das Schlafzimmer.

Andrew stand mit hoch erhobenen Händen da und hoffte, Peter so zur Räson zu bringen. Peters Finger schlossen sich um das Messer und er hob langsam den Arm.

„Ich habe dir gesagt, du sollst keine Dummheiten machen“, sagte er zu Andrew. „Beinahe hätte ich dich Sophie zuliebe nicht umgebracht ... aber jetzt wirst du sterben.“

„Fass ihn nicht an!“, schrie ich, und Peter drehte sich zu mir um. Auch Andrew fuhr zu mir herum.

Peters Augen weiteten sich entsetzt. Dann jedoch legte sich ein verständnisvoller Ausdruck auf sein Gesicht.

„Nimm die Finger von meinem Mann“, zischte ich durch zusammengebissene Zähne.

Ich vermutete, dass Peter nicht herausfinden wollte, ob ich es wirklich ernst meinte. Er machte ein paar Schritte zurück.

„Andrew, komm zu mir. Ich will nicht, dass dir etwas passiert.“

„Was denn – du wirst mich erschießen?“, fragte Peter. Seine Stimme klang ungläubig.

Andrew trat neben mich. „Ich nehme die Pistole.“

„Nein.“ Ich schüttelte den Kopf. Die wenigen Sekunden, die es dauern würde, bis die Waffe von meinen Händen in Andrews wechselte, reichten Peter unter Umständen, um über das Sofa zu springen und zumindest einen von uns zu erstechen. „Ich mach das.“

„Du glaubst wirklich, du könntest mich *erschießen*?“, fragte Peter. „Zwischen uns besteht etwas unbestreitbar Besonderes, *bella*. Wir sind eins. So wie Gott es für Mann und Frau vorherbestimmt hat.“

Ich beantwortete Peters Frage nicht. Stattdessen fragte ich ihn: „Hast du meine Katze getötet?“

„Erinnerst du dich nicht mehr daran, welche wunderbaren Empfindungen ich dir im Bett geschenkt habe, *bella*? Alles, was wir beide taten – das war Liebe. Wir haben in Liebe ein Baby gezeugt.“

„Hast du meine Katze getötet?“, wiederholte ich, diesmal langsamer. Mein Atem ging schwer.

„Die Katze. Die verdammte Katze!“, spie Peter aus. „Jede Minute bist du nach Hause gerannt, um das dämliche Vieh zu füttern.“

Neue Tränen traten mir in die Augen, doch ich blinzelte sie fort. Ich musste Peter klar vor mir sehen, wenn ich ihn erschoss.

„Und darum hast du sie getötet?“, fragte ich. Ich musste es wissen.

„Es ist erstaunlich, wie leicht man einer Katze den Hals umdrehen kann. Es ging schnell, *bella*. Du brauchst dir keine Sorgen zu machen, dass sie gelitten hat.“

„Du Hurensohn!“, schrie ich.

Und dann stürzte Peter hinter dem Sofa hervor, das Messer hoch erhoben.

Ich drückte den Abzug.

Die Kugeln trafen ihr Ziel. Blut schoss aus Peters Brust. Ich sah, wie sich auf seinem Gesicht Verwirrung abzeichnete, ehe seine Augen offenbar den Fokus verloren.

Aber er war nicht tot.

Ein weiteres Drücken des Abzugs. Ein weiterer Blutfleck. Jetzt klammerte Peter sich in seine Brust und stolperte rückwärts.

Ich drückte erneut den Abzug. Dieses Mal schlug die Kugel in seine Stirn ein.

Er sank neben dem Sofa zu Boden. Ich begann hysterisch zu heulen, aber bewegte mich vorwärts. Ich musste sichergehen, dass er tot war.

Plötzlich spürte ich Andrews Arme um mich. Er legte seine Hände über meine und drückte sie nach unten.

„Es ist vorbei, Sophie. Er ist tot.“

„Er hat unsere Katze umgebracht“, schluchzte ich jetzt

hysterisch und blickte Andrew an. „Der verfickte Mistkerl hat unsere Katze umgebracht!"

„Schhh, Liebes. Es ist in Ordnung."

Ich warf einen kurzen Blick in Peters Richtung. Nur um sicherzugehen, dass er nicht die Kraft fand, sich noch mal aufzurichten. So machten es schließlich auch die Verbrecher im Film, egal wie oft man sie getroffen hatte.

„Es ist in Ordnung", wiederholte Andrew beruhigend. Er nahm mir die Pistole aus den Händen und legte sie auf den Beistelltisch hinter uns. „Sophie, schon gut."

Dann nahm er mich in seine Arme und hielt mich fest, während ich weinte.

EPILOG

Andrew hatte recht. Die Wunde, die Peter ihm zugefügt hatte, war nur oberflächlich. Er würde eine Narbe zurückbehalten, die sich quer über seine Brust zog, aber er kam wieder in Ordnung.

Soweit jemand wieder in Ordnung kommen konnte, nachdem er fast ermordet worden war. Nachdem er dem Zorn eines Wahnsinnigen ausgesetzt gewesen war und überlebt hatte, um seine Geschichte zu erzählen.

Ich glaubte, ich würde ein emotionales Wrack sein, nachdem ich einem Mann das Leben genommen hatte. Doch merkwürdig: Ich fand meinen Frieden mit dem, was ich getan hatte. Ich war auf keinen Fall glücklich und ich verfluchte den Tag, an dem ich Peter begegnet war, aber ich konnte mit meiner Tat leben.

Denn tief in meinem Herzen wusste ich, dass es nicht anders hätte kommen können. Peter *musste* tot sein. Andernfalls müssten Andrew und ich für den Rest unseres Lebens über die Schulter schauen, ob er uns nicht verfolgte.

Nach seinem Tod waren wir frei.

Vielleicht lag es an der Tatsache, dass Andrew dem Tod so nahe gekommen war. Er traf die schnelle Entscheidung, dass es ihn nicht länger kümmerte, was zwischen Peter und mir vorgefallen war. Selbst wenn das Kind, das ich unter dem Herzen trug, biologisch nicht sein Kind war. Er versicherte mir, dass er es so meinte, wie er es Peter gegenüber behauptet hatte, als dieser unsere Leben bedrohte. Er wollte das Kind als seins aufziehen und nicht zurückschauen.

Dafür liebte ich ihn noch mehr.

Wir kamen überein, dass wir das Haus verkaufen wollten. Sobald der blutdurchtränkte Teppich ersetzt war, wollten wir es auf dem Immobilienmarkt anbieten. Ich wusste, ich konnte dort nicht länger leben, konnte dort nicht mein Kind aufziehen. Andrew fühlte dasselbe.

Ein neues Haus bedeutete für uns einen Neuanfang.

Seit ich meinen Liebhaber erschossen hatte, war eine Woche vergangen. Eine verrückte Woche, die mit Befragungen durch die Polizei und großer Medienaufmerksamkeit einherging. Ich gestand den Reportern nicht meine Affäre, sondern erzählte nur von meiner Freundschaft zu Peter. Der Polizei musste ich allerdings alles erzählen. Die Medien berichteten, dass Peter ein Freund war, der sich in seine Liebe zu mir verrannte und meinen Mann umbringen wollte, weil er hoffte, mich dann für sich gewinnen zu können. Ich bin sicher, dass zumindest einige Leute skeptisch auf die Darstellung in den Medien blickten und ihre eigenen Schlüsse zogen. Aber mir war es egal, was sie dachten.

Ich musste über meine Familie nachdenken.

Diese Familie schloss ein Baby mit ein. Ein Kind, dessen Vater ich ermitteln musste.

Ich war überrascht, als Andrew mir Donnerstagabend erklärte, er wolle mich zu meinem Termin bei der Frauenärztin am Freitag begleiten. Auf der anderen Seite war ich wiederum nicht überrascht. Seit jenem Vorfall mit Peter hatte er quasi jeden Augenblick an meiner Seite verbracht. Doch ich wusste, dass er sich trotz seiner gespielten Tapferkeit sorgte, das Kind könne nicht von ihm sein. Und darum hatte ich nicht erwartet, dass er mich zur Ultraschalluntersuchung begleiten wollte.

Aber er ging mit und er hielt sogar meine Hand, während die Arzthelferin das kalte Gel verteilte und mit der Ultraschallsonde über meinen Bauch fuhr. Wir gurrten beide, als wir das Baby sahen und sein rasch schlagendes Herz hörten.

„Ich habe es so gemeint, wie ich's gesagt habe", begann Andrew leise, als die Arzthelferin den Raum verlassen hatte. „Ich betrachte dieses Baby als mein Kind."

Ich legte meine Hand auf Andrews Wange. Ich wollte etwas sagen, aber meine Rührung machte mir die Kehle eng.

Hier waren wir, steckten in einem Dilemma, das ich nicht mal meinem ärgsten Feind wünschte. Trotzdem waren Andrew und ich einander näher als je zuvor. Wenn wir uns nur nicht so wehgetan hätten auf dem Weg hierher.

„Ich liebe dich doch", sagte ich schließlich. „Und es tut mir so l..."

Andrew legte einen Finger auf meine Lippen. „Kein Blick zurück – schon vergessen?"

Ich nickte langsam. „Kein Blick zurück."

Das Geräusch der sich öffnenden Tür ließ Andrew und mich aufblicken. Die blonde Arzthelferin kam zurück in den Untersuchungsraum.

„Also dann", brachte ich mühsam hervor. „Wie weit bin ich?"

„Von der Größe des Babys schließe ich auf die zehnte Woche."

„Und die leichte Blutung, die ich hatte?"

„Das ist durchaus normal und kommt bei einigen Frauen während der Schwangerschaft vor", erklärte sie. „Besonders zu Beginn der Schwangerschaft."

Mein Brustkorb füllte sich mit Wärme. „Ich bin in der zehnten Woche. Sind Sie sicher?"

„Ich bin sicher. Ihr Termin ist der 27. März."

Andrew stieß einen Jubelschrei aus. Als ich zu ihm aufblickte, zeichnete sich auf seinem Gesicht ein so glücklicher Ausdruck ab, wie ich es nie zuvor bei ihm erlebt hatte.

„Unser Baby", flüsterte ich. „*Unser* Baby."

Die Arzthelferin trat zu Andrew und mir und übergab uns ein kleines quadratisches Stück Papier. Es war ein Foto von dem Bild, das wir beim Ultraschall gesehen hatten. „Ich denke, das möchten Sie vielleicht gerne haben", sagte sie und lächelte uns warm an. „Und das war's auch schon. Sie können gehen."

Ich nahm den Ausdruck entgegen und blickte durch einen

Schleier aus Freudentränen auf unser Baby. Es war klein, aber die Form war zu erkennen. Ich konnte deutlich den Körper eines winzigkleinen Babys sehen.

„Unser Baby“, wiederholte ich und blickte von dem Foto zu dem Mann auf, den ich liebte. „Es ist nicht Peters Kind“, fuhr ich fort, nachdem die Arzthelferin den Raum verlassen hatte.

Andrew strahlte und legte seine Hand auf meinen Unterleib. Er hatte sich bestimmt schrecklich gesorgt und jetzt wirkte er wahrlich wie der glücklichste Mann auf Erden.

„Ich liebe dich“, sagte er und küsste mich. Küsste mich durch seine Tränen und sein Lachen.

Schwindelig vor Glück lösten wir uns voneinander und starrten verzückt auf das Bild unseres Kindes. „Ich glaube, es wird ein Mädchen“, sagte ich.

„Ein Mädchen“, echote Andrew voller Ehrfurcht.

„Ja, ein kleines Mädchen. Ich fühle es.“

Andrew nickte. „Ich fühle es auch.“

„Oh mein Gott … Wir werden Eltern.“

„Die verdammt noch mal besten Eltern, die diese Welt je gesehen hat.“

Ich nahm Andrews Hand. „Unser Baby.“

„Ja, Sophie. *Unser* Baby.“ Er zog mich hoch und küsste mich erneut. Ein Kuss, der voller Liebe war und das Versprechen an eine glückliche Zukunft in sich trug. Ich wusste, vor uns lag ein langer Weg, bis es uns gelang, den Schaden zu beseitigen, den wir beide unserer Ehe zugefügt hatten. Aber Andrews Kuss bewies mir, dass wir es durchstehen konnten.

Andrew strahlte von einem Ohr zum anderen, als wir den Kuss beendeten. Er führte mich zur Tür. „Komm“, sagte er. „Wir müssen uns auf die Wohnungssuche machen.“

– ENDE –

Sandra Henke
Die Maske des Meisters
Band-Nr. 35027
8,95 € (D)
ISBN: 978-3-89941-665-7
384 Seiten

Sandra Henke
Opfer der Lust
Band-Nr. 35021
8,95 € (D)
ISBN: 978-3-89941-504-9
464 Seiten

Megan Hart
Hot Summer
Band-Nr. 35025
8,95 € (D)
ISBN: 978-3-89941-634-3
464 Seiten

Megan Hart
Beichte eines Verführers
Band-Nr. 35019
8,95 € (D)
ISBN: 978-3-89941-469-1
416 Seiten

Julie Gordon
Die Lilie von Florenz
Band-Nr. 35024
8,95 € (D)
ISBN: 978-3-89941-611-4
352 Seiten

Tanja Albers
Die Lotusblume
Band-Nr. 35018
8,95 € (D)
ISBN: 978-3-89941-461-5
336 Seiten

Anna Zabel
Ein Koch für
gewisse Stunden
Band-Nr. 35023
8,95 € (D)
ISBN: 978-3-89941-579-7
304 Seiten

Alison Kent
Gewagte Spiele
Band-Nr. 35014
8,95 € (D)
ISBN: 978-3-89941-415-8
304 Seiten